Jean Bagnol

# Commissaire Mazan und die Erben des Marquis

Kriminalroman

Besuchen Sie uns im Internet:
www.knaur.de

Wenn Ihnen dieser Roman gefallen hat und Sie auf der Suche sind nach ähnlichen Büchern, schreiben Sie unter Angabe des Titels »Commissaire Mazan und die Erben des Marquis« an: frauen@droemer-knaur.de

© 2013 Knaur Paperback
Ein Unternehmen der Droemerschen Verlagsanstalt
Th. Knaur Nachf. GmbH & Co. KG, München
Alle Rechte vorbehalten. Das Werk darf – auch teilweise –
nur mit Genehmigung des Verlags wiedergegeben werden.
Umschlaggestaltung: ZERO Werbeagentur, München
Umschlagabbildung: Gettyimages/© Radius Images; FinePic®,
München; Gettyimages/Hans Palmboom
Satz: Adobe InDesign im Verlag
Druck und Bindung: CPI books GmbH, Leck
ISBN 978-3-426-21378-0

2 4 5 3 1

»Wenn diese törichten Gesetzgeber doch nur wüssten, wie beflissen sie unsere Gefühle befördern, indem sie sich das Recht anmaßen, den Menschen Satzungen aufzuerlegen.

Sich keinen Deut um Gesetze zu scheren, sie samt und sonders zu brechen, mein Freund, dies ist die wahre Kunst, Wollust zu empfinden. Erlerne diese Kunst und zerreiße alle Zügel!«

DONATIEN ALPHONSE FRANÇOIS
MARQUIS DE SADE (1740–1814),
französischer Romanschriftsteller
und Novellist, *Justine und Juliette*

# Stunde null

Die Uhr tickte. Zeit verrann. Leben ging seinem Ende entgegen.

So wie bei der jungen Frau, die er beobachtete.

Doch nur er konnte es hören. Nur er konnte es sehen.

Mattia spürte, wie sich der schlafende Engel in seinem Inneren regte, die Flügel entfalten und seinen glühenden Blick erheben wollte. Ganz bestimmt ahnte er, dass sich mit seinem nächsten Erwachen ein Kreis schließen würde. Geburt, Leben und Tod. Doch noch war es nicht so weit.

Manchmal spürten die Frauen, welche Kraft in ihm lebte. Nicht wenige fühlten sich davon angezogen. Das amüsierte Mattia. Und es erleichterte sein Vorgehen. Manchmal jedoch spürten sie auch die Gefahr, die von dem dunklen Engel ausging. Das machte dann alles viel schwieriger. Und gerade bei dieser Frau durfte er sich keinen Fehler erlauben. Sie war die wichtigste von allen.

Doch glücklicherweise konnte Mattia sich vollkommen unter Kontrolle halten. Kontrolle war alles. Und der Schlüssel dazu war: richtig zu atmen.

Langsam ließ er die Luft in seine Lungen fließen und wieder ausströmen. Ruhig und gleichmäßig. Mit jedem Atemzug beruhigte sich der Engel in seinem Inneren mehr und sank zurück in seine Schlafhaltung. Mattia wusste, dass er alles im Griff hatte, seine Augen, seine Gesichtsmuskeln, seine Haltung. Für die anderen Menschen war er damit wieder der, der er immer war. Ein Teil von ihm entsprach auch wirklich dem Mann, den sie sahen. Doch das war nicht der Teil, der ihn ausmachte, sondern nur eine Rolle, die er zu spielen hatte. Eine Rolle, der er sich unbemerkt entziehen konnte, indem er sich innerlich von ihr löste und dorthin ging, wo er Zugang zu dem anderen Universum hatte. Dem, in dem der schlafende Engel herrschte.

Dort gab es keine Zeit. Alles war gegenwärtig. Das Leben und der Tod. Auch der Tod, der bereits über der jungen Frau schwebte.

Wie in einem kunstvollen Bogen sah er den Weg, den er gegangen war, um sie zu treffen. Die vermeintlichen Zufälle, die sie hier zusammengeführt hatten. Zufälle, an die er nicht wirklich glaubte. Denn seit der Engel zum ersten Mal erwacht war, gab es keine Zufälle mehr. Seitdem war alles Teil einer perfekten Inszenierung von Schicksal und Wille, die sich nun ihrem Höhepunkt näherte.

Der Inszenierung des vollkommenen Schmerzes.

Darum war es diesmal besonders wichtig, dass alles reibungslos ablief.

Vorher galt es allerdings, das Ritual zu vollziehen. So wie er es jedes Mal tat, denn es schnitt dem Bösen eine weitere seiner giftigen Tentakeln ab. Und es würde die junge Frau ablenken und sie nicht ahnen lassen, welche entscheidende Rolle sie in dem großen Theater des Lebens spielen würde.

Die Uhr tickte. Zeit verrann. Leben ging seinem Ende entgegen.

# I

Das heisere, bissige Röhren des alten Lancia-Rally-Motors zerschnitt die abendliche Ruhe am Mont Ventoux. Der Wagen raste die kurvigen Straßen am Südhang des Berges entlang auf das Dorf Bédoin zu, überholte Feierabendpendler und Hobbyrennradler in engen Hosen. Zadira Matéo riss bei unvermindertem Tempo das Handschuhfach auf, lenkte mit der linken Hand, während sie mit der rechten nach Zigaretten wühlte, ohne die Straße aus den Augen zu lassen. Sie fand die Schachtel, zog mit den Zähnen eine Gauloises heraus.

Ein Radler zeigte ihr den Mittelfinger, als der Lancia an ihm vorbeifegte.

»*Trou de balle!*«, schimpfte sie zurück.

Sie suchte nach dem Feuerzeug, grub sich ungeduldig tiefer ins Fach, schaufelte einen mit Gummiband umwickelten Stapel Visitenkarten in den Fußraum, einen abgegriffenen Rumi-Gedichtband und drei Bee-Gees-CDs hinterher. Als sie das Einwegfeuerzeug erwischte und die Flamme gierig an den Tabak hielt, sah sie für einen Moment ihre Augen im Rückspiegel.

*Merde.*

Sie ließ das Feuerzeug sinken. Dann spuckte sie die Zigarette wütend aus. Die Kippe landete auf ihrer sandfarbenen Cargohose, die sie zu einem grauen Trägershirt samt offenem Herrenhemd trug.

»Nicht wegen euch Mistkerlen, ich schwör's euch.«

Zadira Matéo hatte aufgehört zu rauchen. Und zwar an dem Tag, an dem sie es nur knapp geschafft hatte, diesem halbwüchsigen Drogendealer durch das halbe Panier-Viertel nachzulaufen, über Dutzende Treppen und durch steile Gassen. Sie hatte ihn fünf Minuten lang im Polizeigriff auf ein sonnenglühendes Autodach pressen müssen, bis ihr Seitenstechen nachgelassen und sie nicht mehr das Gefühl gehabt hatte, ein Sauerstoffzelt zu brauchen.

Sie würde jetzt nicht wieder mit den Krebsstäbchen anfangen. *Oh, nein, nicht wegen dieser Widerlinge, und nicht wegen dir, Javier. Und schon gar nicht wegen Morel. Nicht wegen Mazan und schon gar nicht wegen dem Tod. Diesem Bastard.*

Hart schaltete Zadira einen Gang runter. Im Abendlicht überholte sie nun nur noch Radfahrer, die sich rotgesichtig und verbissen die steilen Haarnadelkurven hinauf an Kreuzmalen vorbeiquälten. Jedes Jahr ließen ein Dutzend Freizeitradler bei der Tour-de-France-Auffahrt zum Mont Ventoux, dem »Windberg«, keuchend ihr Leben.

*Blut, Tod und Zerstörung.*

Manchmal kam es Zadira vor, als teilte sich die Menschheit in zwei Lager der Zerstörungslust. Jene, die am liebsten sich selbst zerstörten. Mit Beziehungen, Extremsport, Drogen. Und die, die zu gern andere zerstörten. Die Mörder. Die Volksfresser. Die Frauenhasser.

Sie dachte an die junge Theaterstudentin, die die Crim, die Kriminalpolizei, heute in Aubignan gefunden hatte. Bäuchlings, die Hände hinter dem Rücken mit einem rauhen Kälberstrick gefesselt. Die Fersen bis zum Po hinauf gebogen und mit den Handfesseln verknotet. Mit diesem Knoten war wiederum ein um den Hals geschlungenes

Lederband verbunden gewesen. Es hatte sich tief ins Fleisch eingegraben, eng zusammengezogen, der Studentin die Luft abgeschnürt. Ihr Kopf war weit zurückgebogen, als ob sie so dem Zug, der auf ihrer Kehle lastete, entkommen wollte.

Ihre Haut, so glatt. Die Gesichtszüge markant wie die eines Models. Nackt war sie gewesen, nackt und tot.

Während die Ermittler auf die PTS, die Kriminaltechniker, gewartet hatten, fotografierte einer von Zadiras neuen Crim-Kollegen, ein bulliger Typ mit Bürstenhaarschnitt und einer Unterlippe wie eine Teekannentülle, die gefesselte Frau von hinten mit seinem Fotohandy. Genau zwischen den Beinen. Er zeigte das Foto seinem Kollegen, einem Typen mit roter Nackenwulst.

»Das ist mal 'ne *chnek*, oder?«, hatte er feixend gemurmelt.

Zadira wusste, dass es Foren in den Tiefen des Internets gab, auf denen Polizisten Opferfotos verhökerten, um ihr Gehalt aufzubessern. Als sie den Bürstenkopf angeherrscht hatte, war ihr neuer Dienststellenleiter Commissaire Stéphane Minotte dazwischengegangen.

»Hören Sie auf, Unruhe zu verbreiten und sich in die Angelegenheiten Ihrer Kollegen einzumischen, Lieutenant Matéo«, hatte Minotte ihr zugezischt. »Das ist schon in Marseille nicht gut für Sie ausgegangen.« Für ihren Geschmack sagte er das zu dicht an ihrem Ohr.

Zadira hatte in den drei Wochen seit ihrer Versetzung jeden Tag zu spüren bekommen, dass sie nicht willkommen war. Das war ihr am ersten Tag noch anders vorgekommen. Als sie sich im Commico, im Kommissariat am Boulevard Albin Durand in Carpentras zum Dienst gemeldet hatte, war es Commissaire Stéphane Minotte und dem Polizeichef, Commandante Morel, noch ein Vergnügen gewesen, der Drogenfahnderin Zadira Matéo den Posten im Vaucluser Weinstädtchen Mazan zu übergeben.

Wenig später hatte sie auch herausgefunden warum. Mazan war kein Posten, Mazan war ein Witz.

Sie musste sich ihren Schreibtisch mit dem Dorf-Gendarmen teilen, der eigentlich lieber Weinhändler war und sich trotzig weigerte, ihr einen Schlüssel zur Wache zu geben. Was man in der Provinz für eine Wache hielt: ein Tisch, ein Tresen, ein Handwaschbecken. Nicht einmal eine Zelle für Verdächtige gab es, sondern nur einen Klappsitz mit einem in die Wand eingelassenen Eisenring für die Handschellen.

Da Mazan eine Kriminalitätsrate besaß, die verdächtig gen null strebte, hatte Zadira Polizeichef Morel gebeten, sie bei der Crim, der Kripo, einzusetzen, obgleich sie Drogenfahnderin war. Commandante Morel hatte gelacht und gesagt: »Wenn Sie meinen.« Und so war Zadira in Minottes rein männlicher Abteilung gelandet. Wo jeder der Kollegen sie auf kreative Weise schikanierte. Bei den Teambesprechungen war nie ein Stuhl für sie frei. Ihr Auto wurde regelmäßig zugeparkt. Am Schwarzen Brett wurden demonstrativ Pin-up-Girls in Polizeiklamotten aufgehängt.

Zadira hatte früh gelernt, dass in Frankreich vor dem Gesetz nicht alle gleich waren. Schon gar nicht jemand wie sie. Sie war die Tochter eines *pied-noir*. Halb algerischer, halb französischer Herkunft. Ihr schwarzes Haar, ihr bronzefarbener Teint und ihre auffällig hellen grünen Augen im eher arabisch geschnittenen Gesicht verrieten deutlich die Tuareg-Tochter. Wie oft war sie als junges Mädchen in Marseille von rechtsnationalen Bac, den zutiefst ausländerfeindlichen Spezialtruppen der Polizei, auf der Straße kontrolliert und durchsucht worden? Dass Zadiras Schönheit nicht lieblich, sondern wild, ja beinah gefährlich wirkte, hatte es ihr nicht leichter gemacht.

Deswegen war Zadira zur Polizei gegangen. Um auf Menschen aufzupassen, die anders aussahen. Um dafür zu sorgen, dass es keine Drei-Klassen-Gesetze gab.

Aber jetzt, mit dreiunddreißig Jahren, musste Zadira erkennen, dass sie bis ans Lebensende die Farbe der Verachtung im Gesicht tragen würde. Dass Demütigungen niemals aufhörten.

Der Wagen begann, röhrend die Südflanke des Mont Ventoux zu erklimmen.

Sie war von einem Kriegsgebiet ins nächste abgeschoben worden. Weil sie das falsche Berufsethos besaß. Sie hatte Kollegen erwischt, die ihre Finger im Drogengeschäft hatten. Aber sie hatte nicht wie die anderen den Mund gehalten. Außerdem hatte sie den falschen Mann in ihr Bett gelassen. Attraktiv, erfolgreich, verheiratet. Und, ach ja: Nebenbei war er noch ihr Boss gewesen. Javier Gaspard, der angesehene Chef der Anti-Drogenpolizei. Favorit für die Nachfolge des Polizeipräfekten, ein Mann, der drei Jahre um Zadira gebuhlt hatte. Wahrscheinlich nur, um zu erfahren, was die exotische Polizistin in seiner Einheit wohl unter ihren Männerklamotten trug. Jedenfalls keinen BH, den brauchte Zadira nicht. Das Einzige, was sich die Polizistin an weiblichen Attributen gönnte, war ihr langes Haar, das sie allerdings täglich unter einer ihrer zahllosen Sportkappen verbarg. Javier hatte ihr schwarzes Haar gern gebürstet, sich darin eingehüllt, sie daran näher zu sich herangezogen …

Zadiras Körper erinnerte sich schmerzhaft deutlich an Javiers wissende Hände. Seinen kosenden Mund. Sie erinnerte sich, wie sicher sie sich bei ihm gefühlt hatte.

Erst war Javier Gaspard nicht mehr ans Handy gegangen. Dann durfte Lieutenant Matéo nicht mehr in sein Büro. Als Nächstes gab es Gerüchte über Zadiras »Verbindungen« ins Milieu, zu den *copains* und den »großen Brüdern«, wie die Bosse der Jugendbanden und Kleindealer genannt wurden.

»Du musst hier raus«, beschwor Javier Zadira bei einem ihrer letzten Treffen in der La-Major-Kathedrale. »Nur eine Weile, bis Gras über die Sache gewachsen ist. Vertrau mir.«

Aber Zadira vertraute niemandem, der ihr sagte: Vertrau mir. Sie recherchierte, wer die Gerüchte streute; da hieß es auf einmal, sie ermittle gegen Kollegen.

Javier ließ Zadira versetzen, per Eilbefehl. Weit in den Norden der Provence. Ohne sie zu fragen, und ohne sie zu warnen.

Also Mazan. Fünftausend Einwohner, jede Menge Wein, ein Handballverein mit ruhmreicher, aber lang zurückliegender Vergangenheit. Und ein Sergeant, der die Wache so eifersüchtig verteidigte wie ein Kind seine Sandkuchenförmchen.

Die Bäume neben der Gipfelstraße wurden immer spärlicher. Schließlich hörte der Wald ganz auf.

Jetzt war die Polizistin auf der baumlosen Spitze des Mont Ventoux angekommen, bis auf den kalkweißen Fels vom Mistral saubergepustet, gekrönt von einem viereckigen Observationsturm. Eine karstige Mondlandschaft ohne Schatten.

Als sie ausstieg, zerrte der schreiende Wind an ihrer dünnen Hose und dem Oberhemd. Im Tal hatte sie geschwitzt, aber hier oben, auf fast zweitausend Metern, war es um die zwanzig Grad kühler. Sie holte das Fernglas aus dem Kofferraum.

Zadira fixierte erst das silberne, geschlängelte Band der Rhône und folgte dann mit ihrem Blick langsam ihren Kurven.

Es hieß, vom Windberg aus könne man die Pyrenäen sehen. Und das Meer.

Sie suchte – und fand das Ende Frankreichs.

Und dann sah sie es. Das Meer, das funkelnde, weite Meer. Das dreckige, brutale, das geliebte Marseille. Da irgendwo war es mal gewesen. Ihr Leben.

Es war so fern!

Die Lider an die Okulare des Fernglases gepresst, schluchzte Zadira Camille Matéo leise. Sie schluchzte, ohne zu weinen.

Nach einer halben Stunde war sie erschöpft. Zurück blieb ein warmer Schmerz von Leere.

Der Tag übergab die Stunden der Nacht, und über dem Vaucluse begann die Luft in Gold und Rosa zu zittern. Der Sonnenuntergang färbte das Land intensiver, als Zadira es von Marseille gewohnt war – dort bemerkte man den Übergang von Tag zu Nacht nur daran, dass die endlosen Reihen von Straßenlampen aufflammten. Hier jedoch, über den Bergen und den zwischen Felsen und Reben hingeworfenen Dörfern, brannten die Wolken, hier glühte das Land in tausend Farben.

Zadira ließ sich Zeit, in der blauschwarzen Dämmerung nach Mazan zurückzufahren. Sie ließ die Fenster offen, und der Fahrtwind trieb ihr die Gerüche der provenzalischen Berglandschaft in den Wagen. Thymian und Flusswasser. Der fleischige, sinnliche Duft der Trüffel. Sogar den Geruch von Nadelwaldboden und süßem Kuchenteig konnte sie wahrnehmen. Marseille roch meist nach Abgasen, Kardamom und Blut.

Was, wenn sie bei der nächsten Kurve einfach geradeaus fuhr? Wäre das nicht eine berechtigte Abkürzung?

*Ach, Saddie. Wer abkürzt, trifft nur schneller auf den Tod.*

Sie dachte an die Worte ihres Vaters. Er hatte sie Saddie genannt. Seine Abkürzung war eine verirrte Bac-Pistolenkugel gewesen, bei einer Straßenschießerei im Panier-Viertel.

Zadira hielt die Luft an und schaltete bei unvermindertem Tempo die Schweinwerfer aus.

*Ich komme, papa. Ich komme.*

Es war, als würde sie unter Wasser dahinschießen. Ein U-Boot, allein, geräuschlos und in stiller Wut.

Sie wartete, dass sie gegen einen Baum prallte.

Sie wartete, dass sie über den Rand der Welt hinausflog.

*Verdammt, nein!*

In einem wilden Impuls bäumte sich ihr Lebenswille auf. Nicht wegen dieser Dreckskerle. Zadira stieß die angehaltene Luft aus, schaltete die Scheinwerfer wieder ein.

Sie brauchte dringend etwas zu trinken.

Zadira hatte die Bars in Mazan bisher gemieden. Aber jetzt sah das Café Lou Càrri gegenüber dem Altstadtring aus wie eine der kreolischen Bars im Noailles-Viertel von Marseille.

Zadira hielt auf dem Parkplatz vor der Apotheke und stieg aus. Sie hörte Livemusik. 70er- und 80er-Jahre-Songs, die Bee Gees, Bob Marley.

Wenig später drängte sich Zadira zwischen den Zuhörern zum Tresen durch. Auf dem Weg grüßte sie mit einem Nicken Mazans einzigen Engländer, Jeffrey Spencer. Sie war ihm auf dem Wochenmarkt vor dem Rathaus begegnet, und er hatte sie am Melonenstand in ein Gespräch verwickelt. Heute im Lou Càrri trug der Mittvierziger ein lilaweiß kariertes Oberhemd zu einer grünen Leinenhose mit Bügelfalte. Zadira stand zwar nicht auf Prinz-Harry-Typen mit Hugh-Grant-Lächeln, aber sie mochte Jeffreys Humor. Spencer hatte ihr bei ihrem Melonen-Gespräch erzählt, sein Kater Oscar sei eine Reinkarnation von Oscar Wilde.

Zadira bestellte Gin Tonic. Der Barmann, der sich als Jean-Luc vorstellte, servierte ihr ein Schälchen schwarze schrumpelige Oliven dazu. Sie schmeckten köstlich.

Wieder schaute Zadira zu der dreiköpfigen Band. Der junge Sänger mit den Piratenaugen lächelte ihr zu.

Viel zu jung.

Dennoch gefiel er ihr. Als hätte der Gedanke an den Tod ihre Lust aktiviert. Für einen Moment stellte sie sich vor, mit ihm zu schlafen. Und aufzuwachen. In ihrer Dachwohnung gegenüber der Kirche von Mazan, die Zadira sich weigerte, mit mehr als einer Matratze, einem Küchentisch und zwei Stühlen einzurichten. Vom Küchenfenster aus konnte sie Weinberge und den Mont Ventoux sehen.

Sie nahm einen tiefen Schluck von ihrem Gin Tonic.

*Non. Keine Experimente mehr mit Männern.*

Während die Band »Stayin' Alive« spielte, bemerkte Zadira im breiten Spiegel über dem Tresen den Mann im teuren Anzug, der auf der anderen Seite des Raumes saß. Er beobachtete sie. Mit kühlem, nachtschwarzem Blick. Sein markantes Cäsarengesicht erinnerte sie flüchtig an Jeremy Irons.

Seine Körperhaltung war selbstbewusst. Ein reicher Mann, das war ihm anzusehen. Ebenso dass er es gewohnt war, Entscheidungen zu treffen und Menschen wie Schachfiguren hierhin, dorthin, in den Abgrund zu schieben. Ein Machtmensch.

Dreißig Jahre auf den Straßen von Marseille, fünfzehn davon als Polizistin, hatten Zadira gelehrt, in Menschen zu lesen. Alles, was ihnen wichtig war, schlug sich in ihrer Mimik, ihren Gesten nieder, die unkontrollierbar waren. In ihrer Körperhaltung und ihrem Auftreten, in ihrer Gewohnheit, zu schauen, zu gehen, ja, sogar zu schlucken. Zadira war gut darin, diese Details zu entschlüsseln.

*So wie bei Gaspard, ja? Da hast du das machthungrige Tier auch schon von weitem erkannt. Und wieder weggeschaut.*

Sie nahm einen zweiten Schluck. Sie erkannte bei dem Jeremy-Irons-Typ einen bestimmten Blick. Er erinnerte Zadira an die *macs*, die Luden vor den klebrigen Bars auf dem Boulevard de la Pomme, die sich bei Pastis und Kartenspiel mit ihren Pferdchen goldene Hoden verdienen wollten. Stets auf der Suche nach Frischfleisch. Mehr als einmal hatte ihr ein *mac* angeboten, bei ihm anzufangen, falls es mit der Bullerei nicht mehr klappte.

Aber dieser Kerl im Anzug war anders. Er war …

*Gefährlich.*

Ihre Blicke trafen sich im Spiegel.

Zadira spürte ein Seelenbeben, tief in sich.

Und noch etwas anderes. Ein Ziehen. Es war lange her, seit Gaspard sie geliebt hatte.

Keine Experimente, dachte Zadira. Sie wandte sich der Band zu.

# 2

Er lag unter einem Busch. Den Bauch auf der warmen Erde, den Kopf wachsam erhoben, witterte er reglos über den Fluss. Nur selten zuckte sein Schwanz und rührte ein vertrocknetes Blatt über den Boden. Das leise Knistern, das dabei entstand, nahm er ebenso wahr wie jedes andere Geräusch in seiner Nähe. Er überwachte permanent seine gesamte Umgebung, um jederzeit jene Laute herauszufiltern, die eine Bedrohung verrieten. Er durfte sich niemals sicher fühlen. Das war eines seiner Überlebensgesetze.

Was ihn jetzt allerdings halb in den Wahnsinn trieb, war das bösartige Jucken in seinem Fell. Geradezu überwältigend der Drang, sich zu putzen, und die Quälgeister, die so gierig an ihm saugten, herauszubeißen. Blutsauger!

Doch niemals würde er alle erwischen. Und es würde ihn nur ablenken.

Das war ein weiteres Überlebensgesetz: Ein Jäger durfte sich nicht ablenken lassen. Niemals.

Vor ihm, auf der Wiese, wuchsen die Schatten. Endlich ließ die Hitze des Tages nach. Gierig nahmen seine Sinne jede Bewegung im Gras wahr. In seinem Bauch wühlte der Hunger. Alles in ihm drängte danach zu jagen. Vögel, Mäuse, Ratten, Frösche, Zikaden, die sogar noch sangen, wenn er sie schon halb zerbissen hatte. Irgendetwas, in das er seine Reißzähne schlagen konnte. Bebendes Fleisch und frisches Blut. Er hatte lange nicht mehr gefressen. War nur gelaufen, so weit gelaufen.

Auf der Suche nach …

… ja, nach was?

Er wusste es nicht mehr. Nur, dass es ihn getrieben hatte. Über Straßen, Felder, Äcker, über Höfe und Mauern, durch Dornengestrüpp, Scheunen und Wälder. Er war viele Mondläufe gegangen, hatte noch Schnee gefühlt und in toten, braunen Blättern geschlafen. Bis hierher, auf diese Wiese, die an einen Fluss grenzte. Und dahinter war …

*Wärme.*

Häuser, dicht an dicht, sich stützend, einander zugeneigt und voller verheißungsvoller Winkel. Brüchige Mauern, wucherndes Grün, schräge Dächer. Dazwischen freundliche Schatten. Voller Sehnsucht starrte er auf die im Abendlicht sanft glühende Silhouette der Stadt, die in ihrer Mitte von einem hohen, spitzen Kirchturm bewacht wurde.

*Geborgenheit?*

Nein! Diese Bilder konnten auch eine böswillige Täuschung sein. Wie ein falsches Purren. Nicht einsehbare Plätze konnten zu Todesfallen werden. Und fütternde Hände zu hinterlistigen Folterwerkzeugen.

Der Wanderer blinzelte ein paarmal, um der Erschöpfung zu widerstehen. Er war der ewigen Wachsamkeit so müde. Des Hungerns und Juckens. Er wusste, dass er eine Entscheidung treffen musste. Sollte er gehen? Oder bleiben? War das eine gute oder eine böse Stadt?

Um das herauszufinden, gab es nur einen einzigen Weg.

*Springen.*

Noch einmal vergewisserte er sich, ob Gefahr drohte. Doch da war nur ein weißes, lautes Auto, das über die nahe Brücke zu seiner Rechten röhrte.

20

Mit seinem Geruchssinn rasterte er die Umgebung. Da war der modrig-braune Geruch des Wassers, über dem der Gestank der Fahrzeuge hing. Und dazwischen ein zartes ingwerfarbenes Aroma. Dies war die Spur, der er folgen musste.

Er schloss die Augen und entzog den Wachsinnen, dem Sehen, Hören und Tasten, seine Konzentration. Dass sein Maul sich öffnete, steuerte er nicht mehr bewusst. Ebenso wenig, dass die Zunge kleine leckende Bewegungen machte, um mit den feinen Rezeptoren seines hinteren Gaumens die winzigsten Luftpartikel zu filtern. In seinem Kopf, in den nun keine anderen Sinneseindrücke mehr vordrangen, formte sich ein neues, aber weitaus intensiveres Bild der Wirklichkeit.

Er wusste, dass sich auch die anderen Katzen auf das Flehmen, das Schmecken und Sehen von Gerüchen, verstanden. Doch er konnte mehr. Er konnte sich mit einem Teil seines Selbst dorthin begeben, wo die Gerüche herkamen. Wie ihm dies gelang, wusste er nicht. Es war eine aus der Not geborene Fähigkeit. Damals, als er hatte fliehen müssen.

Sein Körper blieb während des Springens jedes Mal wehrlos wie ein Stück Holz zurück. Leichte Beute für Bussarde, Luchse oder Hunde.

Er flehmte, nahm innerlich Anlauf, und dann …

Es fühlte sich an, als würde er durch eine verborgene Tür in der Luft springen. Er saß nicht mehr unter dem Busch, er war auf der anderen Seite des Flusses, fühlte und roch und ahnte die Stadt. Ihren Grundriss – ein alter, sehr alter Kern, darum herum Häuserkreise, die umso jünger wurden, je weiter sie von der Kirche entfernt waren. Gärten – klein, blühend, guter Boden, versteckte Räume, duftend.

Und ihre Bewohner. Wie sie sich im Kern und den Kreisen darum bewegten und Spuren im Labyrinth der Sträßchen, Gassen und Durchlässe hinterließen. Spuren, die Farbe und Geruch in einem waren, Gefühl und Bewegung, Charakter und Körper.

Und da erkannte er, was diesen Ort von allen anderen unterschied, die er je gesehen hatte: Es war eine Katzenstadt! Er konzentrierte sich auf die Spuren seiner Artgenossen. Hatte er je so viele, starke Katzenechos wahrgenommen? Nein, nie. So sehr faszinierte ihn diese Welt, dass er *ihn* beinah übersehen hätte.

*Flügel?*

Da war … unruhig tastete er umher, suchte nach dem, was dort im Schatten der Stadt lauerte. Bekam es nicht zu fassen. Es war ein dunkler Vogel oder der Schatten einer riesenhaften Fledermaus, ein unsichtbarer, nur fühlbarer geflügelter Schatten, der an Fassaden entlangglitt, kalt und unbemerkt.

Augenblicklich richtete er seine Wahrnehmung auf diese tödliche Kraft. Die Schattenflügel waren auf der Jagd, sie trieben etwas vor sich her! Aber was? Oder vielmehr …

*Wen?*

Er witterte. Und fand den goldenen glühenden Schemen, der über die Dächer dahingaloppierte. Eine Kätzin, die zu fliegen schien. Er erkannte den furchtlosen Rausch der Bewegung in ihr. Ihre Sehnsucht, unter freiem Himmel zu sein. Und ihre Verzweiflung. Ihr Himmelslauf war eine Flucht.

Aber bemerkte sie denn nicht, dass ihr Verfolger gar nicht hinter ihr war? Sondern vor ihr?

Der Wanderer erkannte, dass der geflügelte Schatten ihren Weg kreuzen würde. Darauf wartete. Es wollte.

Und die Himmelsläuferin würde diese Begegnung nicht überleben. Er musste sie warnen. Sofort! *Halt! Bleib, wo du bist!* Aber sie hörte ihn nicht.

Das Letzte, was er wahrnahm, bevor es ihn in seinen Körper auf der anderen Seite des Flusses zurückschleuderte, war, wie die Kätzin kurz innehielt und ihn, den fremden, fernen, gestaltlosen Beobachter, zu erfassen suchte.

Fiebrig versuchte er, seine Instinkte zu unterdrücken. Eine Stimme in ihm fauchte: Lauf fort! Das ist nicht dein Kampf! Doch es gab noch eine andere. Leiser zwar, aber nicht zu überhören. Sie lockte ihn, erinnerte ihn daran, dass er nicht nur ein wildes Tier war, sondern auch Teil einer miteinander verwobenen Welt. Dass das, was er seit seiner ersten Flucht suchte und ersehnte, auf der anderen Seite des Flusses lag. Und auch auf der anderen Seite der Angst.

Es würde ihn durch alle sieben Leben hindurch verfolgen, wenn er diesem Kampf aus dem Weg ginge. Er huschte rasch zu der Straßenbrücke. Das war der einzige Weg.

Kurz darauf kauerte er unter einem Auto, das kalt und leblos an einer Hausmauer stand. Seine Augen rasterten den kleinen Ausschnitt Welt, den er von dort unten erfassen konnte. Nichts rührte sich in der schmalen Straße. Niemand war ihm begegnet. Nicht auf der Brücke. Und auch nicht, als er durch den Torbogen huschte und die schmale Gasse bergan sprintete. Kein Mensch, keine Katze.

Es war die Zeit, in der die Menschen in ihren Häusern zusammensaßen und aßen. Die Gerüche waren wundervoll und bunt. Gebratenes Fleisch, gegrillter Fisch und warmes Brot. Schmerzhaft zog sich sein Magen zusammen, als er diese Fülle an Nahrung wahrnahm.

Mit vibrierenden Schnurrhaaren spürte er in die Luft, um

festzustellen, ob noch ein anderes Tier in der Nähe war. Schon nach wenigen Augenblicken hatte er Gewissheit: Die beginnende Nacht war voll von ihnen. Katzen!

Doch warum zeigten sie sich nicht?

Obwohl ihn ihre Unsichtbarkeit beunruhigte, kroch er unter dem Auto hervor. Es drängte ihn, die Kätzin zu finden. Vorsichtig und in alle Richtungen witternd, drückte er sich an den Hausmauern entlang. Manchmal fiel Licht aus einer Tür oder einem Fenster. Er umging diese hellen Zonen. Widerstand der Verlockung aus Duft und Wärme. Und dem Hunger, der in seinen Eingeweiden wühlte.

Wo war die Kätzin?

Es fiel ihm schwer, sich zu orientieren. Die Gassen waren eng, nicht breit genug für ein Auto. Viele Treppen, schmale Wege und unbekannte Abkürzungen. Immer wieder fühlte er Katzenaugen, die ihm aus dem Dunkeln nachstarrten. Doch ihre Besitzer blieben im Verborgenen, während er das Wesen mit den Schattenflügeln jagte.

Noch während er mit hochgerecktem Kopf witterte, verspürte er den Stoß. Es war wie ein Schlag. Wie ein Schrei. Todesangst! Ja, nur die Todesangst besaß die Kraft, das Gefüge der Luft so zu verändern, dass sie wie von einem Peitschenhieb geteilt wurde.

Er rannte mit aller Kraft los. Galoppierte die Gasse entlang, flog wie ein schwarzes Geschoss durch die Lichtkegel. Als er in die Straße einbog, in der alles zusammenbrodelte – die Bedrohung, die Not, die Todesangst der Kätzin –, beachtete er den jungen Mann, der dort stand und rauchte, nicht. Er sah nur die Regentonne, in der, von außen unsichtbar, aber für ihn schmerzhaft deutlich fühlbar, die Kätzin um ihr Leben kämpfte. Er sprang auf einen Fenstersims, um von dort aus in die Tonne zu schauen.

Nein! Sie war verschlossen! Er sprang auf den Deckel, spürte unter seinen Tatzen die Verzweiflung der im Wasser strampelnden Kätzin. Er hörte ihr verlorenes Maunzen und wie sie panisch an Tonnenwand und Deckel kratzte. In einem verrückten Impuls kratzte auch er an dem Deckel. Als ob das etwas nützen würde.

Er sah zu dem jungen Menschen. Der bemerkte ihn nicht mal und sprach mit schleppender Stimme in ein Telefon. Von dem war keine Hilfe zu erwarten. Er musste selbst eine Lösung finden. Er zwang sich zur Ruhe. Der Deckel hatte keinen Rand, lag nur flach auf. Wenn er einen festen Halt fände, könnte er ihn mit den Hinterpfoten wegstoßen. Der verwitterte Fenstersims? Zu hoch. Die Hauswand mit dem bröckeligen Putz? Die bot keinen stabilen Halt. Aber es war die einzige Chance.

Mit den Hinterpfoten auf der Tonne und den Vorderpfoten an der Hauswand, drückte er gegen den Deckel. Doch seine Kraft reichte nicht aus, um ihn wegzuschieben.

Er hörte wieder das verzweifelte Maunzen aus dem Inneren der Tonne. Die Kätzin musste am Ende ihrer Kräfte sein. Der Gedanke, dass sie unter ihm ertrinken würde, versetzte ihn in verzweifelte Raserei. Ohne Rücksicht auf sein Gleichgewicht stieß und stemmte er sich gegen den Deckel. Immer wilder kämpfte er gegen das störrische Gewicht dieses leblosen Dings, stieß mit einem fauchenden Schrei dagegen. Endlich löste sich der Deckel mit einem Ruck, rutschte von der Tonne und fiel scheppernd zu Boden.

Im gleichen Moment verlor er den Halt. Gerade noch konnte er sich mit den Vorderläufen an der Kante der Tonne festklammern. Sein Schwanz und seine Hinterpfoten tauchten in das widerliche Wasser. In heller Panik versuch-

te er, sich hochzuziehen, als sich nadelspitze Krallen in sein
Fell, seinen Rücken, seine Flanken bohrten. Er schrie vor
Wut und Schmerz, während er gleichzeitig begriff, dass die
Kätzin in Panik seinen Körper einfach als Leiter benutzte!
Ihr Gewicht zog ihn in die Tiefe, wieder drohte er, den
Halt zu verlieren. Er fasste nach. Ignorierte den Schmerz.
Konzentrierte sich nur noch darauf, nicht zu fallen.

Endlich war die Kätzin bei seinem Kopf angelangt und
sprang sofort auf den engen Fenstersims. Er folgte ihrem
Beispiel, indem er sich, wild mit den Hinterbeinen tretend,
aus der Tonne hochzog. Auch für ihn gab es nur den moos-
bewachsenen Sims als Rettung. Er sprang. Aber noch bevor er aufsetzen konnte, langte sie fauchend zu. Er hatte
keine Chance auszuweichen. Jede Bewegung hätte ihn in
die Tonne stürzen lassen. Er konnte lediglich den Kopf
einziehen, so dass sie ihm das Ohr statt des Auges zerfetz-
te. Der Hieb war so blitzschnell, dass er den grellen
Schmerz erst spürte, als die tropfnasse Kätzin längst in die
Gasse gesprungen und davongerast war.

Erst als das Wüten in seinem Ohr nachließ, bemerkte er
wieder den jungen Menschen, der unter einer der altmodi-
schen Laternen stand. Der Halbwüchsige glotzte ihn mit
offenem Mund an. Und dann rollte der Schmerz über den
Wanderer hinweg.

Er sah in das dunkle Wasser der Tonne, in dem sich Sterne
spiegelten und das beinahe sein Verderben und das der
Kätzin geworden wäre. Ein schwarzes, fremdes Katzengesicht starrte ihm aus dem Wasser entgegen. Das Bild löste
sich auf, als ein Blutstropfen aus seinem aufgeschlitzten
Ohr hineinfiel. Aber gut, ein entstelltes Ohr war kein zu
hoher Preis für ihrer beider Leben. Allerdings war ihre
Art, Danke zu sagen, doch ein wenig … ruppig.

Als das harte Pochen seines Herzens nachließ, witterte er in die warme, klare Nacht.

*Es ist noch nicht vorbei.*

Die Haut unter seinem Fell zog sich in Wellen zusammen. Die Gefahr des Flügelschattens war ganz nah.

Die Augen des Wanderers zuckten, als er den Ursprung der bösen Kraft suchte. Doch es war nicht sein Sehsinn, der das Böse entdeckte. Sondern seine anderen Sensoren, die ein viel schärferes Bild der Wirklichkeit zu zeichnen verstanden. Dort. In dem Tordurchgang auf der anderen Seite der Gasse, dort erkannte er die bösartig blauschwarze Dichte eines Menschen. Und jetzt konnte er rund um die Tonne die Spuren wahrnehmen, die dieser Mensch hinterlassen hatte. *Er* war es gewesen, der die Kätzin ins Wasser geschmissen und danach den Deckel auf die Tonne gelegt hatte, damit sie ertrank!

Schon rechnete der Wanderer damit, dass der Mensch sich nun auf ihn stürzen würde, um mit ihm zu vollenden, was ihm mit der Kätzin nicht gelungen war. Aber da zog sich die Gestalt zurück und verschwand.

# 3

Am nächsten Morgen brach Zadira Matéo kurz nach Sonnenaufgang auf. Als sich Guy, der junge Sänger, schläfrig nach ihr umdrehte, flüsterte sie ein zärtliches »Adieu« in sein gepierctes Ohr. Er ließ sich auf die schmale Matratze zurückfallen und begriff, dass er auf ein Frühstück im Bett verzichten musste.

Zadira zog sich auf der Außentreppe zu ihrer Dachwohnung ihre Laufschuhe an. Die Gardine am Küchenfenster ihrer Vermieterin, Madame Blanche, die in dem verwitterten Bürgerhaus aus dem 18. Jahrhundert ganz unten wohnte, bewegte sich, als Zadira vorbeilief.

Dorf-KGB, dachte sie. In Marseille hatte ihr Liebesleben niemanden interessiert. Und auch nicht, wie sie lebte. Hier aber erkundigte sich Madame Blanche jeden dritten Tag danach, ob Madame Lieutenant denn nicht endlich ein richtiges Bett statt einer notdürftig auf den Boden gelegten Matratze kaufen wolle. Oder wenigstens ein Regal für ihre Bücher und CDs, die Zadira in zwei Jaffa-Orangenkisten aufbewahrte. Zudem hatte ihr die Vermieterin deutlich gemacht, dass sie ihr jederzeit ihre Wäsche anvertrauen könne, nachdem sie Zadiras behelfsmäßige Wäscheleine erblickt hatte: eine alte Telefonleitung, die Zadira zwischen den beiden Stühlen am Resopal-Küchentisch aufgespannt hatte und an der die ihre im Handwaschbecken gereinigten Sportslips hingen.

Fast geräuschlos joggte Zadira nun durch die schmalen Gassen der Altstadt, in der nur ein paar Katzen unterwegs waren. Die Luft war weich, das Licht von einer goldmilchigen Zartheit, in der die verwitterten zwei- bis dreistöckigen alten Häuser romantisch wirkten. Der abgeplatzte sandfarbene Putz, hinter dem unregelmäßig geformte Flusssteine und manchmal sogar Stroh zum Vorschein kamen, die blauen, mehrfach übermalten Fensterläden, von Efeu, Weinlaub oder violetten Blumen in Hängetöpfen umrankt, und die schnörkeligen Streben, die die Jugendstil-Laternen an den Haus-Erkern hielten: Mazan war eine Stadt, die sich bereitwillig der Zeit und der provenzalischen Hitze, dem Wind und den bissigen Wintern überließ. Sie alterte in Schönheit. Vor den meisten Türen standen Stühle, und die Gassen neigten sich stets zu einer Seite hin ab, damit der Regen besser abfließen konnte.

Zadira lief durch eines der mittelalterlichen Stadttore und überquerte die belebte Hauptstraße, die den alten Kern von Mazan wie ein Rund umgab und von Außenblicken abschirmte. Hinter der Bäckerei bog sie rechts ab, joggte durch ein Neubauviertel mit großzügigen Einfamilienhäusern im modernen provenzalischen Landhausstil und lief in den nächstbesten Feldweg. Der Nachttau begann zu verdunsten und verwandelte den Duft der rotbraunen Erde, der Lavendelblüten und des Rosmarins in ein sinnliches Parfüm. Zadira fand, dass die Lavendelbuschreihen wie eine Kompanie lilafarbener Rasierpinsel aussahen. Darüber glänzte die schneeweiße Spitze des Mont Ventoux, und die schräg einfallenden Strahlen der aufgehenden Sonne färbten die Rundziegeldächer von Mazans Altstadt sandgolden.

In Marseille war Zadira jeden Morgen durch belebte Gassen und entlang smogverhangener Boulevards gelaufen,

auf denen sich die Autos hupend im Schritttempo drängten, durch Parks, in denen sich Junkies unter den Büschen
hervorrollten. Hier lief sie durch Weinberge und Apriko-
senplantagen und wurde auch noch von Bauern, Winzern
und Hundebesitzern gegrüßt. Es fühlte sich seltsam an.
*Wie sehr man sich an die Gleichgültigkeit der Leute ge-
wöhnt hat, merkt man erst, wenn man anfängt, ihre
Freundlichkeit verdächtig zu finden.*
Eine Dreiviertelstunde später wandte sich ein halbes Dutzend neugieriger Handwerkergesichter Zadiras langen
Beinen in den kurzen Shorts zu, als die Fahnderin ver-
schwitzt das Lou Càrri betrat.
Sie nahm das Frühstück bei Jean-Luc am polierten Holz-
tresen ein. Zwei Croissants mit Lavendelhonig aus Sault,
gelbe Pflaumenmarmelade aus Bonnieux, drei Espressi, ein
Ei im Glas mit Worcestersauce, ein Orangensaft – und
dazu jede Menge Versuche des Barmannes, »die Neue« ein
wenig auszufragen. Woher genau aus Marseille kam sie?
»Geboren im Panier, aufgewachsen im Belsunce. Das ist
quasi Klein-Beirut«, erklärte Zadira. »Viele Kofferhändler,
Berber-Rap und Garküchen.« Jean-Luc nickte, seine Augen glänzten. Welche Verbrechen hatte sie aufgeklärt?
»Zuletzt: achtjährige Drogenkuriere. Labordrogen für die
reichen Sheikhs, damit sie sich selbst ertragen können. Sie
bekamen Hirnblutungen und fuhren sich in silbernen Ma-
seratis tot.«
Jean-Luc klappte der Mund auf.
»Ist Mazan dagegen nicht furchtbar langweilig?«
Sie flüsterte: »I wo. Hier schickt die korsische Mafia ihre in
die Jahre gekommenen Killer auf Kur, wissen Sie.« Jean-
Luc schaute sie ungläubig an – und lachte dann unsicher.
Als sie ging, sog Zadira unwillkürlich den frischen Rauch

von Jean-Lucs Zigarette ein. Er gönnte sich gerade unter der hohen Kastanie eine Gitanes, dazu eine Tasse Schwarzen mit heißer, gesüßter Milch. Ob es an der elektrisierenden Woge Nikotin lag, die sie einsog, oder an der angenehm hemmungslosen Nacht mit dem gepiercten Sänger: Die Welt erschien Zadira an diesem Morgen entgegenkommender. Nicht mehr wie eine zugeschlagene Tür. Sogar das Städtchen kam ihr weniger eng vor, als sie jetzt durch die Gassen den Hügel Richtung Kirche hinaufschritt.

Zadira sprintete, zwei Stufen auf einmal nehmend, die Außentreppe des sandfarbenen Hauses hoch.

Der Sänger war fort.

Als sie in der winzigen Zinkwanne duschte, sah sie seine Telefonnummer auf dem beschlagenen Spiegel erscheinen. Sie beschloss, sie vorerst noch dort stehen zu lassen.

Kurz darauf suchte sie aus den verbliebenen frischen Wäschestücken ihre inoffizielle Uniform heraus. Cargohose, Tanktop und ein Herrenoberhemd, das die Pistole, die Handschellen, Messer und Stablampe am Koppelgurt überdeckte. Und eine Baseballkappe. Heute eine knallgelbe, mit dem Kampfspruch der in den neunziger Jahren bekannten Anti-Rassismus-Kampagne *Touche pas à mon pote* – Fass meinen Kumpel nicht an.

In Marseille war es Usus gewesen, als narc, als Drogenfahnderin, in Zivil zu gehen. Hier hatte Zadira sich schon zweimal von der Staatsanwältin Lafrage anhören müssen, doch bitte Uniform im Dienst zu tragen. Zadira ignorierte es.

Der Markt vor dem Rathaus hatte bereits geöffnet. Es gab Stände mit Olivenöl, Lindenblütensirup, Lavendelhonig, Steinpilz- und Wildschweinsalami, Käse, Pfirsichen und kistenweise Rosé. Ein Spezialist verkaufte zwei Dutzend

Sorten Tomaten. Noch drängten sich an den Ständen mit ihren bunt gestreiften Markisen nur wenige Kunden, hauptsächlich Senioren. Zadira bekam von dem italienischen Melonenmann mit dem prächtigen Schnauzer einen Schnitz Honigmelone überreicht. Gegenüber baute der vor sich hin singende Fahim, ein Watussi, seinen Lederwaren- und Hut-Stand auf.

»*Jonbour*, Schwester«, sagte er im breiten Verlan-Dialekt, und sie unterhielten sich, bis der Marktmeister anrückte, um die Standmiete abzukassieren.

Zadira wartete bis kurz nach acht Uhr, dass der Sergeant der Gendarmerie, der fassbauchige Lucien Brell, angerückt kam und sich dazu bequemte, ihre seit neuestem gemeinsame Wache im Rathaus aufzuschließen. Als er nach zehn Minuten immer noch nicht aufgetaucht war, öffnete Zadira selbst die Tür. Das dazu notwendige Dietrichset hatte die Ermittlerin von Djamal, einem der *copains* ihres Heimatviertels geschenkt bekommen. Als Unterpfand seines Versprechens, sich mit achtzehn einen legalen Beruf zu suchen. Djamal wurde damals *la clé* genannt, der Schlüssel, weil er jedes Schloss im Panier-Viertel knacken konnte. Djamal war inzwischen bei der Spurensicherung der wissenschaftlichen Polizei, der PTS. Das war so in Marseille: Gangster wurden Polizisten, Polizisten Gangster. Manchmal entschied nur der Zufall oder eine Freundschaft darüber, auf welcher Seite man landete. Und blieb.

Nun saß Zadira, Bee Gees' »Night Fever« summend, auf Sergeant Brells Bürostuhl. Sie legte ihre Füße in den roten Chucks auf den Tisch, nippte an einem Café crème aus Luciens Jura-Maschine und blätterte durch Brells Einsatznotizen. Wie üblich Verkehrsdelikte, Gurtmuffel, Handybenutzung am Steuer. Aber auch Anträge auf polizeiliche

Führungszeugnisse, Vorbereitung eines Begräbnisumzuges für einen Veteranen der Résistance, ein Nachbarschaftsstreit wegen des »zu langen Schattens eines Anbaus, der auf die Sonnenterrasse des Ferienhauses nebenan fällt«. Kein Wunder, dass der Gendarm befürchtete, sie könnte ihm einen ganz heißen Fall wegnehmen, zum Beispiel diese …

Zadira stutzte. Diese Entführung?

Eine Madame Éloise Roche hatte sie sprechen wollen. Wegen einer Entführung. Lucien hatte das Wort in Anführungsstriche gesetzt und ihr natürlich nichts davon gesagt, so als hätte er die Meldung – oder die Frau – nicht ganz ernst genommen.

»Plauzilla gönnt mir aber auch gar nichts«, murmelte sie.

»Wie sind Sie denn hier reingekommen?«, polterte eine Stimme von der Tür aus.

Zadira hob erst ihren Blick, dann ihren Dietrich.

»Bonjour, Sergeant Brell. Arbeiten Sie hier nur halbtags?«

Lucien Brell sah ein bisschen aus wie Gérard Depardieu in der Rolle des fettplauzigen Obelix, fand Zadira, vor allem jetzt, als er, finster dreinblickend, abwechselnd sie und den Dietrich musterte. Er schnaubte, wuchtete einen Korb auf den Tisch, darin jede Menge Tupper-Dosen, in denen Zadira sein zweites und drittes Frühstück vermutete.

»Das ist mein Schreibtisch, Lieutenant.«

»Mimimimimi«, erwiderte Zadira.

»Wie bitte?!«

»Ich sagte: mimimi. So hören Sie sich an. Mimimi, mein Schreibtisch, mimimi, mein Schlüssel. Mann! Glauben Sie ernsthaft, dass ich auf irgendetwas scharf bin, was Ihnen gehört? *Ihr* Mazan, *Ihre* Blitzpistole, *Ihre* Entführungen? Sergeant, ich bin zwangsversetzt, wissen Sie überhaupt, was das heißt?«

33

Der fassbauchige Sergeant starrte sie an. Sie starrte zurück. Und in diesen Augenblicken entschied sich etwas zwischen ihnen. Sie konnte förmlich sehen, wie er innerlich aufatmete.

»Karriere im Arsch und Heimweh im Herzen«, antwortete der Gendarm, kramte eine kleine bunte Blechdose aus dem Korb und öffnete sie. »Wollen Sie ein Berlingot?«, fragte er brummig.

Sie nahm sich eines der gefüllten, gestreiften Karamellbonbons, die als Spezialität der Region galten.

»Die aus Carpentras sind die besten«, sagte er, als er sich ebenfalls bediente.

»Finde ich auch.«

»Was wollte denn nun diese Madame Roche?«, fragte Zadira nach einer Weile, in der sie einträchtig gelutscht, gekaut und geschwiegen hatten.

»Ach, die. Sie war Direktorin an der Schule, fünfunddreißig Jahre lang. Aber jetzt hat sie nichts mehr zu tun und meint deshalb, ein wenig aufpassen zu müssen, wer was so macht.«

»Und?«

»Sie geht mit ihrem Wissen sehr großzügig um.«

»Wie oft ruft sie denn hier an?«

»Täglich.« Der Sergeant schnaufte.

Dann machte sich Brell an der Kaffeemaschine zu schaffen.

»Das mit dem Heimweh stimmt«, sagte Zadira, an seinen breiten Rücken gewandt. Der Gendarm schaufelte nachdenklich fünf Löffel Zucker in seine Tasse.

»Ich geh die Tage mal irgendwo 'nen zweiten Schreibtisch besorgen. Ein neuer ist im Etat nicht drin.«

»Ich nehme auch einen Camping-Klapptisch. Und bis dahin geh ich Frau Roche besuchen.«

Als Zadira Brells Stuhl freigab, ließ der sich sofort mit einem erlösten Seufzer darauf nieder.

»Und was sagt der Herr Commissaire Minotte dazu, dass sie als qualifizierte Ermittlerin ihre wertvolle Dienstzeit mit einer alten Tante vergeuden?«, fragte Brell mit einem Unterton, der kaum verhüllte, was er von Minotte hielt.

»Was der sagt? Hurra, hurra, schätze ich.«

Sie grinsten sich an; zu kurz, um es als Beginn einer wunderbaren Freundschaft zu werten, aber zu lang, um einander noch weiter zu triezen.

Commissaire Minotte und seine Leute würden sie sicher nicht vermissen. Und wenn schon. Kündigen konnten sie ihr nicht. Nur versetzen, wieder und wieder, bis ihnen die verdammten Versetzungsbescheide ausgehen.

Zadira lächelte zynisch. Nur selten war die Frage: »Was habe ich zu verlieren?«, so leicht mit »Nichts« zu beantworten gewesen. Und seltsamerweise bereitete es ihr ein perfides Vergnügen, es darauf ankommen zu lassen, wie tief sie wohl noch fallen könnte.

Éloise Roche wohnte wie sie selbst auf dem fast kreisrunden Altstadthügel von Mazan. Zadira bog ein paarmal falsch ab; all diese Gassen mit ihren sich ähnelnden Häuserfassaden, Toren und Treppen bildeten wirklich ein kleines Labyrinth. Zehn Minuten später saß Zadira auf der gemütlichen Sitzbank einer nach Kräutern, Knoblauch und gebackenem Brot duftenden Küche. Vor sich eine Kaffeetasse mit Entenschnabel-Henkel, eine warme Brioche auf einem Teller, und ihr gegenüber eine zierliche, prüfend über den Rand ihrer roten Lesebrille hinwegschauende Seniorin. Zadira war das Humpeln der Frau aufgefallen, auch lehnte neben der Haustür ein Stock, den Madame Roche wahrscheinlich benutzte, wenn sie das Haus verließ.

»Also«, setzte Zadira an, »Sie hatten dem Kollegen Brell …«

»Genau, dem dicken Lucien. Er sieht aus wie ein Fleischberg!«

»Pardon?«

»Der war schon in der Schule zu dick. Lucien, habe ich zu ihm gesagt, du musst die Finger von den Galettes und den Berlingots lassen. Waren Sie schon in seinem Weinladen? Lucien liefert für Hochzeiten aus. Neulich, da hat die Claire vom Reiterhof den italienischen Mechaniker geheiratet, na, sie mussten, weil da was Kleines unterwegs war, aber ob die Claire das überhaupt von ihrem Autodoktor hat, weiß man nicht, sie war nie eine, die …«

So ging es, seitdem Madame Éloise Roche Zadira begrüßt hatte. Als ihr die pensionierte Lehrerin die Tür öffnete, hatte sie zunächst genauso reagiert, wie Zadira es schon gewohnt war: Irritation über die Mischung von dunklem Teint und hellen Augen, von Frau und Fremdheit. Aber die darauffolgende Reaktion war eine Überraschung gewesen. Madame Roche hatte an ihr hinabgeschaut und gerufen: »*Mon Dieu, ma petite*, Sie sind ja viel zu dünn!« Ohne weitere Umstände war Zadira an den Küchentisch verfrachtet und seither permanent mit zuckerhaltiger Nahrung und Klatsch versorgt worden.

»… mit Luciens Mutter, die übrigens aus Saint-Didier …«

In diesem Moment schlurfte ein Halbstarker in die Küche.

»… ach, und das ist mein Großneffe Victor. Er ist für die Sommerferien da, aus Paris. Sag guten Tag, Victor.«

»Tag. Tante É., hast du ein bisschen Kleingeld für mich? Ich wollte mit Raffa skypen und 'ne *Pitss* Hawaii reinziehen …«

Zadira nahm den zarten Geruch von Marihuana an Victor war. Er verstummte, und Zadira sah, wie seine trägen,

36

blauen Teenager-Augen sich beim Anblick ihrer Waffe am Gürtel weiteten. Zadira schenkte ihm daraufhin ihr schönstes Polizistinnen-Lächeln. Victor war so fix verschwunden, dass er fast schon kleine Luftwirbel im Raum hinterließ. Zadira grinste verhalten, als sie ihn oben im ersten Stock hektisch herumräumen hörte. Dachte der ernsthaft, sie war wegen ihm hier?

»Madame Roche«, versuchte sie es noch einmal, »Sie hatten Sergeant Brell eine Entführung gemeldet.«

»Ja, genau. Sie wären ja wohl kaum gekommen, Madame la Commissaire, wenn ich nur gesagt hätte: ›Lucien, schick mir deine Chefin doch mal zum Éclair und Café au lait vorbei‹. Ich rufe ihn jeden Tag an, um ihn ein bisschen auf Trab zu halten.«

»Lieutenant ist völlig ausreichend. Und ich bin auch nicht Lucien Brells Chefin.«

»Wieso ist er dann so schlecht gelaunt, seitdem Sie hier sind?«

Aus Tradition, wollte Zadira sagen. Police Nationale und Gendarmerie waren ein zwangsverheiratetes Ehepaar. Die Gendarmen hielten sich für abgebrühte Soldaten im wahren Krieg gegen Wildangler, Falschparker und Raser, und sahen auf die vergeistigten Nationalpolizisten hinab. Diese wiederum hielten die Gendarmen für tumbe Verkehrserzieher, für *campagnards,* Bauerntrottel, während sie die coolen, hippen Jungs waren, die in die psychischen Tiefen des Verbrechens eintauchten wie in *Crème brûlée.* Jede Zusammenarbeit war ein einziges Gerangel um Kompetenzen und Pöstchen.

Zadira stellte fest, dass sie diese Längenvergleiche verachtete. Aber vielleicht hatte sie mit dem dicken Lucien ja Glück? Immerhin hatte er ihr ein Berlingot angeboten.

Und einen eigenen Tisch in Aussicht gestellt. Der Anfang einer Völkerverständigung.

»*Bon.* Vielleicht ist ›Entführung‹ ein wenig zu dramatisch«, gab Madame Roche zu. »Aber ich frage mich, wo mein Schätzchen steckt.« Éloise Roche kam in Fahrt. Sie schwärmte von Zutraulichkeit, Anmut und Charme. Doch spätestens als sie bei dichtem, weichem Fell, dem roten Halsband mit Glöckchen und den neugierigen Tatzen angekommen war, mit denen das »Schätzchen« die weite Welt erkundete, war Zadira Matéo klar, dass es sich zwar um das edelste Wesen von ganz Mazan handelte, aber vor allem um ein Kätzchen namens Tin-Tin.

»Und Sie wollen, dass ich Ihren Tin-Tin suche?«, fasste Zadira die Katzen-Eloge zusammen.

Madame Roche strahlte Zadira an. »Genau! Lucien kann sich ja nicht mal mehr richtig bücken.« Da beugte sich die ehemalige Lehrerin abrupt vor: »Sie müssen mich für eine seltsame alte Schrulle halten.«

»Stimmt.«

Éloise Roche lachte mädchenhaft auf. Dann wurde sie ernst.

»Ich weiß natürlich, dass Sie eigentlich Mörder und Drogenbosse fangen. Aber ich befürchte, wir haben auch einen Mörder in Mazan«, sagte sie.

»Einen Mörder?«

»Ja. Er tötet Katzen. Seit mehreren Jahren. Meist mit Gift, das weiß ich, aber es wurden in der Region auch schon Katzen mit eingeschlagenen Schädeln gefunden. Ich stehe in Kontakt mit den Lehrerinnen aller Dörfer, und uns ist aufgefallen, dass es blutige Sommer für unsere Katzen gibt. Das können nicht nur betrunkene Teenager sein, die gerade ihre Tierquäler-Phase haben. Und jetzt, ausgerechnet im Juli, ist Tin-Tin …« Éloise schloss die Augen, presste eine Hand vor den Mund. »Ist es nicht seltsam, dass man kleine Katzen so liebhaben kann, dass es einem das Herz bricht, wenn sie gehen?«

Zadira Matéo verriet ihr nicht, wie gut sie das verstand. Als Mädchen hatte sie immer eine Katze haben wollen. Aber ihr Vater hatte es nicht erlaubt.

»Saddie, wer Katzen wirklich liebt, der lässt sie frei. Katzen wollen Wind und Sonne spüren, nicht eingesperrt sein in den Mauern, hinter denen wir uns verstecken«, hatte er ihr erklärt.

Dann, sie war elf, war Zadira mit einem Winzling von Kätzchen aufgetaucht, das halb tot im Treppenhaus ihres Wohnblocks in einer Ecke gelegen hatte. Ihr Vater hatte Zadira geholfen bei ihrem Versuch, das kleine Fellbündel zu retten. Mit warmer Milch, einer Pipette, Wärmflaschen und all ihrer kindlichen Liebe. Doch es war zu schwach gewesen und in ihren Händen gestorben. Milva hatte Zadira das Kätzchen getauft. Ihr Vater und sie begruben Milva in dem Park unterhalb der Kirche Notre-Dame de la Garde, in einem weißen Karton, den sie mit einem alten Hemd ausgepolstert hatten. Drei Wochen später musste Zadira auch ihren Vater begraben.

»Wenn Sie mich fragen, sind Katzen die besseren Menschen. Ich sollte meiner Nichte raten, Victor gegen einen Kater einzutauschen«, drang Madame Roches Stimme in Zadiras Bewusstsein. Dann fixierte die Lehrerin die Ermittlerin über ihre rote Brille hinweg. »Er kifft zu viel, irgendwann fließt ihm sein Gehirn noch aus den Ohren wie ein weicher Brie-de-Meaux-Käse. Na, wie auch immer. Und Ihnen, Madame Lieutenant? Gibt es jemanden in Mazan, der ihnen besonders gefällt?«

»Was? Wieso denn mir auf einmal?«

»Eine so junge Frau wie Sie hat doch sicher Bedürfnisse.«

Zadira ahnte, was jetzt kam. Das hatten ihre Ersatzmütter in Marseille auch nie lassen können. Ständig wollten sie Zadira ihre Söhne als Ehemann verkaufen. Sie schwärmten von geraden Zähnen, feurigen Lenden und einem Wesen, treu wie ein Schäferhund. Es machte Frauen einfach nervös, eine andere Frau ohne Mann in ihrer Nähe zu wissen. Das war gefährlich wie eine ungesicherte Kettensäge.

»Also«, begann Madame Roche, »wir hätten da Jean-Luc, den Barmann. Er lebt in Scheidung und hat eine Katze, Suzette, ein verfressenes hellbraunes Ding. Des Weiteren wäre da Theophil, der Zementgießer. Legastheniker, aber eine treue Seele. Hat auch einen Kater, Rocky oder Rambo, ein Riesentier. Den hat er neulich erst kastrieren lassen, in Carpentras. In Mazan gibt es ja keinen Tierarzt mehr, schon seit einem Jahr nicht, obwohl die Stadt auf mein Anraten sogar bei Facebook eine Anzeige geschaltet hat. Aber wahrscheinlich will einfach keiner in die Provinz. Sind Sie auch bei Facebook?«

»Ich möchte lieber allein ...« bleiben, wollte sie sagen. Madame Roche überhörte es generös.

»Facebook ist für uns Menschen das, was für Katzen Katzenminze ist. Ich stöbere wahnsinnig gern darin herum; es ist erstaunlich, was die Leute so alles über sich erzählen. Übrigens, wenn Sie mit einem Mann auch reden wollen statt nur, Sie wissen schon, dann fiele mir da einer ein. Gepflegt, ledig, gute Stellung ...«

»Ihre Toilette ist bitte wo?«

»Hier, die Tür gleich neben dem Herd.«

Éloise Roche redete durch die geschlossene Tür hindurch, während Zadira so tat, als erleichtere sie sich. Auch im Klo waren Entenfiguren zu finden, auf Simsen und Brettchen. Auf einem Hocker lag die aktuelle Ausgabe von *Le Dauphiné*. Das Revolverblatt machte mit dem Würgemord an der Studentin in Aubignan auf: »Serienmörder im Vaucluse? Vierter Frauenmord in zwei Jahren!«

»... mehrsprachig, ein ganz feiner Mann. Er kommt aus Avignon, da war er im Hôtel du Clôitre. Jetzt ist er Hotelmanager im Château de Mazan. Wissen Sie überhaupt, dass unser bestes Hotel hier eine Residenz des Marquis de Sade war?«

Zadira drückte die Spülung. Als sie aus dem WC kam, fragte Madame Roche: »Oder mögen Sie lieber Frauen?«

»Zu Victors Zimmer geht es hier entlang?«, erkundigte sich Zadira statt einer Antwort und stieg die enge, knarzende Treppe nach oben.

Der Teenager stand nervös vor seinem Kleiderschrank, als Zadira sich gemütlich auf das unordentliche Bett setzte.

Sie schaute Victor an, ohne etwas zu sagen. Er wand sich unter ihrem durchdringenden Blick.

»*Merde,* ich mein, sorry, ach, so ein Mist. Es ist echt nur für mich, ja, ich deal nicht damit oder so, *kéo?*, ich mein, okay?«

Zadira schwieg weiter.

»Raffa und ich haben nur ... zum Spaß ... ich mein, jeder im Lycée macht das ...«

Sein Blick glitt zu seiner Sporttasche.

»Ist nicht dein Ernst. Echt? In den Nikes?«, fragte Zadira.

Der Junge wurde erst knallrot, dann tiefblass.

Er nickte.

»Die möchte ich lieber nicht anfassen, Victor.«

»Okay.« Rasch kniete er nieder und fummelte das Alupäckchen mit dem Klumpen Gras aus seinen Sportschuhen hervor. Zadira musste nur noch die Hand ausstrecken. Bereitwillig ließ Victor es hineinfallen.

»Krass«, flüsterte er fahrig. »Komm ich jetzt in den Knast?«

»Hmmh«, machte sie und tat so, als müsste sie überlegen.

»Oh, *merde, merde, merde!*«

Zadira ließ ihn zappeln. Dann sagte sie: »Buchen wir es unter Ferienerlebnis ab. Aber hör auf zu kiffen. Du machst deine Großtante damit unglücklich. Ich kontrolliere dich nicht, ich geh davon aus, dass wir uns verstanden haben.« Sie stand auf. »*Salut,* Victor. Man sieht sich.«

Es dauerte, bis er begriff, dass sie ihn davonkommen ließ. Sie genoss seine heruntergeklappte Kinnlade, bevor er antwortete: »Ähhh … geht klar.« In seinen Augen stand grenzenlose Bewunderung.

Auf dem Treppenabsatz wartete Éloise Roche. Sie reichte Zadira ein Keramiktöpfchen.

»Ach, Madame Roche, das wäre doch nicht nötig …«

»Das ist auch nicht für Sie«, unterbrach Éloise Roche sie. »Das ist ungesalzene Thunfischpastete. Für Tin-Tin. Wenn er das riecht, wird er Ihnen vertrauen.« Die alte Lehrerin lächelte und zog ein Foto hervor. »Und das ist er. Bitte, finden Sie ihn.«

# 4

Julie liebte die sechs großen Gartenzimmer des Château de Mazan, die sie heute Vormittag zu reinigen hatte. Jedes Zimmer verfügte über eine eigene, nicht einsehbare Terrasse mit Zugang zum Garten, der jetzt, Anfang Juli, in voller Blüte stand, von Düften durchzogen und von Schmetterlingen bevölkert. Über den Suiten befand sich die große, mit Holz ausgelegte Restaurantveranda des Vier-Sterne-Hotels, und über dieser wiederum zwei weitere Stockwerke mit Zimmern und Suiten. Dank geschickter Efeu- und Paravent-Konstruktionen war es nicht möglich, die intimen Patios der Gartensuiten einzusehen.

Auf der Gartenebene waren noch das Weindepot und das Wäschelager untergebracht, der Zugang zur Feuerfluchttür, die auf eine stille Gasse der Altstadt hinausführte, und ein zweites Kühlhaus, in dem der Chefkoch Frédéric im Winter reichlich Vorräte einlagerte. Im Sommer, wenn jeden Tag frische Ware angeliefert wurde, war es so gut wie ungenutzt.

Julie trug noch ihre Putzhandschuhe, als sie nach dem Reinigen von Suite 205 ehrfürchtig den edlen Parfümflakon vom Marmorwaschtisch nahm. Sie hielt ihn auf Armeslänge von sich weg, betätigte den Sprüher und genoss den dunklen, erregend teuren Duft, der sich daraufhin entfaltete. So also rochen erfolgreiche, attraktive Männer.

Männer wie Monsieur César Alexandre.

Nicht nach dem Duschgel aus dem U-Express-Markt, das Dédé benutzte. Dieser peinliche *crétin* aus der Hotelküche, der förmlich Wasser anbrennen ließ, wenn Julie in der Nähe war.

Julie sprühte noch einmal und stellte das Fläschchen dann exakt an die Stelle zurück, an der es vorher gestanden hatte. Das hatte sie als Erstes gelernt, als sie hier vor einem halben Jahr als ungelernte Aushilfskraft begann: Alles musste perfekt gereinigt sein, aber kein Gast durfte das Gefühl haben, dass seine intimen Utensilien angefasst wurden.

Als Nächstes griff Julie nach dem weißen Hemd, das der Gast von 205, Monsieur César Alexandre, achtlos über den Wannenrand geworfen hatte. Was für ein kostbarer Stoff. Julie hängte es auf einen Holzbügel und zog ihre Handschuhe aus, um das feine Garn zu betasten. War das Schweizer Batist? Exklusiver ging es kaum. Sie knöpfte das Hemd voller Bewunderung zu.

César Alexandre. Julie hatte ihn heute früh mit zwei weiteren Herren und einer sehr eleganten, unglaublich schönen blonden Frau beim Frühstück gesehen. Das betuchte Quartett aus Paris war zwar nicht jedes Jahr um die gleiche Zeit hier, kam aber regelmäßig, das hatte ihr Paul von der Rezeption erzählt. Paul teilte sein Wissen über die Gäste gern mit ihr. Auch dass Monsieur Alexandre in der Regierung arbeitete und er und seine Freunde zu den einflussreichsten Familien Frankreichs gehörten, wusste Julie von ihm.

Was solche Leute nur an diesem Dorf finden, dachte sie, während sie das Hemd streichelte. Warum fuhren sie nicht nach Saint-Tropez? Nach Antibes? Oder auf die Malediven?

Die vier Gäste hatten alle sechs Gartenzimmer gemietet, und das zu Hochsaisonpreisen. Sie wollten hier unten ihre

Ruhe haben und nutzten die beiden zusätzlichen Zimmer als Speise- und als »Spielzimmer« für Schach und Kartenspiele, wie Paul zu vermelden gewusst hatte. Manchmal fragte sich Julie, was Paul sonst noch so alles wusste. Aber ihr nicht erzählte.

Die vier waren sehr höflich zu allen Angestellten des Châteaus. Ein Beweis dafür, dass sie wirklich sehr reich waren und es nicht nötig hatten, nach unten zu treten, um nach oben zu kommen. Sie waren nicht so wie diese neureichen Amerikaner und Russen, die über Julie hinwegredeten, als sei sie ein Schirmständer. Die sie umherschickten wie ein Apportierhündchen, oder, vor allem wenn die Männer getrunken hatten, ihr eindeutige Angebote machten.

Es war den Angestellten des Hotels strikt untersagt, sich mit den Gästen einzulassen, auch außerhalb der Dienstzeit. Julie hatte es trotzdem getan. Zwei, drei Mal im Stehen, mit dem Oberkörper übers Bett gebeugt, vor der Kommode. Nicht wegen des Geldes und nie mit den wirklich Betrunkenen, sondern weil sie neugierig war. Und ein bisschen auch, weil sie hoffte, dass einer von ihnen sie ernst nahm. Und mehr in ihr sah als nur eine kleine Hotelmaus.

Julie nahm den Bügel, ging durch den grau gekachelten Salon der Suite ins Schlafzimmer mit dem breiten Polsterbett und hielt das Hemd ins Tageslicht, um sein feines Garn schimmern zu sehen. Sehnsüchtig streichelte sie es. Wachsam glitt ihr Blick in Richtung Garten. Doch es blähten sich nur die zarten Vorhangschals im warmen Wind, während die Zikaden ihre ewige Frage zirpten: »Was? Was? Was?« Und auch in dem hohen, gelben Herrenhaus herrschte die Ruhe der Beschäftigten.

Monsieur war beim Golfen, wie Paul wichtigtuerisch erwähnt hatte, bevor er Julie seine neuen Schuhe vorgeführt hatte. Der Concierge liebte handgenähte Rahmenschuhe. Julie fragte sich, wieso. Die konnte man hinter dem Rezeptionstresen doch sowieso nicht sehen. Aber, bitte, wer es sich leisten konnte. Sie seufzte. Sie konnte sich nie etwas leisten. Aber vielleicht, wenn André Ugo, der Manager, sie doch noch von der Aushilfe zum Azubi befördern würde? Sie war ihm dankbar, dass er sie aus Montbrun-les-Bains weggeholt hatte. Aber wollte sie überhaupt hierbleiben?

»Nein«, flüsterte sie.

Sie wollte ...

Eine huschende Bewegung im Garten riss sie aus ihren Gedanken. Julie lächelte, als sie ihre Freundin erkannte. Eigentlich war das kleine Wesen, das sich jetzt im Schutz der blühenden Büsche heranpirschte, die einzige Freundin, die sie hier in Mazan hatte. Und auch die einzige, die ihr Trost spendete.

»*Salut*, Manon«, wisperte Julie.

Die ingwerfarbene, schlanke Katze mit dem irritierend schönen Gesicht und den beseelten, grünen Augen, sah verschreckt zu ihr auf, blieb verängstigt außerhalb der Reichweite ihres Arms im Patio sitzen.

»Was hast du denn, Manon?«, flüsterte Julie stirnrunzelnd. Die Katze, die dem Chorleiter Brunet gehörte, hatte noch nie Angst vor ihr gehabt. Wie oft schon war Manon des Nachts auf flinken Pfoten über die Dächer zu ihr gekommen, wenn Julie am offenen Fenster saß und von einem anderen Leben träumte. Hatte sich schnurrend an sie geschmiegt und ihr damit das Gefühl gegeben, geliebt zu werden.

Wie hatte Julie Manon um die Freiheit beneidet, über den Dächern zu tanzen und nur den Sternen zu folgen.

»Hast du etwa Ärger mit einem Kater gehabt?«, fragte sie.

Julie ging mit dem Hemd in der Hand zu dem Jugendstil-schrank neben der Terrassentür und hängte es vor den Spiegel. »Vielleicht mit deinem Liebhaber?«

Im Spiegel traf Julies Blick auf den von Manon. Grüne und braune Augen, die sich ansahen.

»Du hast doch sicher Liebhaber, oder?«, fragte die junge Frau die Kätzin spitzbübisch.

Manons Ohren zuckten, dann warf sie sich herum und ver-schwand.

Julies Gedanken eilten zu Monsieur Alexandre zurück. Seine Augen. Zwei kühle, tiefe, dunkle Brunnen, in einem so noblen, scharf geschnittenen, fürstlichen Gesicht. Er sah aus wie dieser Schauspieler, der mit Juliette Binoche diese aufregenden erotischen Spiele veranstaltet hatte, wie hieß er doch gleich noch?

Julie verlor sich in einem Tagtraum, als sie begann, das Hemd auf dem Bügel wieder aufzuknöpfen. Sie stellte sich vor, sie wäre zu einem Fest bei Pierre Cardin eingeladen, der im Luberon in der Nähe von Bonnieux ein kleines Schloss besaß. Sie würde mit Monsieur Alexandre und seinen drei Freunden in einer Limousine vorfahren, in Monsieurs ed-lem Mercedes. Julie sah sich die Stufen zum Eingang des Landsitzes emporsteigen. In einem Abendkleid aus grüner Seide, das ihr langes, dunkelrotes Haar zum Leuchten brin-gen würde. Ob sie etwas darunter tragen würde? Nein. Na-türlich nicht. Nur halterlose Seidenstrümpfe.

Mit geschlossenen Augen tauchte Julie ihr Gesicht in den Hemdstoff und sog den Duft ein, den Alexandres Haut, sein energischer, schlanker Körper, sein teures Parfüm dar-in hinterlassen hatten. Ihre Finger glitten über den Stoff, von den Ärmeln zur Schulterpartie, schon vermeinte sie, etwas anderes als nur den reinen Stoff und den Schrank dahinter zu spüren. In ihrem Kopf entstanden Bilder, von ihm, seinem nackten Rücken, der sich über ihr hob und senkte und …

»Gefällt Ihnen das, Julie?«

Julie riss die Augen auf, wirbelte mit einem erschreckten Laut herum und drückte sich gegen den Schrank. Sie spürte, wie ihr die Schamesröte in die Wangen schoss.

Er stand zwischen den weißen, sich bauschenden Vorhängen. Trotz der Mittagshitze trug er eine schwarze leichte Hose, ein schwarzes, glattes Polohemd, einen schwarzen Ledergürtel und an beiden Händen schwarze, sichtbar teure Golfhandschuhe. Eine Sonnenbrille verbarg seine Augen. Er wirkte ruhig und kühl.

Monsieur Alexandre.

Er nahm die Brille ab. Sein Blick traf sie wie ein Schlag. Julie war unfähig, sich zu rühren. Unfähig, ihre Lider niederzuschlagen.

Ruhig und bedacht kam César Alexandre näher. Seine Absätze verursachten knirschende Geräusche auf den Bodenfliesen.

»Monsieur, ich bitte um Verzeihung, ich …«

»Schhh«, flüsterte er. »Sei still!«

Julie gehorchte.

Er stand nun so dicht vor ihr, dass seine Nähe eine Welle der Angst in ihrem Solarplexus auslöste. Einer süßen Angst.

Er schaute sie an, ohne zu lächeln.

»Entschuldige dich nie für das, was du begehrst«, raunte er.

*Entschuldige dich nie für das, was du begehrst?*

Konnte er denn wissen, was sie begehrte?

Fassungslos spürte Julie, wie sich die Hitze in ihrem Gesicht nun auch in ihrem Schoß ausbreitete. Sie kam sich nackt und hilflos vor. Sie ertrug es nicht länger.

»Haben Sie noch einen Wunsch?«, presste sie die ersten Worte hervor, die ihr in den Sinn kamen. Ein Satz, den sie schon tausendfach gesagt hatte, der nichts bedeutete, nichts Persönliches. Im Prinzip.

Doch da nickte Monsieur Alexandre zufrieden.

»Nein danke, Mademoiselle Julie. Vorerst nicht. Aber lassen Sie das Hemd bitte waschen und bügeln.«

Er trat einen Schritt zurück. Sie nahm das Hemd, fahrig, murmelte stotternd: »*Bien sûr,* Monsieur«, und eilte aus dem Zimmer.

Ihr Herz schlug so schnell, dass sie den Puls in ihren Schläfen, unter ihrer Zunge und zwischen ihren Schamlippen pochen fühlte.

Würde Monsieur Alexandre sie bei André Ugo melden?

Nervös eilte Julie zur Wäscherei und schmuggelte Monsieur Alexandres Hemd in einem Leinenbeutel mit seiner Zimmernummer zu den von der Hausdame Valentine bereits eingesammelten Stücken. Dann hielt Julie ihre Handgelenke unter das Kranwasser des Vorwaschbeckens. Doch es wollte im Juli nie kalt genug werden. Sie wusch sich das Gesicht. Endlich beruhigte sich ihr Puls etwas.

Wenn Monsieur Alexandre sie meldete, dann würde Julie ihre Stellung verlieren und müsste zurück in ihr Dorf.

Doch was wäre, wenn Monsieur Alexandre sie nicht meldete, sondern eine Gegenleistung für sein Schweigen verlangte?

Julie betrachtete sich im Spiegel über dem Becken, als sie sich das Haar frisch und straff am Kopf anliegend aufsteckte.

»Gib es doch zu«, flüsterte sie ihrem Antlitz zu. »Du würdest alles tun, was er verlangt. Alles!«

»Na? Spielen wir Prinzessin, statt zu arbeiten?«

Sie schrak zusammen. Gustave, der Oberkellner. Sie war so sehr in Gedanken versunken gewesen, dass sie gar nicht bemerkt hatte, dass er in die Wäscherei gekommen war. Rasch schlüpfte sie an ihm vorbei, bevor er sie gegen das Becken drücken konnte.

Julie verfluchte sich dafür, dass sie dieses eine, dumme Mal mit Gustave geschlafen hatte! Ein böser Fehler, den vermutlich viele junge Aushilfen in einem teuren Hotel begingen, um sich nach oben zu kämpfen. Gustave war ein geübter Oberkellner – aber ein lausiger Liebhaber. Jedenfalls hatte sie ihm danach ihre Gunst verweigert, was Gustave ihr seither nicht verzieh. Er nutzte jede Gelegenheit, um Julie zu beleidigen oder sie zu einer Wiederholung dieser Zusammenkunft zu bewegen. Zum Beispiel indem er, nur mit einem Handtuch um die Hüften, in die Personalduschen getrampelt kam, während Julie gerade unter der Dusche stand. Froh, Gustave auch dieses Mal wieder entkommen zu sein, eilte sie hinauf in das rot-weiß gekachelte Jugendstil-Foyer, wo sie André Ugo auf sich zukommen sah. Jetzt, dachte Julie. Jetzt wirft er mich raus!

»Warum hast du so lang in den Gartensuiten gebraucht?«, herrschte sie der Manager leise an. »In einer halben Stunde trifft eine Delegation deutscher Gourmetjournalisten ein. Sieh zu, dass im ersten Stockwerk die Decken stramm liegen und keine Haare im Abfluss sind. Los, los jetzt. Und heute Abend hilfst du im Restaurant.«

»Ja, Monsieur«, flüsterte sie brav, erleichtert, dass ihre Befürchtung nicht eingetreten war.

»Hast du schon gegessen?«, fragte er und zupfte ungeduldig eine Fluse von ihrer gestärkten Hausmädchenuniform fort.

Julie schüttelte den Kopf.

»Lass dir was von Frédéric zurückstellen. Und dann mach die Zimmer für die Deutschen schön. Hol auch frische Blumen. Los jetzt!«

Julie straffte sich, als sie an den Warmhaltetresen der Küche trat. Dort traf sie auf das nächste Problem in Gestalt von Dédé, dem Hilfskoch. Ihm fiel prompt das Messer aus der Hand, als er sie erblickte. Dann errötete er bis unter die hellblonden, stoppeligen Haare. Dédé Horloge errötete immer, wenn er sie sah.

»Mensch, Semmel, das ist japanischer Stahl!«, herrschte Chefkoch Frédéric seinen jungen Azubi an. Sie waren bereits mit den Vorbereitungen für das Sieben-Gänge-Menü für die Gourmetjournalisten beschäftigt. Da war ein tollpatschiger, weil verliebter Hilfskoch das Letzte, was Frédéric gebrauchen konnte.

Julie seufzte innerlich. Sie mochte Dédé. Aber sie würde niemals mit ihm schlafen. Weil er lächerlich aussah mit seiner schlaksigen Figur, der großen Nase und den abstehenden Ohren. Und weil er ein Nichts war, genau wie sie, ein Bauernlümmel aus den Lure-Bergen.

»Ich … ich hab dir dein Lieblingsessen gemacht. Ratatouille, aber nur mit rotem Gemüse«, stammelte er.

Woher er das nun wieder wusste? Sie konnte gelbe Paprika und grüne Zucchini tatsächlich nicht ausstehen.

»Was? Das ist ja widerlich«, behauptete Julie trotzdem. Und genoss es auf eine merkwürdige Weise, dass Dédé sich bei ihren Worten krümmte, als würde er Prügel beziehen. Schon eine Sekunde später tat er ihr furchtbar leid. Vor allem als sie bemerkte, dass Frédéric sie mit einem missbilligenden Kopfschütteln bedachte.

»Schon gut, Milchsemmel«, meinte sie sanfter. »War nur ein Witz.«

»Dédé! Hast du die Melonen vorbereitet?«, rief der Chefkoch, als Julie davoneilte.

Während sie die Zimmer im ersten und zweiten Stock mit routinierter Geschwindigkeit herrichtete, fand sie ihre Ruhe wieder. Sie war ein gutes Zimmermädchen, das wusste sie. Und es verschaffte ihr Befriedigung, die herrschaftlich eingerichteten Räume perfekt und harmonisch zurechtzumachen. Es war diese Arbeit, bei der ihre anfangs diffusen Träume eine bestimmte Richtung genommen hatten.

Jedes der Zimmer im Château hatte seine eigene Note. Und alle entzündeten Julies Phantasien. Ein kleiner Schauer der Freude und Angst durchlief ihren Körper, als sie begriff, dass Monsieur Alexandre eine neue, nicht unwesentliche Rolle dabei spielte. Sie ahnte, dass er der Schlüssel zu jener verborgenen Tür in ihr war, durch die sie dringender denn je gehen wollte.

Julie beschloss, ihm das Hemd eigenhändig zu bügeln. Und natürlich auch zu bringen.

# 5

Der dunkle Engel war sehr zornig. Es kostete Mattia alle Kraft, ihn unter Kontrolle zu halten. Die große Inszenierung des Schmerzes und des Todes hatte einen Makel bekommen.

Wellen maßloser Wut fluteten durch seine innere, verborgene Welt. Doch er durfte sich nichts anmerken lassen. Einatmen. Ausatmen.

Dabei hatte er alles so gut vorbereitet. Wie immer. Das Dreckstück von Katze hatte sich gewehrt, aber natürlich nichts gegen seine Lederhandschuhe ausrichten können.

Die beste Art, diese kleinen Teufel zu töten, war, sie ins Wasser zu tauchen. Und ihnen dann, kurz bevor die satanische Kraft in ihrer fleischlichen Hülle begriff, dass sie erneut verloren hatte, noch einmal in die Augen zu schauen.

Aber erst hatte dieser drogensüchtige Teenager ihn um diesen Moment betrogen. Was hatte der um diese Zeit überhaupt noch auf der Straße zu suchen? Und dann das schwarze Biest. Eine Katze, die eine andere Katze rettete.

Nie zuvor hatte er sich so gedemütigt gefühlt. Was in dieser Nacht passiert war, widersprach allem, was er bisher über diese widerlichen Schleicher zu wissen geglaubt hatte. Widersprach allem, wofür er lebte. Und kämpfte. Und litt. Es war ein ... Verrat!

Augenblicklich begannen die Flügel des schlafenden Engels zu zucken. Mattia zwang sich, seinen Atem zu kontrollieren. Ein. Aus. Ein! Aus!

Lysanne war die Erste gewesen. Damals, als er noch nichts von seinem schlafenden Engel wusste. Fast hätte er aufgelacht, als ihm der Gedanke kam, dass Lysanne den Engel womöglich erweckt hatte. Nein. Nicht Lysanne. War es nicht ...

Als das Gesicht seiner ersten Geliebten aus den Tiefen seiner Erinnerung auftauchte, hätte das Beben, das die Bilder begleitete, beinah die Maske durchbrochen, die er der Welt zeigte.

Doch. Lysanne, das braun gestreifte Miststück, hatte sich zwischen ihn und seine Geliebte gedrängt. Wie sie ihn immer angeschaut hatte. So wissend. So tückisch. So abgründig schlecht.

Nein, es war nicht wegen seines Vaters gewesen, diesem religiösen Narren, dass Mattia Katzen hasste. Sie seien des Teufels, hatte der Alte zwischen seinen inbrünstigen Gebeten geschimpft. Und zwischen den Schlägen, die er dem Jungen verpasste. Die Seelen sündiger Frauen würden im Traum in die Körper der Tiere schlüpfen, um sich wollüstig mit dem Teufel zu paaren. Ha! Lächerlich. Aber es stimmte, dass Frauen Katzen verfielen. Katzen konnten die ganze Aufmerksamkeit einer Frau auf sich ziehen. Ihre Liebe rauben. Sie ihm wegnehmen.

Darum tötete er sie.

Aber das Miststück gestern Abend war aus der Regentonne entkommen. Mit Hilfe einer anderen Katze!

Mattia erbebte innerlich bei dem Gedanken, was das für ihn bedeuten könnte. Für ihn und den Engel.

Die Flügel zuckten. Augen bewegten sich unter geschlossenen Lidern.

Nein, es war kein schlechtes Omen. Dennoch gab es nur einen Weg, diesen Makel, diesen Bruch des Rituals zu beseitigen. Leider würde er sich der Katze, die er beinahe besiegt hätte, nicht mehr so leicht nähern können. Doch es gab ja noch die andere. Mager, hungrig und schwarz.

Die Farbe des Teufels.

Er musste sie finden.

# 6

Himmel oder Hölle? War er im Katzenparadies? Oder in einem riesengroßen Schlamassel?

Während der Wanderer nach einem unruhigen, viel zu kurzen Schlaf nun die düstere, von Efeu überwucherte Hauswand mit der Fenstertür vor sich musterte, dachte er daran, wie verheißungsvoll ihm diese Stadt gestern Abend noch vorgekommen war. Ein Refugium für Katzen. Ohne Hunde, ohne Autos, ohne geschlossene Türen. Ein Ort, den es eigentlich gar nicht geben konnte.

Nun hatte er zwar die unbekannte Kätzin gerettet, sich dafür aber ein übel zugerichtetes Ohr eingehandelt. Aber er hatte es tun müssen, ohne Rücksicht auf seine Erschöpfung.

Nach der Begegnung mit der Kätzin – er beschloss, es nicht mehr »Rettung« zu nennen – hatte er am vorherigen Abend zunächst den Häuserhügel erforscht. Auf wackeligen Beinen, mit seinen letzten Reserven. Er brauchte dringend einen sicheren Platz, an den er sich verkriechen konnte.

Überall zwischen den Häusern hatte er von Mauern oder Holzlatten umfriedete Höfe mit Gärten entdeckt. Sie alle waren markiert; jeder Innenhof trug den Geruchsstempel einer anderen Katze. In keinem würde er sich niederlassen können, ohne Ärger mit seinem jeweiligen »Besitzer« zu bekommen. Ohnehin rechnete der Wanderer mit Ärger. Es war vorhersehbar, dass er irgendwann dem stärksten

Tier des Reviers gegenüberstehen würde; das war Gesetz, Pflicht und Versprechen in einem. Er hoffte allerdings inständig, dass es nicht schon diese Nacht der Fall wäre. Er witterte. Es war Katzenzeit, die Sterne winkten. Wo waren sie denn alle? Das war mehr als seltsam. Manchmal fühlte er zwar eine blitzschnelle Bewegung, die seine Sensoren an Barthaaren und Fell erzittern ließ. Aber wenn sein Blick und vor allem seine Nase dann herumfuhren, war da nichts mehr. Nur unzählige bunte Echos in der Luft. Zarter als Rauch. Er lauschte angestrengt, während er in dunkle Winkel und durch kühle Straßen huschte. Da! Pfoten auf Gesimsen, die hoch oben an den Häuserwänden entlangführten. Zischender Atem, als ein Körper nach einem Sprung federnd aufsetzte. Ein leises Knurren über ihm, als er unter einem Erker hindurchlief.

*Sie sind da.*

Doch warum zeigten sie sich nicht? Warum taten sie nichts?

Es dauerte, bis er die Antwort fand. Sie lag unter all den anderen Spuren von Katzen, Menschen, Essen und Blüten verborgen.

*Angst.*

Vibrierende, frische Angst. Sie sprudelte durch jeden Geruch, jede Spur, sie war so viril wie Blut. Die Katzen fürchteten sich in dieser Nacht.

*Vor mir?!*

Wohl kaum.

Mit dumpf pochendem, blutverklebtem Ohr und einem nagenden Hunger in den Eingeweiden schleppte er sich weiter durch die schmalen Gassen.

Und dann hatte er es entdeckt.

Das Versteck.

Von seinem Platz unter dem Magnolienbaum aus beobachtete er jetzt in der Morgendämmerung die düstere, efeubewachsene Hauswand. Natürlich hatte es ihn gewundert, dass dieser Garten als einziger nicht markiert war. Doch er war letzte Nacht viel zu erschlagen gewesen, um sich noch groß darüber Gedanken zu machen. Bei seinem ersten, vorsichtigen Rundgang hatte er sich nur noch versichert, dass keine unmittelbare Gefahr drohte, und sich dann unter dem Magnolienbaum in einem Nest von weißem Lavendel zusammengerollt. Nun aber, da der Morgentau die Gerüche aus dem Boden und den Steinen herauswusch und für eine kurze Zeitspanne die Spuren vergangener Ereignisse auffrischte, da erkannte er es.

Hier waren Katzen gestorben.

*Nicht nur einmal.*

Er rekapitulierte, welche Düfte und Farben er gestern Nacht wahrgenommen hatte, und fügte die frischen Eindrücke hinzu. Milchbrotkotbenzinjasminaprikosenmannputzflüssigkeitgift … *Gift!*

Rattengift! Diesen Geruch hatte er zu erkennen gelernt, nachdem er einmal eine junge Kätzin nach dem Verzehr eines Fleischbällchens hatte sterben sehen. Er hatte den Anblick ihrer Krämpfe nie vergessen und sich daraufhin den speziellen böse-weißen Geruch der Futterreste eingeprägt. In diesem Garten hatte jemand Katzen vergiftet. Ihn würde es nicht erwischen, da war er sich sicher – eher biss er sich den Schwanz ab.

Er fragte sich, ob der Schatten, der am gestrigen Abend versucht hatte, die Kätzin zu töten, auch der Giftleger war. Und ob er hinter der efeubewachsenen Hauswand wohnte. Seine Witterung lieferte ihm widersprüchliche Wahrnehmungen.

Einerseits hing dem Haus der Geruch langer Verlassenheit an. Andererseits hatte dort vor kurzem ein Mensch die tote Luft aufgerührt und das Haus nach einem Winterschlaf wieder zum Leben erweckt.

Fast war es, als ob die Tür mit der stumpfen Glasscheibe, die in den Garten führte, ihn beobachtete und voller Spott mit seiner Neugier spielte. Er spürte eine unheilvolle Kraft dahinter.

Das wütende Knurren seines Magens erinnerte ihn daran, was das Wichtigste war: Er musste etwas zu fressen finden. Er lief zu der Gartenmauer und dem verschlossenen Holztor, das zur Gasse führte, und witterte. Nichts zu sehen, nichts zu spüren. Er hoffte, dass der Chef der hiesigen Katzen noch frühstückte. In einem Kampf hätte er nicht viel aufzubieten gehabt.

Es geschah, als er gerade unter dem Tor hindurchgekrochen war. Etwas sprang ihn an. Sein Instinkt ließ ihn augenblicklich reagieren. Er ging in Verteidigungsstellung, duckte sich und spannte seine Muskeln an. Er würde ...

»Ich bin ein großer, böser Kaaaaater!«

Im letzten Moment, bevor der Wanderer im Kampfmodus zurückschlug, registrierte er, dass sein Gegner die Größe eines Eichhörnchens hatte. Und die Farbe einer Ratte. Zugegebenermaßen einer edlen, blaugrauen Ratte.

Der kleine Kerl sprang ihm beherzt an den Hals, umklammerte ihn mit seinen Pfötchen, verbiss sich in sein Fell und nuschelte triumphierend: »Jetft hab if dif.«

Einen Moment lag wusste der Wanderer nicht, wie er reagieren sollte. Was wollte dieser Krümel?

»Was willst du?«

»If bin ein grofer, böfer Faper.«

»Was? Du bist ein großer, böser was?«

59

»Faaaaper! Und du bifft mein Gefangener!«

Der Wanderer richtete sich auf. Was dazu führte, dass der kleine Kerl hilflos von seinem Hals rutschte. Auf dem Rücken liegend, schlug er mit den kleinen Pfötchen nach seinem Maul. Erst jetzt registrierte er den merkwürdigen Kräutergeruch, der den Kleinen umhüllte. Kein Wunder, dass er ihn nicht hatte wittern können.

»Was ist denn das für ein Benehmen, wildfremde Kater anzuspringen?«, fragte er jetzt streng.

Augenblicklich hörte der Kleine mit seinem Ich-bin-ein-großer-böser-Kater-Theater auf und kauerte sich mit bedröppelter Miene auf alle viere.

»Louise hat gesagt, ich soll immer schön aufpassen«, sagte er mit hellem Stimmchen.

»Wer ist Louise?«

Der Kleine schaute ihn von unten treuherzig mit seinen Knopfaugen an. »Louise eben!«

Damit schien alles gesagt zu sein.

»Worauf sollst du denn immer schön aufpassen?«

Der Kleine blinzelte ein paarmal.

»Ich weiß nicht.« Er nieste und leckte sich die Schnauze. »Louise sagt auch immer, ich soll nach Hause gehen, aber ich mag nicht.«

»Wie heißt du Krümel denn?«

Der Kleine legte sich auf dem rissigen Pflaster auf die Seite und reckte sich wohlig in der Morgensonne. »Rhmmmrrhmm.« Dann gähnte er mit seinem winzigen Raubtiergebiss.

»Denkst du noch nach, oder weißt du es nicht?«

»Was? Ach so. Ich glaube, Tin-Tin.«

»Du glaubst?«

»Diese Frau … also … rhmmm … die mit den drei Beinen und den roten Doppelaugen … ich weiß nicht … rhmmm …

und wie heißt du? Wollen wir nicht zusammen schön aufpassen?«

Schön aufzupassen war seine zweite Natur, aber das
brauchte der Kleine nicht zu wissen. Der Wanderer spähte
aufmerksam die Gasse hinab. Mit jungen Katzen zu spielen
war etwas für satte Kater, nicht für hungrige. Kurz fragte
er sich, ob er Tin-Tin vielleicht irgendwelche Informationen über die hiesige Katzengemeinde entlocken könnte.
Aber erstens wäre das wahrscheinlich ziemlich mühsam.
Und zweitens löste das nicht sein Hungerproblem. Dann
fiel ihm wieder dieser grüne Busch-Geruch an dem Grau-
blauen ein. Er näherte sich schnuppernd dem Kleinen. Der
schnupperte prompt eifrig zurück.

»Halt mal still!«

»Warum denn?«

»Du hast da was.«

»Was denn?«

Der Geruch schien von dem Glöckchen auszugehen, das
an Tin-Tins Halsband hing.

»Was ist das da an deinem Hals?«

»Wo denn?« Tin-Tin versuchte, zu seinem Hals zu schie-
len, was ihm natürlich nicht gelang.

»Na, das Ding, das da hängt.«

»Ach, daaaaas. Das macht immer so dingeling.«

»Schüttel mal den Kopf.«

Tin-Tin schüttelte den Kopf. Kein Dingeling.

»Ganz kaputt«, erklärte er traurig.

Der Kleine versuchte es noch einmal und sprang mit allen
vier Beinen gleichzeitig in die Luft. Aber das Glöckchen
blieb stumm.

»Macht nichts. Dingelinge sind sowieso nichts für große,
böse Kater.«

»Nicht?«

»Nein. Hör mal, du weißt nicht zufällig, wo es hier etwas zu fressen gibt?«

Er erwartete nicht wirklich eine hilfreiche Antwort auf diese Frage, doch da piepste Tin-Tin: »Dohoch.«

»Wirklich? Wo denn?«

Der Kleine ging in die Hocke und suchte mit der grimmigen Miene eines großen, bösen Katers die Straße ab. »Wir müssen jagen«, verkündete er gewichtig. »Böse, gemeine Mäuse. Und Krabben. Und Lebern!«

Er hätte es wissen müssen. Er sollte jetzt wirklich …

»Da! Fressen!«, rief der Kleine und spurtete los. Direkt auf einen Schmetterling zu, der ahnungslos dicht über dem Pflaster durch die Luft tanzte. »Gleich hab ich dich, ich muss nur … ha, warte … jetzt werd ich …« Der Falter und der kleine Kater verschwanden um die nächste Hausecke. Sicher würde Tin-Tin schon im nächsten Moment vergessen haben, dass er einem schwarzen, zerrupften Kater begegnet war.

Der Wanderer kratzte sich ausgiebig am Hals, was die kleinen Quälgeister in seinem Fell aufscheuchte, aber nicht weiter beeindruckte. Dann schüttelte er den Kopf, stellte fest, dass sein Ohr immer noch schmerzte, und machte sich auf den Weg. In die andere Richtung als Tin-Tin.

Jetzt, da das Sonnenlicht in eigenartigen Bahnen zwischen den Häusern in die Gassen flutete, kam ihm die dunkle Bedrohung vom Vorabend unwirklich vor. Diese Stadt wirkte wie der friedlichste Ort der Welt. Von den wenigen Menschen, denen er begegnete, ging keinerlei Feindseligkeit aus. Wie hatte es nur passieren können, dass das Böse sich hier einnistete?

Vor den meist offen stehenden Haustüren standen kleine Teller, offensichtlich für Katzenfutter. Doch sie waren alle leergeleckt. Einmal entdeckte er einen dicken, blaugrauen Kater, der ihn mit großen, runden Augen anglotzte und gleich darauf behäbig in einem Haus mit blauen Läden verschwand. Das war mit Sicherheit nicht der Revierchef.

Kurz darauf spähte eine Schwarzweißgefleckte aus einem Garten, und eine Braungestreifte lief vor ihm die Straße entlang. Doch beide Katzen ließen ihn unbehelligt.

Dann aber entdeckte er eine Siam mit weißem Fell und dunklem Gesicht, wie Schatten auf sanftem Weiß, die auf einer Mauer neben einer Kapelle saß und ihn mit ihren kühlen, blauen Augen beobachtete. Um sie nicht herauszufordern, näherte er sich ihr auf der gegenüberliegenden Straßenseite und vermied, sie direkt anzuschauen.

Als er auf ihrer Höhe war, herrschte die Schattenweiße ihn an: »*Arrête!* Was hast du wandelnder Flohzirkus hier verloren?«

Während er überlegte, was er darauf antworten sollte – genau genommen hatte er keine Antwort –, gähnte sie herzhaft, begann, sich ausgiebig zu strecken und sprach in ihrer arroganten Art weiter:

»Was auch immer, *sombre.* Auf jeden Fall solltest du erst mal frühstücken. Du siehst ja aus wie ein abgenagter Hering. Obwohl, es spielt keine Rolle, weil Rocky dich ohnehin in der Luft zerreißen wird. Schade eigentlich.«

In aufreizender Langsamkeit und ohne ihn weiter zu beachten, stolzierte sie die Mauer entlang. Sie setzte schon zum Sprung an, um im Garten der Kapelle zu verschwinden, als sie sich noch einmal kurz an ihn wandte: »Bevor du dich von ihm schlachten lässt, solltest du aber noch die Blutsauger aus deinem dreckigen Fell entfernen. Wir pflegen hier einen gewissen Stil. Aber davon scheint so ein *paysan* wie du nichts zu verstehen.« Dann war sie fort.

Was für ein arrogantes Miststück. *Sombre?* Dunkler? Dann dachte er an den Namen, den die Schattenweiße erwähnt hatte.

Rocky.

Dem Wanderer war klar, dass dieser Rocky der Revierchef sein musste. Und wahrscheinlich machte sich Mademoiselle Miststück gerade auf den Weg zu ihm. Um zu petzen, dass ein fremder, dreckiger Kater in der Stadt umherlief.

Mit einem Mal überkam ihn Mutlosigkeit. Er war so wackelig auf den Beinen, dass ihn jede Maus umhauen konnte. Ihm schwindelte geradezu vor Hunger.

Er zuckte zusammen, als er Schritte hörte. Eine Frau bog in die Gasse ein und kam direkt auf ihn zu. Er drückte sich an die Mauer, bereit zu fliehen. Oder, ja, sogar zu kämpfen.

»*Salut, petit matou,* sag mal, was bist denn du für ein armer Kerl?«

Ihre hellgrünen Augen waren offen und klar. Katzenaugen. Doch vor allem war es ihre Stimme, die ihn beruhigte.

»Na, du siehst ja ganz verhungert aus.«

Aufmerksam beobachtete er die Menschenfrau. Was würde sie tun? Trotz ihrer offensichtlichen Freundlichkeit ließ seine Wachsamkeit nicht nach. Aber dann ...

Oh, was roch das gut, was sie da bei sich hatte, dieses ... er wusste nicht, was genau es war. Der Geruch kam aus dem Töpfchen, das sie ihm hinhielt.

»Es ist eigentlich nicht für dich, *petit matou*«, sagte sie, »aber ich glaube, du hast es nötiger.«

Sie ging langsam in die Hocke, er wich etwas zurück.

»Ruhig«, bat sie leise. »Ich tue dir nichts.«

Dann stellte sie das Töpfchen vor ihm auf den Boden. Augenblicklich strömte der herrlichste, wundervollste Geruch der Welt in seine weit geöffneten Nüstern. Speichel drohte ihm aus dem Maul zu tropfen, so gierig verlangte es ihn nach dieser … dieser …

»Thunfischpastete«, erklärte sie und zog sich langsam und vorsichtig ein paar Schritte zurück.

*Thunfischpastete!*

Er war sich sicher, dass er dieses Wort nie mehr vergessen würde. Doch obwohl er kaum noch an sich halten konnte, taxierte er die Frau weiterhin. War das eine Falle?

»Los«, lächelte sie jetzt.

Ohne sie aus den Augen zu lassen, schleppte er sich zu dem Töpfchen, schleckte einmal daran. Es war … es war … unbeschreiblich. Er langte zu, nahm ein volles Maul, noch eines. Er wäre am liebsten in das Töpfchen hineingeklettert. Die Frau lachte leise und dunkel.

»Na also«, sagte sie. »Bon appétit. Was ist denn mit deinem Ohr passiert? Hast dich wohl geprügelt, was?«

*Nein, hab ich nicht. Die Kätzin, der ich das Leben gerettet habe, hat sich mit einem Hieb bedankt.*

»Ich hätte wohl vorher sagen müssen, dass du etwas übrig lassen sollst.«

*Zu spät.*

»Für einen kleinen Kater mit einem weißen Fleck an der Schnauze und einem Glöckchen um den Hals. Sein Name ist Tin-Tin. Hast du den zufällig gesehen?«

*Und ob. Hat ein Gehirn wie eine Murmel.*

»Also, falls du ihn triffst …«

*Ja?*

»Bring ihn doch bitte nach Hause. Oder zu mir. Er fehlt seiner Menschenfreundin. Und ich wette, sie würde dich dafür mit Thunfischpastete überhäufen.«

Er sah von dem Töpfchen auf, ein kleiner Rest war noch drin. Sollte er etwas für Tin-Tin übrig lassen?

»Okay«, sagte sie und erhob sich langsam, wohl, um ihn nicht zu erschrecken. Das wusste er zu schätzen. Er sah der Menschenfrau nach, wie sie die Straße entlanglief. Eine schlanke Frau mit dem geschmeidigen Gang einer Katze und einer dunklen Haut, die ihn an ganz junge Bäume erinnerte. Außerdem roch sie gut. So gut wie die warme, dunkelrote Farbe ihrer Seele, die aus ihr herausleuchtete.

# 7

*Meine Güte. Was denkt er, was er da anschleppt? Eine Marienstatue?*

Während die drei Herren ihrer Tischrunde sich angeregt unterhielten, beobachtete Victorine Hersant aus dem Augenwinkel, wie der Oberkellner Gustave mit einer Flasche, die er in übertrieben erhabener Geste vor sich hertrug, gemessenen Schrittes an ihren Tisch am Fenster trat. Ihm auf dem Fuß folgte Jacques. Der belgische Kellner kam zwar etwas bescheidener daher, dennoch wirkte ihr Aufmarsch wie eine Prozession.

Victorine Hersant ließ ihren Blick durch den Speisesaal wandern. Sie und ihre drei Freunde, oder eher: Kampfgefährten im Dienste einer edlen Tradition, speisten im rechten der beiden Säle des L'Ingénue. An den Wänden der barocken Räume warfen in Türkis und Weiß eingefasste Spiegel das Kerzenlicht zurück. Dezent frivole Aktgemälde verwiesen auf die skandalöse Historie des Hauses als ehemalige Residenz und Theater des Marquis de Sade. De Sade war auch der Grund, weswegen sie seit Jahren immer wieder nach Mazan kamen, diesem Fünftausend-Seelen-Fleckchen am Fuße des Mont Ventoux.

Mit einer für Victorines Geschmack viel zu servilen Geste präsentierte Gustave den Veuve Clicquot. Victorine Hersant warf einen Blick auf das Etikett – ein 1985er La Grande Dame, einer der unvergesslichsten Jahrgänge – und nickte.

Während Gustave die Sechshundert-Euro-Flasche mit einem dezenten Ploppen öffnete und ihr als Erstes einschenkte, wandte Victorine sich an ihren Tischnachbarn zur Linken. Wobei sie sich in seine Richtung neigte und sich damit gleichzeitig auffällig unauffällig vom Oberkellner abwandte. Sie konnte es nicht leiden, wenn das Personal ihren Tisch so bevorzugt bediente. Konnte Gustave seinen Job nicht dezenter und unauffälliger erledigen? Victorine hasste es, aufzufallen. Zumal es ihrem Vorhaben ganz und gar nicht dienlich war.

»Hattest du einen angenehmen Tag in Aix, mein lieber Philippe?«, fragte sie raunend.

Der Angesprochene bedachte sie mit einer hochgezogenen Augenbraue und zauberte ein süßlich-spöttisches Lächeln in sein sattes, ovales Notar-Gesicht. Kurz tauchte das Bild des noch jungen Philippe vor Victorines innerem Auge auf, schlank und durchtrainiert. Herrje, du solltest lieber selbst Tennis spielen, als nur dabei zuzuschauen, dachte sie leicht genervt.

»Oh ja, *ma chère*. Unsere liebe Freundin Natalie hatte zwar nicht mit meinem Besuch gerechnet. Dennoch wurde es ein durchaus fesselnder Nachmittag.«

Der Notar Philippe Amaury zwinkerte ihr zufrieden zu, und Victorine spürte einen zweiten Stich des Ärgers. Natürlich kannte niemand ihre Codes und Subtexte, mit denen sie sich in Anwesenheit anderer über die größten Intimitäten austauschen konnten. Aber Amaurys Anspielung war nun wirklich alles andere als subtil gewesen.

Gustave umrundete César Alexandre, der Victorine gegenüber saß, um auch ihm einzuschenken. Dabei nahm der Oberkellner eine Haltung ein, die er sich vom Butler der britischen Fernsehserie Downton Abbey abgeschaut haben musste, mutmaßte Victorine. Ihr langjähriger Liebhaber César Alexandre nahm dessen Auftritt sichtbar gelassener hin als sie. Wie so vieles.

»Und du, *mon cher ami,* Alexis?«, wandte Vic sich mit vertraulich gesenkter Stimme dem hageren, grimmigen Richter an ihrer rechten Seite zu. »Wie schön, dass du heute Abend noch rechtzeitig zu uns stoßen konntest. Wie ich hörte, bist du ja schon eine Weile hier im Süden unterwegs.« Sie schenkte ihm ihr süßestes Lächeln, was seine Miene noch grimmiger werden ließ.

»Ich verstehe, dass du dich dafür interessierst, wie ich meine Tage gestalte. Aber alles, was außerhalb dieser Stadt geschieht, geht dich nichts an, meine Teure.«

Manchmal hatte sie Lust, ihn zu schlagen, so wie jetzt. Doch dummerweise mochte er das. Ekel oder besser noch Angst in den Augen einer Frau weckten seine Aggressionen. An seinem flackernden Blick erkannte Victorine, dass Richter Alexis Lagadère bereit war, diese Aggressionen in einem Exzess aus Lust, Gewalt und Sex auszuleben. *Oder es bereits getan hat, die letzten Tage.*

Mit Unruhe dachte Victorine an das, was sie in diesem Tabakladen neben dem unsäglichen Pizzaimbiss in Mazans Hauptstraße auf den Titelblättern der Zeitungen gelesen hatte. Über die Frauenmorde im Vaucluse. Über die Gewalt. Die Seile. Die Striemen. Mit ihrer *Le Monde* war sie rasch in den Hotelgarten und an den stillen Pool geflüchtet. Inständig hoffend, dass dies alles nichts mit ihnen zu tun hatte.

Gustave teilte nun auch Alexis die exakt gleiche Menge des nach Birnen, Biskuits und kaltem Herbstmorgen duftenden Champagners zu. Nachdem er noch Philippe Amaury eingeschenkt hatte, deponierte Gustave die Flasche im Kühler. Dann wandte er sich beflissen an Victorine.

»Sie haben gewählt, Madame?«

Victorine hatte für eine Sekunde die Phantasie eines Gustaves mit heruntergezogenen Hosen, der mit an die Füße gefesselten Händen auf dem kalten Fußboden kniete und vor Angst schrie.

»Wir nehmen alle das *Menu Dégustation*«, teilte sie ihm mit.

»Sehr wohl, Madame, eine ausgezeichnete Wahl. Darf ich Ihnen einen Châteauneuf-du-Pape dazu …«

»Wir bleiben bei Champagner und stillem Wasser.«

»Selbstverständlich, Madame. Wenn ich Ihnen …«

Sie reichte ihm die Karte, ohne ihn anzuschauen.

»Das wäre alles.«

Ohne sich ihre Freude über die gewünschte Wirkung ihrer herabwürdigenden Behandlung anmerken zu lassen, beobachtete Victorine, wie sich Gustaves Gesicht rötete, während er eilig die anderen Speisekarten einsammelte. Und sie sah das schadenfrohe Grinsen von Jacques, als er seinem verbal geohrfeigten Chef Richtung Küche folgte.

Victorine Hersant fühlte sich ein kleines bisschen besser.

Nachdem Gustave verschwunden war, griff Alexis erleichtert nach seiner Champagnerflöte. »Dem Champagner wären fast seine letzten Perlen abhandengekommen bei dieser Prozedur.«

»Tragisch, dass Kriecherei nicht als Straftatbestand gilt«, merkte Philippe mit seinem vollwangigen Notarslächeln an.

Alle vier hoben die Gläser.

»Auf den Einzigen«, begann Victorine.

»Auf den Marquis«, ergänzte Philippe Amaury den Toast.

»Auf das Missgeschick der Tugend«, setzte Alexis Lagadère feierlich an.

»Und auf die Befreiung der schlafenden Unschuld«, fügte César mit einem kleinen Lächeln hinzu.

Kaum hatten sie die Gläser abgesetzt, kam Gustave mit dem Gruß aus der Küche. Ein Foie-gras-Praliné, das er deutlich behender verteilte, als er den Champagner eingegossen hatte.

»Das klappt doch schon viel besser«, knurrte Alexis.

»Noch ein Wort von unserer geschätzten Victorine, und dieser Kriecher wird ihr die Butter vom Schuh lecken, wenn man es von ihm verlangt«, amüsierte sich Philippe.

»Nicht doch, vielleicht gefällt ihm das noch, und wir werden ihn nie wieder los.«

»Bitte, meine Herren«, mahnte Victorine leise. Sosehr sie hinter verschlossenen Türen für eine deftige Sprache zu haben war, so sehr scheute sie diese in der Öffentlichkeit.

Der etwas leichtsinnige Philippe nahm ihre Hand, um einen Kuss darüberzuhauchen.

»Wie immer gehorchen wir dir, meine Teure.« Er seufzte. »Ich beneide deinen Gatten, wie war sein Name? Franck? Frolic?«

»François, wie du sehr genau weißt.«

»Meinetwegen. Wirklich, Vic. Er darf sich jeden Tag von dir herumkommandieren lassen. Was für ein Leben. Apropos, wie läuft es denn so in seinem Bürgermeisteramt? Haben sie da schon verstanden, dass sie von einem Mann regiert werden, der wiederum von seiner Frau dominiert wird?«

Victorine warf dem Mittfünfziger mit dem nach hinten gekämmten, silbernen Haar ein halb warnendes, halb amüsiertes Lächeln zu.

Eigentlich war Phil unglaublich charmant. Und er liebte die endlosen Spiele à la »Jungfrau in Nöten«. Er konnte Stunden damit verbringen, kunstvolle Knoten zu knüpfen und seine Gespielinnen in ständig neuen Posen zu lebenden Statuen zusammenzuschnüren. Um sie danach zu befreien und zu trösten. Und wieder zu quälen. Und erneut zu befreien und zu trösten.

»Danke, Philippe«, antwortete Victorine. »Ich werde François deine herzlichen Grüße ausrichten. Wie geht es deinen verwöhnten Töchtern?«

»Oh, die Große hat gerade ihr Examen, die Kleine das dritte Kind gemacht.«

»Hätte sie nicht besser aufpassen können?«

Philippe hatte Vics Ehemann nie leiden können, was Victorine ihm bisweilen mutwillig zurückgab. Bereits in ihren Jura-Studienzeiten hatte er sich geweigert, den Namen des ihr mit neunzehn Jahren angetrauten Gatten auszusprechen. Victorine war schon damals davon ausgegangen, dass es sich dabei um einen eifersüchtigen Impuls handelte. Den der Notar seither sorgsam pflegte.

*Vermutlich um mir eine Freude zu bereiten. Dieser Idiot.*

Doch es war nicht Philippe gewesen, der Victorine mit einundzwanzig zu seiner Geliebten gemacht hatte. Sondern César.

Vic war in einem extrem wohlhabenden und streng religiösen Elternhaus aufgewachsen. Ihr Mann François war ihr erster und einziger Liebhaber gewesen. Dank seiner horizontalen Einheitskost verfügte sie damals nur über ein sehr schmales Spektrum sexueller Erfahrungen. Das änderte sich schlagartig, nachdem César sie verführt und über mehrere Nächte hin »erweckt« hatte. Sie war im wahrsten Sinne des Wortes von ihm entfesselt worden. Von aller Angst und Moral, aller Rücksicht und Scham. Ganz nach den Lehren de Sades.

Nach der Zeit des Dienens begann die Zeit des Herrschens. Als César eines Tages mit einer jungen Frau erschien, in deren Augen die Unschuld der Moralgefangenen stand, ergriff Vic die Initiative. Auf ihre kühle Art erklärte sie ihrem Mentor, dass er von nun an nicht mehr allein mit seinem Vergnügen war.

Das gefiel ihm außerordentlich.

Und da ihre Kommilitonen Philippe und Alexis einen Großteil ihrer beider Neigungen teilten, machte Victorine kurzerhand aus dem Duett ein Quartett – mal nur sie vier allein, mal mit neuen »Gästen« oder mit, wie sie es bald nannten: »Stipendiatinnen«. Schon das erste, ungeplante »Projekt« übertraf an Genuss und Unterhaltung all ihre Erwartungen. Es war ein Fest der Unterwerfung, Schönheit und Liebe gewesen. Darin hatten die vier Trost und Heimat gefunden. Und auch den heimlichen Namen für ihr Quartett.

»Wir sind die rechtmäßigen Erben des Marquis«, hatte Philippe erklärt.

Und Alexis? Er hatte seinen inneren Dämon enthüllt.

*Setz einem Mann eine Maske auf, und er wird so sein, wie er wirklich ist.*

Sie alle hatten bei ihrem ersten *grand jeu,* dem »Großen Spiel«, Masken getragen, um sich endlich so zeigen zu können, wie sie wirklich waren. In dieser Nacht hatten sie ihre letzten moralischen Schranken überwunden.

Im Laufe der Jahre wurden ihre Inszenierungen ausgefeilter. Und als Victorine und César den Ort Mazan, das Hotel mit seiner Historie und das Haus Nummer 9 entdeckten, dessen Grundstück einst zum Besitz ihres Meisters gehörte, da hatten sie den perfekten Rahmen für ihre Leidenschaften gefunden.

Die Diskretion, mit der sie in Mazan rechnen konnten, war für das bürgerliche Leben, das sie nach außen hin alle führten, unabdingbar. Dabei war Victorines Gatte François das geringste Problem. François interessierte es nicht, was seine Frau außerhalb der Stadtgrenzen trieb, solange nur seine Reputation als Bürgermeister nicht beschädigt wurde. Im Prinzip war er froh, dass Vic ihn in Ruhe ließ. Aber auch Alexis, dessen Aggressionen sich nur durch ihre Spiele auf natürlichem Weg abbauen ließen – ansonsten mussten sie mit Medikamenten kontrolliert werden –, würde nach seiner Rückkehr wieder ein verträglicher Vater, liebevoller Ehemann und gerechter Richter sein. Philippe würde mit seinen Enkeln spielen und César den Präsidenten vor allzu vielen Peinlichkeiten retten.

Dieses Jahr aber war alles anders. Der jungen Frau, die sie als Stipendiatin ausgewählt hatten, war im letzten Moment der Mut abhandengekommen. Statt eines Lebens in Lust und Luxus hatte sie es vorgezogen, sich mit dem Konditor in ihrem kleinen Kaff zu verloben. Victorine war immer noch aufgebracht, wenn sie daran dachte, wie viel Zeit, Mühe und Überzeugungsarbeit sie und César in die undankbare Kleine bereits investiert hatten.

Alexis, der ein Mann einfacher Lösungen war, hatte vorgeschlagen, statt der jungen Frau ihre langjährige Mitspielerin Natalie hinzuzuziehen. Doch Philippe winkte nur gelangweilt ab.

»Natalie ist über fünfunddreißig«, hatte er erklärt. »Damit hat sie die noch zumutbare ästhetische Grenze überschritten, will ich meinen.«

Hast du dich schon mal angeschaut?, dachte Victorine.

Während sie sich nun dem ersten von sieben Gängen widmeten, einem Kaisergranat in Orangensafran, besprachen die Erben des Marquis leise ihr weiteres Vorgehen.

»Können wir nicht eine der anderen zum Rendezvous bitten?«, schlug Philippe vor.

»An wen dachtest du denn?«

»Vielleicht Jeanette. Keine kann so schön bitte, bitte sagen wie sie. Und ihre Brille beschlägt so nett, wenn sie sich aufregt.«

»Du bist leicht zu begeistern, mein Freund.«

»Und du so kompliziert.«

»Hatten wir für Jeanette nicht eine Heirat mit Louis geplant?«

»Das war Larissa, vor einigen Jahren, du wirfst da einiges durcheinander.«

Philippe und Alexis machten keinen besonders enttäuschten Eindruck. Es schien ihnen nichts auszumachen, dass es diesmal keine Inszenierung, kein Fest und keine neue Stipendiatin gab. Das hing natürlich damit zusammen, dass sie beide auf andere Möglichkeiten zurückgreifen konnten. Victorine wusste sehr wohl, dass Philippe trotz seiner abfälligen Bemerkung über Natalie diese öfter aufsuchte, als er zugab, um sich an ihrer Resignation und geübten Unterwerfung zu erfreuen. Und wer oder was den verschlossenen Alexis sonst noch so umtrieb, diesen reizbaren Mann, der einem offenen Benzinkanister glich, wollte sie lieber gar nicht erst wissen.

Es war eine bittere Erkenntnis, dass einer Frau nicht die gleichen Möglichkeiten offenstanden wie ihren männlichen Altersgenossen. Victorine konnte inzwischen nur im Verbund mit den anderen auf ihre Kosten kommen. Zwar hätte sie sich durchaus jüngere Männer für Sex nehmen können. Aber nur Sex zu haben war ihr zu wenig. Viel zu wenig.

Ihr Blick fiel auf César, der sich während des ganzen Essens auffallend zurückgehalten hatte. Voller Zärtlichkeit betrachtete sie das melancholische Gesicht ihres Geliebten. Ein Eisengesicht mit schwarzen Augen. Ohne ihn wäre sie die langweilige und gelangweilte Gattin eines Bürgermeisters.

César sprach nie über Frauen wie über Autos, so wie Alexis und Phil. Und er hatte ihr nie das Gefühl gegeben, mit Ende vierzig nicht mehr attraktiv und begehrenswert zu sein. Er betrachtete Victorine immer noch als die Frau, die er einst mit dem ersten Gertenhieb befreit hatte.

Als sich nun ihre Blicke über dem Tisch kreuzten, bemerkte sie das spöttische Funkeln in seinen Augen.

*Was hast du vor, du Teufel?*

César rückte damit heraus, kurz nachdem der dritte Gang, Saint-Pierre-Filet mit dunklen Sommertrüffeln aus den Eichenwäldern des Mont Ventoux, abgetragen wurde.

»Ich habe übrigens ein Mädchen gefunden, das sich um das Stipendium bewerben will. Sie ist gerade einmal neunzehn und wunderschön.«

»Was? Wen?«, fragten Philippe und Amaury gleichzeitig.

Im selben Moment tauchte eine Gestalt an ihrem Tisch auf.

»Ist alles zu Ihrer Zufriedenheit?«

Der Zeitpunkt hätte kaum ungünstiger sein können.

Victorine musste all ihre Selbstbeherrschung aufbieten, um nicht ungehalten zu reagieren. Denn diesmal war es nicht Gustave, den sie wie eine lästige Schmeißfliege fortwedeln konnte. Sondern André Ugo, der Hotelmanager. Und auch wenn der Mann mit dem gepflegten Vollbart und der aristokratischen Nase nicht mehr als ein weiterer Dienstleister war, so war bei ihm doch etwas mehr diplomatisches Geschick angebracht.

Während Alexis und Philippe es übernahmen, Monsieur Ugo für die tadellose Unterbringung und den perfekten Service zu danken, beobachtete Victorine ihren Liebhaber. Sie traute César zu, dass er den Hotelmanager hatte kommen sehen und seine Ankündigung bewusst genau in diesem Moment plaziert hatte, um seine Freunde auf die Folter zu spannen.

Du Teufel, dachte Victorine erneut. Eine neue Stipendiatin?

Es war immer ein bestimmter Typus junge Frau, die ihrem grausamen Liebhaber verfiel. Ich weiß, was dir fehlt, schien César ihnen wortlos zu verstehen zu geben. Ich weiß, wie du es bekommst. Und ich weiß, dass du mir gehorchen wirst, um es zu bekommen. Folge mir!

Doch um eine Frau zu einer wahren Jüngerin des Marquis zu machen, bedurfte es der Mitwirkung Victorines. Sie war es, die das Vertrauen gewann. Die jungen Frauen von heute waren nicht mehr so ahnungslos wie früher. In der schwierigen Vorbereitungszeit für die »Großen Spiele« vertrauten sie einer Frau bedenkenloser. Victorine war die ideale Dirigentin der Schule des Schmerzes und der Unterwerfung. César hingegen war der Seelenfänger. Keiner verstand sich so wie er auf die Finessen von Lust und Qual.

Und als er nun Victorines Aufmerksamkeit mit einer Geste auf etwas lenkte, sah sie seine jüngste Beute.

Im Nebensaal deckte eine junge Frau einen Tisch an einem der hohen Rundbogenfenster neu ein. Sie war zierlich in ihrer weißen, gestärkten Bluse zu Rock und Schürze. Ihre Haut hatte einen porzellanfarbenen, frischen Teint, ihr Gesicht war reizend, wenn auch wenig eigen. Auffällig war ihr dichtes, kupferrot leuchtendes Haar, das sie sich in einem Knoten nach hinten gebunden hatte.

Dann fiel Victorine noch etwas anderes auf: Obwohl die junge Frau nur gewöhnliche Tätigkeiten verrichtete, lag etwas Sinnliches in jeder Bewegung. Auch huschten ihre Augen immer wieder zu den Tischen der Gäste. Mit einem

Blick, in dem der Hunger nach Teilnahme an deren mondänem Lebensstil deutlich zu erkennen war.

Die Rothaarige wusste ganz sicher, dass alle Männer sie verstohlen beobachteten. Und Victorine war davon überzeugt, dass die Kleine damit spielen wollte. Nur nicht wusste, wie.

Mit einem anerkennenden Nicken zeigte Vic César ihr Einverständnis.

In diesem Augenblick entfernte sich auch der Hotelchef André Ugo.

»Und jetzt erzähl endlich von ihr«, forderte Philippe ungeduldig. »Ist sie eine Eugénie, Justine oder eine Juliette?«, zählte er die großen drei Figuren der de Sadeschen Literatur auf.

»Sie ist eine Eugénie«, antwortete César. »Neunzehn Jahre alt und eine unschuldige Seele, wenn auch kein ganz unschuldiger Körper mehr.«

Er kostete aus, als er dann sagte: »Und wenn ihr in den Spiegel dort an der Wand schaut, meine Freunde, könnt ihr sie sofort in Augenschein nehmen.«

Die Männer taten wie befohlen und gaben augenblicklich Geräusche des Wohlwollens von sich. Victorine war klar, dass von nun an weder Philippe noch Alexis je wieder über Jeanette, Natalie oder sonst eine der Stipendiatinnen der letzten achtzehn Jahre reden würden, die sie sich hier in der Region systematisch herangezogen hatten, um sie jederzeit nach Gutdünken verwenden zu können.

»Darf ich euch die Cinderella der Zimmerdiebe vorstellen«, fuhr César fort. »Sie heißt Julie und hat sich in mein Smokinghemd verliebt und sich mir außerdem, mehr oder weniger dezent, als Gespielin angeboten. Sie ist ein bezauberndes Mädchen, das sich ganz sicher freuen wird, unserer Gemeinschaft beizutreten. Daher habe ich unseren ach so dienstbaren Geist auch bereits damit beauftragt, das Haus herzurichten.«

Obwohl auch seine nächsten Worte an die Runde gerichtet waren, schaute er dabei nur Victorine an. »Julie ist übrigens nicht an Geld interessiert, sondern an etwas Unbezahlbarem.«

»Und zwar?«, drängte Alexis.

»An Träumen, Alexis. An richtig großen Träumen«, antwortete César.

»Etwa die vom Glück?«, fragte Philippe. »Wie entzückend.«

Sie lachten und stießen an.

# 8

Es war zwölf Uhr mittags und so heiß, als ob das Land sich in eine getoastete Brotscheibe verwandelt hätte. Zadira lag, nach ihrer erfolglosen morgendlichen Suche nach Tin-Tin, nackt bis auf ihren gestreiften Sportslip auf der schmalen Matratze. Ein nasses Handtuch um den Kopf sowie zwei auf der Brust und den Fußknöcheln. Sie hatte Wochenenddienst auf Abruf, was fast so war wie frei haben. Der Ventilator, den sie im U-Express gekauft hatte, wälzte träge die warme Luft um. Sie hatte in der vergangenen Nacht schlecht geschlafen. Immer wieder waren die Bilder der jungen Frau aus Aubignan in ihr aufgetaucht, hatten sich mit denen skalpierter Katzen vermischt und mit den Geschichten von Madame Roche über tödliche Katzensommer. Ob da was dran war? Oder hatte die Lehrerin in ihrer Angst um Tin-Tin nur übertrieben?

Sie hatte das Mobiltelefon auf Lautsprecher geschaltet und konzentrierte sich wieder auf die dunkle Stimme mit dem singenden, maghrebinischen Zungenschlag.

»... wir waten durch einen Sumpf Scheiße, Camille«, sagte Djamal gerade. Der Kriminaltechniker sprach Zadira mit ihrem zweiten, altfranzösischen Vornamen Camille an, den sie, wie jedes bis 1993 geborene Kind, zusätzlich zu ihrem algerischen Namen tragen musste. Djamal tat das nur, wenn Zuhörer in der Nähe waren. Das war eine der Angewohnheiten, die sie als ehemalige Straßenkinder des Einwandererviertels noch immer pflegten. Djamal nannte Zadira bei seinen Telefonaten aus dem Dezernat Camille, sie ihn Ghislain.

»... und die Dienststellen in den Banlieues werden nicht nachbesetzt. Es fehlen dreihundert Fahnder, die Russenmafia vermehrt sich hundertfach, während du gerade einmal auf den Boden spuckst. Du verpasst also nur das Übliche.«

»Ich liebe das Übliche.«

Der Maghrebiner lachte auf.

»Und sonst?«, fragte sie, lächelte mit geschlossenen Augen in zärtlichen Gedanken an Marseille.

»Sonst? Sonst haben die Kollegen auf der Straße Schiss, dass ihre Wagen verwanzt sind, seit die ... was? Niemand! *Merde,* Gaspard, kann ich nicht mal mit meiner Mutter telefonieren? Was? Ja, leck mich auch.«

Zadira hatte, kaum war der Name gefallen, das Telefon ans Ohr gerissen. Hielt den Atem an. Gaspard. Konnte sie vielleicht seine Stimme hören? Zwischen all den Geräuschen des Dezernats, dem Telefonklingeln, dem Fluchen, dem Dröhnen der Stadt? Augenblicklich verspürte sie ein sehnsüchtig-quälendes Ziehen in ihrem Unterleib.

»Und?«, fragte der Schlüssel von Panier in Zadiras Gedanken hinein. »Hast du jemanden, mit dem du ...?«

»Mit dem ich was?«

»Redest. Mal 'ne Pizza essen gehst.«

Sie schwieg. Ihr fiel niemand ein, mit dem sie hier gern eine Pizza essen würde.

»Einen *copain?* Liebhaber? Kollegen? Camille, du weißt, Leute wie wir brauchen Leute wie uns.«

»Solche Leute wie die hier braucht keiner.«

»Und was geht sonst so?«, wollte Djamal wissen.

81

»Frauenmorde. Jung, schön, alle ante mortem gequält.«

»Ach, verfickte *merde*, Camille.«

»Ja, besser hätte ich es kaum ausdrücken können.«

Sie dachte an die erdrosselte Studentin. An Commandante Morel. »Überlassen Sie die Sensationsgier den Reportern«, hatte er befohlen, als Zadira Einsicht in die Akten ungeklärter Fälle beantragt hatte. In dem Zeitungsartikel, der sie alarmiert hatte, waren ungeklärte Morde an alleinstehenden Frauen aus Bédoin, Monteux und Venasque erwähnt worden. Das musste nicht unbedingt ein Serienmörder sein, wie es *Le Dauphiné* so marktschreierisch beschworen hatte. Es konnten auch Drogenkonsortien oder Mädchenschleppersyndikate dahinterstecken.

Morel hatte ihr die Akteneinsicht verweigert. »Ich bezahle Sie nicht fürs Phantasieren, Matéo.«

»Sie bezahlen mich gar nicht. Das macht der Steuerzahler.«

Zadira hatte die Unterlagen ausgeliehen, wie sie es nannte. Geklaut, wie es andere ausdrücken würden. Sie wollte jetzt am Wochenende während ihres Bereitschaftsdienstes die drei Dörfer und die Familien der Opfer besuchen. Und sich ein eigenes Bild von den Frauenmorden machen.

Sie hörte das Feuerzeugrädchen, als sich Djamal eine Zigarette anzündete, daran zog und entspannt ausatmete.

Zadira spielte mit dem in Alupapier gewickelten Bröckchen marokkanischen Haschs, das sie Victor abgeknöpft hatte.

Victors Dope war doch keine Kippe, nicht wahr?

»Ich muss los«, log Zadira.

»Ich auch. Schießerei in Saint-Antoine. Vor einem türkischen Imbiss. Das wird eine schöne Sauerei sein.«

Sie legten auf, ohne sich voneinander zu verabschieden. Auch so eine Angewohnheit in ihrem Viertel: Sag nie adieu, das bringt nur Unglück.

Gaspard. Allein schon seinen Namen zu hören hatte sie in eine Unruhe versetzt, die sie längst überwunden geglaubt hatte.

Sie suchte in den Jaffa-Kisten zwischen ihren Büchern herum. In einer davon fand Zadira Zigarettenblättchen und in dem Schuber, in dem sie CDs verschiedener Banlieue-Bands aufbewahrte, Bio-Tabak zum Drehen. Geschickt baute sie sich eine prachtvolle *carotte*, einen Joint.

Zehn Minuten später hatte sie gerade den Fahrersitz ihres alten Lancia Rally mit nassen Handtüchern über dem heißen Leder ausgelegt, als sie spürte, dass sie beobachtet wurde. Misstrauisch richtete Zadira sich auf und suchte den Kirchvorplatz mit den Augen ab. Leer. Danach die mit hohen, grünen und blauen Läden geschützten Fenster der Häuser. Hier und da stand eine Tür offen, ein Küchenstuhl neben den Eingangstreppen und den bunten Blumentöpfen.

Aber auch da war niemand.

Niemand, bis auf einen schwarzen Kater mit gespaltenem Ohr, der am Ende der Rue de Bernus saß und sie fixierte. Neben ihm ein junges Karthäuserkätzchen mit rotem Halsband und Glöckchen. Als der schwarze Kater, den Zadira als den staubigen Wanderer von vor zwei Tagen erkannte, sicher sein konnte, dass sie ihn bemerkt hatte, packte er den Blaugrauen im Nacken und schleppte den Verblüfften in ihre Richtung.

Fast wie eine Verhaftung, schoss es ihr durch den Kopf. Nur dass der Kater statt eines Polizeigriffs, nun ja, einen »Maulgriff« anwandte. Schließlich stand der Schwarze mitsamt seiner Beute vor ihren Füßen.

»Tin-Tin? Du hast mir Tin-Tin gebracht?«, fragte Zadira perplex. »Dann bist du wohl der Katzen-Commissaire von

Mazan, hm?«, raunte sie und ließ sich in die Hocke gleiten. Als sie Tin-Tin im Griff hatte, ließ der Schwarze ihn los. »*Merci,* Commissaire Mazan«, sagte Zadira zu ihm. »Diesen Fall haben Sie gelöst.« Seine grünen Augen waren unergründlich. Als Zadira ihre Hand nach ihm ausstreckte, warf der Schwarze sich jedoch herum, rannte, Schatten um Schatten nutzend, über den Kirchplatz davon und verschwand. »Ich schulde dir was, Kollege!«, rief sie ihm nach. »Und du?«, fragte Zadira dann den kleinen Kater, der sich auf ihre Hemdknopfleiste stürzte und daran herumnagte. »Erzähl mal. Wo hast du dich herumgetrieben?« Sie stutzte, schnüffelte an ihm. An dem tonlosen Glöckchen. War da etwa Hasch drin?

»Ach, Victor …«, seufzte sie.

Die weinende Madame Roche fiel Zadira wenig später um den Hals. »Aber wo haben Sie Tin-Tin denn bloß entdeckt?«

»Mein Kollege, Commissaire Mazan vom Polizeikatzenaußendienst, hat mir den Vermissten überstellt, nachdem ich ihn zur Fahndung ausgerufen hatte.«

Madame Roche blinzelte irritiert gegen den Tränenfluss in ihren Augen an und erwiderte: »Also, Sie sind ja eine Geschichtenerzählerin.«


Eine Viertelstunde später fuhr Zadira auf der D942 in Richtung Carpentras. Immer wieder erblickte sie den Auzon zu ihrer Linken. Der Fluss besaß fünf Wasserfälle auf seinem Weg den Mont Ventoux hinab, das hatte ihr der Engländer Jeffrey Spencer erklärt, als sie ihn in Lisabelles Zeitungs- und Tabakladen neben dem Pizzaimbiss getroffen hatte.

Nach vier Kilometern bog Zadira ab. Sie parkte auf einem Bauernweg unter einer Pappel. Hinter einer Wiese und einer Reihe dichter Bäume zeigte sich der Fluss als ein fast drei Meter hoher Wasserfall, der im Laufe einiger Menschenalter ein tiefes Becken ausgehöhlt hatte.

Zadira schlenderte zum niedrigen Ufer. Dort zog sie sich bis auf den Slip aus. Sie nahm das Magazin aus ihrer Pistole und versteckte die ungeladene Waffe zwischen der Cargohose und dem Oberhemd. Die Munitionslade deponierte sie in einer Astgabel. Nach einem prüfenden Blick in alle Richtungen streifte sie auch den Tanga ab und hängte ihn in den Baum. Völlig nackt watete Zadira in den Fluss, in der einen Hand den Joint, in der anderen das Wegwerffeuerzeug.

»Ahhh«, seufzte sie wohlig. Das Wasser tat so gut! Es war kühl, frisch und klar. Sie spürte glatte Steine und nachgiebigen Untergrund unter den Fußsohlen. Schlamm presste sich weich durch ihre Zehen hindurch. Ein Schauder überzog sie, als sie das Fallbecken erreichte und ihr das kühle Wasser auf einmal bis über den Steiß schwappte.

In der Mitte des Beckens nahe des Wasserfalles zündete Zadira den Stick an und warf das Feuerzeug ans Ufer. Dann ließ sie sich bis zum Hals ins Wasser gleiten, schloss die Augen und zog an dem Joint.

»Kiffen ist nicht rauchen«, murmelte sie.

*So betrügen sich die Junkies auf der ganzen Welt.*

Zadira stützte sich mit der Hand auf einem Felsen ab, der aus dem Wasser ragte, und streckte sich aus. Sie stieß den Rauch die Kehle empor, wölbte die Zungenspitze nach unten und formte beim Ausatmen perfekte Ringe. Bald war das süßlich-herbe Dope in ihrem Kopf angekommen. Und vertrieb dort endlich die grausamen Bilder der Gefesselten von Aubignan.

»I shot the sheriff, but I didn't shoot no deputy«, sang Zadira leise.

Wenn sie den Kopf nach hinten beugte, so dass die Ohren unter Wasser waren, kam es ihr fast vor, als treibe sie im Meer. Zadira hörte Wellen in ihren Ohren rauschen, spürte ihr langes Haar im Wasser schweben, schloss die Augen.

»Sheriff John Brown always hated me, for what, I don't know.«
Mehr Rauchringe. Das Wasser füllte ihre Ohren.

»He said, kill it before it grows. He said, kill them before they grow.«

*Ja, bring sie um, bevor sie zu groß werden. Töte die Liebe, bevor sie stärker wird als du.*

Bis eben hatte Atos ihn genervt. Genau genommen tat er das, seitdem sie hinter Orange die Autobahn verlassen hatten. Atos' Hecheln war zu einem Winseln geworden, und der riesige bretonische Vorstehhund hatte sich auf dem Rücksitz von Jules' altem 911er immer wieder um sich selbst gedreht.

»Ich muss mal«, bedeutete Atos' Verhalten, »dringend! Oder ich pinkle dir deine Angeber-Schüssel voll!«

Also war Jules kurz vor seinem Ziel entnervt rechts in einen Waldweg abgebogen, um seinen Gefährten von der Leine zu lassen.

Und mitten in einem Gemälde gelandet.

Jules Parceval würde diesen Anblick niemals vergessen. Vor seinen Augen tat sich die Sinnlichkeit eines lasziven Aktes in einem impressionistischen Landschaftsgemälde auf. Nur der Joint passte nicht ganz ins Bild.

Die Frau trieb mit geschlossenen Augen unter einem Wasserfall dahin und sang dazu. Zwischendrin blies sie Rauchringe in die seidige, warme Luft.

Atos stand am Ufer in seiner typischen Habachtstellung, ein Vorderbein erhoben. Er glotzte, wie er schon immer geglotzt hatte, seitdem er als knopfäugiges Knäuel auf die Welt gekommen war und in fünf Jahren zu einem weiß-braun-gescheckten Hundekalb mit fast schwarzem Dickkopf mutiert war. Treudoof und hingerissen.

Natürlich hätte Jules sich bemerkbar machen müssen. Oder den hechelnden Atos zurückpfeifen. Oder sich diskret abwenden.

Aber er wollte nicht.

Er wollte die selbstvergessen Badende betrachten wie ein Bild. Wenn er es nur malen könnte. Aber wie sollte das gehen? Bleiben Sie so, ich hole rasch eine Leinwand?

Die Badende hörte auf zu singen, hob die Lider und sah ihn aus hellen, grünen Augen gelassen an.

Jules hatte schon viele Frauenblicke erlebt, die ihn taxierten, abschätzten auf Einkommen, Manieren und Vorzeigbarkeit. Aber das hier? Es fühlte sich an, als ob sie seinen Körper unter dem leichten Baldessarini-Anzug berührte. Als ob sie überlegte, wie er wohl schmeckte.

»Verzeihen Sie, Madame, mein Hund hat keinen Anstand. Der guckt immer so.«

»Und Sie glauben, damit kommen Sie durch«, erwiderte die Nackte spöttisch.

Die Fremde richtete sich auf. Unruhig beobachtete Jules, wie das Wasser an dem schlanken, trainierten Körper hinabrann. Ihre Haut besaß den zartbraunen Ton eines Olivenkerns. Und in dem schwarzen Vlies zwischen ihren Beinen glitzerten Wassertropfen. Er konnte sich von ihrem Anblick kaum lösen, obwohl er sich wie ein Spanner fühlte. In seiner Verwirrung schaute er zu Atos. Der starrte noch großäugiger auf die Erscheinung. An seinen Lefzen bildeten sich immer mehr verräterische Schlieren.

»Atos, Fuß«, befahl Jules leise. »Und hör auf zu sabbern!«

Der riesige Hund drehte sich nicht einmal zu ihm um.

Die Fremde sah mit belustigtem Blick auf den gescheckten Vorstehhund, der sie hingebungsvoll betrachtete.

Jules schnappte sich Atos' Halsband, klickte die Leine ein und zerrte daran. Atos winselte und zog in Richtung Zadira. Jetzt tropfte es heftig aus seinem Maul.

»Ihr Hund hat ein Inkontinenzproblem«, sagte die Nackte.

»Ach was. Er ist nur romantisch.«

»Sie finden sabbern romantisch? Ihr Pariser Bürgertypen seid wirklich ein perverses Volk.«

»Finden Sie das nicht ein wenig voreilig geurteilt? Sie kennen mich doch gar nicht.«

Er sah ihr in die Augen. Fest.

Jetzt begann die Fremde, ans Ufer zu waten. Ohne ihre Blöße zu verbergen. Ihre selbstbewusste Entschlossenheit sprengte definitiv Jules Parcevals bisherigen Erfahrungshorizont.

Als sie aus dem Wasser stieg und auf ihn zukam, sagte sie: »Italienischer Anzug, teuer, keine Freizeitkleidung, obwohl Samstag ist. Ihre Eltern haben stets auf die Form geachtet. *Bon chic bon genre,* immer alles richtig machen. Sie tragen den Anzug wie eine Jeans, sind also Luxus gewohnt, Papa hat Geld nach Hause gebracht. Sie haben studiert, vermutlich auch promoviert, das macht man so, und leben allein.«

»Sind Sie sich da so sicher?«

»*Absolument.* Keine Frau würde Ihren romantischen Sabberer in ihrem Appartement zwischen all den Glas-Schwänen haben wollen.«

Volltreffer, dachte Jules.

»Und jetzt sind Sie, lassen Sie mich raten … nein, für eine Geliebte fahren Sie nicht so weit, die laufen Ihnen eher nach. Sie sind vielmehr … auf der Flucht.«

Es stimmte. Alles. Jules hatte Paris mit einem Trompeten-
stoß verlassen. Er war dieses Leben in der besseren Gesellschaft so satt, dessen Regeln ihm vorschrieben, wie er zu
sein hatte, was er anziehen, wie er sprechen, mit wem er
schlafen und in welchem Stadtteil er wohnen sollte, um an-
erkannt zu werden.

Und all das konnte sie sehen?

»Bitte«, meinte er, »fangen wir noch einmal von vorn an!
Bonjour, mein Name ist Jules Parceval. Könnten Sie mir
sagen, ob das der Weg …« Es kostete ihn Kraft, nicht auf
ihre feuchten Brüste zu starren. »… also, ob die Straße da
der Weg nach Mazan ist?«

»Jules Parceval?«

»Ja.«

»Parceval, seh ich aus wie ein scheiß Navi?«, fragte sie.

»Nein. Nicht unbedingt. Jedenfalls nicht wie das in meinem Wagen. Das flucht auch nicht.«

Mit einer Bewegung, die so schnell war, dass Jules sie kaum
wahrgenommen hatte, hatte die Fremde sich gebückt und
etwas aus einem Kleiderbündel hervorgezogen.

»Schau mal. Das ist mein Navi.«

Der Lauf der Pistole war die Verlängerung ihres grünen
Blicks am anderen Ende des Arms. Er zeigte direkt auf sein
Herz.

Sie machte eine kleine, lässige Bewegung aus dem Handge-
lenk heraus. Der Lauf schwang zweimal kurz nach rechts.

»Nach Mazan geht's da lang«, sagte sie. »Immer geradeaus.«

Die Mündung schwang zurück auf seine Brust.

Jules spürte seinen Puls rasen.

»Vielen Dank.«

»Gern geschehen.«

»Es hat mich wirklich sehr gefreut, Sie kennenzu…«

»*Casse-toi, babtou.*« Verpiss dich, Weißbrot.

Jules Parceval hätte beinahe laut gelacht. Eine Nackte. Mit einer Knarre und einem Marseiller Akzent. Unglaublich sexy, unglaublich cool und unglaublich unerreichbar.

Die Frau lächelte, als hätte sie seine Gedanken gelesen.

Atos jaulte.

# 9

*Commissaire Mazan!*
Immer wieder sagte er sich in Gedanken diesen Namen.
*Commissaire Mazan.*
Die Frau, der er Tin-Tin gebracht hatte, hatte ihm zwar keine Thunfischpastete gegeben. Aber einen Namen.
Niemand, der nicht so lange namenlos gewesen war wie er, konnte verstehen, was das bedeutete. Er war nicht mehr *paysan, sombre* oder Flohtaxi. Er war Commissaire Mazan. Seit diesem Moment ging er mit erhobenem Kopf durch die Gassen der Stadt.
Gerade kehrte er von einem Rundgang zurück, als er den Mann in das dunkle Haus gehen sah. Das Haus, dessen Garten er schon beinah als sein Revier ansah. Trotz der Katzen, die dort vergiftet worden waren.
Rasch versteckte er sich unter einem Mauervorsprung und beobachtete, wie der Mann die Tür zur Straße aufschloss, zwei schwere Taschen aufnahm, die er zuvor abgestellt hatte, und mit ihnen im Haus verschwand. Konnte das der Mann sein, der die Katzen vergiftet hatte? *Der Flügelschatten?*
Commissaire Mazan wusste es nicht zu sagen. Der Flügelschatten war eher eine Kraft als eine Person. Und diese Kraft hatte er nur kurz und im erschöpften Zustand in einem Tordurchgang wahrgenommen. Doch auch den

Mann, der gerade ins Haus gegangen war, hatte er nur aus der Entfernung gesehen.

*Ich muss es wissen!*

Kaum war die Tür wieder geschlossen, sprintete er zum Gartentor hinüber. Er spähte unter der scharfsplittrigen Kante des Tores hindurch. Die unheimliche Tür zum Haus war geschlossen, der Mann nicht zu sehen. Der Kater schlüpfte in den Garten, suchte sein Versteck unter dem Magnolienbaum auf und spähte zur Tür. Ein Windstoß lies den Efeu rascheln. Es hörte sich an, als lache das Haus ihn aus. Aber er ließ sich davon nicht beeindrucken, beobachtete weiterhin die Tür. Wartete.

*Ich dachte, du wolltest mir deine Geheimnisse zeigen?*

Dann komm doch näher, antwortete der Efeu.

*Den Teufel werde ich tun.*

Sekunden reihten sich zu Minuten. Unsichtbare Grillen schlugen den Takt. Kein Mensch war in den Gassen unterwegs.

Commissaire Mazan begann, den Rhythmus der Stadt zu begreifen. Was er jedoch nicht begriff, war, wieso seit dem Vortag die Futterteller der anderen Katzen nicht mehr leer waren. Fast überall fand er kleine Reste, die er, nachdem er sich aufmerksam umgeschaut hatte, hastig hinunterschlang. Ab und zu sah er eine andere Katze, doch sie wichen ihm alle aus, verschwanden, bevor er auch nur versuchen konnte, sich ihnen zu nähern. Hatten sie etwa Angst vor ihm? Das konnte doch nicht sein. Zumindest die schattenweiße Siam hatte nicht die geringste Furcht gezeigt. Überhaupt, die Schattenweiße.

Hatte sie dem Dorfchef seine Anwesenheit etwa doch nicht verraten? Commissaire Mazan lief jetzt schon den zweiten Tag in der Stadt umher und war ihm noch immer nicht begegnet.

*Und die Sternenjägerin, die Himmelsläuferin?*
Der Kätzin mit den verrückt-schönen Augen, der er aus
der Tonne geholfen und die ihm dafür das Ohr zerfetzt
hatte, war er auch nicht mehr begegnet. Obwohl er ihre
Duftspur wahrgenommen hatte. Allerdings in einem Meer
anderer Spuren. Da war es schon einfacher gewesen, der
dunkelroten Spur der Thunfischpasteten-Frau zu folgen.
Da! Eine Bewegung hinter der stumpfen Glasscheibe der
Gartentür. Commissaire Mazan duckte sich tief ins Laven-
delgras. Sein Schwanz zuckte. Wilder Zorn durchströmte
ihn, als er daran dachte, dass der Mann im Haus vielleicht
derjenige war, der die Sternenjägerin hatte umbringen wollen! Es gab Momente, da hasste Commissaire Mazan seine
Machtlosigkeit gegenüber den Menschen. Doch er wusste
mittlerweile, dass es auch für kleine Krieger wie ihn eine
Gelegenheit gab, einen ihm an Stärke überlegenen Gegner
zu besiegen. Er musste nur den richtigen Moment abwarten.
Das Geräusch eines Schlüssels, der sich knirschend im
Schloss drehte. Der Griff bewegte sich. Erst öffnete sich
die Tür nur einen Spalt, schließlich mit einem Ruck ganz.
Danach trat der Mann ins Freie. Er ließ seinen Blick aufmerksam durch den Garten gleiten. Commissaire Mazan
duckte sich noch tiefer. Spähte zwischen den Gräsern hindurch. Der Mann konnte ihn unmöglich entdecken. Es sei
denn ... er suchte nach Katzen! Bei diesem Gedanken
zuckte Commissaire Mazans Schwanz. Bewegte leicht das
Gras. Sofort ruckte der Kopf des Mannes in seine Richtung. Sein Blick traf den Kater.
Im gleichen Moment, da der Mann sich wütend in Bewegung setzte, sprang Commissaire Mazan unter dem Baum
hervor und sprintete Richtung Tor. Er wusste, dass er

schneller sein würde. Selbst die Sekunde, die er verlor, um seinen Körper durch den engen Spalt zwischen Tor und Boden zu quetschen, würde dem Mann nicht reichen, ihn zu packen.

Schon war er nur noch einen Sprung von dem Holztor entfernt, als sich mit einem Mal etwas Großes, Gewaltiges, Schwarzes unter dem Tor hindurchschob. Commissaire Mazan starrte entsetzt auf die geblähten, aufgeregt schnüffelnden Riesennüstern einer Hundeschnauze.

*Ein Hund!?*

Eingezwängt zwischen dem todbringenden Mann und der Gefahr, von einem riesengroßen Köter gefressen zu werden, zuckte Mazans Kopf hin und her. Da rief jenseits der Holzpforte eine Stimme: »Atos! Kommst du wohl her!«

Die Schnauze verschwand. Der böse Mann war jetzt aber nur noch einen Schritt entfernt. Mazan zögerte nicht. Blitzschnell kroch er unter das Tor und spürte schmerzhaft, wie sich der scharfe Holzsplitter, dem er sonst immer ausgewichen war, in seinen Rücken bohrte. Sah einen Mann mit einem großen braun-weiß gefleckten Hund an der Leine. Spürte die Hand hinter sich, die versuchte, ihn zu packen. Und riss sich an dem Splitter den halben Rücken auf, als er sich mit einer wilden Anstrengung befreite.

Mazan beachtete weder den Hund noch seinen Besitzer, sondern raste die Gasse hinunter. Fort von dem Garten, dem Mann, dem Haus.

Irgendwann versteckte er sich hinter einer Hecke und lauschte mit hart klopfendem Herzen den Weg zurück.

*Das ist ein verdammt hoher Preis für einen Namen.*

So langsam hatte Commissaire Mazan die Nase voll von dieser Stadt.

Vielleicht wäre er misstrauischer gewesen, wenn er es nicht schon gewohnt wäre, in dieser Stadt von unsichtbaren Augen beobachtet zu werden. Nun entdeckte er das Gesicht einer sehr, sehr alten Katze, die auf einem hoch gelegenen Fensterbrett lag und zu ihm herunterschaute. In ihren Augen erkannte er das ruhige Wissen eines langen Lebens. Von ihr ging keine Bedrohung aus. Aber er spürte eine lustvolle Erwartung in ihrem Blick.

»Viel Glück!«, rief sie ihm zu.

*Viel Glück?*

Mit alarmierten Sensoren näherte er sich nun der Kirche und dem hoch gelegenen Platz, auf dessen anderer Seite das Haus der Thunfischpasteten-Frau lag. Da entdeckte Commissaire Mazan die arrogante Schattenweiße auf der Mauer, die den Weg begrenzte. Und neben ihr hockte ...

*Die Sternenjägerin!*

Er blieb stehen und schaute zu den beiden Katzen hoch, die wiederum ihn mit kühlem Interesse beobachteten. Dann nahm er die anderen wahr. Sie sammelten sich oben auf dem Platz, hockten unter den Büschen, den Autos. Und erst da, kurz bevor der große Kerl am oberen Ende des Weges auftauchte, begriff Commissaire Mazan, dass er in der Falle saß.

Natürlich hatte er die ganze Zeit gewusst, dass es zu einem Revierkampf kommen musste. Aber warum gerade jetzt! Und er hätte nicht gedacht, dass der große Kerl ein so großer Kerl war. Dieser Brocken mit dem rotbraunen Fell und den hellen langen Haarbüscheln an den Ohren wog gut doppelt so viel wie er. Und seine Haltung verriet, dass er noch keinen Kampf verloren hatte.

Das hier würde sehr, sehr schwierig werden.

Commissaire Mazan ging in die Hocke, so dass sein Bauch das warme Pflaster berührte. Dabei ließ er den anderen nicht einen Moment aus den Augen.

Der große, rote Kerl stolzierte die Gasse hinunter. Dabei plusterte er sein Fell auf und signalisierte Kampfbereitschaft. *Er kommt bergab. Ist darum schneller. Und das bei dem Gewicht!* Commissaire Mazan überlegte, ob es nicht das Beste wäre, nach einer gewissen Zeit ehrenvollen Standhaltens die Dominanz des Roten anzuerkennen. Unterwerfung wäre die einfachste Lösung. Der Dicke würde seine Stellung wahren und ihn in Ruhe lassen. Und er hätte ein Zuhause, das er sich zwar mit einem Katzenmörder teilen musste, aber da wusste er wenigstens, woran er war. Dann war der Dicke nah genug, dass er mit dem Schreien anfangen konnte: »Aus welchem Dreckloch bist du Penner denn hervorgekrochen?«

Oder er könnte sich gleich wieder davonmachen. Die Sache mit dem friedlichen Stadtleben hatte er sich ohnehin anders vorgestellt.

*Die Wiesen, die Wälder. Keine kratzbürstigen Verrückten. Keine schreienden Idioten. Freiheit.*

Andererseits war das Leben kein Zuckerschlecken gewesen. Er sollte vielleicht wenigstens so lange in der Stadt bleiben, bis er sich etwas mehr Gewicht angefuttert hatte?

Wieder rückte der große Kerl ein Stück näher.

»Ich werde dir das Fell abziehen und an die Kirchentür nageln!«

Es war ja nicht so, dass er kein Verständnis für den Angeber hatte. Wenn man Chef war, musste man das machen. Das hier war seine große Show. Schließlich schaute seine ganze Bande zu. Also würde er ihn noch ein bisschen schreien lassen, und in ein paar Minuten wäre die Sache ausgestanden. Dann hätte er seine Ruhe.

Was nur passte ihm daran nicht?

Als Commissaire Mazan zu der Mauer hochsah, wusste er die Antwort.

Die Sternenjägerin.

Es war ihretwegen. Ihretwegen wollte er nicht als Verlierer vom Platz gehen. Verdammt! Verdammt! Verdammt!

Aber so war es. Also konzentrierte er sich auf den bevorstehenden Kampf. Er begann, in den Bewegungen des großen, langhaarigen Kerls zu lesen, während er sich noch tiefer duckte und die Ohren flach anlegte, um dem Gegner Unterwerfungsbereitschaft vorzutäuschen. Dabei maß er dessen Kampfstärke.

Die war beachtlich. Aber Commissaire Mazan erkannte sehr schnell den Schwachpunkt: Ungeachtet seines wilden Aussehens hatte der rote Schreihals noch nie einen Kampf auf Leben und Tod ausgefochten. Außerdem hatte er wahrscheinlich schon lange nicht mehr kämpfen müssen, weil es niemand wagte, ihn herauszufordern.

Commissaire Mazan atmete jetzt ganz flach, während der Gegner weiterhin wüste Beschimpfungen in die Welt krakeelte. Es musste schnell gehen. Für einen langen Kampf war er noch zu geschwächt.

Während Commissaire Mazan seine Unterwerfung vortäuschte, sammelte er alle Kraft in den Hinterläufen. Und wartete.

Wartete auf den richtigen Moment. Darauf, dass die letzte Tirade abgeschossen war. Darauf, dass der große Kerl sich in überlegener Pose hinsetzte und sich von dem Unterworfenen abwandte, um angeödet sein Fell zu putzen.

*Jetzt.*

Er sprang.

Danach ging tatsächlich alles sehr schnell. Aber beileibe nicht so, wie er sich das vorgestellt hatte.

Der große Kerl war vollkommen überrascht von dem Angriff. Es stand in seinen Augen, eine Mischung aus Schrecken und … ja, Empörung. Darüber, dass jemand es wagte, derart gegen die Spielregeln zu verstoßen. Und *ihn* angriff! Den Chef!

Dann aber, kurz bevor Commissaire Mazan den Roten seitlich an der Kehle zu fassen bekam – eine Position, aus der heraus dem Gegner nur wenig Möglichkeiten blieben –, nahm er den Geruch wahr.

Und mit einem Schlag begriff Commissaire Mazan, warum der große Kerl zwei Tage gebraucht hatte, um ihn zu stellen. Warum er so viel Geschrei machte. Und warum die anderen Katzen sich dieses Spektakel nicht entgehen lassen wollten.

In diesem winzigen Zeitraum, bevor er seine Zähne in den Hals des Gegners grub, katapultierte der stechende Geruch nach Chemikalien Bilder aus den Tiefen seiner Erinnerungen hervor, die Commissaire Mazan schon vergessen geglaubt hatte. Bilder von Käfigen, Menschen in weißen Kitteln und Stahltischen, auf denen andere Katzen festgeschnallt waren. Schlagartig begriff er, dass sein Gegner vor kurzem kastriert worden war. Dass er mehrere Tage lang in einem von Schmerzträumen getränkten Halbschlaf verbracht hatte. Und dass er, wenn er diesen Kampf verlor, auf der untersten Stufe der Katzenhierarchie landen würde.

*Nein! Das ist nicht fair!*

Sein Zögern war nur kurz, aber es reichte dem Roten, um zu reagieren. Mit seiner Kraft wehrte er den Angriff mühelos ab. Und dann warf er sich mit seinem ganzen Gewicht auf Commissaire Mazan. Der verlor das Gleichgewicht, prallte mit der rechten Hüfte auf einen etwas höher stehenden Stein. Dann landete der große Kerl auf ihm. Wie eine scharfe Klinge fuhr der Schmerz durch Mazans Körper, und er wusste sofort, dass sein rechtes Hinterbein unbrauchbar war. Dass er nun seinerseits den Hals darbot, war ein Reflex.

Der große Kerl ließ augenblicklich von ihm ab. Natürlich musste er jetzt noch ein wenig schreien und herumstolzieren. Aber das war der Abgesang. Die Show war vorbei.

*Ich bin besiegt.*

Die Erkenntnis schmerzte ihn fast noch schlimmer als sein Hinterlauf.

Nur undeutlich nahm er wahr, dass der große Kerl mit dem Geschrei aufhörte und auf ihn herabsah. Lange auf ihn herabsah. Wie lang, vermochte Commissaire Mazan nicht zu sagen, denn er hatte jegliches Zeitgefühl verloren.

Als sich der Dicke endlich verzog, waren die anderen schon alle weg. Nur die Ingwerfarbene saß noch auf der Mauer und schenkte ihm das bittere Licht ihrer Sternenaugen. Schließlich verschwand auch sie. Er war allein.

Drückend lag die Hitze über der Stadt, nur die unermüdlichen Grillen kratzten ihr Lied.

Mühsam erhob er sich. Sofort knickte sein Bein unter ihm weg, und wieder glühte der Schmerz durch seinen Körper. Wenn er ganz vorsichtig auftrat, blieb es erträglich. Halb humpelte, halb schleppte er sich den restlichen Weg zum Kirchplatz hoch.

*Die Thunfischpasteten-Frau.*

Sie konnte ihm vielleicht helfen.

*Helfen? Ein Mensch?*

Aber, verdammt, er kannte hier doch sonst niemanden!

Er schaffte es nicht über den Platz. Im Schatten eines knorrigen Baumes sank er erschöpft zusammen. Wenigstens hatte er von hier aus das Haus der Frau mit den Katzenaugen im Blick. Doch dort regte sich nichts. Er spürte, wie die Schwäche und der Schmerz ihn zu überwältigen drohten. Sein Blick verschwamm, die Konturen der Welt zerflossen. Doch er musste wach bleiben. Um es nicht zu verpassen, wenn die Frau kam. Er kniff die Augen zusammen, blinzelte. War da nicht eine Bewegung gewesen?

Da bei ihrem Haus?

*Sie kommt.*

Ja, da kam jemand. Schnell. Sehr schnell.

Wieder blinzelte er. Doch längst hatten seine anderen Sinne erfasst, was seine Augen nicht glauben wollten. Als er realisierte, dass das Riesenvieh, dem er schon am Tor seines Gartens begegnet war, japsend auf ihn zugerannt kam, sammelte sich die Verzweiflung mit dem Zorn des Gedemütigten in seinem Herzen. Er stemmte sich hoch, bereit, sein Leben teuer zu verkaufen. Doch vergebens. Kraftlos sackte er wieder zurück.

Schon sah er das gewaltige Maul über sich, die langen gelben Reißer. Er legte die Ohren an, legte seine letzte Kraft in ein wütendes Fauchen, bevor ...

... eine riesengroße Zunge speicheltriefend über sein Gesicht leckte.

# 10

Sie stand vor Suite 206 im Souterrain, die Hand, mit der sie leise an die Tür klopfen wollte, schon erhoben. Doch Julie zögerte, weil in diesem Moment Bilder des gestrigen Nachmittags in ihr aufstiegen. Und mit ihnen die unglaubliche Lust, die sie empfunden hatte. Und die abgrundtiefe Scham, die sie in den Stunden danach erfasst hatte.

Am Samstagnachmittag hatte sie Monsieur Alexandre in ihrer Pause zwischen zwei Schichten sein Smokinghemd zurückgebracht. Als er es ihr mit einem kleinen Lächeln abnahm, hatte sie mit einem kleinen Augenaufschlag gefragt:

»Kann ich sonst noch etwas für Sie tun, Monsieur?«

Die Art, wie er sie daraufhin mit seinem nachtschwarzen Blick anschaute, jagte ihr einen süßen Schrecken ein.

»Wollen Sie das denn, Mademoiselle? Etwas für mich tun?«

Sie nickte stumm, weil sie ihrer Stimme nicht mehr traute. Die Hände vor dem Körper verschränkt, versuchte sie, die wilden Gefühle, die in ihr aufstiegen, im Zaum zu halten.

Was würde geschehen?

Würde etwas geschehen?

Monsieur wandte sich um, hängte das Hemd an den Schrank, streichelte kurz darüber – »hervorragend gebügelt, Julie, vielen Dank« – und suchte dann ihren Blick im Spiegel. Sie hatte auf seinen Rücken in dem glatten, schwarzen Poloshirt gestarrt. Als sie ihm nun im Spiegel in die Augen sah, fand sie dort etwas Kühles, Fragendes. Dann nickte er leicht, öffnete eine Schublade in dem mahagonifarben lackierten Schrank und zog zwei schwarze Lederhandschuhe hervor.

»*Bon.* Wenn das so ist, Julie, tun Sie bitte, was ich Ihnen sage. Knien Sie sich auf das Bett. Beugen Sie sich nach vorn. Legen Sie eine Wange auf das Kissen. Schließen Sie die Augen, und vertrauen Sie mir. Es wird nichts geschehen, was Ihnen missfällt.«

Ihr sackten fast die Knie weg. Er wollte sie nicht küssen, nicht erst streicheln, bevor er sie endgültig verführte. Er ging gleich tausend Schritte weiter. Benommen zögerte sie, zwei, drei Herzschläge lang. Dann nahm sie mit zittrigen Knien die Position ein, die er verlangte. Doch als sie sich vorbeugen wollte, wurde sie gewahr, dass ihr Rock dafür zu eng geschnitten war. Sie warf Monsieur Alexandre einen unsicheren Blick zu. Er zog leicht die Augenbraue hoch. Wird's bald, schien er zu sagen.

Sie richtete sich wieder auf und zog den Rocksaum über ihre Schenkel nach oben. Mit heißen Wangen beugte sie sich wieder nach vorn, bis ihre Wange in das Kissen tauchte, das vollgesogen war mit seinem Duft. Sie spürte Luft an ihrem hochgereckten Po, der jetzt nur noch von ihrem Slip bedeckt wurde.

Es war eine so schamlose Stellung.

Aber hatte sie nicht schon oft genau von dieser Schamlosigkeit geträumt? Diffuser vielleicht, aber genauso aufregend und verboten. In ihren Träumen hatte César Alexandre all das mit Julie gemacht, was sie in der Realität noch nie erlebt hatte. In ihren Träumen hatte er sie besser gekannt als sie sich selbst.

Jetzt war sie tatsächlich bei ihm, auf den Knien. Seinen Blicken preisgegeben. Und seinem Willen.

Sie schloss die Augen. Hörte ihren Atem, ihren Herzschlag. Dann seine leisen Schritte. Aber sie kamen nicht näher. Fühlte er sich etwa von dem Anblick, den sie bot, abgestoßen? Lachte er gar über sie? Oder gefiel ihm, was er sah? Die Ungewissheit wurde schier unerträglich.

Auf einmal gab das Bett auf der von ihrem Gesicht abgewandten Seite nach. Seine Stimme dicht an ihrem Ohr: »Sie sind sehr schön, Julie.«

Sie war so erleichtert, dass sich ihr ein kleiner Schluchzer entrang.

Mit sanften Bewegungen löste er ihren Zopf und kämmte ihr langes, dunkelrotes Haar mit den Fingern, achtsam und ohne Hast.

»Sie sind kostbar, Julie.«

Ihr Atem ging heftiger, als seine Hand ihren Nacken liebkoste, ihr Rückgrat hinabfuhr, immer weiter, über den Stoffkranz, den ihr hochgeschobener Rock verursacht hatte, und dann …

… innehielt.

»Darf ich?«, fragte er. Hinter ihren geschlossenen Lidern glaubte sie zu sehen, wie er wieder die Augenbraue hochzog.

Sie musste schlucken, bevor sie antworten konnte. »Ja, bitte.«

Erst da folgten diese wissenden, streichelnden Finger den Rundungen. Er verlagerte sein Gewicht, kniete sich zwischen ihre Schenkel, schob die Knie weit auseinander.

Würde er jetzt …?

»Haben Sie Angst, Mademoiselle Julie?«, erkundigte er sich, während seine Finger die empfindsame, dünne Haut ihrer Innenschenkel liebkosten, beidseitig am Saum ihres Slips entlangglitten, dazwischen, nur Millimeter entfernt, ihre Vulva.

»Nein«, kam es erstickt aus ihrer Kehle.

»Sie lügen.«

Jetzt fuhren die Finger ihre Körperkonturen nach, ihre Hüfte, die Taille und dann die Knopfleiste ihres Hemdes entlang nach oben. Öffneten gekonnt einen Knopf nach dem anderen. Julie spürte seinen warmen Atem an ihrem Steiß.

Dann hatten seine Hände ihre Brüste erreicht und streichelten zart und ruhig ihre Rippen. Erst sanft. Mit den Fingerkuppen, dann mit den Fingernägeln. Danach griff er fest zu. Gänsehaut legte sich um ihren ganzen Oberkörper. Niemals hatte ein Mann sie so berührt, alle hatten sie nur roh geknetet wie einen Brotteig! Jetzt spürte sie, wie sich Stoff an ihren Po drückte, Hitze, Festigkeit, sie spürte etwas Kühles an ihrem Steiß. Die Gürtelschnalle, dachte sie. Seine Hände umfassten ihre Brüste. Sie keuchte. Er zog leise an den Spitzen, rieb dann darüber. In ihrem Schoß ballte sich die Hitze zusammen.

»Ja«, gab sie stöhnend zu. »Ich habe gelogen.«

Die Finger hörten auf zu tun, was ihr so guttat.

»Lügen Sie mich nie wieder an, Mademoiselle!«, sagte er streng.

»Nein«, flüsterte Julie. »Ich verspreche es. Nie wieder.«

Die Finger kehrten zurück.

Sie spielten mit ihr, wanderten ihre Brust, ihren Bauch hinab, kehrten zum Po und den Schenkeln zurück.

»Gefällt es Ihnen?«, fragte César Alexandre, als Julie gerade hoffte, er würde jetzt endlich, endlich, bitte! den Slip zur Seite schieben und weiter gehen. Immer weiter. Sie fühlte ihre eigene Feuchtigkeit.

»Ja, aber …«

»Aber?«

»Bitte. Tun Sie es doch endlich«, flüsterte sie, glühend rot vor Scham.

Und das tat er. Sie hörte, dass er etwas aufschraubte, fühlte, wie er wenig später ihren Slip zur Seite schob, um ihre warmen, vor Lust leicht angeschwollenen Lippen zu berühren. Seine Hand fühlte sich glatt, kühl und unglaublich glitschig an.

Sie stöhnte ihre Erregung ins Kissen.

»Nehmen Sie das Kissen weg. Ich will Ihr Gesicht sehen, Mademoiselle«, befahl er.

»Nein, nein! Ich kann nicht.«

Jetzt öffnete er leicht ihre Schamlippen. Seine Hand glitt dorthin, wo sie an ihrem empfindsamsten Punkt zusammenliefen.

»Schämen Sie sich etwa Ihrer Lust?« Er verharrte so, und Julie spürte das Pochen ihres Blutes und Erregung unter dem süßen Druck seines Fingers.

»Ja!«, rief sie. Würde er jetzt dort bleiben, einfach nur dort bleiben, Kreise ziehen, kleine, feste Kreise …?

Jetzt trieb er sie mit Fragen vor sich her. »Wie viele Männer hatten Sie? Wie oft haben Sie ein Rendezvous mit Ihrer eigenen Hand? Haben Sie Lust, wo Sie wollen, mit wem Sie wollen?« Auf jede Beichte folgte eine Steigerung ihrer Lust, aber auch ihrer Ungeduld. Er verstärkte seine Liebkosung, nahm seine zweite Hand hinzu, blieb aber immer nur kurz an ihrem Sehnsuchtspunkt. Wenn sie glaubte, gleich von ihm erlöst zu werden, zog er sie jedoch wieder zurück. Peitschte Frage um Frage, und nur, wenn sie gehorsam war und die Wahrheit sagte, gab er ihr mehr. Mehr. Aber nie genug.

Irgendwann, als sie ihm schon mehr gestanden hatte als sich selbst und ihrem Beichtvater zusammen, als Julie es nicht einen Moment länger ertragen hätte, als sie nur noch hilflos gefangen war in all den ungekannten Gefühlen, war sie schließlich in César Alexandres Hand gekommen. Sie hatte die Eisenstäbe des Bettes umklammert, hatte sich wie rasend an seiner Hand gerieben und in das Kissen gebissen, als ihr Orgasmus in Wellen durch ihren Körper rollte. Ein Höhepunkt, der so breit, nass und heftig war, dass sie unmittelbar darauf in Tränen ausbrach. Wegen der Fülle an Emotionen und der jäh erwachenden Scham, dass sie sich diesem Mann kniend auf dem Bett hingegeben hatte.

Da passierte etwas noch viel Beängstigenderes.

Mit verschwommenem Blick nahm Julie wahr, wie César Alexandre seine schwarzen, ölig glänzenden Handschuhe auszog, und fühlte sich bei diesem Anblick noch mehr gedemütigt. Doch dann setzte er sich auf das Bett und zog sie an sich. Sie weinte hemmungslos im Schutz seiner Arme. Er sprach kein Wort, hielt sie nur fest, wiegte sie. Als sie ausgeweint hatte, hob César Alexandre Julies tränenfeuchtes Gesicht an, fuhr mit einem leichten Lächeln über ihre Wange, über die sich vermutlich eine Spur schwarzer, verlaufener Mascara zog.

»Wie schön Sie aussehen, wenn Sie ganz Sie selbst sind, Mademoiselle.«

Sie sehnte sich so sehr nach einem Kuss! Und sollte sie sich nicht revanchieren?

Als ihre Hand nach seinem Gürtel tastete, hielt er sie auf.

»Der Reiz liegt immer in dem, was man noch nicht hatte, Julie«, sagte er. »Wir werden alle Zeit der Welt haben, wenn Sie es wollen.« Er lächelte und flüsterte ihr dann ins Ohr: »Und außerdem ist Ihre Lust auch meine Lust.«

Er biss sie sanft in den Hals, warm und voller Begehren.
Dann stand er auf und schenkte ihnen beiden aus der Minibar ein Glas Perrier ein. Sie wollte verlegen ihren Rock hinunterstreifen, doch er sagte beiläufig: »Nein. Lassen Sie ihn oben!«

Also schob sie ihn wieder hoch und entschied sich, als sie Césars aufmerksamen Blick bemerkte, auch die Beine nicht mehr zu schließen.

»Perfekt«, lobte er.

Während sie trank, fragte Alexandre Julie freundlich nach ihrer Familie.

»Sie sind bei einem Autounfall umgekommen, in Saumane. Ich habe keine Verwandten mehr.«

Dann nach dem Ort, aus dem sie kam. »Montbrun-les-Bains. Keine fünfhundert Einwohner, viele Schafe, Thermalbäder und eine Lavendelpresse. Es ist dort im Winter so einsam, dass man die Lure-Berge summen hört.«

Schließlich nach ihren Zukunftsplänen. »Ich wusste es mal«, sagte sie und schaute zu ihm auf. »Aber jetzt nicht mehr, Monsieur.«

Verstand er? Begriff er, um was sie ihn bat? Wusste sie überhaupt, was sie von ihm wollte? Eine Stimme in ihrem Inneren beantwortete die Frage mit einem schlichten: Mehr!

Monsieur Alexandre lächelte und machte ihr einen Vorschlag, der all die Fragen beantwortete, die Julie Roscoff, neunzehn Jahre alt, Aushilfskraft ohne Familie, an ihre Zukunft stellte.

Und da war sie nun, wieder zwischen zwei Schichten, und stand mit erhobener Hand vor einer Tür. Sie begriff, dass es kein Zurück mehr gab, und klopfte.

Victorine Hersant lächelte, als sie Julie öffnete.

»Ich habe Sie schon erwartet«, sagte sie und nahm das Mädchen bei der Hand.

Wenig später saßen die beiden Frauen nebeneinander auf einer mit hellen Polstern wattierten Liege, im Schatten des Sonnenschirms auf Madames Terrasse. Der Sonntagnachmittag war still, und die Hitze presste die Düfte aus den Bougainvilleen. Vor ihnen auf dem kleinen Tisch standen zwei Gläser mit eisgekühltem Champagner. Julie hatte noch nie zuvor Champagner getrunken.

»Julie – darf ich Julie und du sagen? –, es ist so: Es gibt die Tradition des Teilens in unseren Kreisen. Wir teilen mit jenen, die von Geburt an weniger besitzen, obgleich sie von ihrem Charakter, ihrem Willen und ihren natürlich vorhandenen Gaben her zu Höherem bestimmt sind. Zu mehr Bildung, mehr Anerkennung, mehr Chancen.«

Julie nickte, mit heißen Wangen.

»Wir, das heißt Monsieur Alexandre ...«

Oh, wie allein schon sein Name ein Ziehen in ihr auslöste!

»... und unsere langjährigen Freunde, Richter Lagadère und Notar Amaury, fördern daher von Zeit zu Zeit gemeinsam eine Stipendiatin, über mehrere Jahre hinweg. Sie erhält eine Zusatzausbildung, finanzielle Unterstützung beim Aufbau eines eigenen Geschäftes oder für eine weitere Fortbildung sowie den unbezahlbaren Zugang zu den besten Familien Frankreichs, um in diesen Kreisen einen Ehemann zu erobern. Oder einen Ehemann und einen Liebhaber.«

Madame Hersant wandte sich lächelnd zu ihr.

»Willst du heiraten?«

Julie überlegte, ob dies eine Testfrage war. Doch dann entschloss sie sich, ehrlich zu antworten – das hatte sie schließlich einen Tag zuvor bei Monsieur Alexandre gelernt. »Ich weiß nicht. Ich weiß nicht recht, wozu.«

»Gut! Da bist du bereits klüger, als ich es in deinem Alter war – ich habe mit neunzehn geheiratet und es seither jeden Tag bereut«, sagte Victorine. In ihren Augen tanzte ein seltsames Lachen.

Sie stieß ihr Glas gegen das von Julie.

»Und was waren Männer dann für dich, Julie? Ich meine, bis ... ungefähr gestern gegen halb fünf?«

O nein! Madame wusste von Julies Stunde mit Monsieur Alexandre?

»Genieß es!«, flüsterte Victorine jetzt. »Denke daran, wie schön es war, und deine Augen werden strahlen, wie sie es nur können, wenn eine Frau Lust erfährt.«

Dann sprach sie in normalem Ton weiter, fast ein wenig zu laut, fand Julie, für die Stille dieses Julinachmittags.

»Aber du musst lernen, dir anderen Menschen gegenüber nichts anmerken zu lassen. Egal, ob du in Aufruhr bist oder dich schämst. Lass andere nur mit den Karten spielen, die du ihnen zuteilst, Julie. Deine wahren Absichten und Gefühle sind dein As. Je unnahbarer du wirkst, desto größer ist deine Macht.«

Das sah man ja an Victorine, fand Julie; sie besaß eine Art, mit Menschen, zum Beispiel mit dem Hotelmanager, umzugehen, dass Julie geradezu spüren konnte, wie unruhig ihr Chef dabei wurde. Oder Paul, der sich normalerweise nichts aus Frauen machte. Aber selbst er erfüllte Madame Hersant mit leuchtenden Augen all ihre Wünsche.

»Also. Was waren Männer für dich bisher, Julie?«

»Behaarte Eber!«, stieß Julie voller Inbrunst hervor. Und brach darauf zu ihrem eigenen Erstaunen in Tränen aus. Leise beichtete sie Madame Hersant, mit wem sie schon was erlebt hatte. Und wie hässlich und unbefriedigend es gewesen war.

»Julie. Du bist eine Göttin, die unter Zwergen lebt«, seufzte Madame. »Lass dich nie von der Geilheit der Männer beherrschen, ohne eine Gegenleistung zu bekommen. Und nur du darfst entscheiden, wer dich bekommt und wem du verboten bleibst. Kein Gesetz, kein Vorgesetzter und schon gar kein Mann darf das für dich entscheiden. Du allein bestimmst.«

*Genau. Ich entscheide!*

Dann umriss ihr Madame Hersant, was Monsieur Alexandre und sie ihr anbieten wollten. Sie würden sie ausbilden.

»Weißt du, es bedarf einiger Kenntnisse und Verhaltensweisen, um sich in unseren Kreisen bewegen zu können.«

Sie würden Julie zu ihrer Stipendiatin machen. »Das ist eine ganz besondere Position, die dir viele Möglichkeiten eröffnet.«

Victorine würde sie ganz in ihre Obhut nehmen. »Du kannst ab dem kommenden Monatsersten als meine Gesellschafterin beginnen. Wir werden viel reisen, häufig an die Küste, aber auch manchmal nach London oder Amsterdam. Während meiner Abwesenheit, wenn ich bei meinem Mann in der Provinz bin, wirst du auf meine *bel étage* in Paris aufpassen und den drei Herren aufwarten, wenn diese etwas zu besprechen haben.«

Später, wenn sie schon ausreichend angelernt wäre, könnte sie wählen, was sie tun wollte. »Vielleicht möchtest du ja im Hotelgewerbe arbeiten. Etwa als Managerin, oder was auch immer sonst dir vorschwebt. Es ist deine Entscheidung.«

Dann sah Victorine Julie ernst an.

»Und jetzt kommt der Teil, Julie, über den du sehr genau nachdenken sollst. Wenn du unser Angebot annimmst, dann wirst du Monsieur Alexandres *maîtresse* …«

Julie presste die Hand gegen den Mund, um den kleinen erfreuten Laut einzufangen. Vergeblich, Madame hatte es bemerkt. Sie schnalzte halb tadelnd, halb amüsiert mit der Zunge.

»… und es wird für dich nicht überraschend kommen, dass sich gelegentlich auch Monsieur Lagadère oder Monsieur Amaury an dich wenden werden.«

Julies Glücksgefühl wich einem jähen Schreck. Lagadère war ein Mann, der ihr Angst einflößte. Notar Amaury hingegen – nun, sie hatte den kleinen freundlichen Mann nie sonderlich ernst genommen.

»Ich kann dich aber beruhigen«, fuhr Madame Hersant nun fort, »mein lieber Amaury hält nichts von Geschlechtsverkehr, aber dafür viel von der edlen Kunst der *ligotage*. Hat ein Mann das schon einmal mit dir gemacht?«

Julie schüttelte verwirrt den Kopf. Was das wohl war?

»Ich kann dir sagen, wenn es gut gemacht wird, ist die Lust mehr auf deiner als auf seiner Seite. Und Philippe Amaury ist über die Jahre hinweg ein Meister der *ligotage* geworden, der Kunst des erotischen Fesselns. Er ist hart und zärtlich. Wenn du mich fragst, genau die richtige Mischung.«

»Und … der Richter?«

»Alexis … ist ein Mann mit viel Leidenschaft, die er im Alltag stets unterdrücken muss. Gib ihm eine Chance, Julie. Kein anderer vermag so sehr deine Kräfte und Stärken zu wecken wie er. Vielleicht kann er dir helfen, auch über deine Grenzen hinwegzugehen. Und vergiss nie: Er ist Richter, das heißt, dass er immer gerecht ist.«

Victorine legte lächelnd ihre Hand auf die Julies. Tausend Gefühle und Gedanken wirbelten in dem Mädchen durcheinander. Ihr war natürlich klar, dass ein solches Angebot seinen Preis hatte. Doch selbst, wenn es sie nicht besonders reizte, mit dem Notar oder dem furchteinflößenden Richter zu schlafen, so würde das ganz sicher nicht schlimmer sein als ihre Erlebnisse mit Gustave oder den betrunkenen Amerikanern. Zudem war da noch Monsieur Alexandre …

»Aber …«, begann sie zögerlich, »sie werden doch nichts von mir verlangen, was …?«

»Meine Liebe, Ästhetik und Gefühl stehen bei uns ganz oben. Keine unappetitlichen Aktivitäten.«

In Julies Kopf tanzten die Bilder einen wilden Reigen. Reisen! Saint-Tropez! Monsieur Alexandre! Paris! Teure Hotels, und sie, als Managerin. Die Gespräche mit Madame, unendlich viele Gespräche, die sie als Schwestern führen würden. Als Vertraute.

Könnte all das wirklich wahr werden?

»Das Leben wartet auf dich, Julie. Und zwar genau bis Dienstagabend. Da hast du frei, wie ich weiß. Wenn du unser Angebot ernsthaft überdacht hast und annehmen willst, dann sei unser Gast. Wir erwarten dich im Haus Nummer 9 in der Rue de l'Ancien Hôpital. Wenn du nicht kommst, werden wir das als ein Nein verstehen und respektieren.«

Julie dachte an Gustave. An Dédé. An die zweihundertfünfundvierzig Euro Monatslohn. An die trostlose Ewigkeit, die sie erwartete, wenn sie hier in Mazan blieb. Kurz dachte sie an ihre einzige Freundin Manon.

Aber es würde eine zweite Manon geben, die sie in der Pariser *bel étage* mit frischem Schottlandlachs füttern könnte. Julie wusste, dass dies die Stunde null ihres neuen Lebens war.

»Madame, ich muss nicht überlegen, ich …«

»Schh, mein Kätzchen.« Victorine legte ihr die manikürten Finger auf die Lippen. Eine liebevolle Geste. »Lass dir Zeit. Denk gut darüber nach, auch wenn du dir jetzt schon sicher zu sein glaubst. Überlege es dir, und erst wenn du es mit jeder Faser deines Herzens willst, dann nehmen wir dich unter unseren Schutz.« Victorine lächelte. »Ich habe gehört, dass du eine *connaisseuse* schöner Dinge bist. Parfüm beispielsweise? Komm!«

Julie folgte Madame Hersant ein wenig schuldbewusst ins Bad. Monsieur Alexandre hatte wohl doch bemerkt, dass sie sein Eau de Toilette benutzt hatte. Madame suchte in einem exklusiven Chanel-Köfferchen und förderte nach und nach wahre Schätze zutage. Ein Chanel-Parfüm, Rouge-Noir-Nagellack, edles Haarpflegemittel und ein Dutzend weiterer Großartigkeiten.

Während Madame ihr alles überreichte, sagte sie: »Ganz gleich, wie du dich entscheidest, behalte diese Andenken als Zeichen meiner Zuneigung. Ich würde dir gern mehr geben, aber ich weiß, es kommt dir nicht auf Geld oder Statussymbole an. Sondern darauf, endlich zu zeigen, wer du wirklich bist.«

Julie fühlte sich das erste Mal in ihrem Leben wirklich und zutiefst verstanden.

## II

Die Wohnung gefällt mir sehr gut, Madame Blanche.«
»Ah, das freut mich sehr, Monsieur Parceval. Sie haben aber auch Glück, ich habe gerade alles renovieren lassen. Und schauen Sie nur«, Madame Blanche führte Jules Parceval zum Küchenfenster, »von hier aus haben Sie einen sehr schönen Blick auf den Mont Ventoux. Und sehen Sie da unten? Wenn Sie da links abbiegen, kommen Sie zum U-Super und …«
Während Madame Blanche ihm wortreich die nähere Umgebung von Mazan erklärte und Jules dabei auch gleich einige Details aus dem Leben seiner Einwohner lieferte, ließ er seinen Blick über die weite Landschaft schweifen, die sanften Hügel vor dem mächtigen Berg und den wilden Buschwald, *maquis,* der sie bedeckte. Zypressen, Weinhänge, Sonnenblumenfelder. Es war eine gute Landschaft für einen Neubeginn.
Von hier aus konnte er auch den Absatz der Treppe einsehen, die außen an der Wand des Hauses in den oberen Stock hinaufführte. Dann fiel ihm die zweite Tür neben dem Eingang zu seiner neuen Wohnung wieder ein.
»Und wer wohnt nebenan?«, unterbrach er Madame Blanches Redefluss.
»Ach, unsere neue Polizistin.«
»Eine Polizistin? Na, dann kann uns hier ja nichts mehr passieren«, sagte er schmunzelnd.

»Sie sagen es, Monsieur Parceval. Und nun haben wir mit Ihnen also endlich wieder einen Tierarzt. Sagen Sie, woher wussten Sie denn, dass die Stelle in Mazan frei ist?«

»So etwas erfährt man heute im Internet, Madame Blanche.«

»Wirklich? Aber woher weiß denn das Internet, dass wir im kleinen Mazan einen Tierarzt brauchen?«

»Die Anzeige war von einer Madame Roche aufgegeben.«

»*Naturellement*, Éloise«, lachte Madame Blanche. »Sie ist unsere ehemalige Schuldirektorin. Die kennt sich mit so neuen Sachen aus. Aber was führt einen jungen Mann aus Paris in unser kleines Dorf? Vermissen Sie denn nicht die Aufregungen der Großstadt?«

»Ganz bestimmt nicht, Madame Blanche«, grinste Jules. Das war wirklich das Letzte, was er vermissen würde. Er war all den Lärm, die Eitelkeiten, die Wichtigtuerei zuletzt so leid gewesen. Und natürlich die Enge der unsichtbaren Grenzen, die seine Herkunft ihm auferlegte. Jules hatte sich nicht nur gegen die Aufregungen der Großstadt entschieden, sondern auch – so sah er es zumindest – für die Freiheit in der unbekannten Provinz.

Bevor Madame neugierig nachbohren konnte, fragte er: »Wann kann ich einziehen?«

»Von mir aus sofort«, gab Madame Blanche zurück. »Wann kommen denn Ihre Möbel?«

»Tja ... meine Möbel, also ich habe nicht so viele Möbel, wissen Sie«, antwortete er verlegen. »Ich wollte die Gelegenheit nutzen, mich neu einzurichten.«

»Soso«, machte Madame Blanche und musterte ihn mit einem Blick, den er von seinen Erbtanten kannte: misstrauisch prüfend. Jules konnte regelrecht sehen, wie es hinter Madame Blanches Stirn arbeitete: neue Möbel, ja, klar. Wahrscheinlich von einer Frau vor die Tür gesetzt worden, eine teure Scheidung, Anwälte, Klagen, Gericht, wenig Geld, Flucht aus Paris …

»Und Sie haben auch nichts dagegen«, wechselte Jules rasch das Thema, »dass ich einen Hund habe?«

»Aber nein«, beruhigte ihn Madame Blanche, »Atos ist so ein liebes Tier. Wo ist er eigentlich?« Sie schaute sich um.

»Ich glaube, er erkundet die Wohnung.« Jules schaute ins Wohnzimmer. Nichts zu sehen. Als er auch im Schlafzimmer und in der Kleiderkammer keinen Atos entdeckte, stöhnte er auf. »*Zut alors,* jetzt ist dieser dumme Kerl schon wieder abgehauen.« Er eilte in den Flur. Die Tür zur Wohnung stand offen. Bereits im Rauslaufen rief er Madame Blanche zu: »Ich nehme die Wohnung, aber jetzt muss ich erst meinen Hund suchen.«

»Das ist aber schlecht, wenn er frei herumläuft«, meinte seine neue Vermieterin besorgt. »Wir haben hier viele Katzen in der Stadt.«

»Keine Sorge, Atos tut keiner Katze etwas zuleide.« Jules sprang schon die Stufen hinab, als Madame Blanche ihm nachrief: »Um die Katzen mache ich mir auch keine Sorgen!«

Jules spähte die Gasse hinunter, die zur Hauptstraße führte. Hoffentlich war Atos nicht dorthin gelaufen. Dass Autos gefährlich sein konnten, hatte sein Hund nie kapiert. Überhaupt war Atos nicht gerade einer der Hellsten, aber Jules liebte ihn trotzdem.

Schon erwartete er, Hupen und quietschende Reifen zu hören, und wollte sich gerade in Bewegung setzen, als er Atos' typisches, freudiges Spiel-mit-mir-Gebell vom Kirchplatz her vernahm. Jules eilte um die Hausecke und entdeckte Atos unter dem knorrigen Baum auf der anderen Seite des Platzes. Dort führte er ein komisches Theater auf. Er lag flach und heftig schwanzwedelnd auf dem Bauch, die Schnauze vorgestreckt, und bellte auffordernd. Dann sprang er auf, hüpfte ein paarmal aufgeregt herum und wiederholte die Prozedur.

»Atos, bei Fuß!«, rief Jules. Erst im Näherkommen erkannte er, dass dort eine Katze saß. Jules beschleunigte seine Schritte. Die wenigsten Katzen verstanden auf Anhieb, was Atos von ihnen wollte. Und der hatte keine Ahnung, wie bedrohlich er mit seinem Getue auf die kleineren Tiere wirkte. Doch diese Katze machte keine Anstalten wegzulaufen. Entweder war sie vor Schreck erstarrt.

Oder saucool.

Jules hoffte Letzteres. Doch als er sich den beiden näherte, erkannte er, dass es noch eine dritte Möglichkeit gab.

»Atos! Hierher! Sofort!« Der Hund erkannte am Klang von Jules' Stimme, dass er diesem Befehl besser gehorchen sollte. Widerstrebend und mit verwirrtem Blick, weil er nicht wusste, was er angestellt hatte, kam Atos zu seinem Herrchen und setzte sich vor ihn hin.

Jules sah den Riss im Ohr des Katers und das getrocknete Blut. Die Schramme auf dem Rücken glänzte frischer. Und an der unnatürlichen Haltung des rechten Hinterlaufes erkannte sein geschulter Blick, dass auch damit etwas nicht stimmte.

»Na, Kleiner, dich hat es aber böse erwischt«, sagte er leise und ging in die Hocke. Jules konnte mit jeder Art von Tieren umgehen, doch dies hier war eine halb verwilderte, verletzte Katze. Er durfte sich nicht zu schnell bewegen.

»Wir haben uns doch schon einmal gesehen, nicht wahr?«, sprach er weiter. Oft war es der sanfte Klang seiner Stimme, der bei den Tieren Vertrauen schaffte. Das war ihm irgendwann klargeworden. Kurz bevor er lernte, dass das auch bei Frauen funktionierte.

»Du bist doch bei dem Haus mit dem verschlossenen Gartentor unter dem Spalt durchgekommen«, redete er weiter und bewegte sich dabei Zentimeter um Zentimeter auf den verletzten Kater zu. »Atos hat dich erschreckt, nicht wahr. Aber er ist nur ein großer Dummkopf, der dich nie angreifen würde.«

Vorsichtig begann Jules, seine Hand auszustrecken. Der Kater zuckte sofort zurück, versuchte, auf die Beine zu kommen. Aber dann knickte er wieder ein.

»Ruuuhig, mein Kleiner«, sprach Jules ihm gut zu, »ganz ruhig. Ich will dir helfen, hab keine Angst.«

Er hatte ihn fast erreicht. Der zerzauste Kater wich so weit zurück, wie es ihm möglich war. Jules war klar, dass er gleich ein paar Schrammen abbekommen würde. Aber das war ihm egal. Was ihm nicht egal war, war das verletzte Tier. Kein Tier war ihm egal.

»Fassen Sie ihn nicht an!«

Jules erstarrte.

Diese Stimme!

Vorsichtig wandte er den Kopf nach hinten.

*Heilige Scheiße! Die Amazone.*

Sie kam über den Kirchplatz auf ihn zu wie ein Revolverheld in einem Western, lässig, aber entschlossen. Auch wenn ihr Outfit diesem Bild nicht ganz entsprach. Sportschuhe, Cargohosen, ein offenes, leicht zerknittertes weißes Herrenhemd mit hochgerollten Ärmeln über einem grauen T-Shirt. Sie trug keinen BH, unter ihren Brüsten hatten sich dunkle Flecken gebildet.

Atos jaulte sie sehnsüchtig an.

»Bleib, Atos!«, sagte Jules leise und bestimmt. Der Hund gehorchte.

»Wollen Sie mich doch erschießen?«, versuchte er es mit einem Scherz. Doch sie beachtete ihn nicht, sah nur noch den Kater.

»Lassen Sie die blöden Witze«, sagte sie, als sie neben ihm stand. »Und fassen Sie Commissaire Mazan nicht an, er mag keine Menschenhände.«

»Commissaire Mazan?«

Was redete sie da bloß?

Die Verrückte ging neben ihm in die Knie und streifte dabei ihr Hemd ab. Jules sah die Pistole, die in einem gesicherten Futteral an ihrem Gürtel steckte, daneben Handschellen. In seinem Kopf klickten ein paar Informationen zusammen: Pistole, die Wohnung neben seiner, Polizistin. Anscheinend doch keine Verrückte. Sondern der Sheriff von Mazan. Den er beim Nacktbaden und Kiffen erwischt hatte.

*Na, herzlichen Glückwunsch, Jules.*

Umso erstaunter war er, als dieses knallharte Weibsstück mit erstickter Stimme flüsterte: »Sag mir, wer dir das angetan hat, *mon Commissaire,* und ich leg ihn um.«

Dann breitete sie mit vorsichtigen Bewegungen das Hemd vor dem Kater auf dem Boden aus. Ganz weich war ihre Stimme, als sie ihn nun aufforderte: »Na komm, *mon Commissaire,* hier kannst du nicht bleiben. Wir müssen dich zu einem Tierarzt bringen. Dann wird alles wieder gut.«

Zu Jules Erstaunen beugte der Kater den Kopf vor, so als lauschte er der Stimme. So als verstünde er, was sie sagte.

Noch mehr aber wunderte er sich, als der Kater sich nun mit kleinen mühsamen Bewegungen vorwärtsrobbte, bis er auf dem Hemd zu liegen kam. Er hob nur kurz den Kopf, als Atos, der er es vor Neugier kaum noch aushielt, hinter ihnen aufjaulte.

Die Frau nahm nun vorsichtig die Enden des Hemdes auf, so dass der Kater wie in einer Hängematte lag. Das Tier wand sich nervös, als es hochgehoben wurde.

»Ist ja gut, mein kleiner Commissaire, hab keine Angst«, sagte die Frau weich, und augenblicklich beruhigte sich der Kater. Jules war wirklich beeindruckt.

»Also, *babtou*«, wandte sie sich dann an Jules, »vielleicht machen Sie sich zur Abwechslung mal nützlich. Wissen Sie zufällig, wo eine Tierarztpraxis ist?«

Jules wiegte langsam den Kopf. »Ich hätte da so eine Idee.«

Atos schnüffelte während des ganzen Weges durch die Altstadt, über den Marktplatz bis hin zu dem schmucklosen Neubau hinter der Mairie, an dem in der Hemdtrage liegenden Kater. Jules versicherte der Frau, die noch nicht wusste, dass sie Nachbarn sein würden, dass sein Hund wirklich harmlos war.

»Atos ist mit Katzen aufgewachsen«, erklärte er. »Wahrscheinlich versteht er sogar ihre Sprache.«

Die Polizistin reagierte nur mit einem kühlen Blick aus ihren grünen Augen. Und mit einem solchen Blick musterte sie Jules auch, als er nun den Schlüssel aus der Hosentasche holte und die Tür zur Praxis aufschloss.

»Moment mal, *babtou*«, sagte sie misstrauisch und blieb an der Tür stehen. Er sah, wie sie begriff, warum er den Weg zur Tierarztpraxis so gut kannte. Und er sah auch, dass es keine gute Idee gewesen war, ihr dieses Detail vorzuenthalten.

»Schön, jetzt hattest du mal deinen Spaß, Weißbrot. Scheiß Zeitpunkt für Wer-bin-ich-Ratespiele, wenn du mich fragst.«

Jules wartete, ob da noch was kam. Aber sie starrte ihn nur feindselig an, fast so feindselig wie der Kater in ihrem Hemd. Es reichte ihm.

»Ich frage Sie aber nicht. Und erstens, Madame, ist mein Name nicht *babtou*, sondern Parceval. Jules Parceval.

Zweitens, Madame ›Seh ich aus wie ein Navi?‹, haben Sie sich mir genauso wenig vorgestellt. Drittens: Ja, ich bin Tierarzt, und zwar ein guter.« Er überlegte, dann fügte er hinzu: »Und Joints rauche ich nie, nur zu Hause in meiner Badewanne.«

Er hatte es sich nicht verkneifen können. Himmel, gegen diese angriffslustige Frau war ein Stachelschwein ein Kuschelkissen.

Sie stand immer noch auf der Schwelle mit dem Kater in ihrem zerknitterten Hemd und schaute ihn finster an.

»Okay«, sagte sie schließlich, »Monsieur *babtou* Parceval, mein Name ist Zadira Matéo, Lieutenant Matéo, Drogenfahndung. Und Sie sollten besser vergessen, was Sie gesehen haben.«

Er mimte Erstaunen.

»Wovon, bitte schön, reden Sie, Lieutenant Matéo?«

Sie nickten sich zu. Offenbar waren sie quitt. Dann endlich trat sie ein.

Die Praxis, die Jules vorgefunden hatte, war in einem beklagenswerten Zustand. Offenbar hatte der ehemalige Tierarzt von heute auf morgen beschlossen, in Rente zu gehen. Geholfen hatte seinem Vorgänger bei dieser Entscheidung wohl – so hatte es Madame Roche etwas umständlich bei seinem gestrigen Antrittsbesuch erklärt –, dass er auf den Philippinen eine äußerst willige, weil äußerst arme junge Frau kennengelernt hatte. Auf alle Fälle musste Jules nun mit einer Einrichtung zurechtkommen, die in den siebziger Jahren des letzten Jahrhunderts angeschafft worden war. Für den an moderne Pariser Verhältnisse gewöhnten Tierarzt war der Anblick des Behandlungstisches, eine auf Stahlböcken ruhende Resopalplatte, ein Schock gewesen. Auf diesen Tisch bettete Lieutenant

Matéo den verletzten Kater. Atos hatte sich hechelnd in eine Ecke im Flur verzogen. Als erfahrener Tierarzthund wusste er, dass er im Behandlungszimmer nichts verloren hatte.

»Können Sie Ihren Kater bitte beruhigen, während ich ihn untersuche?«, fragte Jules. »Jetzt werde ich ihn nämlich anfassen müssen.«

»Das ist nicht mein Kater«, sagte Zadira Matéo, beugte sich aber zu dem Tier und flüsterte: »Keine Angst, mon Commissaire. Wenn der Typ dir etwas tut, breche ich ihm die Hand.«

Jules verzog das Gesicht, sagte aber nichts. Dann begann er vorsichtig, das Bein zu untersuchen. Der Kater wehrte sich. Doch gemeinsam gelang es ihnen, das Tier ruhigzuhalten. Schweigend machte sich Jules an die Arbeit.

Glücklicherweise war nichts gebrochen. Das Bein war am Hüftgelenk verstaucht. Ein paar Tage Ruhe, und der Kater würde wieder laufen können. Danach versorgte Jules die Wunde auf dem Rücken und schaute sich auch das Ohr an. Aber da war nicht mehr viel zu kitten, das Ohr würde einen gut einen Zentimeter langen Riss behalten. Der Blick des Katers huschte immer wieder zwischen Jules' Händen und der Polizistin hin und her. Aber bis auf einige nicht sehr überzeugende Versuche, die Finger des Arztes wegzubeißen, ließ er alles mit sich geschehen. Jules war klar, dass er ohne die Mithilfe von Zadira Matéo das Tier hätte betäuben müssen.

»So«, sagte er schließlich. »Jetzt braucht er nur noch Ruhe und ordentlich etwas zu futtern.«

»Gut«, meinte die Polizistin. »Ich schulde dem Commissaire noch einen Topf Thunfischpastete. Die bringe ich vorbei.«

Jules hatte für einen Moment den Eindruck gehabt, dass der Kater bei dem Wort Thunfischpastete interessiert aufgeschaut hatte.

»Was heißt Vorbeibringen?«, fragte Jules Lieutenant Matéo. »Hier kann er nicht bleiben.«

»Warum nicht?«

Sie standen sich auf beiden Seiten des Behandlungstisches gegenüber.

»Das ist hier keine Reha-Klinik. Die Leute kommen mit ihren Tieren und nehmen sie dann wieder mit.«

»Aber das ist nicht mein Tier.«

»Ihr Commissaire Mazan scheint das anders zu sehen.«

»Es spielt keine Rolle, wie er das sieht. Ich sage Ihnen, dass er nicht mein Kater ist.«

Jules wurde es langsam zu bunt.

»Wie auch immer, hier kann er nicht bleiben. Ich bin den ganzen Tag unterwegs.«

»Das bin ich auch.«

»Aber Sie haben eine Wohnung. Und ich wohne noch im Hotel. Die haben dort schon komisch geguckt, als ich mit einem Hund ankam. Wenn ich da heute Abend einen kranken Kater anschleppe, wird das die Gastfreundschaft des Château de Mazan ganz sicher überfordern.«

»Lassen Sie doch ein Extrazimmer für ihn herrichten. Das dürfte für Sie doch kein Problem sein.«

Für einen Moment hatte Jules das irritierende Gefühl, dass der Kater diesen Wortwechsel zwischen ihnen genau verfolgte.

»Hören Sie«, sagte er schließlich und bemühte sich, seine ganze ärztliche Würde einzubringen. »Sie wohnen doch im ersten Stock bei Madame Blanche.«

»Woher wissen Sie das?«, schnappte sie.

»Weil ich ab morgen Ihr Nachbar bin. Aber eben erst ab morgen.«

Sie starrten sich an, und Jules dachte, dass er noch nie in ein Paar so unglaublicher Augen geschaut hatte.

»Und das heißt?«, fragte Zadira Matéo.

»Wir könnten beide nach ihm schauen, wenn er bei Ihnen ...«

»Sie wollen einen Schlüssel zu meiner Wohnung? Das ist nicht Ihr Ernst!«

»Lassen Sie doch einfach die Tür auf.«

Jules sah förmlich, wie sie mit sich rang.

»*Merde*«, sagte sie schließlich und schaute auf Commissaire Mazan herab.

»Aber er ist nicht mein Kater«, stellte sie noch einmal klar.

Jules zuckte mit den Achseln.

Matéo hielt dem Kater einen Finger hin, der schnupperte vorsichtig daran.

»Sagen Sie, Doktor«, begann sie.

»Ja?«

»Die Sache mit dem Bein ...«

»Eine Prellung. Nicht schlimm. Wird sich in ein paar Tagen legen.«

»Wie hat er die bekommen?«

Jules dachte kurz nach.

»Vielleicht ein Sturz. Oder ein leichter Zusammenstoß mit einem Auto oder ...«

»Ein Tritt?«

»Kann auch sein. Warum fragen Sie?«

Lieutenant Zadira Matéo ließ sich Zeit mit der Antwort. Der Kater hatte genug von ihrem Finger und blickte nun wachsam zu ihr auf.

»Weil es in dieser Stadt jemanden gibt, der gern Katzen umbringt.« Sie schaute aus dem Fenster.

»Außerdem«, fuhr sie wie zu sich selbst fort, »gibt es in dieser Gegend jemanden, der gern Frauen umbringt. Und wissen Sie was? Jedes Mal wurde kurz vorher ein Katze auf grausame Weise getötet, wie ich gestern und heute bei meinen Recherchen erfuhr. Ich frage mich, ob das eine mit dem anderen zusammenhängt. Und ob das hier Zufall ist?«

Sie wies auf den verletzten Kater. »Oder ein Vorzeichen.«

Dann schaute sie ihn an. »Und warum erzähle ich Ihnen das eigentlich?«

»Na, weil ich der Doktor bin.«

»Dann vergessen Sie mal nicht Ihre Schweigepflicht, Doktor.«

Da zeigte sie ein kleines Lächeln. Es verzauberte ihn auf Anhieb.

# 12

Vorsichtig ließ Julie die Feinstrümpfe durch ihre Finger gleiten. Sie trug ihre Putzhandschuhe, denn diese edlen Halterlosen waren zart wie Feenflügel. Und teuer. Das Paar hatte sie einen Tageslohn gekostet.

Julie hatte die halterlosen Cervin-Divine-Strümpfe am Vormittag in Carpentras gekauft. Für die kostbare Valisère-Unterwäsche, schwarz, zart, mit Bändchen und Seide, hatte es nicht mehr gereicht. Deswegen hatte sie das Ensemble kurzerhand geklaut.

Sie streifte sich den Morgenmantel über, klemmte den billigen Kulturbeutel unter den Arm und trat auf den Flur. Rasch huschte sie über den Flur ins Gemeinschaftsbad, ärgerte sich einmal mehr darüber, dass das Schloss immer noch nicht repariert war, und hängte das Schild »Besetzt« draußen an die Klinke.

Julie stellte das Duschwasser heiß. Mit ihrem rauhen Peeling-Handschuh rieb sie sich ab, bis sich ihre Haut glatt wie Seide anfühlte. Und dabei dachte sie immer und immer wieder an die bisher schönsten Stunden ihres Lebens. In Zimmer 205. Und dann auf der Terrasse von 206.

Nun rasierte sie sich Achseln, Beine und den Venushügel. Sie schämte sich ein wenig, dass Monsieur Alexandre sie so ungepflegt gesehen hatte.

*Ich. Seine* maîtresse!

Sie phantasierte mit offenen Augen davon, wie es wäre, mit César zu schlafen.

*Ich werde sterben vor Glück.*

Nachdem sie sich abgetrocknet hatte, griff Julie zu dem Fläschchen mit den zwei verschlungenen C.

*Eine* bel étage *in Paris. O Gott, ich danke dir, dass du mich hier nicht vertrocknen lässt.*

Sie stellte den Fuß mit den frisch dunkelrot lackierten Zehennägeln auf den Hocker und cremte sich ein.

Es klopfte zweimal kurz.

»Besetzt!«, rief Julie aufgeschreckt.

»Julie? Ich muss mit dir reden!«

*Ach, der.*

»Ich aber nicht mit dir!«

»Bitte, Julie. Bitte.«

Julie dachte an Madame Hersant.

»Du bist eine Göttin, die unter Zwergen lebt«, hörte sie Victorines Stimme in sich widerhallen.

*Genau. Ich entscheide. Immer.*

»Also komm rein!«, befahl sie nun.

Ohne ihr Bein vom Hocker zu nehmen, sah Julie Dédé Horloge gelassen an, als er die Tür öffnete.

»Was willst du mir denn sagen, Dédé?«, fragte sie spöttisch und rieb sich weiter mit der Körperlotion ein.

Statt sich mit einem »Pardon« zurückzuziehen, stand der Koch-Azubi wie erstarrt da und starrte fassungslos auf Julies nackten, glänzenden Körper.

»Ich, ich wollte n-n-nur ...«

Nun wechselte Julie das Bein und verteilte die Lotion auf der Haut ihres Innenschenkels. Dédés Gesicht war so rot, dass sie fürchtete, sein Kopf könnte platzen.

Sie stellte das Fläschchen ab und trat vor ihn hin. Trotz

seiner weiten Arbeitshose war seine Erektion deutlich zu erkennen. In seinen Augen flackerte eine irre Hitze, ja, fast schon zorniger Wahn.

Julie legte ihm die Hand an die Wange. Mit der anderen schob sie den Jungkoch rückwärts durch die Tür.

»War das alles? Dann musst du gehen, Dédé.«

»Bitte! Ich liebe dich doch so sehr! Julie!« Er leistete ihrer Hand Widerstand. Da bog sie die Finger, die auf seiner Wange lagen, zu Krallen und kratzte dem Jungen rote Striemen ins Gesicht. Er schrie auf.

»Ich weiß, Dédé«, sagte sie hart. »Aber es ist mir egal. Ich will dich nicht.«

Dann stieß sie ihn mit aller Wucht in den Gang hinaus.

»Julie, bitte, Julie, nein, das geht nicht, du bist meine große Liebe, hörst du?«

Sie knallte die Tür ins Schloss.

»Ich gehöre niemandem«, flüsterte sie trotzig. Sie wartete, bis er endlich fort war, und huschte dann zurück in ihr kleines Zimmer unter dem Dach.

Der Abend brachte eine freundliche Milde über die Stadt. Irgendwo spielte jemand Klavier.

Bei weit geöffnetem Fenster zog Julie sich an. Die Strümpfe, die aufregende, geklaute Wäsche, darüber das schwarze Kleid, das sie in Avignon bei H&M gekauft hatte. Sie verdrängte entschlossen das Mitleid für Dédé.

Julie ergab sich verzückt der Vorstellung, dass sie im Restaurant des Hotels schon bald an einem der Tische säße. Zum Diner.

Sie käme nur noch ins Château de Mazan, um sich bedienen zu lassen. Und zwar von Gustave, sie würde ihn scheuchen. Außerdem in ihrer Lieblingssuite im zweiten Stock residieren, die mit den roten Tapeten und der Holztäfelung, und ausgiebige Bäder nehmen, ohne danach die Wanne zu putzen. Nie wieder würde sie in beengten Kammern hausen! Julie ließ den Blick durch ihre Kemenate wandern. Das durchgelegene Bett unter der Dachschräge, das Fenster, an dem sie so oft gestanden hatte, die Zimmerdecke, die sie über und über mit Zeitungsausschnitten tapeziert hatte. Aus Interieur-Zeitschriften, Frauenmagazinen, Reisezeitschriften, die die Gäste des Hotels in den Müll warfen. Den Magazinen hatte sie auch immer die Parfümproben entnommen. Aber diese Zeit des Lebens aus dritter Hand war nun vorbei.

*Das Leben wartet auf dich, Julie. Nimm es dir!*

»Das werde ich!«, versprach Julie dem Zimmer. Es fühlte sich an wie ein Abschied.

Sie ging gemessenen Schrittes auf ihren halbhohen Pumps das Treppenhaus des Nebengebäudes hinab. Paul stand im Haupthaus des Hotels an der Rezeption.

»*Salut*, Julie!« rief er, als er sie erblickte. »Wo willst du denn hin? Hast du ein Rendezvous?«

»Es ist ein schöner Abend, und ich wollte spazieren gehen«, log Julie Paul mit offenem Lächeln an. »Und wer weiß, wen ich dabei treffe?«

»Beneidenswert, meine Liebe. Ich wünsche dir viel Vergnügen und ein schlechtes Gewissen«, sagte Paul und seufzte theatralisch.

Julie wanderte durch den mildwarmen Juliabend. Sie schaute in die geöffneten Türen und Fenster der Häuser, grüßte hier und da ein bekanntes Gesicht und fühlte sich mit dem Städtchen so versöhnt wie nie zuvor.

Als sie an der Kapelle der Büßer entlangging, sprang ihr eine schöne, ingwerfarbene Katze entgegen.

»*Salut*, Manon!«, rief Julie erfreut.

Sie ging leicht in die Knie, um ihre Freundin zu begrüßen, und kraulte die Katze unterm Kinn. Manon antwortete mit einem Schnurren. Als Julie sich erhob und weiter in Richtung Rue de l'Ancien Hôpital und auf das Haus Nummer 9 zuschritt, lief ihr die Katze zwischen die Beine.

»Na, was ist denn?«, fragte das Mädchen, als Manon sich so an ihr rieb, dass Julie fast stolperte.

»Ich hab dich auch lieb, Süße. Aber ich will keine Katzenhaare an den teuren Nylons.«

Sanft hob Julie Manon hoch und setzte sie auf die gemauerte Umfriedung eines verschlossenen Brunnens. Die Katze stieß ihr Köpfchen an Julies Stirn und maunzte hell.

»Du wirst mir fehlen, wenn ich nach Paris gehe«, flüsterte Julie ihr zu. »Und nur du.« Sie ging weiter. Die Nummer 9 war ein großes, dunkles Haus mit roten, geschlossenen Fensterläden.

Dass die Katze vom Brunnenrand sprang und ihr nachlief, bemerkte sie nicht.

Jetzt gilt es, dachte Julie. Alles in ihr drängte sie, sich auf das Abenteuer einzulassen, das ihr Victorine Hersant so wundervoll beschrieben hatte. Doch als das Mädchen den Messingklingelknopf drücken wollte, fauchte Manon sie plötzlich an und riss sie damit aus ihren Träumen.

»Was ist denn?«, fragte Julie ungeduldig. »Bist du eifersüchtig? Weil ich vielleicht bald einen Liebhaber habe?« Sie hielt den Atem an. Und klingelte.

*Oder besser: drei Liebhaber.*

Während sie mit einer Mischung aus Freude, Stolz und Nervosität wartete, ignorierte Julie Manon, die sie ununterbrochen bedrängte und dabei klagend miaute.

Die massive, mit Eisennägeln beschlagene Tür öffnete sich.

»Ich bin unendlich froh, Julie, dass du gekommen bist.«

Madame Victorine begrüßte Julie mit drei *bisous*. Anerkennend lobte sie Julies Kleidung. Dann führte sie das Mädchen in den Salon, in dem unzählige Kerzen in Lüstern, Haltern und hohen, bauchigen Gläsern brannten.

»Die Herren lassen uns noch ein wenig Zeit.«

Im Salon stand ein bereits eingedeckter ovaler Tisch, auf dem sich das sanfte Licht der Kerzen in eleganten Gläsern und silbernem Besteck spiegelte. Eine Sitzgruppe mit einer roten Chaiselongue und zwei dunkelbraunen Chippendale-Sesseln war vor dem Kamin gruppiert. Eine zweiflügelige Tür führte wohl in den Garten. Doch sowohl die Scheiben der Türen als auch der Fenster waren mit Vorhängen verdeckt.

»Wir wollen uns ein wenig herrichten, bevor die drei Galane uns Gesellschaft leisten«, verkündete Victorine und schritt vor Julie die geschwungene Treppe hinauf. Dabei hob sie ihr schwarzes, fließendes Abendkleid an, und Julie bewunderte die hohen High Heels, die Madame trug.

Im Obergeschoss führte Madame sie durch einen Flur mit vier verschlossenen Türen.

»Was ist in den Zimmern?«, fragte Julie.

»Das wirst du noch früh genug sehen«, antwortete Madame. Sie öffnete die letzte Tür und bedeutete Julie einzutreten. Es war ein Prinzessinnenzimmer! Mit einem Himmelbett, einem begehbaren Schrank, einer Kommode, einem Boudoir-Schminktisch mit großem Spiegel und einem Hocker davor.

»Ich habe mir vorgestellt, dass du heute Abend dieses Modell trägst«, lächelte Victorine und nahm ein schulterfreies, kirschrotes Kleid vom Bett. »Es passt zu deinen Augen und zu deinem Champagnerteint.«

Sie half Julie, sich auszuziehen.

»Oh, dein Geschmack ist erstaunlich!«, flüsterte Madame Hersant, als die Valisère-Wäsche zum Vorschein kam.

»Darf ich sie denn anbehalten?«

»Aber natürlich. Eine ausgezeichnete Wahl.«

Es hingen Dutzende Kleider im Schrank, Dior, Chanel, Valentino, Escada. Darunter standen etliche teuer aussehende Schuhe mit Stiletto-Absätzen.

Madame stellte ihr High Heels mit Knöchelriemchen hin und begann, Julie zu schminken und ihr rotes Haar aufzustecken.

»Magst du Katzen?«, fragte Victorine Hersant. »Ich habe draußen deine Freundin gesehen, es schien, als wäre sie gern mit reingekommen.«

»Ich liebe Katzen, aber Manon besonders.«

»Manon? Wie die Oper?«

»Manon ist eine Oper?«

Victorine lachte. »Aber ja. Es ist die Geschichte eines Mädchens, das sein Glück sucht. Wusstest du, dass Katzen unsere Seelenschwestern sind? Früher wurden sie oft als Gefährtinnen der Hexen angesehen und mit ihnen zusammen verbrannt.«

»Sind wir denn Hexen?«, fragte Julie verlegen.

Victorine beugte sich zu ihr hinab, so dass sich ihrer beider Gesichter in dem goldumrahmten Spiegel begegneten.

»Das will ich doch hoffen«, sagte sie lächelnd.

Da begriff Julie, dass sie noch nie eine Freundin gehabt hatte. Und ohne es verhindern zu können, traten ihr Tränen in die Augen.

»Was hast du denn, mein Kätzchen?«, fragte Victorine.

»Ich war noch nie so glücklich«, flüsterte Julie.

Victorine setzte sich neben sie.

»Schau dich an«, sagte sie mit dunkler Stimme. »Und vergiss diesen Moment niemals.«

Innerlich bebend schritt Julie fünf Minuten später mit Victorine die Treppe hinunter. Die Herren trugen Smokings und lächelten den Frauen entgegen.

»Ah! Das Warten hat sich gelohnt«, sagte Monsieur Amaury liebenswürdig und verneigte sich ehrerbietig. Monsieur Lagadère betrachtete Julie mit flackerndem, glutvollem Blick.

Monsieur Alexandre reichte Julie formvollendet die Hand. »Julie«, raunte er. »Sie sehen berauschend aus.«

Er küsste ihre Hand, ja, tatsächlich, seine wunderbaren Lippen berührten ihre Haut. Mehr noch, César zog Julie zu sich heran, ganz nah, und dann – küsste er sie. Nicht auf den Mund. Aber direkt neben die Mundwinkel, links und rechts und links. Unglaublich langsam und aufregend.

Danach reichte Victorine ihr ein Glas Champagner.

»Und nun«, verkündete sie feierlich, während sie ein kleines Tablett vom Tisch nahm, auf dem fünf Bonbons in unterschiedlichen Farben lagen. An den weißen Streifen erkannte Julie die gefüllten Karamellbonbons der Region, *Berlingots* aus Carpentras. Sie schaute Madame Victorine fragend an. Ihre neue Freundin nahm eins der Bonbons und steckte es sich in den Mund. Dann bedienten sich die Herren. Zum Schluss lag nur noch das rote Berlingot auf dem Tablett. Alle vier sahen Julie erwartungsvoll an.

Sie nahm das letzte Bonbon, schob es in den Mund und lutschte daran. Es war einfach nur ein Berlingot. Dennoch beobachteten ihre Gastgeber sie aufmerksam. Als sie es mit einem knirschenden Geräusch zerbiss, hatte sie mit einem Mal einen bitteren Geschmack auf der Zunge. Doch bevor sie etwas sagen konnte, hoben die vier ihre Gläser.

»Auf den Einzigen«, begann Victorine.

»Auf den Göttlichen Marquis«, sagte Monsieur Amaury.

»Auf das Missgeschick der Tugend«, knurrte Monsieur Lagadère.

»Und auf die Befreiung der schlafenden Unschuld«, fügte César Alexandre mit einem Blick in Richtung Julie hinzu.

Sie tranken.

»Zu Tisch!«, rief Victorine.

In Julies Wahrnehmung begann der Abend, sich in mehrere Ströme aufzuspalten. Ströme, die sich erst langsam, dann immer schneller in einem bunten Wirbel drehten.

Monsieur Alexandre. Seine erotisierende Gegenwart zu ihrer Rechten am Tisch. Erst nur eine Berührung der Ellbogen, dann ein Schenkel, der gegen den ihren drückte, verborgen im Dunkel unter der langen, weißen Tischdecke. Er trug das Smokinghemd. *Ihr* Smokinghemd!

Und wieder Champagner, den ihr Amaury, der zu ihrer Linken saß, behende einschenkte. Sie fand den Notar mit den buschigen Augenbrauen im molligen Gesicht lustig. Obwohl sie nach Victorines Einweisung wusste, dass er der *ligotage*-Liebhaber war, dessen Leidenschaft dem Fesseln gehörte. Amaury besaß Witz und Charme, vor allem als während der Konversation deutlich wurde, wie wenig Julie von der Welt wusste. Sie kannte weder »Madame Butterfly«, noch hatte sie von Michelangelos berühmtem »David« gehört.

»Machen Sie sich keine Gedanken, Julie«, sagte er weich. »Um glücklich zu sein, brauchen Sie keinem nackten Mann aus Marmor auf seine Murmeln geschaut zu haben. Nur mit Puccini, mit dem würde ich Sie gern bekannt machen.«

»Ich freue mich darauf, den Monsieur kennenzulernen«, sagte Julie artig und bekam dafür von Victorine ein warmherziges Lächeln und lobendes Nicken geschenkt.

Sie nahm wahr, wie die anderen miteinander umgingen. Alle Männer huldigten Victorine, aber César war ihr König. Auch wenn sie zu bemerken glaubte, dass Richter Lagadère ihm manchmal beinah feindselige Blicke zuwarf. Doch dann folgte sie wieder atemlos den Themen, über die die vier so anregend sprachen. Über das Leben in Paris und am Meer. La Baule, Saint-Tropez, Monaco, Namen wie funkelnde Juwelen. Und immer bezogen sie Julie in die Gespräche mit ein: »Ach, Sie werden sehen, Julie …« und »Dort werden alle Augen auf Sie gerichtet sein, Julie.«

Der Champagner war Julie längst zu Kopf gestiegen. Auch spürte sie zwischen den Beinen ein seltsames Brennen, einer beginnenden Blasenentzündung ähnlich, nur angenehmer. Es breitete sich in ihrem Schoß aus, in ihrem Magen und auch in ihrem Mund. Sie trank mehr Champagner. Antwortete bereitwillig auf alle Fragen, die ihr die Herren und Victorine abwechselnd stellten, und freute sich, wenn sie mit Wohlwollen ihren Antworten lauschten. Ob sie gläubig sei? Welchen Beruf sie sich als Mädchen gewünscht habe? Und ob es ihr Sorgen bereite, auf was sie sich einließe?

Bei der letzten Frage schüttelte Julie vehement den Kopf.

»Nein. Ich bin glücklich. Und ich bin Ihnen allen sehr dankbar.«

»Wie rührend«, murmelte Alexis etwas spöttisch, aber Monsieur Alexandre legte zärtlich seine Hand auf die ihre.

»Das ist gut«, sagte Monsieur Amaury, »denn nichts geschieht ohne Ihre Mitsprache, Julie. Und um das zu bekräftigen, werden wir all unsere Verabredungen schriftlich festhalten.«

Er zog aus der Innentasche seines Sakkos einen mehrseitigen Vertrag hervor, den er vor ihr auf den Tisch legte.

»Wir alle haben bereits mit unseren Namen gezeichnet, Julie. Und wenn Sie unterschreiben, haben Sie die rechtliche Sicherheit, dass wir Ihnen Ihr Stipendiat gewährleisten. Es ist so etwas wie ein Arbeitsvertrag.« Er legte einen Montblanc-Füller neben den Vertrag.

Sie starrte auf das Schriftstück. Aus dem bleischwarzen Meer der Worte schienen sich einige grell herauszuheben. Worte wie: »Aufgaben der Stipendiatin«, »Aufwandsentschädigungen der Stipendiatin«, »Pflege, Dienstkleidung und Erreichbarkeit«. Worum ging es denn da nur? Aber vielleicht war sie auch schon zu betrunken? Sie las weiter. Verantwortungsübertragung? Berichtspflichtige eigenmächtige Handlungen? Weisungsfreie Zeiten? Ermessens-Sanktionen?

Julie verstand das alles nicht.

»Aber ... was denn für Sanktionen?«, fragte sie leise.

»Das ist ein anderes Wort für Abmahnungen«, erklärte Amaury ihr sanft. »Jeder Arbeitgeber behält sich vor, im Falle eines Verstoßes, wie zum Beispiel eines Diebstahls, eine Sanktion auszusprechen.«

Julie blätterte weiter. Einverständniserklärung, Willenserklärung. Und ein Sparbuch-Auszug, ausgestellt auf ihren Namen. Sie las den Betrag und konnte es kaum fassen. Fünftausend Euro!

»Aber ist das denn nötig, so ein Vertrag?«, fragte sie trotzdem mit dünner Stimme.

Sie sah in die Gesichter ihrer neuen, nun ja, Freunde? Sie wirkten angespannt, Victorine sogar ärgerlich.

Nur César sah sie feierlich, zärtlich – und wehmütig an.

»Ach, Julie. Du wirst mir fehlen«, sagte er leise.

Das gab den Ausschlag. Sie schraubte den Montblanc mit bebenden Fingern auf und malte sorgfältig ihre Unterschrift auf die gepunkteten Linien. Amaury half ihr, umzublättern und auf jeder der acht Seiten zu unterschreiben. Dann wollte sie ihm den Füller zurückgeben.

»Behalt ihn«, sagte er leichthin.

Victorine atmete auf. »Du hast uns gerade sehr, sehr glücklich gemacht, Julie«, erklärte sie. Und zauberte ein Kästchen hervor, aus dem sie eine prächtige Kette mit roten Steinen hervorholte.

»Das sind Rubine«, erläuterte sie, während sie um den Tisch ging und hinter Julie trat, um ihr mit einer feierlichen Geste die Kette um den Hals zu legen.

»Die Kette wird das Symbol unseres Bündnisses sein, Julie.«

Amaury goss Champagner nach. Sie stießen an, und Julie fühlte, wie sich in ihr ein Jauchzen bildete, aus Freude, Erleichterung und einem unfassbar intensiven Glücksgefühl.

»Und jetzt, Julie«, befahl Victorine auf einmal kalt, »möchte ich dich bitten, dich auszuziehen.«

»Mich ... aber ...?« Julie starrte ihre neue Freundin hilflos an. Die lächelte nicht mehr.

Da erhob sich die junge Frau und begann zögernd, ihr Kleid zu öffnen.

Zusammengerollt lag Julie auf dem Bett im ersten Stock des Hauses. Ihre Tränen waren längst versiegt. Wenn sie den Kopf etwas drehte und nach oben schaute, konnte sie ihren nackten Körper im Spiegel über dem Bett sehen. Aber sie mied diesen Blick, denn ihr Körper war ihr fremd geworden.

Benommen versuchte sie zu verstehen, was ihr widerfahren war. Doch ihre Gedanken wollten ihr nicht gehorchen. Sie spürte den Schmerz an ihrem Gesäß, ihren Schenkeln und an ihren Brüsten. Gleichzeitig summte ihr Geschlecht noch von der harten Lust, die es erfahren hatte. Der Schmerz und die Lust vermischten sich, und sie wusste nicht mehr, wo das eine aufhörte und das andere begann. Noch schlimmer aber war die Scham.

Darüber, wie sehr sie sich selbst erniedrigt hatte.

Dabei war es nicht ihre Nacktheit gewesen, die sie als demütigend empfunden hatte. Im Gegenteil, nachdem die Herren ihre körperlichen Vorzüge überschwenglich gelobt hatten, war es ihr bald ganz natürlich vorgekommen, sich nackt, bis auf die Strümpfe und die High Heels, zwischen ihnen zu bewegen. Julie hatte ihnen all die kulinarischen Köstlichkeiten aufgetragen, die sie zwar schon oft in Frédérics Küche gesehen und den Gästen im Restaurant serviert, aber selbst noch niemals gekostet hatte. Austern. Hummer. Trüffel. Jakobsmuschelherzen. Nun durfte sie von allem kosten. Als Monsieur Amaury sie niederknien ließ, um sie dann mit Austern zu füttern, hatte sie kichernd mitgespielt. Und immer wieder gab es Champagner. Auch wenn sie es ein wenig abstoßend fand, dass Monsieur Lagadère ihr das kühle Getränk über die Brüste goss, um diese dann abzulecken. Dabei biss er ihr so heftig in eine Brustwarze, dass sie vor Schreck aufschrie. Woraufhin Madame Victorine dem Richter auf die Finger klopfte und er schwer atmend von ihr abließ.

Puccini. *Un bel dì vedremo,* so hieß die Arie, die all ihre Erinnerungsbruchstücke durchzog. Sie hatten sie gespielt, als Julie auf einem Stuhl hinter dem Paravent saß, weit zurückgelehnt, während Madame Victorine hinter ihr stand und ihre Handgelenke festhielt. Das flackernde Licht der Kerzen warf ihre Schatten auf die halb durchsichtige Seide des Wandschirms. Monsieur César kniete vor ihr, zwischen ihren weit geöffneten Beinen, und spielte das Spiel mit den ölgetränkten Lederhandschuhen. Sie hatte ihre Lust so hemmungslos herausgeschrien, dass Madame Victorine ihr den Mund zuhielt.

Sie erstickte jedoch nicht ihr Wimmern, als Monsieur Amaury Julie danach über einen ledernen Bock im Nebenzimmer schnallte und der Richter sie ohne Rücksicht auf ihre Tränen mit der Gerte züchtigte. Doch das Schlimmste war, dass sie sich später auf Knien demütig bei den Herren für deren Gunstbeweise bedanken musste.

Madame Victorine war noch bei ihr geblieben, als ihre Freunde schon gegangen waren. Sie nahm Julie in den Arm und tröstete sie. »Der Anfang ist schwer, meine Kleine«, hatte sie geflüstert. »Ich weiß es, glaube mir, ich weiß es.« Dann sprach sie von dem schönen Leben, das Julie erwartete.

»Alles wird gut werden, Julie, alles wird gut.«

»Wirklich, Madame?«, schluchzte Julie.

»Aber ja, Kleines«, sagte Madame lächelnd.

Zuletzt hatte sie Julie noch aufgetragen, diese Nacht im Haus zu bleiben. »Hier bist du sicher.«

Sie könnte tun, was sie wollte, doch sollte sie aufpassen, niemanden auf sich aufmerksam zu machen.

»Morgen kommt jemand, der sich um dich kümmert«, erklärte Madame noch zum Abschied. »Du kannst ihm vertrauen.«

Dieser letzte Satz hatte sich in Julie festgesetzt. Doch er fühlte sich genauso fremd an wie ihr eigener Körper. Ihr war kalt, und sie war hungrig. Es waren diese einfachen Bedürfnisse, die sie dazu brachten, sich vom Bett zu erheben. Sie schlang sich die helle Überdecke um den Leib und tapste mit wackeligen Knien auf den hohen Stilettos den

Flur entlang und die Treppe hinunter. Als sie im Salon stand und auf die Essensreste starrte, verging ihr der Appetit. Stattdessen tauchten vor ihrem inneren Auge erneut die Szenen auf, die sich dort abgespielt hatten.

*O Gott. Ich habe den Vertrag unterschrieben!*

Sie ging zu der Stereoanlage und drückte auf den Startknopf, weil sie die Stille und Leere nicht länger ertragen konnte.

Puccini. Madame Butterfly. Erneut fühlte sie wieder den Schmerz, die Lust, die Demütigung. Schon zuckte ihre Hand vor, um die quälende Musik zu stoppen, als sie mit einem Mal ein schabendes Geräusch an der Eingangstür vernahm. Julie fuhr herum. Kamen sie zurück?

»Bitte nicht«, flüsterte sie voller Angst. Dann fiel ihr ein, dass Madame gesagt hatte, jemand würde sich um sie kümmern.

*Du kannst ihm vertrauen.*

Julie wartete mit pochendem Herzen, welches Gesicht sich aus dem Dunkel des Flures herausschälen würde.

# 13

Die Stille in seinem Inneren war so absolut, dass ihm sein eigener Atem in den Ohren dröhnte.

Glücklicherweise kannte Mattia diese Phase des Schweigens. Doch als er vor vielen Jahren das erste Mal in diese Stille hatte lauschen müssen, war er zutiefst entsetzt. War er nun verflucht? Wartete die Hölle mit Heerscharen von Teufeln und endloser Qual auf ihn? Doch dann hatte er begriffen, dass diese Vorstellungen ihm nur von einer toten Religion vorgegaukelt wurden. Dass er die Hölle nicht zu fürchten brauchte. Dass die Gesetze, die sein Vater ihm hatte einprügeln wollen, keine Gültigkeit mehr besaßen. Nicht für ihn.

Die Stille war die Einsamkeit des Sieges.

Manchmal frustrierte es Mattia, dass er diesen Moment allein erleben musste, weil der Engel nach dem kraftvollen Akt der Zerstörung einfach in einen satten tiefen Schlaf fiel.

Dieser letzte Akt war stärker gewesen als alle anderen zuvor. Es war ... es war ... Warum konnte Mattia es nicht sehen, was in diesem Haus geschehen war?

Er erinnerte sich nur, wie der Engel seine Flügel zu entfalten begonnen hatte. Das war, als die kleine Hexe ihn erkannt hatte. Aber schon kurz darauf begannen die Ereignisse, sich ihm zu entziehen. Er erinnerte den Schrecken in ihren Augen, ihre Angst, das Begreifen dessen, was sie erwartete; Gefühle, die der Engel aufsog wie Nektar und die ihn wachsen ließen, immer größer, bis seine Flügel das Firmament umspannten. Da war sie schon ein wimmerndes Häufchen Elend gewesen. Doch der Engel hatte nicht genug gehabt. Als sich die Lider über seinen Feueraugen öffneten ...

Frustriert wurde Mattia klar, dass sich ihm alles Weitere entzog. Es war, als wäre sein Geist unfähig, an den Ort zu gelangen, an dem die Erinnerungen aufbewahrt wurden. Ein Tresor, zu dem der Engel den Schlüssel hatte. Der jetzt den Schlaf des zutiefst befriedigten Liebhabers schlief. Und Mattia alleinließ in der kalten, wortlosen Stille, in der ihm sein eigener Atem in den Ohren dröhnte.

Doch es lag nun an ihm, Mattia, alles zu überwachen. Und das erforderte höchste Kontrolle. Vielleicht war es deshalb sogar besser, dass der Engel sich zurückgezogen hatte, denn jetzt konnte Mattia sich ganz darauf konzentrieren, was die anderen unternahmen, und gegebenenfalls rasch reagieren. Ein Tod schlug immer Wellen.

Er verachtete es, mit welcher Neugier und Sensationslust die Menschen sich auf die Umstände dieses einfachen und elementaren Vorganges stürzten. Doch er durfte nie vergessen, dass sich auch in der Meute der Geifernden immer ein Jäger verbergen konnte.

Auch seine Taten, so fehlerlos jede einzelne gewesen sein mochte, legten in ihrer Gesamtheit eine Spur, auf die ein Jäger stoßen könnte.

Wenn einer kam, der gut genug war.

Mattia hatte jedoch das unruhige Gefühl, dass es den bereits gab. Er spürte seine Nähe. Da draußen war ein Jäger.

Und dann gab es noch zwei Dinge, die ihn beunruhigten. Das erste war verborgen in seiner fehlerhaften Erinnerung an die vergangene Nacht. Obwohl er ganz und gar auf die

Kraft und die schicksalhafte Führung des Engels vertraute, gab es da diesen winzigen Splitter, den er nicht fassen konnte: Irgendwo gab es einen Makel in der perfekten Inszenierung von Schmerz und Tod. Irgendetwas war nicht *richtig*. Aber er fand den Fehler nicht.

Und da war noch diese verfluchte Stadt.

Diese Stadt und die ständige Präsenz dieser verdammten Katzen mit ihren allwissenden Blicken, die ihn aus dem Dunkel zu verfolgen schienen.

# 14

Ich bin keine Frau für eine feste Beziehung.«

Sie saßen sich gegenüber, Zadira auf dem Boden, Commissaire Mazan auf seiner Decke.

»Und so gut ich dich auch leiden kann, nur weil du drei Nächte in meiner Wohnung warst und dich auskuriert hast, heißt das noch lange nicht, dass du jetzt hier wohnst.«

Der schwarze Kater leckte sich unbeeindruckt die Pfote.

»Wenn du also wieder gehen kannst, dann geh«, sagte Zadira mit rauher Stimme. Doch, sie meinte, was sie sagte. Völlig unabhängig von der Tatsache, dass sie seit Sonntagabend viel lieber nach Hause kam als zuvor. Um genau zu sein: ihr ungewolltes Exil unterm Dach zum ersten Mal »Zuhause« nannte.

Sie hatte sich von Madame Roche ein Katzenklo besorgt, außerdem Thunfischpastete, Trockenfutter, ein Schälchen und eine Zeckenzange. Außerdem schien dieser Tierarzt Commissaire Mazan auch etwas gegen seine Flöhe verabreicht zu haben. Sie hatte die toten schwarzen Blutsauger auf der flauschigen Decke gefunden, die sie für den Kater in einer Ecke ihres »Wohnzimmers« ausgebreitet hatte. Zadira bemühte sich, dem Pariser Tierarzt aus dem Weg zu gehen. Was ihm ganz recht zu sein schien. Denn er sah immer nur dann nach ihrem gemeinsamen »Patienten«, wenn Zadira außer Haus war.

Während Commissaire Mazan auf seiner Decke schlief, zum Klo humpelte oder zu seinem Fressnapf, studierte Zadira die geklauten Fall-Akten, telefonierte mit Djamal, las oder dachte laut vor sich hin.

Es war ihr schon ein bisschen peinlich. Denn sie begann, mit dem Kater tatsächlich wie mit einem Kollegen zu reden. Sie erzählte ihm von ihren Recherchen in Bédoin, Venasque und in Monteux, wo in den vergangenen Jahren drei junge Frauen genauso bestialisch ermordet worden waren wie in Aubignan.

»Doch nirgendwo steht hier etwas von zeitnahen Katzenmorden«, sagte sie, während sie in den Akten blätterte. »Ist das nicht seltsam? Oder haben die Kollegen es einfach nicht wahrgenommen?«

Sie schreckten beide alarmiert hoch, als Zadiras Mobiltelefon begann, sich schnarrend, blinkend und vibrierend auf dem Küchentisch um sich selbst zu drehen. Die Polizistin erhob sich.

»Sergeant Brell. Guten Morgen«, sprach sie in ihr Handy.

»Das würde ich so nicht sagen, Lieutenant Matéo. Wir haben einen Zehn-sieben.«

Eine heiße Welle Adrenalin schoss durch Zadiras Körper.

»Ich hab den Bereitschaftsarzt und Staatsanwältin Lafrage schon verständigt«, berichtete Brell und gab ihr die Adresse durch: Rue de l'Ancien Hôpital Nummer 9. »Ein Haus mit roten Fensterläden.«

Sie würde kaum eine Minute dorthin brauchen.

»Die … äh, Tote liegt im Garten. Und also … verdammt. Sie ist übel zugerichtet.«

*Die Tote? Übel zugerichtet?*

*Bédoin. Venasque. Monteux. Aubignan. Und jetzt Mazan?*

Bevor Zadira ihre Kappe aufsetzte, die Waffe kontrollierte und aus dem Haus eilte, warf sie noch einen Blick auf den schwarzen Kater, der wachsam zu ihr aufschaute.

*Oder es ist ein Vorzeichen.*

»Werd erst mal gesund«, sagte sie.

Drei Männer standen vor dem Tor zum Garten von Haus Nummer 9. Sergeant Brell, mit einer Brechstange in der Hand, war aus jeder Entfernung leicht zu erkennen. Und der zweite Mann war doch dieser Engländer. Spencer. Was hatte der hier zu suchen? Dann erkannte Zadira den dritten: Na, so was, ihr Nachbar, der Herr Tierarzt!

Jules Parceval zog gerade seine Latexhandschuhe aus. Die drei Männer unterbrachen ihre leise Unterhaltung und blickten ihr entgegen. Parceval ernst und betroffen, Spencer mit Tränen in den Augen und Brell erleichtert. Der Gendarm war froh, dass jemand kam, der wusste, was in einem solchen Fall zu tun war.

»Brell! Bericht!«, befahl sie knapp.

Die Kriminaltechnik sei auf dem Weg. Die Staatsanwältin informiert. Commissaire Minotte mit der Crim aus Carpentras im Anmarsch. Und Dr. Parceval, der neue Bereitschaftsarzt für Mazan, hätte die erste Leichenschau vorgenommen und einen nicht natürlichen, ungeklärten Tod bestätigt. Ach ja, und das verschlossene Tor hätte er, Brell, mit seiner Brechstange geöffnet.

Erst jetzt wandte sich Zadira ungeduldig an Parceval: »Ich dachte, Sie sind Tierarzt, was machen Sie hier?«

»Schon. Aber davor war ich Allgemeinarzt«, gab er ruhig zurück. »Ich habe erst später auf Veterinär umgesattelt.« Er warf einen beklommenen Blick in den Garten. »Ich weiß jetzt auch wieder, warum. Aber ich bin der einzige terminflexible Mediziner vor Ort und daher vom Bürgermeister auf dem kurzen Dienstweg zum Amtsarzt bei Todesfällen ernannt worden.«

Zadira atmete einmal tief durch. Sie musste sich das Opfer jetzt ansehen. Ihre Hand tastete nach dem Stoffbeutel in ihrer linken Hosentasche. In ihm befanden sich ein Silberkreuz, ein zusammengerolltes Papier mit arabischen Schriftzeichen, sieben Streichhölzer und das Gris-gris, ein afrikanischer Glücksbringer, den sie von ihrem Vater hatte. Dann trat sie durch das Tor.

Zadira sah Rot auf Weiß, inmitten der Lavendelblüten. Rotes Haar, eine helle Tagesdecke.

*Warum die Decke?*

Eine junge Frau. Fast noch ein Mädchen. Nackt lag sie in einem Bett aus wildem, weißem Lavendel. Die Beine gespreizt.

*Vergewaltigt?*

Ein Fleck auf der Decke unter ihrem Körper, wo sich Blase und Darm entleert hatten. Ihre roten Haare umrahmten in wilden Strähnen ihren Kopf. Ihre weißen Arme waren ausgebreitet.

*Als hätte sie sich ergeben.*

Zadira ließ ihren Blick durch den Garten wandern, zum Magnolienbaum, über dem Schmetterlinge taumelten. Die Terrassentür zum Haus: offen. Die Mauer zur Straße: über zwei Meter hoch. Die Fassaden der angrenzenden Häuser: keine Fenster.

*Keine Zeugen.*

Wieder richtete sie ihren Blick auf das Mädchen. Und entdeckte die Blutergüsse an den Oberarmen.

*Jemand hat auf deinen Armen gekniet?*

Immer mehr Details registrierte Zadira: das gekonnte Make-up, die Schwellungen im Gesicht, die sicher von

Schlägen herrührten, das Würgemal – ein umlaufendes Muster am Hals –, die Striemen am ganzen Körper.

*Schläge. Gewalt. Sex. Sex?*

»Ich habe sie entdeckt, weil die Katze so schrie«, vernahm sie jetzt Jeffrey Spencers Stimme. »Da habe ich durch den Spalt geschaut und … Es war Brunets Katze. Manon heißt sie. Sie saß neben Julie und schrie so entsetzlich.«

»Julie? Sie kennen sie?«

Der Engländer fuhr sich mit der Hand über den Mund.

»Ich habe sie schon mal im Hotel gesehen, dem Château de Mazan. Sie arbeitet dort.«

Zadira wandte sich an den Arzt: »Faktenlage, bitte.«

Doktor Parceval zählte auf: Hämatome. Striemen. Strangulation. Die starke Durchblutung der Schamlippen wies auf Sex vor dem Tod hin. Ob eine Vergewaltigung vorlag, könnte nur durch eine genauere Untersuchung festgestellt werden.

Zadira nickte und fixierte das Haus.

»Sergeant Brell. Wer wohnt in dem Haus?«

»Niemand. Es stand immer leer.«

»Auch jetzt? Ist da jemand drin? Haben Sie das überprüft?«

Der Sergeant wurde rot.

»Nein«, gab er zu.

Zadira wusste: Es war relativ unwahrscheinlich, dass der oder die Täter noch vor Ort waren, aber sie musste es überprüfen. Nicolas, ihr Ausbilder, hätte ihr den Arsch aufgerissen, wenn sie es nicht gemacht hätte.

»Sie sichern den Vordereingang, Brell. Klingeln Sie, rufen Sie, machen Sie Lärm. Aber Sie gehen unter keinen Umständen rein, verstanden?«

Der Sergeant nickte, zog seine Hose höher und wuchtete seinen schweren Körper zur Haustür. Spencer und Parceval beobachteten Zadira unruhig, als sie sich rasch durch den Garten zur Hintertür bewegte. Neben der Tür blieb sie stehen und zog ihre Waffe.

Einen geschlossenen Raum am Tatort zu betreten war wie ein Hütchenspiel mit dem Tod. Die meisten ihrer getöteten Kollegen waren erwischt worden, weil sie in der Annahme, dass der Mörder, der Dealer, der Einbrecher schon längst weg war, zu nachlässig durch die Tür getreten waren. Zadira hörte die Türklingel. Brells Wummern an der Tür. Sie hörte, wie er rief: »Polizei! Machen Sie die Tür auf!«

Doch nichts regte sich im Innern des Hauses.

Achtzig Prozent der Verrückten würden jetzt schon anfangen herumzubrüllen. Die Opfer würden »hier, hier« oder »Hilfe« rufen. Aber es kam auf die an, die stillhielten.

Mit der Waffe im Anschlag trat Zadira ins schattige Innere des Hauses. Ihr Blick zuckte durch den Raum. Ein Salon. Sie erkannte die Umrisse eines Kaminsimses. Kerzenleuchter. Eine Sitzecke. Ein ovaler Esstisch rechts von ihr. Gedecke, benutzt, Gläser, weitere Kerzenleuchter. Es roch nach Essen. Sie rückte weiter vor, sicherte den Flur. Ein Bad, vollverspiegelt. Eine offene Tür, die in den Keller führte. Die Küche, alte, schöne Fliesen, moderner Kühlschrank.

Zurück im Flur, stieg sie lautlos die Stufen in den ersten Stock empor. Vier Türen. Alle offen. Eine führte in ein Zimmer mit fünf Stühlen, einer davon mit hoher Lehne. Hinter einer weiteren Tür fand sie einen Raum mit etwas, das wie ein Turnbock aussah. An der Wand hingen, ordentlich aufgerollt, schwarze, weiße und rote Seile. Im nächsten Zimmer standen ein Paravent und eine Récamière. Und überall geschlossene Fensterläden. Es lag ein Hauch von Parfüm in der Luft. Männerparfüm. Frauenparfüm. Wachsgeruch.

*Und der Geruch der Angst. Julie, was hat man hier mit dir gemacht?*

Schließlich sicherte Zadira das letzte Zimmer der Etage.

Sekundenlang stand sie auf der Schwelle und betrachtete das eiserne Himmelbett mit dem Spiegel im Baldachin. Neben dem Bett eine weitere kleinere Tür. Dahinter eine Garderobe mit Designer-Kleidern.

Zadira steckte die Waffe zurück in das Holster.

Das Haus war leer, zumindest von menschlicher Gegenwart. Dennoch spürte Zadira es.

Sie war davon überzeugt, dass heftige Gefühle wie Wut, Hass und Lust Spuren in Räumen hinterließen, die eine gewisse Zeit lang wahrzunehmen waren. Dieses Haus war voll davon.

Sie ging wieder nach unten in den Salon. Neben dem kalten Rußaroma der Kerzen roch es nach Resten von Champagner. Sie betrachtete die Austernschalen auf der Silberplatte. Ein gediegenes Diner. Fünf Gedecke.

In einer Ecke des Raumes entdeckte sie eine blutrote, teure Designerrobe, nachlässig hingeworfen. Julies Größe.

Zadira hörte von draußen das Geräusch eines Wagens, der in der engen Gasse anhielt. Als sie durch die Doppeltür in den Garten trat, schritten gerade drei Männer und eine Frau nacheinander durch das Tor. In der Gasse, hinter einem zweiten, größeren Wagen, zogen sich die Kriminaltechniker gerade ihre weißen Overalls über. Diesem Team war sie noch nicht begegnet, aber die drei Typen kannte sie: Commissaire Minotte und seine beiden Gefühlskrüppel. Der Hagere mit der Unterlippe wie eine Teekannentülle, der so gern nackte Mädchenleichen fotografierte, und sein Kumpel mit dem roten Salaminacken.

Ach ja, und die Staatsanwältin, Sophia Lafrage.

Die Frau wirkte, als käme sie direkt aus einem klimatisierten Büro. Das weiße Haar zu einem perfekten Bananenknoten zusammengefasst, ein knielanger Bleistiftrock, hohe schwarze Pumps, eine weiße Seidenbluse und eine schmale schwarze Prada-Tasche unterm Arm. Sie hob den Blick in Richtung Zadira. Ein kurzes Nicken zur Begrüßung, mehr nicht.

»Wer übernimmt?«, fragte Lafrage kühl.

»Ich«, sagte Zadira bestimmt.

Minotte zog seine gezupfte Augenbraue hoch. »Sie haben hier kein Team, Matéo«, wandte er ein.

*Das stimmt leider. Ich habe kein eigenes Team mehr.*

In diesem Moment wandte sich der Hagere, der in Aubignan das tote Mädchen fotografiert hatte, an Lucien Brell, der sich gerade etwas mühsam nach seiner Brechstange bückte.

»Hey, Obelix«, rief er, »gibt es keinen weißen Spielanzug in deiner Größe?«

Brell erstarrte mitten in der Bewegung.

Die beiden von der Crim lachten. Brell wurde knallrot.

Minotte, der mit keinem Wort auf die Bemerkungen seiner Männer einging, meinte: »Ich lasse Ihnen meine beiden besten Brigadiers als Verstärkung vor Ort, Matéo, und …«

»Das ist nicht nötig«, unterbrach ihn Zadira. »Ich habe bereits einen Partner.«

»Ach ja?« Minottes hübsches Gesicht verzog sich zu einem Lächeln. »Und wen, bitte sehr?«

»Sergeant Brell!«, rief Zadira.

Mit hochrotem Gesicht kam der Gendarm näher.

»Lieutenant Matéo?«

Zadira wandte sich an Minotte. »Sergeant Brell ist mein Partner bei allem, was in Mazan passiert«, erklärte sie kühl.

151

»Niemand kennt die Stadt und ihre Einwohner so gut wie er.« Nach einer kleinen Pause fügte sie hinzu: »Interdisziplinäre Ermittlungen sollten doch wohl kein Problem darstellen.«

Minotte musterte sie nachdenklich.

*Na, überlegst du dir gerade, ob das deiner Karriere helfen oder schaden könnte?*

Sophia Lafrage war dieses Kompetenzgerangel anscheinend leid.

»Gut, dann wäre das also geklärt«, erklärte sie kurzerhand. »Lieutenant Matéo übernimmt den Fall als leitende Ermittlerin vor Ort. Ich erwarte Sie heute Nachmittag in meinem Büro, Lieutenant, für den Erstbericht.«

»Na super«, murmelte der Hagere. »Burka-Betty und Obelix. Was für ein Dream-Team.«

Minotte zuckte nur mit den Achseln. Zadira war klar, dass ihn diese Entscheidung von allen kommenden Ermittlungsfehlern reinwaschen würde. Er zückte sein Telefon, wählte eine Nummer und verließ mit dem Handy am Ohr den Garten.

Lafrage verabschiedete sich daraufhin wieder nur mit einem Nicken von Zadira und wandte sich zum Gehen. Kurz bevor sie durch das Tor schritt, blieb sie jedoch stehen und rief so laut über ihre Schulter zurück, dass es alle Polizisten und PTS-Techniker mitbekamen: »Ach, noch eins, Lieutenant, tragen Sie endlich mal Ihre Uniform.«

Sprach's und stöckelte im Stechschritt davon. Was einer Erste-Klasse-Ohrfeige gleichkam, nur ohne Hautkontakt. Zadira betrachtete Minottes feixende Handlanger von oben bis unten.

»Wirklich erstaunlich«, sagte sie dann, »dass sich Dummheit so deutlich in Gesichtern abzeichnen kann.«

Die beiden glotzten sie verständnislos an. Nur sehr langsam ging an ihrem beschränkten Horizont die Sonne auf.

»Schönen Tag noch, Kollegen«, sagte sie. »Ihr habt die Erlaubnis, euch zu verpissen.«

Die tote Julie wurde von allen Seiten fotografiert. Schon kamen die Techniker mit der Bahre. Gleich würde man sie vom Ort ihres Martyriums fortbringen.

»Einen Moment«, sagte Zadira. »Ich will noch …«

Sie holte das Beutelchen aus ihrer Hosentasche hervor, beugte sich zu Julies Ohr hinab und flüsterte: »Schəma jisrael adonai elohenu adonai echad.« Dann zitierte sie einen Satz aus der Bibel, dem Koran und eine Geisterbeschwörung der afrikanischen Orishas.

Jetzt muss sich mindestens ein Himmel für dich öffnen, Julie.

Brell neben ihr räusperte sich. Sie sah Feuchtigkeit und Mitgefühl in seinen Augen. Zadira betrachtete ihren neuen Partner. Sie hatte ihn aus Trotz, aber vor allem aus einem Beschützerinstinkt heraus »gewählt«. Auch er war eine Minderheit. Die der fetten Kinder. Und er kannte sich aus mit rumänischen Ferienhauseinbrechern, mit Schwarzarbeitern zur Weinlese und Trüffelschmugglern, die ihre weiße und braune Ware aus dem Kofferraum heraus verhökerten.

Und mit Mazan und seinen Geheimnissen.

Es wurde Zeit, wieder zu vertrauen.

»Sergeant Brell. Lassen Sie sich von den Technikern Fotos der Toten ausdrucken. Rufen Sie beim Grundsteuerregister an und ermitteln Sie den Besitzer des Hauses. Sprechen Sie mit den Anwohnern. Nehmen Sie Spencers Aussage auf und schicken Sie Parceval zurück zu seinen Kühen und

Wellensittichen. Ich brauche Sie für alles, was mit Mazan zu tun hat. Ohne Sie geht es nicht.«

»*À vos ordres,* zu Befehl, Lieutenant Matéo. Das Haus hat früher übrigens dem alten Francis Bleu gehört, dem Sargtischler. Aber er ist aus Mazan weggezogen, seitdem die Leute sich Billigsärge aus Arles geholt haben.«

»Und wem gehört es jetzt?«

»Ich weiß es nicht. Da sind nicht mal Namen an der Klingel oder dem Postkasten, auch die Nachbarn wissen es nicht.«

»Vielleicht weiß ja Madame Roche Bescheid.«

»Madame la Professeure?« Sergeant Brell schaute für einen Moment aus wie ein elfjähriger Schüler. »Aber wieso das denn?«

»Sie weiß doch sonst auch alles über jeden.«

»Wem sagen Sie das, Lieutenant. Wem sagen Sie das.«


Der Leiter der PTS dirigierte seine elf Spurensicherer, Tatortanalysten und Techniker in den weißen Overalls ruhig und sachlich über den Tatort. Er hieß Beaufort, Major Roland Beaufort. Genau wie die Windstärken.

Zadira lieh sich von dem Kriminologen mit dem Mastroianni-Schnäuzer einen Schutzoverall. Sie wollte sich noch einmal ausführlicher die oberen vier Zimmer ansehen.

»Sie sind also die Kollegin aus Marseille«, sagte Beaufort, während er im Teamwagen nach einem Schutzanzug ihrer Größe suchte. »Meine Frau sagt immer, Marseille ist arm, dreckig, unfreundlich und voller Ausländer.«

»Stimmt.«

Beaufort lachte. »Ich sage, die Stadt ist lebendig, herrlich, reich an weiter Welt und großer Liebe.«

Zadira mochte den schnauzbärtigen Chef der PTS-Truppe.

Wenig später hatte Zadira von allen Zimmern mit ihrer Handykamera Fotos gemacht. Nun saß sie in ihrem weißen Overall auf der Récamière und starrte auf den Paravent. Keiner der merkwürdig eingerichteten Räume war dazu gedacht, Gäste zu beherbergen. Der einzige Raum mit einem Bett war das »Himmelbett-Zimmer«, und dort war ein Spiegel im Baldachin eingelassen. In dem »Chinesischen Zimmer«, wie Zadira den mit roter Seidentapete ausgekleideten Raum mit der Stellwand nannte, stand hinter dem Paravent ein fünfarmiger Kerzenleuchter auf dem Boden. Außerdem ein Hocker mit filigranen Beinen. Der hauchdünne, mit Tuschezeichnungen verzierte Seidenwandschirm bot jedoch keinen Sichtschutz.

Es lag kein Staub auf den Kerzen in dem silbernen Kandelaber, sie mussten also gebrannt haben. Neben der Récamière stand ein Tischchen mit einem Tablett, darauf Champagnergläser.

Es gab überall im Haus Champagnerkelche. Und der doppeltürige, riesige Bosch-Kühlschrank in der Küche war bestückt mit Veuve Clicquot und teuren Weißweinen, die nicht aus der hiesigen Gegend stammten.

Zadira notierte sich die Namen auf den Etiketten. Brell würde die Weine sicher kennen, vielleicht sogar die Lieferanten, die Auskunft über ihre Kunden in Mazan geben konnten.

Sie kontrollierte die andere Hälfte des Kühlschranks. Unmengen kostbarster Lebensmittel. Pâtes, edler Schinken, Oliven, Austern, Scampi, Fassbutter, perfekte Erdbeeren … Hier wohnte jemand. Jemand mit Luxus-Appetit.

Der Raum zwischen dem Paravent-Zimmer und dem mit dem Turnbock war der verwirrendste von allen.

Vier Polstersesseln stand ein harter, alter Holzstuhl mit hoher Rückenlehne gegenüber, an der eine Ledermanschette befestigt war. Offenbar, um den Kopf des darauf Sitzenden zu fixieren. Außerdem waren die Armlehnen und die Beine mit Eisenfesseln versehen. Er sah aus wie ein Überbleibsel aus dem Mittelalter. Doch was waren das für siebartige Löcher in der rauhen Sitzfläche und der Rückenlehne? Dann entdeckte Zadira die Drehrädchen hinten am Sitz. Sie drehte daran.

»Oh«, entfuhr es ihr.

Durch die Löcher des Stuhles wuchsen komische kleine Finger. Sie waren nicht wirklich spitz und konnten die Haut nicht verletzen. Doch wenn jemand gezwungen war, auf ihnen zu sitzen? Weil er – oder sie – mit den Arm- und Beineisen gefesselt war?

Sie dachte an die Mädchen aus Aubignan, Bédoin, Monteux und Venasque. Reihte Julie dazu.

*Was nur, Julie, wolltest du in diesem Haus?*

# 15

Am schlimmsten war dieser Hund.
Commissaire Mazan hatte viel gelernt in den letzten beiden Tagen. Zum Beispiel, dass ein richtig mieser Tag mit einer Thunfischpastete enden konnte. Oder dass es nette Ärzte gab, denen es nicht darum ging, Katzen mit ihren Tinkturen, Klingen und Nadeln zu quälen. Unendlich schwer war es ihm gefallen, sich einem Menschen so sehr auszuliefern wie der Frau mit der weichen Stimme. Sich von ihr tragen zu lassen. Ihren Worten zu vertrauen, als der Arzt ihn anfasste. »Lieutenant Matéo«, hatte der die Frau genannt. Das also war ihr Name.

Commissaire Mazan streckte sich vorsichtig auf der weichen Decke aus, auf der er den größten Teil der letzten beiden Tage verbracht hatte. Er war weit davon entfernt, sich zu beschweren. Nein, abgesehen von den Schmerzen, die aber immer geringer wurden, hatte er zwei Tage Luxus pur hinter sich. Kein Wunder, dass er auf dumme Gedanken kam.

Als der Arzt in der Wohnung aufgetaucht war, um nach ihm zu schauen, war natürlich wieder dieses Monster dabei gewesen. Der Arzt hatte dem Hund aber befohlen, draußen zu bleiben. Zu Mazans Verwunderung hatte der das auch getan. Misstrauisch behielt er das sabbernde, hechelnde und riechende Tier ständig im Auge, während der Arzt ihm etwas in sein Fell träufelte, das, wie er erklärte, den Flohzirkus weiterziehen lassen würde.

*Hoffentlich zu dem Köter?*
Der Köter hieß Atos und machte keinen besonders intelligenten Eindruck. Da Mazan sonst nichts zu tun hatte, kam er auf eine Idee. Als der Arzt das nächste Mal kam, saß Mazan direkt hinter der Tür. Ehe der Mann irgendetwas sagen konnte, stürzte Atos mit einem begeisterten Japsen herein.
»Weg!«, fauchte Mazan den Hund mit angelegten Ohren an.
Der Riesentölpel bremste sofort ab und schaute bedröppelt auf ihn herab. Mazan fauchte noch mal – »KCH!« –, und prompt wich der Hund hinter die Türschwelle zurück.
»Na toll«, brummte der Arzt. »Jetzt lässt du dich sogar schon von einer Katze herumkommandieren.«
Ein willkommener Zeitvertreib während Mazans Rekonvaleszenz. Ein anderer und viel schönerer war es, wenn Lieutenant Matéo da war und er ihrer Stimme lauschen konnte. Dann wurde ihm immer ganz warm im Bauch, und ohne dass er es verhindern konnte, setzte das angenehme Purren ein, das wahrscheinlich mehr zu seiner Heilung beitrug als die Tinkturen des Arztes.
Lieutenant Matéo erzählte von einer Stadt namens Marseille und von dem Meer, das in der Sonne glitzerte; von einer Katze namens Milva und von ihrem Vater, den sie sehr geliebt hatte. Zwischendurch sagte sie zwar immer wieder, dass er bald gehen müsste und dass er ja nicht glauben sollte, er könne sich hier häuslich einrichten. Aber erstens hatte Commissaire Mazan das gar nicht vor. Nach seinen bisherigen Erfahrungen mit den anderen Katzen der Stadt war er sich nicht einmal sicher, ob er in diesem Kaff bleiben wollte. Zweitens merkte er natürlich, dass sie das gar nicht so meinte mit diesem: »Geh, wenn du gehen

kannst.« Immerhin war er eine Katze. Und Katzen zu belügen war nicht so einfach.

So legte er seinen Kopf auf die Pfote und purrte genüsslich vor sich hin, während Lieutenant Matéo redete. Sie erzählte ihm von Frauen, die getötet worden waren, und er merkte ihr an, dass sie sehr zornig darüber war. Aber dann sagte sie etwas, das ihn aufhorchen ließ.

»... das Komische daran ist, dass jedes Mal kurz vorher auch mindestens eine Katze getötet wurde.«

*Eine Katze getötet?*

»Den Jungs von der Crim ist das egal gewesen. Eine tote Katze ist für die kein Mord, sondern Sachbeschädigung. Das fällt nicht in ihren Zustandsbereich.«

*Sachbeschädigung?!*

»Sehen die denn nicht, dass das eine Spur ist? Bei der Toten in Monteux hing die Katze stranguliert am Fensterkreuz. Deutlicher geht es ja wohl kaum noch. Und es taucht nicht mal im Bericht auf. Wundert mich, dass die Typen es schaffen, im Dunkeln ihren Schwanz zu finden.«

Commissaire Mazan dachte unruhig an den Mann mit den Schattenflügeln, der versucht hatte, die ingwerfarbene Katze zu ertränken. Dachte zornig an jenen Mann, dem er im Garten des Hauses beinah in die Hände gefallen war. Und kam zu dem Schluss, dass die Zeit des Ausruhens vorbei sein musste.

Gleich nachdem Lieutenant Matéo aus dem Haus gelaufen war, erhob sich Commissaire Mazan von der weichen Decke. Er besuchte das Katzenklo und fraß anschließend den Futternapf bis auf den letzten Krümel leer.

Dann war Commissaire Mazan bereit für die Ermittlungen.

Er hatte die Unruhe schon wahrgenommen, lange bevor er in die Gasse einbog, an der »sein« Garten lag. Dann sah er die Autos, die direkt vor dem Tor zum Garten standen. Das Tor war offen! Humpelnd lief er an der Hauswand entlang. Aus dem Garten drangen Stimmen. Rufe. Metallische Geräusche. Rascheln. Schritte. In *seinem* Garten!

*Was geht da vor?*

Unbemerkt näherte er sich dem Tor und spähte in den Garten. Dort drin wimmelte es von Menschen. Er erschrak. Die weißen Anzüge. Wie damals, als er und die anderen jungen Katzen in den Käfigen saßen und darauf warteten, gefoltert zu werden. Sie waren ihm gefolgt!

»Es ist ein Jammer. Sie ist so jung«, sagte einer der Männer, der vor etwas stand, das am Boden lag. Andere gingen durch die unheimliche Tür des Hauses, die jetzt weit offen stand, ein und aus. Niemand achtete auf ihn.

*Sie sind nicht meinetwegen hier. Natürlich nicht.*

Sondern wegen dem, was dort lag.

Es war eine Frau. Ohne Kleidung. Und ohne Leben. Das spürte Mazan an ihrer entsetzlichen Farblosigkeit, in der nur noch ein Echo ihres einst goldgelben Lebensduftes hing.

Hatte der Giftleger die Frau getötet? Da inzwischen so viele Menschen im Garten herumgetrampelt waren, konnte er keine spezifischen Geruchsspuren mehr wahrnehmen. Alles war zu einem einzigen menschlichen Farb- und Geruchsbrei vermischt. Bis auf …

*Was ist das denn?*

Er huschte in den Garten, versteckte sich hinter einem metallenen Koffer, der dort aufgeklappt stand, und sog witternd die Luft ein. Tatsächlich! Diesen Geruch würde er jederzeit erkennen. Unter allen Umständen. Und er kam von dort, wo er seinen Schlafplatz hatte.

*Verdammter Katzenhasser! Hat es schon wieder getan!*
Jetzt näherte sich einer der Männer im weißen Overall dieser Stelle. Er hob mit einer langen Zange den Klumpen auf, roch daran und rief:»Major Beaufort!«
»Ja.« Ein anderer Mann näherte sich.
»Hier hat anscheinend jemand Rattengift oder etwas Ähnliches ausgelegt. Soll ich es liegen lassen?«
»Nein, natürlich nicht. Das fressen sonst noch Katzen oder andere Tiere, das muss ja nicht sein. Tüten Sie es ein.«
Der Mann mit der Zange zog ein Plastiksäckchen hervor und verstaute darin seinen Fund. Dann ging er langsam suchend weiter durch den Garten. Commissaire Mazan hätte ihm problemlos die anderen drei Stellen mit Gift zeigen können. Aber jetzt hatte er Wichtigeres zu tun.

Er entdeckte die beiden im gleichen Moment wie sie ihn. Die schattenweiße Siam kannte er schon. Sie sah nicht so aus, als ob sie Ärger suchte. Und der dicke Blaugraue mit den orangefarbenen Telleraugen an ihrer Seite schien sich auch nicht überanstrengen zu wollen.
Aus Höflichkeit blieb Mazan in einem Abstand von drei, vier Körperlängen stehen und stellte seine Ohren auf »friedlich«. Erst da merkte er, dass noch eine dritte Katze in der Nähe war. Sie versteckte sich hinter der Hecke auf der anderen Seite der Straße.
»Ich bin Louise«, begrüßte ihn die Siam schließlich.
»Oscar«, sagte Oscar gedehnt. Es hörte sich an, als wären seine Nüstern verstopft. Was für eine Katze ein ziemliches Handicap wäre.
»Commissaire Mazan.«
Oscar starrte ihn blöde an. Louises Ohren richteten sich auf.

»Commissaire Mazan?«, fragte sie gedehnt.

»Ich wusste nicht, dass wir uns jetzt schon mit Titel anreden«, näselte Oscar.

Der Name war tatsächlich ziemlich lang.

»Also gut, dann eben nur Mazan«, lenkte er ein.

Louise schien amüsiert.

»Kommt mir bekannt vor«, spottete sie und richtete dann ihren blauen Blick auf die dichte, grüne Hecke gegenüber. Mazan hatte die Katze, die dahinter hockte, identifiziert. Es war die Ingwerfarbene, die Himmelsläuferin, der er seine neue Ohrkontur verdankte. Sie roch nach Zorn, Verzweiflung und Angst.

»Was ist denn mit ihr los?«, fragte er betont gleichgültig.

»Ich dachte, das könntest du uns sagen. Schließlich ist es in deinem Garten passiert.«

Er horchte auf.

»Sie war dort? Etwa letzte Nacht?«

»Bravo«, meinte Oscar. Und dann, an Louise gewandt: »Ein echter Schnellmerker.«

Commissaire Mazan beachtete den Dicken nicht. Die Himmelsläuferin wusste, was geschehen war! Er wandte sich an Louise: »Wie heißt sie?«

»Manon. Warum?«

Er antwortete nicht, sondern näherte sich der Hecke.

»Das würde ich lieber nicht machen«, riet Louise.

»Der Typ steht eben auf Schläge.«

Sie hatte sich ganz hinten versteckt. Also zwängte Mazan sich durch die Zweige und erreichte ein winziges Stück Rasen, umgrenzt von üppig blühenden Büschen. Aus einem glühte ihm ein mittlerweile bekanntes Paar Augen entgegen.

*Komm schon, du bist mir noch etwas schuldig.*

Das schien Manon anders zu sehen. Er spürte, wie sie sich anspannte. Zum Sprung ansetzte. Knapp außerhalb der Angriffsdistanz setzte er sich hin. Er rührte sich nicht. Zeit verging. Wind spielte über ihren Köpfen. Schatten wanderten unmerklich. Schließlich ließ ihre Anspannung nach. Aber nicht ihre Angst. Nicht ihre Verzweiflung.

»Erzähl mir, was passiert ist«, bat er leise.

Eine Welle giftiger Wut schlug ihm entgegen.

»Du kanntest die Frau?«

Langes Schweigen, dann ein klägliches: »Ja.«

Er überlegte.

»War sie ein guter Mensch?«

»Julie war wie ich.«

»Was meinst du damit?«

»Was stellst du für blöde Fragen«, fauchte sie und kam unter dem Busch hervorgeschossen. Doch er blieb ruhig, vermied jede Geste, die ihren Zorn steigern könnte.

Es wirkte. Manon hielt inne.

»Was hast du gesehen?«, fragte er nach einer Weile.

Ein Zittern lief durch Manon.

»Sie ist in das Haus gegangen«, erzählte sie dann mit dünner Stimme. »Ich habe versucht, sie davon abzuhalten, denn die bösen Menschen waren wieder da. Ich habe sie gerochen.«

»Wer? Wer war da?«

»Warum willst du das alles wissen?«, giftete Manon ihn an und glitt blitzschnell zwei Schritte näher. Jetzt war die schlanke Kämpferin so dicht, dass sie ihm mit einem Hieb ein Auge zerfetzen konnte. Er war noch nicht wieder in Form und sie eine gefährliche Verrückte. Das hatte er ja schon erfahren müssen. Dennoch rührte Mazan sich nicht. Manons Schwanz peitschte ärgerlich über das Gras.

»Es geht nicht nur um Julie«, sagte er leise, »sondern darum, dass es hier böse Menschen gibt. Willst du denn immer in Angst leben?«

Ihr Blick schweifte ab, zu irgendeinem Punkt neben ihm.

»Die Menschen sind noch viel schlimmer, als ich dachte. Ihre Falschheit ist grenzenlos. Wir dachten, wir wüssten, wie wir sie manipulieren können, damit sie uns versorgen und uns ein Heim geben. Aber das stimmt nicht.«

Nun sah Manon ihn freimütig an. Ihre Pupillen waren rund und groß. Wie schön sie war. Und wie traurig.

»Wir waren einmal frei. Aber dann haben wir unsere Freiheit für weiche Kissen geopfert. Und für volle Fressnäpfe. Und für Namen!«

Der Wanderer in ihm wusste ganz genau, was sie meinte. Manon sah ihn mit ihren irisierenden Augen an.

»Aber wir sind für sie nur … nur … Spielzeug.«

Manon ließ erschöpft den Kopf hängen. Sie hatte recht. Und gleichzeitig unrecht. Aber um ihr das begreiflich zu machen, musste er etwas tun, was ihm sehr schwerfiel: Er musste für die Menschen Partei ergreifen.

*Na ja, wenigstens nicht für Hunde.*

Und dann dachte er an Lieutenant Matéo. Die ihm sagte, dass er nicht bei ihr bleiben könnte. Und dabei jedes Mal log.

»Du hast recht, Manon«, sagte er. »Die Bosheit der Menschen ist grenzenlos. Aber nicht alle sind so. Einige von ihnen sind voller Güte. Manchmal verstecken sie sie nur.«

Die hell gestreifte Katze bedachte Mazan mit einem Blick voller Zweifel.

»Diese Stadt ist voller Angst. Aber es ist eine gute Stadt. Ich weiß das, weil ich schon viele Städte gesehen habe. Wir dürfen sie nicht dem Bösen überlassen. Doch allein schaffen wir das nicht. Dazu brauchen wir die Menschen. Die,

die voller Güte sind. Und weißt du, was? Ich glaube, die schaffen es auch nicht allein. Sie brauchen uns.«

»Das glaube ich nicht.«

»Du wusstest aber doch, dass Julie Gefahr in dem Haus drohte, nicht wahr?«

Er sah ihre Zweifel, dahinter aber auch die Hoffnung, die sie nicht zulassen wollte, um kein weiteres Mal enttäuscht zu werden.

Dann flüsterte Manon:»Ich habe die Frau an der Tür gesehen.«

Als Mazan mit der ingwerfarbenen Katze aus der Hecke hervorkam, sah er sich einer ganzen Bande von Katzen gegenüber. Sofort ging er in Verteidigungsposition.

Manon war an seiner Seite und blieb neben ihm. Gut. Mit Louise und dem dicken Oscar war er auch soweit im Reinen. Die anderen, die sich locker verteilt in der Gasse niedergelassen hatten oder auf der Mauer des angrenzenden Grundstückes saßen, konnte er nicht einschätzen. Den großen Kerl, der ihm gegenübersaß, hingegen schon.

Rocky.

»Hey, Mann«, begrüßte der ihn lässig.»Was geht ab hier?«

Wenigstens krakeelte er nicht wieder herum.

»Das frage ich dich, Rocky«, gab er zurück.»In deiner Stadt werden Katzen vergiftet. Und irgend so ein Scheißkerl hat Manons Freundin Julie getötet. Also, sag du es mir: Was geht ab hier?«

Die Katzenbande, die bisher ihn fixiert hatte, wandte ihre Blicke unisono Rocky zu. Der brauchte einen Moment, ehe er antwortete:»Okay, Großmaul, hast du einen Vorschlag?«

Mazan wandte sich an die ingwerfarbene Kätzin an seiner Seite. Die betrachtete ihn unverwandt. Dann schaute er nacheinander die anderen Katzen an.

»Manon hat eine Frau in dem Haus gesehen, in dem Julie getötet wurde. Und sie kennt ihren Geruch. Wir werden also die Spur der Frau suchen.«

»Und dann?«, fragte Rocky, nicht sehr überzeugt.

»Und dann?«, fauchte Mazan. Wieder fasste er jede einzelne Katze ins Auge. »Verdammt, was ist los mit euch? Wollt ihr nicht wissen, wer euer Feind ist? Nein? Ich will es aber wissen.« Er wandte sich wieder an Rocky. »Bist du mein Feind?«

Der blinzelte träge. »Ist ja gut, Mann. Reg dich nicht auf.«

Rocky tauschte einen Blick mit Louise. Die sagte leise: »Was haben wir zu verlieren?«

Daraufhin leckte der Rote sich gemächlich über das Maul, bevor er erklärte: »Ich werde dir sagen, was wir tun. Wir werden uns von Manon die Spur zeigen lassen, und dann schauen wir, wo die Frau sich versteckt hat.«

*Na endlich.* »Das ist eine richtig gute Idee.«

Rocky, Commissaire Mazan und Manon gingen zu dem Haus, in dessen Garten immer noch ein paar Männer herumwerkelten. Auch waren mittlerweile viele andere Menschen die Straßen entlanggegangen. Trotzdem hatten sie nach kurzer Zeit die Spur der Frau gefunden. Und als die drei Katzen ihr die Gasse hinunter folgten, konnten sie immer besser ihr spezielles Aroma aus reifem Frauenduft herausfiltern, dem zudem ein deutlich wahrnehmbares Parfüm hinzugefügt war, das nach Jasmin und Moschus roch.

Wenig später hockten sie an einer Straßenecke und schauten zu einem wuchtigen Gebäude hinüber.

»Was ist denn das?«, fragte Mazan.

Ein kleines Zittern lag in Manons Stimme, als sie antwortete: »Sie nennen es das Château.«

# 16

Zadira besorgte sich Nikotinkaugummis in der Apotheke. Sie schmeckten widerlich.

Sie spürte jetzt immer deutlicher, je länger sie nachdachte, was die Morde in Aubignan, Bédoin, Venasque, in Monteux und jetzt in Mazan miteinander gemeinsam hatten. Und es machte sie wütend.

Es war die Haltung.

Es war die gleiche Haltung, mit der die Bac sie auf der Straße angehalten, drangsaliert und verhöhnt hatten.

Es war die Haltung, mit der in Frankreich Zuwanderer, Schwule und das »gemeine Volk« behandelt wurden.

Es war die Haltung, mit der ihr die Kollegen in Carpentras rassistische, schmutzige Bildchen ans Auto hefteten.

Es war Arroganz.

Da gab es jemanden mit einer unglaublich ausgeprägten Überheblichkeit. Jemand, der meinte, er hätte alles Recht der Welt zu bestimmen, wer es wert war, leben zu dürfen, und wer nicht.

Auf dem Weg zum Château de Mazan, wo diese Julie laut Jeffrey Spencer gearbeitet hatte, versuchte Zadira, sich so etwas wie eine Strategie zurechtzulegen.

Oberste Priorität war es herauszufinden, wem dieses Haus gehörte. Es machte Zadira schier verrückt, dass schon zwei Stunden vergangen waren und sie immer noch nichts wussten!

Sie musste sich eingestehen, dass sie, was Ermittlungen gegen Nicht-Junkies und Nicht-Dealer anging, einfach zu wenig Erfahrung besaß, sowohl als Ermittlungsleiterin wie auch als Teammitglied. Im Rauschgiftmilieu wurden Verbrechen weniger durch Gespräche oder Vernehmungen gelöst. Sondern mit Observationen, Verfolgungssprints, Durchsuchungen und Informanten, die einem was schuldeten. Die Arbeit war physischer, dunkler, dreckiger.

Um ihren jäh aufwallenden Ärger über ihre eigenen Schwächen niederzuringen, aktivierte Zadira das Wissen, das ihr vor langer Zeit einmal bis zum Erbrechen eingetrichtert worden war.

*Der Tod: Dekonstruktion.*

*Die Ermittlung: Rekonstruktion.*

»Jeder Mensch ist ein Teil eines komplizierten Konstrukts, Zadira. Jeder spielt für Dutzende von Menschen bestimmte, unterschiedliche Rollen. Eine Tochter ist auch Geliebte, Rivalin und Mutter, und damit für vier Menschen jeweils eine andere Frau. Niemand ist nur eine einzige Person. Auch du nicht. Du bist die Exotin, die Männer begehren. Polizistin. Und eine halbe *pied-noir*. Du wirst nie nur du sein. Du bist eine variable Realität. Jeder ist das.«

Das hatte Zadiras Ausbilder Nicolas ihr beigebracht, als sie zweiundzwanzig gewesen war, gleich im ersten Jahr nach ihrer Ausbildung, während sie Rechtswissenschaften studierte und sich das erste Mal um die Offizierslaufbahn bewarb.

Nur wenn ein Ermittler es schaffte, alle Rollen zu rekonstruieren, die ein Opfer gespielt hatte – für seine Familienmitglieder, für Kollegen, für sein Dorf –, konnte er mögliche Motive erkennen. Meist hatten sie damit zu tun, dass jemand aus der ihm zugewiesenen Rolle ausgebrochen war.

»Menschen nehmen anderen Menschen übel, wenn sie sich verändern.«

*Julie. Ein Hausmädchen. Sie konnte die Königin für jemanden sein, der Fußabtreter für jemand anderen.*

Zadira sprang die Stufen zum Foyer des Châteaus hinauf. Die rote Eingangstür war weit geöffnet.

»Bonjour, was kann ich für Sie tun?«, fragte der Rezeptionist, ein großer, gut frisierter Mann in einem blauen Kurzarmhemd. Es lag eine leichte Arroganz in seinem Tonfall.

»Vielleicht fragen Sie besser, was ich für Sie tun kann, Monsieur ...« Sie nahm die Sonnenbrille ab und las sein Namensschild am Kurzarmhemd. »Monsieur *Paul*. Police Nationale, Lieutenant Matéo.«

Sie genoss es, zu sehen, wie der Rezeptionist sich verspannte. Es war doch immer wieder erstaunlich, wie leicht sich Vorurteile und ansonsten gut versteckte Dünkel in die Beurteilung eines Menschen einschlichen. Allein aufgrund seiner Kleidung. Und was passierte, sobald man diese enttarnte.

Während sie ihm ihre Ausweiskarte hinhielt, nahm Zadira Pauls Mimik und Körperspannung wahr. Und fand zu ihrer Überraschung: ein gewaltig schlechtes Gewissen. Sorge. Den tiefen Wunsch, in den Augen des Gesetzes gut dazustehen. Selbst wenn diese Augen exotisch aussahen ... *Paul, hast du etwa was angestellt, das über falsch Parken hinausgeht?*

»Eine der Hotelangestellten heißt Julie?«

»Ja. Julie Roscoff, unsere Aushilfe. Aber sie hat heute frei.«

»Ist das Julie Roscoff?«

Sie reichte ihm einen Fotoausdruck, der Julies Gesicht zeigte. Paul fasste sich an den Mund. Unter seiner gepflegten Bräune wurde er blass. Dann nickte er.

»Ja. Das ist Julie«, sagte er leise. »Mein Gott. Was ist ihr bloß geschehen? Ist sie …«

Paul streichelte die Konturen von Julies Antlitz auf dem Foto.

»Monsieur Paul«, sagte Zadira, »wer wohnt in dem Haus in der Rue de l'Ancien Hôpital Nummer 9? Wissen Sie das zufällig?«

»Wo, Nummer 9? Ich bin mir nicht sicher, welches das ist«, sagte er abwesend. Immer noch fixierte er das Bild.

»Rote Fensterläden, Eckhaus, kleiner Garten.«

»Ach, das. Steht das nicht leer?«

»Julie Roscoff ist tot. Sie wurde ermordet. Auf eine denkbar grausame, sadistische und demütigende Weise. Im Haus Nummer 9. Und es wäre wirklich wichtig zu erfahren, wer dort lebt.«

Paul antwortete nicht. Dann, mit hoher Stimme, wie von weit her:

»Aber warum ist sie denn auf einmal tot?«

Er sah erschüttert aus, als ob die Bedeutung von Zadiras Worten erst jetzt auf dem Grund seiner Seele angekommen wäre.

»Sie wollte doch nur spazieren gehen. Nur spazieren!«

»Wann denn? Wann haben Sie Julie zuletzt gesehen?«

»Gestern.« Seine Stimme rutschte noch höher. »Sie wollte doch nur spazieren gehen …«

»Setzen Sie sich, Paul. Und erzählen Sie mir einfach.«

Er gehorchte wie in Trance. Blicklos starrte er vor sich hin.

»Was denn?«, fragte er mit wackeliger Stimme.

»Alles. Wo Sie gestern Abend waren.«

»Ich wollte Julie noch Walzer beibringen«, begann er stockend. »Nicht … nicht gestern. Aber bald. Das kleine Feuerköpfchen wusste ja nichts von der Welt. Kaum Bildung,

aber was will man erwarten. Ist mit sechzehn von der
Schule, um für sich selbst zu sorgen. Mit sechzehn! Keine
Eltern mehr, ganz allein. Zum Glück hat Monsieur Ugo,
unser Manager, sich vor einem halben Jahr ihrer angenommen und ...«
Paul redete wie ein Roboter, immer schneller.
Julie Roscoff, neunzehn Jahre. Reinigen, Servieren, Emp-
fang, sie hatte im ganzen Hotel zu tun gehabt, außer in der
Küche und in der Geschäftsleitung. Hatte ein Händchen
für Blumen.
»... aber in Modefragen: kein Stil, keine Ästhetik, ich
musste ihr alles beibringen, quasi vom Scheitel bis ...«
*Rolle eins: dankbare Schülerin.*
»... zu den Schuhen, die sind die Visitenkarte des Charakters.
Das hab ich ihr immer gesagt, Julie, habe ich gesagt, du ...«
»Ernsthaft?«
»Pardon?«
»Sie glauben ernsthaft, dass sich der Charakter eines Menschen in seinen Schuhen widerspiegelt?«
Unwillkürlich schaute sie auf ihre angeschmuddelten alten
Turnschuhe, mit denen sie sicher mehrere Marathons
durch Marseilles Hinterhöfe gelaufen war. Dann betrach-
tete sie Pauls handgenähte Halbschuhe. Die sahen un-
glaublich neu, modisch und teuer aus.
Zadiras Unterbrechung hatte geholfen: Paul fing sich, er-
wachte aus seiner Rede-Trance.
»Aber warum wurde sie denn ermordet?«, fragte er nun
mit etwas festerer Stimme.
»Ich weiß es nicht, Monsieur Paul. Vielleicht war Julie zur
falschen Zeit an diesem Ort? Sind Sie ganz sicher, dass Julie
nicht vielleicht doch einen Freund besuchen wollte, einen
Liebhaber?«

Er schüttelte hilflos Kopf.

Wieder nahm Zadira eine Unruhe an ihm wahr. Unter seiner Erschütterung war noch etwas anderes. Ein Schreck, als wenn er bei etwas ertappt worden wäre. Aber sie konnte ihn wohl kaum so lange ohrfeigen, bis er es ausspuckte.

Zadira sah eine Schachtel Camel auf der Ablagefläche neben dem Hoteldrucker liegen. Dieses Nikotinkaugummi schmeckte wirklich immer scheußlicher.

»Sind Sie bitte so nett und geben mir eine Camel?«, bat Zadira.

Paul beeilte sich, ihrer Aufforderung nachzukommen. Doch als er ihr Feuer geben wollte, winkte sie ab und schob sich die Zigarette hinter das Ohr. Es beruhigte sie.

»Wo wohnte Julie?«, fragte Zadira nun sanft. Ihr Tod nahm ihn mit, auch wenn Zadira das Gefühl hatte, dass Paul ein Mensch war, der Dinge verschwieg, um nicht lügen zu müssen. Wer weiß, vielleicht mussten gute Concierges so sein.

»Sie wohnte im Nebengebäude des Hotels, gleich gegenüber. Unter dem Dach im vierten Stock sind Kammern für die Auszubildenden. Und die Duschen für das Personal.«

»Hatte Julie eine Freundin, die wir benachrichtigen können?«

Er schüttelte kurz den Kopf.

»Wir sind, pardon, wir waren Julies Familie und Freunde, Madame la Commissaire, seitdem sie vergangenen Winter hier anfing.«

»Lieutenant ist völlig ausreichend. Und Sie waren für Julie so etwas wie der große Bruder.«

»Wenn Sie so wollen. Eher die große Schwester.« Er lachte auf.

»Und Sie haben immer gut auf sie aufgepasst?«

»Ja, genau.« Paul lachte noch mal auf.

Das hatte Nicolas sie auch gelehrt: Lachen ist Weinen in der Öffentlichkeit. Wenn jemand auflacht, will er oft lieber schreien vor Angst, Zorn, Schuldgefühl oder Verzweiflung.

»Ich hole den Geschäftsführer«, sagte Paul matt, piepste eine Nummer an und ging dann mit seiner Schachtel Camel nach draußen in den Sommer, der einfach weiterging, als wäre nichts geschehen.

Wenig später hörte Zadira ihn weinen.

Zadira schaute sich um, während sie wartete. Das Foyer mit dem Tresen und der roten Treppe öffnete sich zu einem großzügigen Empfangsbereich. Von diesem gingen zwei Restaurantsäle, ein Zugang zur Küche und einer zur Bar ab. Eine halbrunde Treppe führte zu der großzügigen Terrasse unter kaffeebraunen Sonnenschirmen.

Das Château – eher ein Herrenhaus – atmete *savoir-vivre*, Intimität und Leichtigkeit. Rot-weiße Bodenkacheln, Marmortische mit verschnörkelten Eisenfüßen, Rokoko-Polstersessel. Frische Lilienbuketts, Kerzen in Gläsern. An den Wänden verruchte Kunst, nicht zu frivol. Was hatte Madame Roche ihr erzählt: Das Hotel war einst die Residenz des Marquis de Sade?

Zadira hatte de Sade gelesen, während ihres Studiums der Rechtswissenschaften. Seine Theorie, dass Reichtum die Gewaltlust fördere, hatte sie beeindruckt. Und geprägt.

Jetzt stand sie auf der Terrasse. Holztische und -stühle, und in einer Ecke ein Ensemble moderner, bunter hartschaliger Kunststoffsessel. Dort ließ sie sich nieder.

Ihr Handy summte. Was sie las, verdunkelte ihre Stimmung noch mehr. Brell simste nämlich: »Presse im Anmarsch.«

*Merde, merde, merde.*

Presse hieß nervöse Bürgermeister, hieß genervte Polizeichefs, hieß Stress für sie.

»Bonjour, Madame. Sie kommen mit schlechten Nachrichten?«

Die Stimme war tief, sonor und entscheidungsgewohnt.

»Bonjour. Lieutenant Matéo.«

»André Ugo. Ich bin der Hotelmanager.« Er schüttelte Zadira fest die Hand und setzte sich ihr gegenüber.

André Ugo. Einer von Madame Roches potenziellen Heiratskandidaten.

Zugegeben: Er hatte was. Ugo trug einen sandfarbenen Anzug, der dunkle Vollbart war gepflegt. Blaugraue Seidenkrawatte. Hellblaues Hemd, das seine Gesichtszüge und die blauen Augen unter den schwarzen Brauen umso markanter wirken ließ.

»Paul hat es mir bereits gesagt. Ich bin zutiefst erschüttert. Julie war meine Schutzbefohlene, so habe ich es immer gesehen. Und was immer Sie auch benötigen, Madame, an Hilfe, Informationen, ich stehe Ihnen zur Verfügung. Dieses Schwein muss gefunden und bestraft werden.«

*Schutzbefohlene? Hallo, Rolle zwei: Jungfrau in Nöten. Julie, diese Männer haben dich offenbar »kleinhalten« wollen.*

»Ich danke Ihnen, Monsieur Ugo. Wann haben Sie Julie Roscoff zuletzt gesehen?«

»Oh, gestern Abend, gegen halb acht, acht Uhr vielleicht. Sie schaute nur kurz herein, Paul war an der Rezeption. Ich kam oben aus den Suiten und habe sie beide reden hören. Pardon, ich habe Julie also gar nicht gesehen. Nur gehört.«

»Hatte Julie einen Freund, den sie besucht haben könnte?«, fragte Zadira.

»Ich denke nicht«, antwortete Ugo.

»Und Liebhaber?«

Ugo legte die Beine übereinander, zog dabei sorgfältig den Stoff der Anzughose ein Stück nach oben.

»Wann sollte sie die denn gehabt haben?«

»Sagen Sie es mir.«

»Gar nicht. Von fünf bis sechzehn Uhr arbeitet die erste Schicht, die zweite von sechzehn Uhr bis open end. Jeweils zwei kurze Pausen. Ein Tag und einen halben frei. Glauben Sie nicht, dass das einem Mann zu wenig ist?«

»War Julie beliebt bei den männlichen Gästen?«

Ugo lehnte sich zurück, verschränkte die Arme.

»Madame Lieutenant. Erstens sind wir nicht so ein Haus, und zweitens ist … war Julie nicht so eine.«

»So eine was?«

»Sie war kein leichtfertiges Mädchen.«

*Wie man sieht.*

»Und was haben Sie den gestrigen Abend über gemacht, Monsieur Ugo?«

Ugos Mundwinkel zuckten. »Die Gäste des Châteaus legen Wert auf meine Gegenwart und die Angestellten auf ihren Feierabend. Ich war hier, die ganze Nacht. Wollen Sie andeuten, dass ich …?«

»Ach, wissen Sie, ich bin kein Typ fürs Andeuten. Ich würde es ehrlich sagen, was ich Ihnen unterstellen würde.«

Sie vermaßen einander mit Blicken. Sein Lächeln erreichte nicht seine Augen, das ihre auch nicht.

Dieser Mann besaß ein völlig anderes Format als Paul. Er wollte sein Haus schützen, seinen Ruf. Er würde darum nicht zögern zu lügen, auch nicht über Julie.

»Ich werde mir jetzt Julies Zimmer ansehen. Und nach der Mittagsschicht werde ich mit allen Angestellten sprechen.«

»Was? Ist das wirklich nötig?«

»Natürlich. Gibt es da Ihrerseits nachvollziehbare Bedenken?«

»Ich verstehe«, wandte sich Ugo mühsam gedämpft an Zadira, »dass alles, was den Mord an Julie angeht, Vorrang haben muss. Aber mein Haus hat Standards. Sehen Sie eine Möglichkeit, dass Sie hier dezent vorgehen können?«

»Dezent? Aber selbstverständlich, Monsieur Ugo.«

Natürlich musste sie es ihm nicht unnötig schwermachen. Die Anwesenheit der Polizei war für ein Hotel dieser Kategorie sicher sehr störend.

»Ich bin Ihnen sehr verbunden, Lieutenant. Am Nachmittag ist unsere Hausbar noch geschlossen. Sie können sie nutzen. Wir stellen einen Paravent davor, aber ich wäre Ihnen wirklich sehr dankbar, wenn ...«

Zadiras Telefon vibrierte.

»Schön. Ich nehme die Bar«, teilte Zadira dem jetzt nicht mehr ganz so wohlwollenden Geschäftsführer mit und ging über die Terrasse bis zu der Brüstung, über die sie in den Garten schauen konnte. Dort nahm sie das Gespräch an. Es war der Sergeant. Er hatte den Besitzer von Haus Nummer 9 gefunden. Oder war zumindest nah dran. Es war eine *Société Civile Immobilière*, kurz SCI genannt, mit Sitz im 8. Arrondissement von Paris. Diese private Immobiliengesellschaft hatte das Haus vor fünfzehn Jahren gekauft.

»Und wer steckt dahinter?«

»Ich weiß es nicht.«

»Wieso nicht?«

»Na ja. Ich hab erst mal in der Grundsteuerregistratur die Karteinummer gesucht, sie den Flurgemarkungen zugeordnet, sogar mit der Sekretärin des Notars geflirtet, was nicht einfach war. Wissen Sie, die Babette, die ...«

176

»Sie sind mein Held, Brell. Aber muss ich diese Details alle wissen, bevor Sie mir sagen, was Sie nicht wissen?«

»Das weiß ich doch nicht. *Bon.* Dann war da also diese SCI. Kein Name. Und als ich da anrief, wurde der Anruf weitergeleitet, hört man ja in der Leitung, wissen Sie.«

»Ja.«

»Was?«

»Wusste ich.«

»Wussten Sie auch, wo ich dann landete?«

»Brell, bitte!«

»Schon gut, Sie müssen nicht gleich laut werden. Also. In einem Büro des Innenministeriums. Besondere Liegenschaften.«

»Ach. Besondere Liegenschaften? Und dann?«

»*Rien.* Funkstille. Niemand konnte mir weiterhelfen. Oder wollte nicht. Nicht einmal, als ich sagte, dass es um eine Mordermittlung geht. Es hieß, ich hätte keine Schutzstufenbefugnis. Wissen Sie, was das heißt?«

Zadira schloss die Augen. Etwas flog sie an, eine vage Wahrnehmung von Ärger.

»Das heißt, jemand braucht Zeit«, mutmaßte sie. »Oder das Haus gehört der Regierung.«

*Und damit verzögert sich alles. Und mindestens einer verliert seinen Job.*

*Oder eine.*

»Lieutenant, damit kommen die nicht durch. Ich kann das nicht leiden, wenn diese Pariser so … pariserisch sind. Bilden sich was ein, nur weil sie eine Metro und 'nen Eiffelturm haben. Ich werd rüber nach Saint-Didier fahren zu Francis Bleu, dem Vorbesitzer. Da hab ich alle verdammten Schutzstufenbefugnisse. Und der hat auch noch einen Schreibtisch für Sie, aus gutem Sargholz. Hält ewig.«

»Da freue ich mich aber drauf.«

»Wusste ich.«

Sie legten auf.

Innenministerium. Glückwunsch, Zadira Camille, hast laut genug »Hier, hier« geschrien, als der Karren mit Scheiße den Berg runterrollte.

Zadira ließ sich von Paul den Generalschlüssel geben und stand drei Minuten später vor der Tür zu Julies Zimmer.

Sie sah auf die Uhr. Vor zwölf Stunden, gegen halb elf abends, das hatte Major Beaufort versichert, hatte Julie noch gelebt. Zwischen kurz vor Mitternacht und drei Uhr früh war sie ihrem Mörder begegnet. Eine Unsicherheitsspanne von circa drei Stunden würde auch nach der Sektion bleiben.

Zadira streifte sich Latexhandschuhe über.

Rochen genauso widerlich, wie die Kaugummis schmeckten.

Dann öffnete sie die Tür.

Julies Zimmer war nicht größer als ein Schrank.

Ein schmales, durchgelegenes Bett mit Frotteewäsche. Ein Pressspan-Schrank, ein angelaufener Spiegel an der Innenseite der Zimmertür. Julie hatte aber immerhin über die Dächer von Mazan schauen können. Wie eine Bettler-Königin ohne Thron.

Zadira setzte sich auf das weiche Bett und versuchte, sich Julie in diesem Zimmer vorzustellen. Doch sie spürte vor allem die sprachlose Leere, die ihr Tod hier hinterließ.

Sie ließ sich rückwärts auf beide Ellbogen sinken. An die Decke des Zimmers hatte Julie Ausschnitte aus Zeitschriften geklebt. Models, Autos, Strände, Kleider, Hotels – die Collage eines Jungmädchentraums vom süßen Leben.

*Und dann, Julie? Lagst du hier und hast dich fortgeträumt?*

Als Zadira sich aufrichtete, entdeckte sie Härchen an ihrem Ellbogen, dort, wo sie sich auf die Decke gestützt hatte.

Katzenhaare. Ingwerfarben.

Was erklären würde, warum die Katze, Manon, von der ihr Jeffrey Spencer berichtete, Wache an Julies Leichnam gehalten hatte. Sie war Julies Freundin gewesen.

Eine Totenwache. Eine Katze als einzige Freundin. Und vielleicht sogar als Zeugin. Wie allein war Julie, in diesem Hotel voller Männer, denen ihre Träume zu groß waren?

Sie begann, Julies Schrank zu untersuchen. Billige Jeans und Tops. Sorgfältig fuhr Zadira an den Kanten des Schrankes entlang, sah unter die Matratze. Jedes Mädchen hatte Geheimnisse. Ein Tagebuch im Mauerwerk, einen an die Schrankwand geklebten Liebesbrief oder ...

Zadira stupste mit der Fußspitze die untere Schrankkante an. Woraufhin die vordere Abdeckplatte umklappte.

... ein Kästchen!

Und darin wahre Schätze: Chanel-N°5-Körper-Lotion, Chanel-Parfüm, Chanel-Rouge-Noir-Nagellack, ein Peeling-Handschuh ...

Woher hatte eine Aushilfe das Geld für diese Kosmetika? Gespart? Geschenke eines Liebhabers? War Julie Roscoff eine Zimmerdiebin gewesen? Eine Hobbyhure?

In Zadira förderten alle möglichen Antworten auf diese Fragen ein jeweils neues Bild der Toten zutage.

Erstaunlich, dachte sie. Die meisten Menschen wünschen sich, dass man sich mehr für sie interessiert.

Aber man musste sich in dieser Welt erst umbringen lassen, damit alles wichtig wird, was man gefühlt oder gewollt hatte.

Für einen Moment durchfuhr Zadira der irrwitzige Gedanke, dass die Menschen einander vielleicht retten könnten, wenn sie sich nur mehr füreinander interessierten?

Hätte ein guter Zuhörer Julies Leben retten können?

# 17

Loch 14 des Provence Country Clubs von Saumane war ein kurzes Par 5. Das Grün ging links hinter einem See in Deckung, rechts wartete ein Sandbunker auf nachlässig geschlagene Bälle.

Victorine genoss den kühlenden Fahrtwind, während sie das Golfcart lenkte. Es war kurz nach zehn Uhr vormittags, aber ungewöhnlich starke Hitze fraß sich bereits in das Land.

An Saumane hatte sie gute Erinnerungen. In der Nähe der Quelle der Sorgue, die in einer gewaltigen Grotte entsprang, hatten auch de Sades Gelüste ihren Anfang genommen: auf Schloss Saumane. Dort wuchs der junge Marquis Alphonse bei seinem Onkel, einem Geistlichen auf, der mehr an Sex als an Christus interessiert war. Unter dem Schloss verbarg sich ein vierstöckiges, in den Fels gehauenes Labyrinth mit fensterlosen Verliesen, in denen der Jugendliche seinen Onkel Abbé so manches Mal bei dessen geheimen Liebesspielen beobachtet hatte. Dieses Felsengefängnis zu besichtigen war nicht erlaubt – aber César hatte es trotzdem geschafft, eine Besichtigung zu arrangieren. Und noch mehr: Sie verbrachten einen wunderbaren Spieleabend dort, im Lichtschein von Fackeln, mit Natalie, Larissa und Jeanette in Fußeisen.

Victorine hielt jetzt das Cart neben César an. Wenn er nah an die Fahne kam, war ein Birdie drin, er würde fünf Lochgewinne vor Alexis liegen. Bei noch vier zu spielenden Bahnen uneinholbar.

Sie sah auf die Uhr. Ihr dienstbarer Geist müsste Julie bereits versorgt haben. Es würde dem Mädchen guttun, ein bekanntes Gesicht zu sehen. Victorine dachte an ihren ersten Morgen »danach«. Wie verwirrt sie damals gewesen war. Hin- und hergerissen zwischen Lust und Scham, zwischen der Ahnung, was Freiheit wirklich war, und dem Impuls, vor deren Größe zurückzuschrecken. Und gleichzeitig war etwas in ihr unendlich glücklich gewesen. Es war, als ob sie durch Schmerz und Angst einen Weg gefunden hätte, Liebe zu zeigen. Liebe zu fühlen. Als hätte sie endlich die jahrelange Einsamkeit und all die Traurigkeit über ihr graues Leben loswerden können. Sie war damals neu geboren worden.

Und Julie? Würde auch sie dem Labyrinth ihrer versteinerten Gefühle entkommen sein?

Es passierte, als César seinen Probeschwung ausführte. Sein Telefon, das er im Getränkehalter des Golfcarts deponiert hatte, blinkte und vibrierte. Eine unterdrückte Nummer.

Césars Leben ist voller unterdrückter Telefonnummern, dachte Victorine. Wie hatte er es mal halb scherzhaft, halb todernst ausgedrückt? »Wenn du wirklich wüsstest, was ich alles für wen in dieser Republik tue, dann müsste ich dich töten, *chérie*.«

Jetzt klingelte das Telefon laut, das Geräusch ließ César den Abschwung verreißen, der Schläger erwischte den Ball nur flüchtig und toppte ihn ins Wasser.

»Das ist aber schade«, höhnte Alexis.

Gleichmütig ging César zu Victorine, die ihm sein Smartphone entgegenhielt. Sie musste feststellen, dass sie so ein

Modell noch nie gesehen hatte. Es sah irgendwie schussfest aus.

»Ja«, sagte César nur, als er das Gespräch annahm.

Victorine beobachtete, wie sich seine Miene nach wenigen Sekunden verhärtete.

»Ich verstehe. Was haben Sie bisher? ... Ja ... Verstehe ... Und, haben wir jemanden hier unten? ... Dann finden Sie es heraus!«

Er schob das Handy in seine Hosentasche. Dann zog er seine Handschuhe aus, setzte sich zu Victorine in das Golfcart und nahm eine kalte Flasche Perrier aus der Minibar.

»Was ist?«, rief Alexis. »Droppst du, oder spielst du einen zweiten Ball?«

»Du hast gewonnen«, teilte César ihm mit.

»Will jemand ein Gläschen Frigolet-Likör?«, fragte Phil, während er mit dem zweiten Golfcart näherkam.

César Alexandre sah von einem zum anderen, auf eine Art, die Victorine Gänsehaut verursachte, trotz der über dreißig Grad im Schatten.

Seltsamerweise lächelte César, als er sagte: »Das Mädchen ist tot. Sie wurde im Garten gefunden.«

»Wie bitte? Julie?«, fragte Victorine ungläubig, fast in der Hoffnung, dass César doch jemand anderen meinen könnte.

Er nickte. »Ja. Julie.«

Victorines Sichtfeld verengte sich schlagartig. Es war, als sackte sie in einem Fahrstuhl nach unten. Nein – als öffnete sich der Boden des Fahrstuhls unter ihren Füßen.

*Herr im Himmel. Wir haben Julie vergiftet!*

Alexis machte so etwas wie »Puh«, Philippe atmete schwer aus.

*Oder sie hat sich umgebracht, vor Kummer. So wie damals auch ...*

*Nein. Denk nicht an Lacoste.*

»Hat sich die dumme Gans etwa erhängt?«, fragte Alexis.

»Mein Gott, Alexis!«, herrschte Victorine ihn an.

»Gut, dass ich den Vertrag gestern noch in den Schranksafe gelegt hab«, murmelte Philippe.

»Was ist nur mit euch los?«, zischte Victorine und wandte sich dann an César: »Bitte, was ist denn geschehen, was ist mit Julie?«

Er reagierte nicht, sondern zeigte zu den Abschlägen der 14, wo der nächste Vierer-Flight auflief. Die vier zogen sich an den Rand des Fairways zurück, um die Gruppe vorbeizulassen.

Victorine hätte am liebsten laut geschrien. Sie sah zu Alexis und Phil, die die Köpfe zusammensteckten.

Wieder ging Césars Handy.

»Sprechen Sie, Mireille«, sagte er sehr ruhig. Er hörte zu, nickte, legte dann schweigend auf.

»Ein Gendarm hat in meinem Frontbüro angerufen«, erklärte er dann endlich. »Ein Sergeant Brell, aus Mazan, wurde an mein Büro weitergeleitet, dort ist man instruiert. Um es kurz zu machen: Im Garten unserer Residenz liegt Julie, tot.«

Er machte eine Pause, um die vorbeiziehenden Spieler mit einem freundlichen Nicken zu begrüßen.

Ich hasse dich, dachte Victorine. Ich hasse dich und deine elenden Folterspiele, dieses Aufhören mitten im Redefluss, dieses Leben, das du uns aufzwingst, ich …

Da fragte Alexis mit mühsam beherrschter Stimme: »Seit wann ermitteln, bitte sehr, Provinz-Gendarmen in Todesfällen?«

»Tun sie nicht. Ein Lieutenant Matéo leitet die Ermittlung.«

»Was ist mit Julie passiert?«, drängte Victorine. Sie spürte wieder die tiefe, permanente Furcht vor dem Tag, an dem sie zu weit gehen würden, an dem der Tod sich für ihre Lust rächte.

Césars Antwort fiel kühl, ja fast verächtlich aus: »Das Mädchen wurde erwürgt.«

Victorine beobachtete ihre Freunde.

*Alexis: Wie vom Donner gerührt, zutiefst irritiert, als ob ... als ob er sich fragt, was er getan haben könnte, ohne es mitbekommen zu haben.*

Sie hatten sich gestern Abend voneinander getrennt, jeder war seiner Wege gegangen. Das war oft so, nach den Spielen. Es war, als müsste sich jeder wieder in seinen eigenen geschützten emotionalen Raum zurückziehen, müsste seine Maske, seine Tarnung, mit der er in dieser Welt überlebte, wiederfinden und aufsetzen.

*Phil: Sein Großvater-Bonbon-Gesicht hat jede Schlaffheit verloren, so sieht er unter dem ganzen Fett aus – ein grausamer Mann, der sich vor allem um sich selbst fürchtet.*

*Alexandre: Er überlegt schon, was es für uns bedeutet, wie er es lösen kann, das Problem. Darauf reduziert er es doch.*

Vics Gedanken dauerten kaum zwei Lidschläge lang. Sie reichten, um Misstrauen zu schüren.

»Weiß man schon, dass das Haus uns gehört?«, hörte Victorine von weit her Philippe fragen, der auch schon die nächsten Schritte durchdachte.

»Nein«, antwortete César. »Mein Büro hat unsere Namen selbstverständlich nicht herausgegeben. Ob es allerdings dabei bleiben soll, dessen bin ich mir nicht ganz sicher. Es könnte den Verdacht vergrößern.«

»Verdacht?«, fragte Alexis aggressiv. »Was willst du damit sagen?«

»Ich will damit sagen, dass wir die Hauptverdächtigen sind, das dürfte dir doch klar sein. Bist du übrigens gestern noch mal ins Haus zurück?«, fragte César den Richter unumwunden. Die Miene Lagadères verdunkelte sich.

»Ich wüsste nicht, was ich da sollte«, gab er eisig zurück.

»Dir holen, was du gestern Abend nicht bekommen hast. Du kannst es doch nie abwarten, bis die Tinte unter dem Vertrag trocken ist und du sie auf deinen Lieblingsstuhl setzen kannst.«

»Durchaus geschickt, César, mir das zu unterstellen. Vielleicht, um von dir selbst abzulenken?«

Philippes Blick zuckte zwischen Alexis und César hin und her. »Ich bitte euch, liebe Freunde ...«

*Aber ist wirklich keiner von euch zurückgegangen? Ihr Bastarde, euch reicht es doch nie! Zuzutrauen ist es am ehesten Alexis. Ein aggressiver Satyr. Fühlt nur etwas, wenn er anderen Schmerzen zufügt, kann sich selbst nur in den Tränen der Frauen wirklich sehen.*

In einem Moment völliger Klarheit sah Victorine die Diskrepanz zwischen ihrem Verdacht und ihrem Kalkül: Ja, sie traute Alexis einen Mord zu – aber würde er überführt und verurteilt, wäre er nicht mehr einer der ranghöchsten Strafrichter von Paris. Und das war ein sehr nützlicher Posten für sie alle.

*Und du, Philippe? Hast du sie erwürgt mit deinen schönen roten japanischen Seilen? Hast du die Zügel schießen lassen, ganz so, wie es unser verdammter Meister der menschlichen Rasse nachsagte: dass wir alle uns tief im Herzen danach sehnen, zu quälen und zu töten? Hast du endlich mal wieder eine Erektion gehabt, weil du dich am Töten aufgeilst? Ist das dein Viagra?*

»Ach, leck mich, César!«, blaffte Alexis und wandte sich ab, um zu Amaury in den zweiten Wagen zu steigen. »Nun fahr schon, Phil!« Nach kurzem Zögern und einem entschuldigenden Achselzucken zu Victorine fuhr Philippe Amaury los.

»Ich kann diesen selbstgerechten Pisser nicht mehr sehen«, hörte sie Alexis noch sagen.

Victorine wischte sich die feuchten Hände an ihrer Leinenhose ab, bevor sie das Lenkrad des Golfcarts umklammerte und vorsichtig anfuhr.

César neben ihr lehnte sich zurück, schloss die Augen.

»Schaffen wir das?«, fragte Victorine nach einer Weile.

*Und hast du das Mädchen getötet?*

»Nun ja. Wir haben ein Problem und müssen jetzt gut aufpassen. Wir müssen herausfinden, was passiert ist. Wer dieser Lieutenant Matéo ist. Was er kann. Was er will. Was er weiß und was er glaubt zu wissen. Und dann müssen wir aktive Schadensbegrenzung betreiben.«

»Die Mordermittlungen können uns in eine sehr peinliche Lage bringen«, sagte Victorine.

Ein angesehener Pariser Strafrichter, ein Notar der Regierung, eine Bürgermeisterfrau und ein hochrangiger Mitarbeiter des Innenministeriums bei ihren delikaten Spielchen mit einer jungen Frau, die am Ende tot im Garten lag. Einen solchen Fall würden nicht einmal die Franzosen mit ihrer libertären Einstellung für erotische Eskapaden tolerieren.

»Meine Liebe, wenn es nur peinlich wäre, hätte ich eben nicht das Spiel abgebrochen«, korrigierte César mild. »Die Sache kann zum Desaster werden.«

Victorine wusste, an was er dachte. Alexis, der Richter, war mit dem Fall Strauss-Kahn befasst. Philippe, der Notar, arbeitete für den Élysée-Palast. Und Victorine? Ihr Mann galt als aufsteigender Stern am Polit-Himmel.

Sie konnte sich jedoch nicht im mindesten vorstellen, was geschehen würde, wenn man Césars Leben bloßstellte. Alles, was Victorine wusste, und auch das nur von ihrem Ehemann, dem César wohl bei einer »Peinlichkeit« geholfen hatte, war, dass César Alexandre seit 2008 eine nicht einmal dem Präsidenten bekannte Abteilung im französischen Geheimdienst DCRI leitete. Victorines Mann François hatte gemutmaßt, dass es Alexandres Abteilung gewesen war, die im Bettencourt-Skandal ein paar staatlich geprüfte Einbrecher losschickte und Journalisten um ihre Computer mit den Recherchen und Beweisen der Bestechungen erleichterte.

»Hast du der Kleinen mehr als sonst gegeben, dass sie daran gestorben sein könnte?«, fragte César in Vics Gedanken hinein.

»Natürlich nicht. Außerdem hatten wir alle etwas im Bonbon, und wir leben noch.«

»Traust du Alexis? Ich habe gehört, wie er nachts noch mal seine Suite verlassen hat, dachte aber, dass er nur in den Hotelgarten wollte.«

*So? Hörtest du? Oder willst du mich das nur glauben machen?*

»Ein kluger Mann hat mir einmal gesagt: ›Wenn du beginnst, vertrauen zu wollen, bist du schon halb tot.‹«

»Ja, ich erinnere mich. Es war in einer Situation, die ich sehr genossen habe. Du warst nur mit einem Seil bekleidet.«

»Bekleidet? Es lag um meinem Hals!«

Als sie sich daran erinnerte, kam jäh die Angst.

*Was ist, wenn es doch César war? Aus Versehen? Ein Unfall?* Ja, es konnte jedem von ihnen geschehen. Das machte ja auch den Reiz des Spiels aus.

Oder war es keiner von ihnen gewesen?

Erst dieser dritte Gedanke jagte Victorine Hersant wirklichen Schrecken ein. Was war mit ihrem ach so dienstbaren Geist? Sollten sie ihn nicht besser gleich anzeigen?

Bevor sie César fragen konnte, meinte dieser: »Wieso hast du dich eigentlich nie von François scheiden lassen? Und mich geheiratet?«

»Weil ich nicht immer frieren wollte, César.«

Er lachte kurz und hart auf.

Victorine fragte ernst: »Glaubst du, Phil oder Alexis sind fähig, ein Mädchen zu erwürgen? Oder ...«

»Ich weiß, dass jeder Mensch zu allem fähig ist, Vic.«

Sein Telefon vibrierte. Offenbar eine SMS, an die ein weiteres Dokument angehängt war, denn er las lange. Als er fertig war, hatte sich Césars Laune sichtbar gehoben.

»Gut«, sagte er. »Sehr gut. Wir haben einen Mann vor Ort. Er wird uns bei der Schadensbegrenzung helfen.«

So etwas Ähnliches hatte César damals auch gesagt. In Lacoste. Schon damals regelte César alles, nahm alles in die Hand. Und jetzt schien sich das Ganze zu wiederholen.

Sie fuhren schweigend nach Mazan zurück. Manchmal sahen sie Alexis' BMW vor sich auf der kurvigen Passstraße. Victorine starrte hinaus in diese bittersüße Landschaft, die so gar nicht zu der Katastrophe passte. Einsame Gehöfte, umgeben von Lavendelfeldern. Kantige Kapellen, zerklüftete Hügel mit Stechginsterdickichten, Beerensträucher und Zypressen. Sie hatte die Verwandlungsfähigkeit des Vaucluse immer geliebt. Am Tage spröde, kantig und verbrannt, am Abend weich, golden und von einer Süße, die Victorines Seele wiegte.

Als sie in Mazan in die steile Zufahrt des Hotelparkplatzes einbogen und darauf warteten, dass sich das schwere, weiße Stahlschwingtor öffnete, bat Victorine César: »Du darfst mich nicht anlügen. Versprich mir, dass du mich nie anlügen wirst. Auch wenn du mich danach umbringen musst. Ich könnte es nicht ertragen, nicht zu wissen, ob du ... ob du fähig bist ... ich bitte dich. Um unserer Liebe willen. Falls es jemals eine gegeben hat.«

Er fuhr mit durchdrehenden Reifen auf den gekiesten Parkplatz.

»Victorine Hersant«, begann César dann leise, als er den Motor seines Mercedes ausgeschaltet hatte. »Hast du dich nie gefragt, warum ich mich nie an eine Frau gebunden habe?«

Sie schüttelte den Kopf. In seinen schwarzen Augen loderte etwas, das ihr Angst machte. Sie hatte noch nie zuvor wirklich Angst vor César gehabt. Niemals vor seiner Kraft. Niemals vor seiner Fähigkeit zu lügen, sich zu verstellen und im Hintergrund seine Strippen zu ziehen. Aber jetzt spürte sie Entsetzen in sich auf und ab wogen, wie Übelkeit, wie diese verfluchten Hitzewallungen.

»Ich werde noch ein, zwei Telefonate führen. Dann komme ich zu dir. Und wir reden. Auch mit unserem dienstbaren Geist. Ich traue ihm zwar keinen Mord zu. Ich weiß aber, dass jeder von uns seine Dämonen in sich trägt. Und es braucht nicht viel, um sie zu wecken. Wir sind alle Mörder, Victorine, nur wissen es die wenigsten.«

# 18

Und was jetzt?«, fragte Rocky.
Gute Frage. Das Château war riesig. Und voller Menschen. Wie sollten sie die Frau da finden? Und wie sollten sie überhaupt unbemerkt hineinkommen? Zwar stand die Eingangstür offen, doch unterhielt sich auch dort eine Gruppe Menschen.

»Gibt es noch einen anderen Eingang?«, fragte er.

»Ja«, gab Rocky zurück, »die Küche gleich dort hinter der Ecke. Aber da haben sie es nicht so gern, wenn Katzen herumschnüffeln.«

»Auf der anderen Seite gibt es einen großen Garten«, sagte Manon. »Dort wohnen auch Menschen und – jetzt fällt es mir wieder ein – dort habe ich … habe ich …« Die Kätzin atmete heftiger.

»Julie?«, fragte Mazan leise.

»Ja«, flüsterte Manon. »Sie war dort. Vor ein paar Tagen.«

»Gut«, entschied Commissaire Mazan. »Dann muss ich da hin. Wie komme ich …?«

»Hey, was macht ihr denn da?«

Alle drei Katzen wandten sich zu der piepsigen Stimme um.

»Tin-Tin«, schalt Manon. »Bist du schon wieder ausgebüxt? Und was ist mit deinem Dingeling?«

»Ist schon wieder kapuhutt. Und bei Dreibein ist es so laaangweilig. Immer muss ich auf ihren Schoß und fressen.«

»Na, du hast Probleme«, bemerkte Rocky ironisch.

»Hier bist du kleiner Schlingel also!«, rief Louise, die im raschen Galopp die Gasse hinabeilte. »Dreibein humpelt durch die Straßen und sucht überall nach dir. Also ab nach Hause!«

»Ooooch, Louiiiiiise.«

»Keine Widerrede.«

»Uff, warum musst du denn, hmpff, so rennen, Louise?«

»Hey, Oscar«, feixte Rocky, »du hast ja tatsächlich einen zweiten Gang, in den du hochschalten kannst.«

»Sehr witzig, du roter Flokati.«

»Vorsicht, Dicker, sonst kannst du gleich mal ausprobieren, ob da noch ein dritter Gang ...«

»Sagt mal«, unterbrach Mazan das kleine Scharmützel, »meint ihr nicht, dass das ein bisschen auffällig ist, wenn hier sechs Katzen auf einem Haufen hocken?«

»Sechs?«, fragte Oscar erstaunt. »Wir sind zu sechst?«

»Oscar hat es nie so mit dem Zählen«, klärte Louise Mazan auf.

»Auf jeden Fall stört ihr hier.«

»Wobei?«, fragte Oscar neugierig.

»Mazan will in den Garten des Châteaus«, erklärte Rocky.

»Ich auch, ich auch!«

»Auf keinen Fall, Tin-Tin!«, mahnte Louise streng.

»Gibt es da etwas zu fressen?«, fragte Oscar hoffnungsvoll.

*Verdammt! Was ist das nur für ein Haufen?*

Mazan entschied, dass er etwas gegen diese Katzenparade unternehmen musste. Er musterte Manon. Nein. Die war zu nervös, um ihn zu begleiten. Also Rocky.

»Kannst du mir den Weg zeigen?«, fragte er.

»Okay«, meinte der nur.

Dann wandte Mazan sich an die Schattenweiße. »Louise«, bat er sie, »bringst du Manon und die beiden Jungs von hier weg?«

»Gern«, antwortete die Siamkatze mit einem amüsierten Glitzern in den Augen. Wahrscheinlich war sie die Einzige, die merkte, dass hier ein neuer Kater den Ton angab.

»Ich lass dich jetzt besser allein«, sagte Rocky, als sie wenig später, nebeneinander sitzend, von der alten Mauer in den parkähnlichen Garten hinabschauten. Mazan bedachte ihn mit einem Seitenblick. Hatte der große Kerl etwa Angst?
»Weißt du, ich bin im Château nicht gut gelitten«, erklärte Rocky. »Hab denen mal einen ganzen Fisch geklaut. Da sind sie mir mit dem Hackebeil hinterher. Ist also besser, wenn du von hier aus allein weitermachst.«
Rocky haute aber nicht ab, sondern blieb neben ihm sitzen.
»Wie geht's dem Bein?«, fragte er zögernd.
»Halb so schlimm«, behauptete Mazan.
Rocky leckte sich nachdenklich über das Maul. Dann meinte er:
»Du hast mich ganz schön überrascht. Da bin ich wohl ein bisschen … na ja, wütend geworden.«
»Ist schon okay.«
Rocky schaute sich um, aber natürlich waren sie allein.
»Warum?«, fragte er leise.
»Was, warum?«
»Stell dich nicht blöd. Du weißt, was ich meine. Verdammt, du hattest mich schon. Warum hast du mich nicht fertiggemacht?«
Rocky hatte es also gemerkt.
»Ich weiß nicht. Vielleicht hatte ich keine Lust auf deinen Job hier.«
Es gab nur wenige Katzen, die grinsen konnten. Rocky war eine von ihnen.

»Das werde ich mir merken, Commissaire Mazan«, sagte er noch, bevor er von der Mauer zurück in die Gasse sprang.

Die unteren Zimmer des Hotels besaßen kleine Terrassen, die praktischerweise von dichtem Gebüsch mit duftenden Blüten umgeben waren. So konnte Commissaire Mazan sich unbemerkt in unmittelbarer Nähe bewegen. Die erste Terrassentür stand offen, aber im Zimmer dahinter war nur ein Mann mit einem Telefon am Ohr. Mazan wollte schon weiterschleichen, als er den Fremden etwas sagen hörte, was ihn jäh verharren ließ:

»... und was haben Sie über diesen Lieutenant Matéo, Mireille?«

Lieutenant Matéo?!

Mazan horchte auf. Obwohl der fremde, große Mann mit dem so unglaublich intensiven Kraftgeruch das Telefon dicht ans Ohr presste, konnte Commissaire Mazan eine andere Stimme im Gerät hören. Kaum ein Wispern. Es war eine Frau. Wenn er noch ein paar Schritte näher rankäme, könnte er verstehen, was sie über Lieutenant Matéo sagte.

Er huschte über die sonnenwarme Terrasse bis dicht an die Tür mit den sich bauschenden Vorhängen und lauschte angestrengter.

»... aus Marseille ... muss was angestellt haben ... in diese Kleinstadt versetzt ...«

»Haben wir jemanden in Marseille, der das für uns herausfinden kann?«, fragte der Mann.

Ein heiseres weibliches Lachen, dann: »Ein halbes Dutzend.«

»Schön. Wir müssen diesem Lieutenant klarmachen, dass er sich nicht zum Helden aufzuspielen hat. Finden Sie raus, ob er Schulden hat. Oder große Träume. Ob er etwas braucht. So sehr braucht, dass ihm alles andere egal ist. Und dann organisieren Sie mir noch einen Termin mit unserem Mann vor Ort … Ja, noch heute, unbedingt. Erinnern Sie ihn aber noch nicht an seinen Ausrutscher von vor zwanzig Jahren, das übernehme ich. Er wird schon neugierig genug sein, wenn sich Paris direkt bei ihm meldet.«

Der Mann beendete sein Gespräch und verschwand durch eine schmale Tür an der Seitenwand des Zimmers. Kurz darauf hörte Mazan das Geräusch fließenden Wassers.

Commissaire Mazan versuchte, sich einen Reim auf das belauschte Gespräch zu machen. Er war sich sicher, dass dieser Mann etwas mit Lieutenant Matéo vorhatte. Und zwar nichts Gutes. Darum würde er sich das Gesicht des Mannes merken. Es besaß etwas Raubvogelartiges, die dunklen Augen, die hohe Stirn, die Strenge seiner Gesichtszüge.

Mazan hörte, wie jemand an die Tür der Suite klopfte.

»*Entrez!*«, sagte der Raubvogelmann lässig.

»Monsieur Alexandre, Sie wollten mich sprechen?«

Commissaire Mazan spähte ins Innere.

Nein!

Es war, als ob er mitten in einen Alptraum fiele.

Das war er! Der Mann, der ihn im Garten des unheimlichen Hauses ergreifen wollte und wegen dem er sich bei der Flucht den Rücken aufgerissen hatte! Und bestimmt war das auch der Mann, der das Gift auslegte.

Mazans Instinkte schrien geradezu danach, sofort das Weite zu suchen. Dennoch blieb er. Er musste wissen, warum dieser Mann Katzen tötete. Und wie das mit Lieutenant Matéo zusammenhing. Deshalb zwang er sich, sich wieder auf das Gespräch der beiden Männer zu konzentrieren.

»Sie haben ja wahrscheinlich schon mitbekommen, dass wir ein kleines Problem haben.«

*Ach ja?*

Unwillkürlich fuhr Mazan seine Krallen aus.

»Ein kleines Problem?«, wiederholte der Giftmann ungläubig.

Mazan spürte, wie die beiden Männer sich belauerten. Sie ähnelten zwei Katern, die umeinander herumschlichen und von denen keiner bereit war, als Erster zu signalisieren, ob er kämpfen oder sich unterwerfen wollte.

»Ich denke, wir sollten unsere Strategie absprechen«, sagte der große Mann mit dem enormen Kraftfeld. Wie hatte der andere ihn angesprochen?

*Monsieur Alexandre.*

Er war der Dominantere von beiden. Bei dem Giftmann spürte Mazan vor allem, dass er versuchte, sich zu beherrschen. Wie er seine Gefühle hinter seiner mühsam aufrechterhaltenen Fassade von Gleichmut zu bändigen versuchte. Doch für die Sinne einer Katze waren Zorn und Angst deutlich zu erkennen: an dem Geruch, der Farbe und am Klang der Stimme.

*Angst wovor?*

Vor Monsieur Alexandre? Ja. Zudem war er wütend auf sein Gegenüber. Aber wieso?

»Die Polizei war bereits hier«, sagte er wichtigtuerisch.

Alexandre schnalzte mit der Zunge. »Das ging ja schnell. Und was haben Sie denen erzählt?«

»Natürlich nichts, was Sie oder mich kompromittieren könnte. Aber Monsieur Alexandre, warum war Julie bei Ihnen? Was ist dort passiert, und warum …?«

Alexandre hob die Hand. Sofort schwieg der andere.

Wieder nahm Mazan Unterwürfigkeit und gleichzeitig Wut bei ihm wahr. Zwar gehorchte er Monsieur Alexandre. Doch das Kräftemessen war noch nicht entschieden. Alexandre sollte ihm besser nicht den Rücken zuwenden.

»Wir haben mit dem, was im Garten des Hauses geschehen ist, nichts zu tun. Aber ich bin mir sicher, dass Sie auch nichts anderes kommunizieren würden.«

»Aber wollen Sie denn gar nichts tun? Sie müssen doch …«

»Überlassen Sie mir, was wir tun müssen! Und auch, welche Informationen in welcher Reihenfolge gegeben werden.«

Der Giftmann ballte seine Hände zu Fäusten.

»Das verstehen Sie doch, oder?«, fragte Alexandre mit einem Unterton in der Stimme, der in dem anderen einen Sturm der Gefühle auslöste. Wieder sah Mazan eine Wolke aus Angstschweiß und Unruhe, die den Mann umwogte wie ein Mückenschwarm.

»Gewiss, Monsieur«, antwortete er beherrscht.

*Du lügst, du Katzenvergifter! Du hast nur Angst, weil du auch in dem Garten warst!*

»Also, ich nehme an, es war dieser Lieutenant Matéo, der Sie befragt hat und wissen wollte, ob Sie das Haus kennen?«

»Pardon, Monsieur?«

»Lieutenant Matéo«, wiederholte Alexandre ungeduldig, »was …«

Doch ehe er fortfahren konnte, sagte der Giftmann mit kaum unterdrückter Genugtuung: »Nicht dieser Lieutenant Matéo. Sondern diese. Lieutenant Matéo ist eine Frau.«

Monsieur Alexandre entfuhr ein kleines: »Was?« Er atmete tief durch, dann zuckte ein Lächeln um seine Mundwinkel. »Schön. Das vereinfacht die Angelegenheit«, sagte er schließlich mehr zu sich selbst.

»Ich fürchte, da unterschätzen Sie diese …«, begann der Giftmann, doch wieder unterbrach Alexandre ihn:

»Ich bin sicher, dass dieses Unglück sich in Kürze aufklären wird. Bis dahin werden wir selbstverständlich unsere schützende Hand über Sie halten.«

»Über mich? Aber, ich habe doch gar nicht …«, begann der Besucher und stockte, als ihm die versteckte Drohung auffiel.

»Es wäre jammerschade, wenn einer von uns jetzt die Nerven verlieren würde, nicht wahr?«, warnte Monsieur Alexandre noch einmal deutlicher.

»Sicher. Wie Sie meinen, Monsieur.«

»Gut. Ich werde mich um diese Lieutenant Matéo kümmern und freue mich, dass ich mich weiterhin auf Ihre Diskretion verlassen kann«, sagte Monsieur Alexandre leichthin und wandte sich dann von ihm ab und zur Gartentür. Zu schnell, als dass Commissaire Mazan reagieren konnte.

Monsieur Alexandre entdeckte ihn.

Dann bemerkte auch der Giftmann den Kater.

»Verflucht«, stieß er gepresst hervor und machte einen Schritt auf die Terrasse und Mazan zu. Doch Monsieur Alexandre hielt ihn mit einer knappen Handbewegung auf.

»Das wäre dann alles.«

Das Letzte, was Mazan noch mitbekam, war der bösartige Blick des Giftmannes. Dann machte er, dass er davonkam. Zurück in den Schutz der Büsche.

Mit klopfendem Herzen schlich er weiter, als ihm mit einem Mal der Duft der Frau in die Nüstern stieg. Jener Frau, deren Spur er mit Manon und Rocky vom unheimlichen Haus aus bis hierher gefolgt war. Vorsichtig schnuppernd näherte er sich der offenen Terrassentür, aus der der Geruch in den Garten zog.

Niemand zu sehen.

Sollte er in das Zimmer hineingehen? Keine gute Idee. Die Frau hatte mit Julies Tod zu tun. Und mit dem Haus. Das hieß, dass sie womöglich auch mit dem Gift zu tun hatte, das in »seinem« Garten ausgelegt worden war.

Einerseits.

Andererseits war er hier, um herauszufinden, wer sie war.

Schritt für Schritt tastete er sich ins Zimmer vor.

Als er sich gerade bis unter den Glastisch gepirscht hatte, öffnete sich die Tür zum Bad. Er erstarrte.

»Na, hallo«, sagte die Frau überrascht und mit weicher Stimme.

Schon wollte er mit einem Satz wieder nach draußen hechten, als ein Schatten in der Terrassentür auftauchte. So kraftvoll. So dunkel. Monsieur Alexandre!

Commissaire Mazan saß in der Falle.

Monsieur Alexandre sah auf ihn herab und lächelte. Es war kein nettes Lächeln.

»Bonjour, Spion des Teufels«, sagte er.

Und dann schloss er die Tür hinter sich.

Nein!, dachte Commissaire Mazan.

»César, ich bitte dich. Du machst ihm Angst.«

Der Mann beachtete die Frau nicht. Ohne Mazan aus den Augen zu lassen, ging er vor dem Kater in die Hocke. Der duckte sich immer noch unter den Glastisch.

»Warum sonst leuchten ihre Augen in der Nacht und paart sich die Kätzin mit dem Kater so ungeniert auf der Straße?«

Mazan wich weiter zurück, der Mann lachte leise.

»César, lass doch.«

Er schaute zu der blonden Frau auf. »Wusstest du, dass beim ersten Versuch des Teufels, auch einen Menschen zu erschaffen, Katzen entstanden sind?«

»Nein. Und lass doch bitte jetzt den armen, kleinen Kerl in Frieden«, bat die Frau. »Du hast ihn ja völlig eingeschüchtert. Schau nur mal, wie er die Ohren anlegt.«

Der Mann erhob sich mit einem Seufzer und ließ sich in einem gestreiften Sessel neben der Terrassentür nieder. Dafür beugte sich nun die Frau zu Commissaire Mazan hinab. »*Salut*, mein Kleiner«, sagte sie lockend. »Dir tut hier keiner was. Wo kommst du denn her?«

Während die Frau weiter auf ihn einredete, zwang Mazan sich, seine Optionen zu durchdenken. Er war diesen Menschen ausgeliefert. Sicher, er könnte jetzt den großen, bösen Kater spielen. Mit Kratzen, Fauchen und Randale. Aber würde ihm das weiterhelfen?

Commissaire Mazan begriff schlagartig, welche Möglichkeiten sich ihm eröffneten, wenn er einfach bliebe.

*Spion. Spion des Teufels.*

Es hatte ihn immer gewundert, dass die Menschen der selbstherrlichen Auffassung waren, Katzen könnten nicht verstehen, was sie von sich gaben. Daran hatten er und seine Art sich schon gewöhnt. Doch erst jetzt wurde ihm klar, was das bedeutete: dass er sie belauschen konnte, ohne dass sie Verdacht schöpften!

Er musste nur auf die Schmeicheleien der Frau eingehen. Dafür musste er allerdings etwas tun, was er über die Maßen hasste.

*Für Lieutenant Matéo. Und die Katzen. Und gegen die Schatten.*

Vorsichtig schnupperte er sich der schlanken Hand entgegen, die die Frau ihm hinhielt. Voller Unbehagen schloss er die Augen, als sie ihm vorsichtig über den Kopf streichelte.

»Ja, mein Kleiner, ist ja gut. Ach herrje, dein armes Ohr. Und auf dem Rücken hat es dich auch ganz übel erwischt. Na, komm mal her.«

Mazan wusste, was nun folgen würde. Und es kostete ihn seine ganze Selbstbeherrschung, der Frau nicht den Arm zu zerfetzen, als er ihre andere Hand an seinem Bauch spürte und sie ihn hochhob. Sie trug ihn in ihren Armen, eng an sich gedrückt, wie ein hilfloses Ferkel.

*Für Lieutenant Matéo. Für Manon. Für die Katzen.*

Die Frau setzte sich in den zweiten Sessel und bettete Mazan auf ihren Schoß. Kurz zuckte er zurück, doch sofort strich die Hand wieder über seinen Kopf, sorgsam darauf achtend, dass sie sein verletztes Ohr nicht berührte.

»Ruhig.« Er hätte am liebsten auf ihren glatten, hellen Rock gekotzt.

Da lachte der Mann. »Du wirst es nie lernen, Vic.«

*Vic?*

»Was denn? Angst zu verbreiten, so wie du?«

»Nein, Vic. Zu herrschen.«

Diese Vic roch nach süßen Blumen und nach Kummer. Nach Bitterkeit, Trauer, Verzweiflung. Mazan spürte auch, dass ihre weibliche Kraft am Erlöschen war. Ihre Fruchtbarkeit. Vic war im Begriff, eine alte Frau zu werden. Es rührte ihn in der gleichen Weise, wie ihn Rockys Verstümmelung gerührt hatte. So legte er unter den streichelnden Händen den Kopf auf seine Pfoten. Er erinnerte sich, dass es traurige Menschen tröstete, wenn sie eine Katze streichelten.

»Unser Adlatus war eben bei mir«, begann Monsieur Alexandre, den Vic »César« genannt hatte.

»Glaubst du, er … er hat Julie …?«, fragte Vic César mit einem leichten Beben in der Stimme.

Der antwortete mit einem kühlen Blick.

»Möglich, doch auch das wäre für uns keine komfortable Situation. Schließlich arbeitet er schon seit geraumer Zeit für uns und ist damit über unsere Aktivitäten auf dem Laufenden.«

»Und wenn er uns erpressen will?«

»Ach, Vic«, erwiderte César träge, »glaubst du nicht, dass ich diese Möglichkeit bereits von Anfang an einkalkuliert habe? Jeder Mensch hat etwas zu verbergen. Egal, was er über uns weiß oder zu wissen glaubt, es ist nichts gegen das, was ich über ihn aus dem Hut zaubern und ihm anhängen kann.«

Vic kraulte Mazan hinter dem heilen Ohr.

»Sei froh, kleiner Kater«, sagte sie voller Wehmut, »dass du mit diesen hässlichen Dingen nichts zu tun hast.«

Mazan gewährte ihr ein leises Purren.

»Ich habe Angst, César«, gab sie dann zu.

»Wovor?«

»Davor, dass du es warst. Oder Alexis. Oder Philippe. Davor, dass es keiner war, aber dass wir trotzdem zerstört werden, einfach zerstört, ja.« Ihre Stimme brach.

»Das wird nicht passieren«, antwortete er ruhig. »Dafür sorge ich.«

Das Schweigen zwischen ihnen war warm.

Da klopfte es an der Tür. Mazans Kopf fuhr herum. Ohne auf ein *Entrez* zu warten, betrat ein Mann das Zimmer.

»Komm doch rein, Alexis«, sagte Victorine deutlich kühler.

»Wir sollten abreisen«, verkündete der Neuankömmling. Seine Ausstrahlung war hart und grausam.

Alexis. Commissaire Mazan prägte sich auch diesen Namen ein. Ein zweiter Mann, kleiner und rundlich, kam hinter Alexis ins Zimmer und schloss die Tür.

»Alexis hat recht«, sagte er mit leiser Stimme. »Bald werden die Journalisten kommen, und wir sitzen auf dem Präsentierteller. Ich habe keine Lust, meinen Namen in diesem

Zusammenhang in der Zeitung zu lesen. In Paris können wir besser reagieren, dort haben wir unsere Freunde. Hier haben wir niemanden.«

Mazan sah, wie um Césars Mund ein Lächeln spielte. Er verheimlichte ihnen also, dass sie vor Ort »jemanden« hatten.

»Wozu sollen wir noch bleiben?« Alexis ließ sich auf dem Bett nieder. »Um darauf zu warten, dass irgendwelche kleinen Beamten uns Fragen stellen? Uns?« Er schüttelte unwillig den Kopf und murmelte: »Ich kann's nicht fassen.«

Mazan, der seinen Kopf wieder auf die Pfoten gelegt hatte, beobachtete Monsieur Alexandre. Der schien der Chef dieses Rudels zu sein.

César hatte die Augen geschlossen. Als er sie wieder öffnete, schien er einen Entschluss gefasst zu haben.

»Folgendes sollten wir bedenken: Offiziell wissen wir noch gar nichts von dem, was sich in der Rue de l'Ancien Hôpital ereignet hat. Die ersten Berichte werden morgen in den Zeitungen erscheinen. So lange haben wir Zeit zu handeln. Und glaubt mir, bis dahin wird noch einiges geschehen. Statt jetzt überstürzt und, wie ich finde, ziemlich auffällig abzureisen – immerhin haben wir für eine Woche gebucht –, sollten wir das morgen früh entscheiden. Dann werden wir auch nicht mehr die Einzigen sein, die ihre Koffer packen.«

Für einen stummen Augenblick kreuzten sich die Blicke der vier Menschen, und Mazan nahm die Spannung wahr, die zwischen ihnen herrschte. Er hielt es kaum noch aus, so aufgeladen war die Luft. Nur zwischen Vic und César schien ein, wenn auch mit Zweifeln durchsetztes Einverständnis zu bestehen.

»Na schön. Und was bitte sollen wir heute Abend machen?«, fragte Alexis gereizt.

César bedachte den Richter mit einem spöttischen Blick.

»Natürlich essen wir im L'Ingénue«, sagte er. »Ich habe uns bereits angemeldet.« Er machte eine kleine Pause. »Es gibt Täubchen mit Auberginenkroketten.«

# 19

Fast vier Stunden nach Auffinden der toten Julie wussten sie immer noch nicht, wem das verfluchte Haus Nummer 9 gehörte. Brell klapperte zusammen mit dem Nachtwächter der Wache, dem ehemaligen Gemeindevorsteher Aristide, die Nachbarn ab. Doch die meisten waren bereits bei der Arbeit in Carpentras und Avignon oder hielten sich grundsätzlich aus allem raus. Oder sie waren sich nicht sicher, ob und was sie Haus Nummer 9 betreffend wirklich beobachtet hatten. Wenige hatten Julie am Vorabend gesehen. Sie hatte ein einfaches Kleid getragen.

Brell fasste seine bisherigen Ergebnisse bei einem Telefonat zusammen: »Die meisten Altstadtbewohner haben die ganzen Jahre über angenommen, das Haus sei ein zu teures Ferienhaus, das selten jemand mietet. Niemand schaut da wirklich genau hin, dafür haben wir einfach zu viele Feriengäste in der Gegend.«

Zadira kannte dieses Phänomen nur zu gut. »Ferienhäusler« galten in der Provence grundsätzlich nicht als Individuen, sondern als variable Masse.

Um sich von ihrem Ärger und ihrer Unruhe abzulenken, konzentrierte sich Zadira auf den Paravent, den André Ugo vor dem Zugang zur Bar hatte aufstellen lassen, damit die Gäste, die aus dem Hotelfahrstuhl ins Foyer traten, so wenig wie möglich von Zadiras leiser Befragung der Angestellten mitbekamen.

Zadira kniff die Augen zusammen: Hielt einer der Jäger auf der bukolischen Szenerie des Paravents nicht eine Reitgerte hoch? Und der andere, der am Baum lehnte, hielt der nicht ein paar Trauben locker in Höhe seines Schritts, damit die auf ihn zukriechende Nackte erst das Obst und gleich danach noch etwas anderes lutschen konnte?

Dieses Hotel war in jeder Hinsicht anders als die normalen Touristen-Durchlauferhitzer. Das Essen, die Einrichtung, das Flair, die subtile Frivolität. Hierhin würde sich nie ein rotgesichtiger Niederländer in Flipflops auf der Suche nach Tomatensalat und Salamipizza verirren. Das Château de Mazan verkörperte jenes restadelige ländliche Frankreich, das sich Reisende wie Franzosen gleichermaßen erträumten.

Zadira hätte die Gäste des Hotels am liebsten trotzdem hereingewunken. In der wilden Hoffnung, dass der Hausbesitzer von Nummer 9 unter ihnen war. Oder ein Zeuge, der sich am Abend an Mazans stillen Gassen berauscht und Julie gesehen, ein *tête-à-tête* beobachtet hatte.

*Putain,* irgendeinen Hinweis!

Paul wäre prädestiniert, um mehr über seine wohlgeborenen Hausgäste zu verraten. Aber er tat es nicht. Er trauerte um Julie, aber seine Trauer reichte nicht aus, um Zadira mehr zu erzählen, als er von Rechts wegen musste.

*Er ist feige, er hat Angst. Wovor?*

Immerhin: Paul bestätigte Zadira, dass es heute Morgen keine Abreisen gegeben hatte, es standen nur einige Anreisen an. Zadira Matéo befürchtete trotzdem, Julies Mörder könnte einfach an ihr vorbeispazieren, in sein Auto steigen und nach Hause fahren, ohne jemals aufgegriffen und für seine Tat belangt zu werden.

Schlimmer noch: Sie befürchtete, nicht gut genug zu sein, ihn je zu finden.

»Wir sind nie gut genug«, hatte Zadira prompt Nicolas' Worte wieder im Ohr.

Während die Spurensicherung sich Julies Zimmer unter dem Dach im Nebengebäude vornahm, hatte Zadira mit dem gesamten Personal gesprochen. Bis auf den Oberkellner Gustave und den Koch-Azubi Dédé, der auf Einkaufstour durch das Vaucluse war. Alle hatten für den Tatzeitraum Alibis, und alle hatten ähnlich Nichtssagendes über Julie von sich gegeben: dass sie ein bisschen kokett war, sehr naiv, aber ordentlich zupacken konnte.

»Sie war ein unverfälschtes Bauernmädchen«, hatte der Chefkoch Frédéric voller Zuneigung gesagt.

»Sie hatte noch so viel vor«, bedauerte Madame Valentine, die Hausdame und damit Herrin über alle Zimmer des Hotels. Aber was genau, wusste sie auch nicht.

Keiner wusste wirklich etwas über Julie. Niemand hatte ihr je wirklich zugehört.

*Das ist das Gefährliche an den bösen Menschen. Nur sie interessieren sich für deine wilden Wünsche und bunten Sehnsüchte.*

Während sie auf den Raumteiler starrte, trat Monsieur Ugo mit zwei Tellern und Besteck hinter dem Paravent hervor.

»Es ist Zeit zum Essen«, sagte er. »Sie können nicht nur von Kaffee leben.«

Zadira sammelte ihre Notizen ein, und er servierte ihr ein duftendes Entrecôte, frisches Baguette, salzige Butter und einen liebevoll angerichteten Salat.

»Unser Koch Frédéric hofft, dass er Ihren Geschmack getroffen hat.«

»Hat er, sehr sogar. Danke.«

In Marseille hatte Zadira mittags nie im Sitzen gegessen. Ein schnelles Sandwich auf die Hand, an einem Tresen oder im Wagen, hatte reichen müssen, während der Kollege rauchte und sie beide dem Knistern der Funkgeräte am Gurt oder am Armaturenbrett lauschten. Immer bereit, das *panino* aus dem Fenster zu werfen und sofort loszurasen.

»Darf ich Ihnen ein Glas Rosé dazu empfehlen? Von unserem hiesigen Bio-Winzer Les Vignerons de Canteperdrix?«

»Empfehlen dürfen Sie. Ich trinke im Dienst allerdings keinen Alkohol.«

»Wein ist doch kein Alkohol«, behauptete Ugo charmant und ging hinter den Bartresen, um sich dort an einer der Kühlschubladen zu schaffen zu machen.

Als Drogenfahnderin sah Zadira längst jedes Bedürfnis, ob nach Drogen, nach Liebe oder nach Wein am Mittag, als Sucht an. Jeder Mensch war ein Junkie, davon war sie überzeugt.

Ugo stellte zwei Gläser und eine Flasche kupferfarbenen Rosé in einer durchsichtigen Designer-Kühltasche auf den Tisch. Dann setzte er sich in den Sessel, in dem auch die anderen Angestellten gesessen hatten.

»Was kann ich Ihnen denn noch über Julie erzählen?«, fragte er.

»Was Sie an ihr mochten«, schlug Zadira vor.

Ugo wirkte überrascht. Zadira sah ihm dabei zu, wie er unter gesenkten Lidern alle spontanen Antworten aussortierte. Julie war eine reizvolle junge Frau gewesen, und es war nun einmal so, dass Männern bei solchen Frauen nicht als erstes »clever, witzig, mochte Sudoku« einfiel.

Schließlich sagte Ugo mit Bedacht: »Ihren Respekt. Respekt vor den Dingen. Julie ging immer sorgsam mit allem um. Mit der Leinentischwäsche, den empfindlichen teuren

Blumen, mit allem, womit wir hier im Château unsere Gäste umgeben. Das lag an ihrer Herkunft. Sie war Luxus nicht gewohnt. Viele Menschen merken ja kaum noch, wie privilegiert sie leben.«

»Gab es je Beschwerden über Diebstähle?«

»Nein. In unserem Hause gab es nie einen Diebstahl. Unsere Gäste können uns vertrauen.«

Ugo reagierte empfindlich auf Angriffe auf das Hotel, stellte sie erneut fest. Er sprach dann immer von »unser Haus«. Wen meinte er wohl damit? Sah sich Ugo auf einer Ebene mit den Besitzern?

Während Ugo einschenkte, blitzte erneut das Gesicht von Nicolas, ihrem Ausbilder, vor Zadiras geistigem Auge auf.

»Die Brillanz eines Ermittlers liegt nicht in seiner Klugheit, Logik oder Wissen. Sondern darin, ob und inwieweit er dazu fähig ist, seine Eitelkeit herunterzufahren. Eitelkeit macht dich schwach, Zadira. Es ist besser, wenn man dich für dümmer hält, als du bist. Lass dich unterschätzen, und du wirst gewinnen.«

Als sie anstießen, bedachte André Ugo sie mit einem tiefen Blick.

*Flirtet der etwa mit mir?*

Sofort sprang ihr innerer Misstrauensseismograph an.

»Gibt es jemanden vom Personal, der mit Julie Schwierigkeiten hatte?«

Mit einer um eine Nuance tiefer klingenden Stimme antwortete er: »Dafür gab es keinen Grund, Lieutenant.«

»Und wenn sich jemand der Gäste eingebildet hätte, Julie machte ihm ein Angebot – was dann?«

Ugos Augen verengten sich. »Sie glauben, ein Gast hat sich an ihr gerächt, weil sie sich ihm verweigert hat? Aber wieso dann in dem Haus in der Altstadt?«

»Kennen Sie übrigens die Besitzer?«

Er überlegte, schüttelte dann den Kopf. »Tut mir leid, aber ich kenne mich in Mazan nicht sehr gut aus. Ich bin entweder im Hotel oder in meinem Haus in Bédoin«, sagte er. »Bédoin?«, log Zadira. »Wo ist das?« Sie war erst vergangenen Samstag nach ihrem kombinierten Bade-Kiff-Ausflug dort gewesen, in dem Winzerdorf am Fuß des Mont Ventoux, dessen Silhouette von einer trutzigen, wuchtigen Kirche dominiert wurde. Dort, in Bédoin, war das zweite Opfer der Mordserie gefunden worden, an die bislang offensichtlich nur sie und die Reporterin von *Le Dauphiné* glaubte. Zadira erinnerte sich an die Akten-Bilder der achtzehnjährigen Margot, die wie ein X zwischen zwei Olivenbäumen gefesselt gewesen war, erstickt mit einer Plastiktüte. In Bédoin waren zeitgleich außerdem mehrere Katzen gefunden worden, an Haustüren genagelt, das hatte ihr die Küsterin erzählt. Eine Verbindung aber hatte bisher niemand hergestellt.

Zadira nahm sich vor, herauszufinden, ob dieser brutale Akt einen Symbolwert besaß. Manche Verbrecherkartelle bedienten sich solch einer »Zeichensprache«. Aber auch Serienmörder waren häufig Tierquäler.

Ugo berichtete inzwischen, wie er aufgrund einer Stellenanzeige von Avignon hierhergekommen war und sich in Bédoin in ein altes, baufälliges *mas,* eine Bauernkate, verliebt hatte.

Zadira hatte sich entschlossen, es nun bei ihm auf die liebliche Tour zu versuchen. Sie brauchte seine Hilfe.

»Monsieur Ugo, ich muss Sie um etwas bitten, was Ihnen nicht gefallen wird«, begann sie. »Ich bräuchte …«

»Ich weiß, was Sie fragen wollen, Madame Lieutenant. Aber ich kann Ihnen unsere Gästeliste selbstverständlich nicht aushändigen. Auch wenn es für Ihre Arbeit und die Ermittlungen hilfreich wäre.«

Was kam jetzt? Die üblichen Beteuerungen, dass seine Gäste niemals fähig wären ... Ja, ja. Die meisten Menschen wollten einfach nicht wahrhaben, dass es mitten unter ihnen immer wieder Frauen und Männer gab, die Gesetze für irrelevant hielten. Und die töteten, ganz einfach, weil sie es *konnten*.

Doch Ugo überraschte sie.

»Aber ich kann Sie selbstverständlich nicht davon abhalten zu überprüfen, ob jemand auf unserem abgeschlossenen Hotelparkplatz geparkt hat, der zum Beispiel nicht unser Gast ist.«

Wieder sah er ihr tief in die Augen.

Gab dieser Mann ihr tatsächlich gerade zu verstehen, dass sie die Kennzeichen der Wagen seiner Gäste aufnehmen und im System abfragen könnte, um deren Namen und Adressen zu erfahren?

Das war halbseiden. Aber trotzdem ein Angebot.

André Ugo besaß ganz offensichtlich ein natürliches Gespür für die unmoralischen Bedürfnisse der Menschen. In seinem Beruf unabdingbar; aber gleichzeitig hatte Zadira das Gefühl, dass er auch sie, die Polizistin, zu einem nicht unerheblichen Teil durchschaute und einschätzen konnte.

Das gefiel ihr weniger.

Da erschien Paul nervös im Eingang zur Bar.

»Sie sollten den Espresso unbedingt in unserem Garten nehmen«, sagte Ugo übergangslos.

Zadira beschloss, dies als Hinweis zu verstehen, durch den Garten zum Parkplatz zu gehen. Vorher aber wollte sie noch der Küche einen Besuch abstatten. Um sich zu bedanken. Und sich Gustave und Dédé genauer anzuschauen.

»Da kommt Dédé ja schon«, sagte Frédéric zu Zadira, als sie die Küche mit der blank geputzten Edelstahleinrichtung betrat. Sie stand an der Essensausgabe und schaute sich suchend um, wo sie ihre beiden Teller abstellen konnte.

»Wo war er denn überall?«

»Wollen Sie das wirklich wissen?«

»Natürlich.«

»Na gut. In Forcalquier wegen der Aperitifs, auf der Valensole-Ebene wegen Lavendelhonig, in Baux und in Nyons wegen Oliven und Olivenöl, und in Carpentras holt der Junge süße Erdbeeren, reife Melonen und Tomaten. Und Berlingots. Gefüllte Bonbons, kennen Sie die?«

»Ja.« Sie musste lächeln. Der Chefkoch war sehr verliebt in Genussmittel. Auch eine Sucht.

Jetzt sagte Frédéric leise: »Dédé weiß es noch nicht. Bitte sagen Sie es ihm sanft.«

Zadira verstand.

*Dédé ist in Julie verliebt!*

Sie betrachtete den dünnen, sommersprossigen jungen Mann, der nun mit einer großen Kiste voller Lebensmittel in die Küche kam.

Er ist kräftiger, als er aussieht, dachte sie.

In diesem Moment drückte der Oberkellner Gustave mit seiner fülligen Hüfte die Schwingtür zur Küche auf, bepackt mit zwei Weinkisten. Da er Zadira den Rücken zuwandte, konnte er sie nicht sehen.

Laut genug rief er Dédé zu: »Na, da kommt ja unsere Milchsemmel. Wer sagt ihm, dass seine Flamme hinüber ist?« Gustave sagte es leise, aber Zadira hörte trotzdem, wie er hinzufügte: »Das blöde Flittchen.«

Frédéric warf Zadira einen peinlich berührten Blick zu.

»Äh, Gustave …«, begann der Chefkoch warnend.

Der aber sprach nahtlos weiter: »Hey, Fred, hast du dir mal das Fahrgestell von der *flic* angeschaut? Ich frag mich, was die Schnecke von mir über Julie wissen will.«

»Julie? Was ist denn mit Julie?«, fragte Dédé. Er wuchtete die Kiste auf den Tisch. Auch er hatte Zadira, die sich jetzt absichtlich absolut ruhig verhielt, hinter den Wärmelampen der Essensausgabe noch nicht entdeckt.

Gustave antwortete blitzschnell und mit bitterem Genuss: »Sie ist tot, Semmel.«

Ein Glas Lavendelhonig rutschte aus Dédés Hand, knallte mit einem satten Knacken auf die weißen Fliesen und zerbrach.

»Was?«, flüsterte Dédé. Dann ging er wie ferngesteuert in die Knie, langte nach dem Glas.

»Nicht!«, befahl Frédéric.

Zu spät. Dédé holte sich blutige Finger, als er einzelne Scherben aus der klebrigen Masse zog. Frédéric lief fluchend zu dem Erste-Hilfe-Kasten an der Wand, riss ihn auf, suchte hektisch darin herum.

»Mensch, Semmel«, sagte Gustave, »mach dir nichts draus. Andere Mütter haben auch …«

»Halt's Maul! Du blöder fetter Wichser, halt bloß dein Maul!« Dédé war aufgestanden, von seiner Hand tropfte Blut auf den Boden, in den Honig, auf seine karierte Koch-Hose. »Du warst doch die ganze Zeit hinter ihr her, Gustave. Und als sie nicht wollte, hast du sie überall schlechtgemacht!«

»Was heißt hier, als sie nicht wollte? Und wie sie gewollt hat, du Idiot! Nur bei dir hat sie die Beine zusammengehalten!«

»Du lügst!«

»Sie mochte es richtig schön fest«, höhnte Gustave.

Als Dédé sich auf Gustave stürzte, bemerkte Zadira mit Entsetzen, dass der dünne Koch-Azubi eine Scherbe des Honigglases als Stichwaffe in der Hand hielt. Gustave wich zurück, beide Arme erhoben, und stieß einen hohen, quiekenden Laut aus.

»Scheiße!«, zischte Zadira, sprang vor, packte Dédé, drehte ihm den Arm mit der Scherbe auf den Rücken und beugte ihn hart über einen Edelstahltisch. Mit den Füßen trat sie ihm die Beine auseinander. Er schrie auf. Sie ruckte einmal heftig an seinem Arm, woraufhin Dédé die Scherbe mit von Schmerz durchdrungenem Wutgeheul fallen ließ.

»Nein! Nicht! Ich mach ihn fertig! Loslassen, ich …«

»Schhht«, raunte Zadira beruhigend, »mach dich doch nicht wegen so einem unglücklich, Dédé.«

Tränen strömten über seine Wangen. Auf einer davon entdeckte Zadira jetzt erst die Kratzspuren. Wie von vier scharfen Fingernägeln gezogen.

»Kleiner, von wem hast du denn die Kratzer?«

Dédés Tränen tropften auf den blanken Edelstahl.

»Julie!«, wimmerte Dédé. »Von Julie.«

Immer noch hielt Zadira ihn fest im Polizeigriff. Als sie spürte, dass seine Körperspannung nachließ und er immer bitterlicher weinte, ließ sie ihn los.

Während Frédéric Dédé verarztete, musterte Zadira den immer noch blass an die Wand gedrückten Gustave.

»Der Typ hat sie gekillt, das schwör ich«, stieß der Oberkellner hervor.

»Ach, hat er?«, erwiderte sie ruhig. »Und wie wär's mit Ihnen?«

# 20

Commissaire Mazan fühlte sich beschmutzt. Viel mehr als zu der Zeit, da er noch durch die Wildnis gestreift war. Nachdem Vic ihn endlich aus dem Zimmer gelassen hatte, war er mit hochgerecktem Schwanz in den Garten gerannt und hatte sich im Gras gewälzt und gerieben, um den penetranten Geruch ihres Parfüms loszuwerden. Und den Geruch ihrer schwarzen Bitternis. Doch es war noch viel mehr, was an ihm haftete und das durch Wälzen nicht abzustreifen war.

So war er im Dickicht auf die Mauer gesprungen, genau dort, wo Rocky ihn in den Garten des Châteaus geführt hatte. Geschützt vor fremden Blicken, konnte er von diesem Platz aus die Umgebung gut überschauen und begann, sich erst einmal ausgiebig zu putzen. Wie immer beruhigte ihn diese Tätigkeit und klärte seine Gedanken.

Selten hatte er so viel Gemeinheit in einem Raum versammelt gesehen. Jeder der drei Männer strahlte auf seine Weise eine kaum beherrschte Brutalität aus. César hätte ihn ohne Umstände kalt lächelnd mit einer Hand erwürgt, wenn es nötig gewesen wäre. Dem knochigen Mann mit dem Namen Alexis traute er zu, dass er ihn im Wutrausch mit einem Knüppel zu Tode prügelte. Und was dieser so sanft aussehende Dicke mit ihm angestellt hätte, mochte er sich gar nicht erst vorstellen.

Commissaire Mazan spähte durch die herabhängenden Zweige zum Château hinüber. Jetzt spürte er in diesen

Mauern eine Grausamkeit, die er vorher nicht wahrgenommen hatte. Das Château schien von den gleichen unheilvollen Kräften erfüllt wie das Haus, in dessen Garten die junge Frau ihr Ende gefunden hatte.

Er begann sich zu fragen, warum die ganze träge Katzenbande dieser Stadt nichts von all dem mitbekommen hatte, was er in nur wenigen Stunden herausgefunden hatte. Oder wussten sie mehr, als sie zugaben, und verschlossen in typischer Katzenmanier die Augen vor den unangenehmen Dingen dieser Welt? Die meisten seiner Artgenossen begnügten sich damit, die Menschen mit ihrem Geschnurre und Geschmuse auszunutzen und ansonsten bräsig den Tag verstreichen zu lassen. Es war an der Zeit, diesen Haufen mal ein wenig aufzumischen!

»Verdammt, Mazan, wo hast du denn gesteckt?«, rief Louise ihm schon von weitem zu, als sie in vollem Tempo um die Ecke gerast kam. »Ich habe dich schon überall gesucht.« »Das trifft sich gut«, antwortete er, »kannst du mir …« »Keine Zeit für Fragen. Komm sofort mit!« Louise machte auf der Stelle kehrt und lief in die Richtung zurück, aus der sie gekommen war. »Schnell! Ich erkläre es dir unterwegs.« Sie sprach in abgehackten Sätzen. Von einem geifernden, monströsen Untier, das Jagd auf Katzen machte! Riesengroß, mit feurigen Augen voller Wahnsinn, schnell wie der Donner, so dass die Erde erbebte unter seinem mörderischen Galopp. Und gerade auf Tin-Tin, den kleinen Tin-Tin hatte der Höllenhund es abgesehen.

*Höllenhund?*

Sie kämpften alle gemeinsam, um das gierige Ungeheuer von der kleinen Katze abzulenken, behauptete Louise. Sogar Oscar.

»Moment mal«, hakte Mazan nach, als sie, heftig atmend, innehielten, um die Spur der wilden Verfolgungsjagd aufzunehmen. »Dieser gierige, furchtbare, teuflische Höllenhund, hat der zufällig ein braun-weiß geflecktes Fell?«

»Ja, wieso?«, fragte Louise verwundert.

»Ein großes Maul mit einer lange Zunge und jeder Menge Sabber?«

»Du kennst das Monster!«

»Bring mich hin. Schnell«, antwortete er nur.

In diesem Moment hörten sie fernes Bellen und katziges Kreischen. Sofort liefen sie in die Richtung, aus der der Lärm kam und jetzt immer lauter wurde. Sie erreichten eine Gasse, die steil hinab zu einem Torbogen führte. Dahinter hörten sie das an- und abschwellende Rauschen des Autoverkehrs. Doch das nahm Mazan nur am Rande wahr. Alle seine Sinne richteten sich auf das kleine Haus, in dem gerade ein wilder Kampf stattzufinden schien.

»Was ist das für ein Haus?«, fragte er Louise.

»Das ist Édouards Garage! Der Klempner«, rief sie keuchend. »Sie ist voller Gerümpel. Vielleicht hat Tin-Tin sich dort versteckt.«

Sie hörten Katzenschreie, Fauchen, Bellen, Japsen. Irgendetwas sprang durch die Luft. Rocky?

Dann ging alles sehr schnell.

Offenbar waren die Katzen mit ihrem konfusen Ablenkungsmanöver in die Garage von Édouard geraten. Dort versuchte der mittlerweile völlig durchgedrehte Atos, mit all diesen tollen knuffigen Viechern gleichzeitig zu spielen, ohne zu ahnen, dass die Katzen das als brutale Attacke verstanden. Während Mazan mit Louise auf die Einfahrt der Garage zurannte, erkannte er Oscar, der es irgendwie geschafft hatte, auf ein Regal zu springen. Er sah Rocky, der von einer Werkbank aus die riesige leckende Hundeschnauze mit seinen Krallen abzuwehren versuchte. Er registrierte andere Katzen, eine schwarz-weiß Gefleckte, eine braun Gestreifte, eine Blonde, die alle abwechselnd vor dem großen Hund flohen oder ihn attackierten. In den wenigen Sekunden, die Mazan brauchte, um die Garage zu erreichen, schoss ihm durch den Kopf, dass die Katzen dieser Stadt doch kein so träger Haufen waren. Wenn eine von ihnen bedroht war, hielten sie alle zusammen.

Was sie nicht kapiert hatten, war jedoch, dass sie gegen die falsche Bedrohung zusammenhielten.

Noch ehe Mazan eingreifen konnte, beging Atos einen fatalen Fehler. Um diesen tollen Spielfreund mit dem roten Fell zu fassen zu kriegen – vermutlich, weil er ihn ablecken wollte –, stieg er mit den Vorderpfoten auf den Werktisch. Rocky missdeutete diese freundschaftliche Geste als finalen Angriff, dem er sich zu entziehen trachtete, indem er auf das Regal sprang. Dort aber war zu wenig Platz, denn zwischen den aufgereihten Farbtöpfen hockte bereits der dicke Oscar. Und der war der Meinung, dass er für diesen Tag bereits genug für das Gemeinwohl getan hatte. Den sicheren Platz in luftiger Höhe für einen Kater zu räumen, der sich ständig über seine mit erlesenen Speisen angefütterte Figur lustig machte, kam für ihn nicht in Frage. Er wehrte den im Sprung relativ wehrlosen Rocky mit einem beherzten Prankenhieb ab. Das brachte den Chefkater aus dem Konzept.

Das weit aufgerissene Maul mit der speicheltriefenden Zunge direkt unter sich, krallte Rocky sich mit aller Kraft an der Kante des hölzernen Regals fest. Damit aber brachte er die ganze Konstruktion in eine Unwucht, der die Schrauben, mit denen das Regal an der alten Wand befestigt war, nicht standhalten konnten. Mit einem unheilvollen Knirschen lösten sich die Dübel aus dem bröseligen Gestein. Oscar, dem schwante, dass sein vermeintlich sicherer Platz sich dem Abgrund entgegenneigte, geriet in Panik. Mit einem ambitionierten Sprung versuchte er, sich in Sicherheit zu bringen. Dabei stieß er mit seinem dicken Hinterteil einen der Farbtöpfe vom Regalbrett. Während Oscar in eine ungewisse Zukunft sprang und Rocky panisch einen Halt suchte, flog der Farbtopf auf die Werkbank zu und knallte dort auf die Kante. Die Wucht des Aufpralls ließ den Deckel aufspringen, und die blaue Farbe schwappte durch die Luft. Der größte Teil klatschte gegen das Regal, das polternd umstürzte. Etliche Spritzer aber landeten im Fell des Hundes, der sofort verängstigt jaulend das Weite suchte. Als Mazan und Louise wenige Meter vor der Garage abbremsten, rannten ihnen also ein völlig irrer Hund und ein halbes Dutzend verstörter Katzen entgegen. Der Hund raste die Gasse hinunter, die Katzen blieben nach und nach stehen und schauten zurück auf das Chaos, das sie hinterlassen hatten.

»Wow«, meinte Rocky, »dem haben wir es aber gezeigt.«

Mazan sah Atos hinterher, der in vollem Galopp auf die Hauptstraße zurannte.

*Oh Mist.*

*Du dummer Kerl.*

Mit einem Mal vernahm er ein Geräusch, das überhaupt nicht in das Durcheinander passte.

»Dingeling.«

Alle Katzen schauten zu der völlig demolierten Garage. Und sahen, wie Tin-Tin unter dem Gerümpel hervorkroch.

»Dingeling, dingeling, dingeling.«

»Ist wieder ganz«, krähte der kleine Kerl fröhlich.

»Verdammt, Mazan«, rief Rocky, »und wenn er unter ein Auto kommt, auch egal! Er ist doch nur ein blöder Köter.« Commissaire Mazan, der bereits ein Stück die Gasse hinuntergelaufen war, wandte sich um. »Ach ja, und wir sind nur blöde Katzen, oder was?«

Dann rannte er weiter. Rocky hatte ja recht. Atos war ein dummer, großer Hund, der vermutlich längst platt gefahren war. Was ging es ihn an?

*Weil es in meiner Macht liegt, es zu verhindern.*

Mist! Hätte Atos nicht einfach ein gemeiner, bösartiger Hund sein können?

Er vernahm schon von weitem das wütende Hupen. Anscheinend hatte der Hund die Straße erreicht. Als Commissaire Mazan durch den Torbogen nach draußen raste, hatte er Mühe, die Situation sofort zu erfassen.

Auf der breiten Straße vor ihm hatten mehrere Autos mitten auf der Straße gebremst. Fahrer schimpften durch die offenen Fenster. Mittendrin irrte Atos mit eingeklemmtem Schwanz verstört umher. Sobald er eine Straßenhälfte verließ, fuhren dort die Autos weiter. Dafür hupten nun die, die auf der Gegenseite bremsen mussten, so dass der Hund wieder zurücklief. Es war nur eine Frage der Zeit, bis eines der Fahrzeuge nicht mehr rechtzeitig abbremsen könnte. Schon sah Mazan am Ortseingang einen dieser riesigen Lkws heranbrausen. Er musste sofort handeln.

Doch was sollte er tun?

Er konnte den Hund ja schlecht am Halsband packen.

Entgegen seinen Instinkten lief er dennoch bis an die Bordsteinkante. Dort rief er, so laut er konnte: »Atos. Kch. Weg!«

Warum hörte der Hund ihn nicht! Wieder fuhren Autos an, streiften Atos beinah. Der suchte verzweifelt jaulend einen Weg, um diesen unüberschaubaren, viel zu schnellen Gefahren zu entkommen. Und der Lkw kam mit mörderischem Geräusch in viel zu hohem Tempo näher.

*Das sieht nicht gut aus.*

Commissaire Mazan zwang sich zur Ruhe. Blitzschnell erfasste er die einzelnen Fahrzeuge und ihre Geschwindigkeit. Dabei erkannte er zwei Dinge: Der Hund hatte nicht mehr lange zu leben. Und ihm, Mazan, bot sich eine Chance, das zu ändern.

Nur eine einzige.

Warte … warte … *jetzt!*

Er rannte los.

Als er auf den Kühler des ersten Autos sprang, sah er aus den Augenwinkeln, wie sich die Augen des Fahrers vor Schreck weiteten. Doch ehe der Mann auf die Bremse treten konnte, war Mazan bereits auf der Schnauze eines Fahrzeuges auf der Gegenseite gelandet. Dessen Fahrer hatte gebremst, weil der Hund vor ihm furchtsam auf der Fahrbahn kauerte. Mazan sprang von dem Auto direkt auf Atos zu und fauchte ihn an: »Weg! Kch! Zurück!«

Der Hund schaute ihn verdutzt an, erkannte ihn und wich zurück. Mazan setzte nach und wiederholte seinen Befehl. Immer wieder, bis Atos endlich begriff, sich umwandte und endlich in die richtige Richtung lief.

Das Auto hinter ihnen fuhr wieder an, auch weil die dröhnende Hupe des Lkws immer näher kam. Als Mazan dem Hund zwischen den anderen Autos hindurch folgte, spürte er noch den Luftzug des gewaltigen Fahrzeuges in seinem Rücken.

Atos lief auf den Bürgersteig und drehte sich dort wimmernd im Kreis. Mazan ließ ihm Zeit, sich wieder zu beruhigen, und beobachtete mit hart pochendem Herzen den Verkehr, der sich wieder störungsfrei über den Asphalt wälzte. Er wandte sich wieder dem Hund zu und hatte so eine Ahnung, dass das der Beginn einer sehr merkwürdigen Freundschaft sein könnte. Mazan kam zu dem Schluss, dass das Leben in der Stadt ganz schön anstrengend war.

# 21

Zadira beobachtete die fünfzigjährige Forensikerin, die ihr auf der anderen Seite des Tisches mit der Blutrinne gegenüberstand. Zwischen ihnen auf dem Metall lag die Leiche von Julie Roscoff. Dr. Hervé hatte gewartet, bis Zadira das Opfer fürs Protokoll identifizierte, nachdem schon so manches Mal Leichname auf dem Weg vom Tatort bis in die Rechtsmedizin vertauscht worden waren. Und das nicht immer aus Versehen.

Sie befanden sich im Untergeschoss von Carpentras' neuem Rechtsmedizin-Zentrum. Ein nüchterner Glasbau, in dem sowohl die Opfer von Gewaltverbrechen aus dem Vaucluse untersucht wurden als auch die Täter, wenn sie psychopathische Züge aufwiesen.

»Eine Penetration gab es zwar«, sagte Dr. Mathilde Hervé nun. »Es gibt aber keine Hinweise darauf, dass sie gewaltsam erfolgt ist, und auch nicht, mit was. Es gibt kein Ejakulat.«

»Wurden Kondome benutzt?«, fragte Zadira.

Dr. Hervé schüttelte den Kopf. »Keine Latex- oder Vinylspuren. Und die Zeiten des Ziegendarms sind definitiv vorbei.«

Dr. Hervé erwiderte Zadiras Blick über ihre tief auf der Nase sitzende Halbbrille, deren Bügel an einem silbernen Halskettchen befestigt waren. Es sah nicht so aus, als hätte sie ihre letzte Bemerkung witzig gemeint.

222

»Statt Sperma-, Hautgewebe- oder Latexspuren in der Vagina habe ich etwas anderes beim Abstrich entdeckt.«

»Und?«, fragte Zadira.

»Olivenöl«, sagte die Forensikerin, »gutes. Und Leder, ein sehr feines.«

»Wollen Sie damit andeuten, dass das Opfer Sex mit jemandem hatte, der ein olivenölgetränktes Lederkondom benutzte?«

Dr. Hervés Stirn legte sich in missbilligende Falten. »Nein, das heißt erst mal nur, dass das Opfer eine genitale Penetration hatte, bei dem Olivenöl und Leder eine Rolle spielten. In welcher Konstellation, das bitte ich doch Sie zu ermitteln. Auffallend ist, dass die Spuren sowohl in als auch außerhalb der Vagina zu finden sind. Vorwiegend an der Klitoris.«

»Wo es Spaß macht.«

»Theoretisch.«

»Handelt es sich also um gewaltsamen Sex oder einvernehmlichen?«

»Das zweite kann ich nicht ausschließen, denn es fehlen die bei einer Vergewaltigung üblichen Verletzungen im Genitalbereich.«

Zadira dachte nach. »Vielleicht ein Lederdildo.«

Dr. Hervé hob die Augenbrauen. »Möglich.«

»Konnten Sie die Spanne des Todeszeitpunktes eingrenzen?«

Dr. Hervé wiegte den Kopf. »Zwischen zwölf und drei Uhr nachts ist die Kernzeit, plus minus eine Stunde. Wenn ich den Mageninhalt untersucht habe, wird's vielleicht genauer. Aber Sie wissen ja: Exakt geht's nur im Fernsehen.«

Dr. Hervé erläuterte Zadira nach und nach die Spuren an Julies jungem Körper. Striemen am Po und den hinteren

Oberschenkeln, die aussahen, als stammten sie von einer Gerte. Abdrücke an Hand- und Fußgelenken, als ob Julie gefesselt worden war. Die Abriebe wurden noch analysiert.

»Ihre Brustwarzen sind geschwollen, und wenn man genau hinsieht«, bei diesen Worten reichte Dr. Hervé Zadira eine Vergrößerungsbrille und leuchtete mit einer Speziallampe die Haut an, »dann sind Bissspuren zu sehen. Sehen Sie? Eine perfekte untere Zahnreihe, die obere ebenfalls. Teures Gebiss, so ebenmäßig bekommt das die Natur nicht hin.«

»Striemen, Fesseln, Bisse – wurde sie gefoltert?«

Die Medizinerin dachte nach. »Wissen Sie, Lieutenant, ich habe mein Praktikum in einem Krankenhaus gemacht, in dem auch eine Menge Marseiller Prostituierte behandelt wurden. Meist kostenlos, nach Feierabend. Ich erinnere mich, dass die Mädchen aus den SM-Bordellen, die als Sklavinnen, Dienerinnen und Zofen arbeiteten, ähnliche Verletzungen aufwiesen. Ihre Körper wurden, wenn Sie so wollen, mit einem Stempel aus Unterwerfungs-Malen gezeichnet.«

»Julie hat also möglicherweise als eine solche Zofe herhalten müssen«, sagte Zadira leise vor sich hin.

»Sie ist jedenfalls nicht an diesen Schlägen gestorben, sondern erdrosselt worden. Es finden sich übrigens sehr, sehr viele menschliche Spuren an ihr. Hautschuppen, Haare, Schweiß. Julie hat innerhalb der letzten vierundzwanzig Stunden mit Sicherheit außergewöhnlich viel körpernahen Kontakt gehabt.«

Zadira dachte an die fünf Gedecke auf dem Tisch in Haus Nummer 9, und vor ihrem inneren Auge zogen Bilder von Orgien auf, bei denen der Turnbock und der merkwürdige Stuhl eine bizarre Rolle spielten. Hatte das Mädchen gewusst, auf was es sich einließ? Oder wurde es willenlos gemacht?

Dr. Hervé fuhr mit ihrer Arbeit fort.

»Soviel ich weiß, wurde das Mordwerkzeug bislang nicht gefunden?« Ein fragender Blick. Zadira nickte.

»Ich tippe auf eine Halskette«, sprach Hervé daraufhin weiter, »stabile Glieder, die den Zug aushielten, Hinweise auf eingefasste Steine, sehen Sie? Hier. Die Kette hat sich extrem tief rund um den Hals eingegraben und den Blutrückfluss unterbunden, deswegen sind Julies Augen auch so blutunterlaufen. Sie muss mit großer Wut benutzt worden sein. War aber bestimmt keine billige Kette.«

»Wieso?«

»Na, bei den Schuhen.«

Hervé wies zu dem Paar Stilettos mit Knöchelriemchen, das in einem großen Plastikbeutel auf einem Edelstahltisch unter dem Fenster stand. Zadira drehte die Schuhe um.

Manolo Blahniks. Ab fünfhundert Euro aufwärts.

Sie dachte flüchtig an Paul und dessen Schuh-Tick. Wie konnte sich ein Concierge eigentlich handgenähte Schuhe leisten?

Aber Dr. Hervé hatte recht: Frauen trugen zu teuren Schuhen nur selten billigen Schmuck.

Gaspard hatte Zadira auch Schmuck schenken wollen. Eine Kette. Und Schuhe. Eine in Leder gebundene Rumi-Ausgabe.

Sie hatte alles abgelehnt. Sie hatte gedacht, wenn sie so wenig wie möglich von Javier Gaspard annahm, würde sie ihn auch weniger vermissen.

Falsch gedacht.

»Schauen Sie mal, Lieutenant. Das hier sind Spuren, die auf eine große Krafteinwirkung hinweisen, die wohl kaum erotisch gemeint war: Quetschhämatome an den Oberarmen, Faustschläge im Gesicht, Wundstellen, als ob Julie das Haar büschelweise ausgerissen wurde. Da war jemand sehr, sehr wütend.« Die Medizinerin hielt inne und fiel für einen Augenblick aus der Rolle der nüchternen Wissenschaftlerin. »Das arme Kind!«

Zadira fasste spontan große Zuneigung zu der Frau mit den kühlen grauen Augen und dem kurzen dunkelbraunen Haar.

»Sahen die anderen ermordeten Frauen auch so aus?«, fragte sie.

»Welche meinen Sie?«

»Die in Aubignan, Bédoin, Venasque und Monteux.«

»Die hatte ich gar nicht auf dem Tisch. Soll ich für Sie nachsehen?«

Zadira nickte. Obwohl es riskant war. Wenn herauskam, dass Zadira in diesen Fällen nicht die offizielle Ermittlerin war, konnten sie beide Ärger bekommen.

»Wann haben Sie die Ergebnisse der Blutuntersuchung?«

»Morgen«, antwortete die Rechtsmedizinerin. »Haben Sie noch eine bestimmte Idee, wonach wir neben dem Üblichen suchen sollen?«

Zadira sah wieder Julie vor sich. Zurechtgemacht, erst als Gast, dann als Lustobjekt. »Nach Drogen«, sagte sie dann. »Jeder Art. Wirklich jeder.«

Bevor sie Beaufort in der Kriminaltechnik besuchte, erstattete Zadira Staatsanwältin Lafrage ordnungsgemäß ihren Erstbericht. Der Frau mit dem Bananenknoten war nicht die geringste Regung anzumerken, während Zadira von Gertenstriemen, Lederrückständen und kontrollierter wie exzessiver Gewalt vor und während der Tötung sprach. Erst bei der

Nennung der Markennamen der Roben, die im »Prinzessin-nenzimmer« gefunden worden waren, gab Lafrage ein interessiertes »Ach ja?« von sich. Und dann noch einmal, als Zadira auf die Frage, warum sie immer noch nicht in Uniform sei, antwortete: »Ist in der Reinigung eingelaufen.«
Auch da wieder dieses »Ach ja?«. Nur merklich ironischer. Zadira nahm an, dass Sophia Lafrage dieses »Ach ja?« in tausend Variationen aussprechen konnte.

»Im Haus sind aberwitzig viele Fingerabdrücke«, meinte Beaufort. »Von der Toten und mindestens vier anderen Personen. Aber wir sortieren noch, es können also auch mehr werden.«
Das stimmte immerhin mit den fünf Gedecken auf dem Tisch überein.
»Und, schon Treffer?«, fragte Zadira und machte mit dem Kinn eine Geste zu den drei flachen Computerbildschirmen, auf denen Fingerabdrücke zu sehen waren. Daneben die laufende Suchanfrage in der europäischen Fingerabdruckdatei. Beaufort ließ außerdem eine Suchabfrage in der FIJAIS, der französischen Sexualstraftäterkartei laufen, und in der FNAEG, der Datenbank mit Gen-Profilen.
»Nada.«
»DNS-fähige Spuren?«
»Mehr als genug. Eigentlich viel zu viele.«
»Für was?«
»Ah, ausgezeichnet, Sie stellen die richtigen Fragen. Für einen geplanten Mord. Dafür sind es viel zu viele.«
Wieder rastete in Zadira etwas ein. Eine Ahnung schwang sich in ihr empor. Sie wünschte sich, Beaufort würde schneller reden, um sie mit weiteren Informationen zu verdichten.

»Das ganze Haus ist mit Fingerabdrücken gepflastert. Sie sind völlig klar, niemand hat daran herumgewischt. Genauso die DNS-fähigen Spuren.«

Beaufort breitete theatralisch die kräftigen, behaarten Arme aus. »Es wimmelt geradezu von ihnen. Auf den Bestecken, den Gläsern, den Klinken, am Kühlschrank, am Lichtschalter, auf der Toilette. Fehlt nur noch, dass irgendwo ein Schild steht mit dem Hinweis: Wattestäbchen mit Speichelprobe, akkreditiert und profiliert.«

»Also hat in diesem Haus niemand auch nur den geringsten Versuch gemacht, irgendwelche Spuren zu beseitigen. So wie es sonst jeder anständige Mörder tut.«

Er machte einen belustigten Eindruck und nickte. »Die gleiche Menge an Spuren hätten wir wahrscheinlich auch nach der Weihnachtsfeier bei meiner Oma in Barles gefunden.«

»Sie feiern Weihnachten immer noch bei Ihrer Oma?«, fragte Zadira ungläubig. Sie mussten beide lachen.

»Verdammt«, meinte Beaufort schließlich, »wieso haben die Spinner aus Marseille Sie nur weggehen lassen?«

Augenblicklich erstarb Zadiras Lachen.

»Sorry«, murmelte er, »geht mich nichts an.«

»Stimmt, geht Sie nichts an. Trotzdem danke.«

Sie lächelten sich scheu zu.

Zadira dachte über das Gehörte nach. Julie. Noch vier weitere Personen oder mehr. Eine Orgie, Leder, Olivenöl. Lust, Schmerz, Champagner. Aber dann: Strangulation, Zurücklassen der Leiche im Garten …

War dieses brutale Ende das Ergebnis sexueller Gier und Ekstase? Und wieso zum Teufel gab es so viele Spuren? Weil der Mörder in Panik gewesen war? Oder weil …

Wie eine Ohrfeige kam die Erinnerung zurück: Arroganz. Als arrogant hatte Zadira schon die Haltung des Mörders den anderen getöteten Mädchen gegenüber empfunden. Eine Haltung, die in diesem Fall vielleicht sagen sollte: Und wenn schon, ihr könnt mir gar nichts, selbst wenn ich meinen Ausweis an die Leiche hefte, komme ich davon.

»Was ist mit den oberen Zimmern?«, fragte sie.

»Interessante Einrichtung, wenn Sie mich fragen. Minimalistisch und ausdrucksstark. Nicht kompliziert zu putzen«, schmunzelte der schnauzbärtige Kriminaltechniker.

Wieder blitzte etwas in ihrem Kopf auf. Aber sie bekam es nicht zu fassen.

Schon rief er ein weiteres Suchfenster auf und winkte Zadira zum Computer. »Schauen Sie mal.«

Sie beugte sich vor. Das konnte doch nicht wahr sein! Das sah aus wie der Stuhl in einem der Zimmer.

»Folterstühle. Daran musste ich sofort denken, als ich diesen Thron mit den Drehrädchen und den Eisenstäbchen sah, die sich durch Sitz und Lehne nach oben drückten. Waren schon zu Zeiten der Inquisition beliebt.«

»Faszinierenden Wissensdrang haben Sie, Beaufort.«

»Meine Frau ist Historikerin und lehrt in Aix. Die kommt ständig mit solchen Sachen an, und ich gehöre zu der Sorte von Ehemännern, die sich für den Beruf und die Erkenntnisse ihrer Frauen tatsächlich interessieren.«

»Das ist nicht normal.«

»Ich weiß. Meine Freunde aus dem Koch-Club verstehen diese pathologische Neugierde an meiner eigenen Frau auch nicht.«

Zadira klickte die Fotos durch. Diese Folterstühle waren entwickelt worden, um Hexen und »Teufelsbuhlen«, wie es an einer Stelle hieß, durch »peinliche Befragung« zu einem Geständnis zu bringen. Nur waren die Metallstäbchen der historischen Modelle deutlich spitzer.

In Zadiras Kopf fügten sich die Bilder, die sie auf dem Bildschirm sah, mit den Erinnerungen an den Stuhl in Haus Nummer 9 zusammen. Sie stellte sich vor, wie die armen Frauen nackt auf dem Stuhl saßen und ein grinsender Folterknecht an den Rädchen drehte, woraufhin sich die messerscharfen Stifte von unten und von hinten in die wehrlosen Opfer bohrten.

»Haben Sie an dem Lederbock in dem Zimmer nebenan auch Hautspuren gefunden?«, fragte sie. Beaufort stieß sich von der Tischplatte ab, rollte mit seinem Bürostuhl an den zweiten Schreibtisch.

»Yep. Ist aber noch in der Analyse, die legen eine Kultur davon an. Dauert. Schweiß war da jedenfalls, Schweiß, Speichel und eine ölige Substanz.«

»Olivenöl vielleicht?«

Er machte sich eine Notiz.

Zadira sah wieder und wieder Julie vor sich, bäuchlings auf diesem Lederbock, Gertenhiebe prasselten auf sie nieder. Sie schrie. Man berauschte sich an ihrem Schreien.

Zadira schnaubte. Julie war Opfer einer SM-Orgie gewesen. Aber hatte sie freiwillig daran teilgenommen – oder nicht?

»... und da waren noch diese Giftbällchen im Lavendel. Gegen Mäuse und Ratten, schätze ich.«

»Oder gegen Katzen?«

»Oder gegen Katzen.«

Das würde zu ihrer These passen, dass dort, wo junge Frauen starben, auch immer Katzen gequält wurden. Aber irgendwas passte nicht. Zadira spürte eine kribbelige Unruhe, so als läge ein Haufen Puzzleteile vor ihr, die sie aber nicht richtig zusammenzusetzen verstand.

Nun verabschiedete sie sich von Beaufort und hatte sein Büro schon fast verlassen, als er sie noch einmal aufhielt.

»Ach, so: Wollen Sie wissen, welches Stück auf dem CD-Player zuletzt gespielt wurde?«

»Unbedingt.«

»*Un bel dì vedremo.*«

»Und?«

Beaufort sah Zadira mit hochgezogenen Augenbrauen an.

»Madame Butterfly? Die große Liebesarie?«

In Zadiras Gesicht zuckte kein Muskel, als sie antwortete: »Große Liebesarien kamen in meinem Berufsalltag bisher nicht vor.«

Minotte war ihre letzte Station an diesem Nachmittag in Carpentras. Zadira parkte vor dem Kommissariat und checkte zunächst ihr Handy.

Na endlich!

Brell hatte ihr eine Liste mit den Namen aller Wageninhaber geschickt, die im Hotel residierten und dort ihre Autos im Hof geparkt hatten. Einige Gäste kamen aus Paris, aber viele Wagen waren auch Mietwagen aus Avignon, Orange oder Marseille, die vermutlich von Briten, Russen, Amerikanern oder Deutschen genutzt wurden.

Zadira fand den Commissaire Divisionnaire in seinem Büro, natürlich das Telefon am Ohr. Minotte wedelte sie mit der freien Hand herein und zeigte auf den Stuhl, der seinem Schreibtisch gegenüberstand. Zadira ignorierte den Wink.

Der Raum war peinlichst aufgeräumt. Keine Aktenstapel, keine Tatortfotos, keine Nachschlagewerke. Dafür eine Tasche mit Golfschlägern. Drei Bälle lagen neben der Wildledercouch. Auf der Kommode und an der Wand: jede Menge Fotos. Alle waren sorgfältig in Silber oder Holz gerahmt.

Minotte auf dem Golfplatz mit zwei wichtig aussehenden Typen. Minotte, der die Hand eines Kerls mit Politikergrinsen schüttelte. Minotte mit einem dekorierten General neben einem Helikopter.

»Sind Sie Model?«, fragte sie, als er aufgelegt hatte, und deutete auf die Fotos.

»Ihr bin mir nicht sicher, ob mir Ihr Humor liegt, Lieutenant.«

»Ich bin mir da auch nicht sicher.«

»Wissen Sie was, Matéo? Es reicht. Ich hab es satt: Ihre ständig schlecht gelaunte Fresse, Ihre Renitenz und diese Verachtung, die Sie als Großstadtbulle uns Kleinstadttypen entgegenbringen.«

Minotte hatte alle bisherige Jovialität abgelegt.

»Sie wissen gar nicht, wie dicht Sie an einer Degradierung vorbeischrammen«, begann er kalt. »Glauben Sie etwa, ich hätte nicht mitbekommen, dass Sie Akten aus dem Kommissariat gestohlen haben?«

»Ausgeliehen.«

»Noch ein Wort, und Sie können Ihre Schulterstreifen gleich hier abreißen.«

Wenn ich welche tragen würde, dachte Zadira.

»Gestohlen, gegen meine Anweisung, gegen die Anweisung des Commandante Morel.«

»Ich habe Anlass zu der Annahme, dass es sich um einen Serientäter handelt, und nehme die Fälle wieder auf.«

»Unsinn! Glauben Sie etwa, so etwas wäre uns entgangen? Es gibt keinerlei Ähnlichkeiten, keine Verbindung, nichts!«

»Doch! Zum Beispiel, dass vor den Morden immer auffällige Katzenquälereien stattfanden. Katzen an die Tür genagelt, skalpiert, die Pfoten abgehackt – und alle Katzen gehörten entweder den Mordopfern oder ließen sich von ihnen füttern. Ihre Leute aber interessiert das leider nicht, weil ...«

»Stopp! Halten Sie den Mund. Ich wusste, was auf uns zukommt, als Sie von Marseille hierherkamen, aber ich hätte nicht gedacht, dass es so schlimm wird. Katzen? Also, bitte! Katzen verrecken doch ständig irgendwo!«

Zadira begriff auf einmal, dass Minotte sie wirklich und wahrhaftig abstoßend fand. Abstoßend, lächerlich und unnötig. Jäh schoss eine alte, längst vergessen geglaubte Unsicherheit in ihr hoch. Sie spürte Scham. Und Angst. Dass er recht haben könnte. Dass sie einfach dumm war und niemals gut genug.

Die Zeit verging. Minotte sah an Zadira vorbei.

»Also«, seufzte er, »verschonen Sie mich in Zukunft mit Ihren Theorien, mit Ihrer Zickigkeit, mit Ihrer Fass-meinen-Kumpel-nicht-an-Ghetto-Attitüde. Bringen Sie bitte meine Akten zurück. So. Was gibt es Neues aus Mazan?«

Sie fasste die vorläufigen Ergebnisse der PTS und der Forensik knapp zusammen, ohne zu insistieren. Auch, dass sie Dédé und Gustave zur Befragung ins Commico hatte bringen lassen. »Die Brigadiers kümmern sich gerade um sie.«

Zadira gönnte es Gustave, dass er von der Teekannentülle angegangen wurde. Dédé hätte dagegen eher eine Schulter zum Ausweinen gebraucht. Andererseits steckten so viel Wut, so viel Aggression hinter seiner Schüchternheit. Sie musste dem nachgehen. Dédé besaß emotional nachvollziehbare Motive für einen Mord.

»Gut«, knurrte Minotte.

»Julie Roscoff wurde stranguliert«, fuhr sie fort. »Die Abdrücke am Hals weisen auf eine Edelmetallkette mit Steinen hin. Wahrscheinlich ließe sich die Kette anhand der

Abdrücke identifizieren. Sie ist bisher nicht gefunden worden.«

»Denken Sie in alle Richtungen, Matéo. Verlieben Sie sich nicht in Ihre fixe Serienmörderidee, ja? Wir haben hier eine Menge Ferienhauseinbrüche. Roma und Sinti, Wanderarbeiter, da kann schon mal was schiefgehen, wenn die zugedröhnt auf ein halbnacktes Mädchen treffen. Wem gehört das Haus?«

»Einer privaten Immobiliengesellschaft mit Sitz in Paris, anonyme Gesellschafter. Es gibt einen Hinweis darauf, dass es sich um eine Liegenschaft des Innenministeriums handeln könnte.«

»Des Innenministeriums? Aha.«

Er lehnte sich im Stuhl zurück, runzelte die Stirn und drehte dabei einen Bleistift zwischen den Fingern. »So eine private Gesellschaft ist ja auch ein beliebtes Steuersparmodell«, begann er. »Irgendwelche vermögenden Leute machen eine Einlage, kaufen ein Grundstück, niemand fühlt sich verantwortlich, es wird untervermietet ...«

»Nach Aussagen der Nachbarn steht es meist leer. Aber an dem Abend fand dort anscheinend eine private Feier statt. Und die ...«

Zadira hielt inne. Aus irgendeinem Grund widerstrebte es ihr, Minotte in vollem Umfang ihre Erkenntnisse preiszugeben. Zumindest den spekulativen Teil über die kontrolliert brutale SM-Party und die Frage, ob dabei etwas schiefgegangen war, was zu dem Gewaltexzess geführt haben könnte. Oder ob sich dort eine Gruppe reicher Typen geplant ein Mädchen zum Spielen und Töten gegönnt hatte.

Und in diesem Moment wurde ihr klar, dass sie ihrem jetzigen Vorgesetzten die gleichen Vorbehalte entgegenbrach-

te, die sie schon ihren Posten in Marseille gekostet hatten.
Sie traute Polizisten einfach nicht mehr.

*Verdammt, Matéo, wirst du denn niemals klug?*

Minotte schien nicht aufzufallen, dass sie ihm nicht alles
anvertraute, sondern hielt ihr Gespräch für beendet. Er
schaute auf die Uhr. Eine Patek Philippe. Riesengroß.
»Schön. Halten Sie mich über alles, was Sie tun oder herausfinden, auf dem Laufenden. Über alles, ja?«

Commissaire Minotte stand auf, das Zeichen für sie zu gehen.

Wirklich, ein nettes Büro, dachte sie. Aber zu klein für das
Ego eines Stéphane Minotte.

# 22

Als Zadira den blonden Mann in dem weißen, kurzärmeligen Hemd und den Bermudas erblickte, war ihr erster Impuls, an ihm ihren Ärger abzureagieren. Aber das wäre nicht fair gewesen. Jules Parceval war nicht Minotte.

»Hey, Doktor«, begrüßte sie ihn, als sie mit zwei Einkaufstaschen in den Händen auf die Porte de Mormoiron zuschritt. »Scharfe Hosen. Was ist, gehen wir was trinken?«

»Geht leider nicht, Lieutenant«, erwiderte Jules Parceval mit kummervollem, gehetztem Gesichtsausdruck. »Atos, der dumme Kerl, ist abgehauen. Ich muss ihn suchen.«

»Wo wurde er denn zuletzt gesehen?«, fragte Zadira.

Jules wies auf die große Ringstraße, auf der reichlich Pendler und Touristen unterwegs waren. »Da«, sagte er unglücklich.

»Einige Gäste des Lou Càrri haben gesehen, wie Atos heute Nachmittag wie von Sinnen auf die Straße und zwischen die Autos gelaufen ist. Aber dann ist er auf einmal verschwunden. Ich befürchte, dass er verletzt ist und nun in irgendeiner Ecke liegt und stirbt, wenn ich ihn nicht rechtzeitig finde.«

»Okay, Doktor«, schlug Zadira vor, »folgender Vorschlag: Ich bringe meine Einkäufe schnell in die Wohnung, dann helfe ich Ihnen suchen. Und wenn wir ihn gefunden haben, geben Sie mir einen Drink aus.«

»Wenn Sie mir helfen, Atos zu finden, gebe ich Ihnen mehr als nur einen Drink aus.«

»Sie wissen, wie man mit Bullen reden muss«, grinste sie und stieg rasch die Rue des Ortolans empor, um ihre Taschen loszuwerden.

Ihre Wohnungstür fand Zadira halb offen. Das hieß wohl, dass ihr kleiner, schwarzer Freund sich aus dem Staub gemacht hatte. Sie seufzte leise, als sie mit der Schulter die Tür ganz aufstieß. Aber noch ehe sie ihre Taschen abstellen konnte, blieb sie abrupt stehen.

»Das glaube ich jetzt nicht«, raunte sie.

Zwei Minuten später war sie wieder unten an der Hauptstraße.

»Hey, Doktor«, rief sie Jules Parceval zu, der unruhig auf und ab lief, »Ihr Hund ist doch braun-weiß gefleckt, oder?«

»Ja, warum?«, fragte er.

»Herzlichen Glückwunsch, jetzt haben Sie einen braun-weiß-azurblau gefleckten Hund.«

»Wie hat er das nur wieder geschafft?«, fragte Jules ein wenig später, als er neben Zadira in deren sparsamst möbliertem Wohnzimmer stand. Atos lag auf der flauschigen Katzendecke, hechelte ihnen freudig entgegen und ließ seine Rute über den Boden fegen. Überall auf seinem kräftigen Körper waren blaue Farbspritzer. Gleich neben seinem Bauch und leicht an die einzige farbfreie Fellstelle gelehnt, saß Commissaire Mazan. Der große Vorstehhund und der schlanke schwarze Kater sahen aus, als wären sie schon immer die allerbesten Freunde gewesen.

»Ich schulde Ihnen einen Drink«, wandte sich Jules an Zadira.

»Na ja«, gab sie verlegen zurück. »Ich war nicht wirklich gefordert.«

»Ich habe drüben eine Flasche Wein, wie wäre es damit?«

Zadira verzog das Gesicht. »Sie kümmern sich um Ihren bunten Hund, und ich mixe uns inzwischen zwei Gin Tonics.«

Während Zadira die Aperitifs zusammenstellte, untersuchte Jules das farbbekleckste Fell seines Hundes. Atos winselte leise und versuchte, sich Jules' Griffen zu entziehen. Commissaire Mazan spazierte derweil gemächlich zu Zadira in die Küche und sprang auf den Tisch.

»Das ist Lack!«, hörte Zadira Jules' Stimme im Wohnzimmer.

»Hattest du da etwa deine Pfoten mit im Spiel?«, fragte sie Mazan leise. Der Kater sah sie nur mit seinen wachen Augen an, seine Ohren zuckten einmal vor und zurück.

»Natürlich nicht«, beantwortete sie die Frage selbst. »Und deiner Hüfte scheint es ja wieder bestens zu gehen.«

»Haben Sie Nagellackentferner?«, rief Jules.

Zadira streckte wortlos eine Hand durch den Türrahmen ins Wohnzimmer. Ihre kurzen Nägel waren sehr unlackiert.

»Wohl eher nicht«, murmelte Jules daraufhin. »Verflucht, wie kriege ich diesen Mist denn nur runter?«

Bevor Zadira mit den beiden Gläsern zurückging, tauschte sie noch mal einen langen Blick mit dem schwarzen Kater, der sich betont gelassen gab. Sie dachte daran, wie sie an den letzten Abenden immer mit ihm gesprochen hatte. Erstaunlicherweise hatte es ihr aber beim Denken geholfen. Die Augen dieser Katze besaßen wirklich hypnotische Fähigkeiten.

Jules kniete immer noch kopfschüttelnd neben seinem Hund, als Zadira die Gläser brachte, in denen die Eiswürfel appetitlich klimperten.

»Was sagt denn der Arzt?«, fragte Zadira und reichte ihm sein Glas.

»Der Arzt sagt, so einen Fall hatte er noch nicht.«
Zadira dachte nach.
»Ich kannte mal jemanden, dessen Deckhengst mit roter
Farbe beschmiert wurde. Er hat ihn über und über mit Oli-
venöl und Butter einsprühen lassen und die Farbe dann aus
dem Fell gestriegelt. Fett löst.«
Jules nahm das Glas. »Das wäre einen Versuch wert. Ha-
ben Sie Butter da?«
Zadira schüttelte den Kopf. »Keine Butter, kein Öl, nichts.
Ich esse selten zu Hause, wissen Sie.«
Jules schaute sich um. Im Nebenzimmer war eine Matratze
zu sehen. An einer zwischen zwei Stühlen gespannten Telefonleitung hingen ein paar sportliche Wäschestücke. Es
gab nur einen einzigen weiteren freien Stuhl.
»Wie wär's, wenn wir beide einen Stuhl beisteuern und uns
nach draußen setzen? Nur bis Madame Blanche zurück-
kommt und uns Butter leihen kann«, schlug er vor.
Wenig später saßen sie nebeneinander auf dem Treppen-
vorbau und schauten in den sanft leuchtenden Abendhimmel. Insekten tanzten zwischen den ockerfarbenen
Mauern, Essensdüfte wehten sie an, und über der gesamten Szenerie herrschte der kühle, hoheitliche Mont Ventoux.
Der blau gescheckte Atos hatte sich hochzufrieden zwischen ihren Stühlen niedergelassen, Commissaire Mazan
hockte seitlich von Zadira und spähte wachsam durch die
Metallgitter der Brüstung.
Es war ein Moment des Friedens, und Zadira genoss ihn
unendlich. Bis ihr die tote Julie wieder einfiel.
Als hätte Jules ihren Stimmungswandel gespürt, fragte er
nun sanft: »Gibt es etwas Neues in Ihrem Fall?«
»Ich mag das Wort Fall nicht so gern.«

»Ich auch nicht. Aber es ist das erste Mal, dass ich ein ermordetes Mädchen untersucht habe. Ich weiß nicht, wie ich es sonst sagen soll, ohne dass ich anfange, zu schreien oder zu weinen vor Zorn.«

Zadira nahm einen kräftigen Schluck von dem Gin Tonic. Er hatte exakt das Gefühl beschrieben, das auch in ihr tobte. Sie atmete einmal tief durch. Und begann, ohne allzu viele Details der Ermittlung freizugeben, zu erzählen, was sie an diesem Mord so sehr beschäftigte.

Ebenso wie Lieutenant Matéo und der Mann, den sie Doktor nannte, hatte Mazan über die Stadt geschaut. Doch er las in den Düften, Luftwirbeln und langen Abendschatten, er witterte wachsam Bewegungen, wusste Laute in dem Klangteppich zu unterscheiden, die weit unter der Wahrnehmungsgrenze von Menschen lagen.

Mazan roch die Stadt. Seine Sinne lieferten ihm unzählige Informationen über die Gefühle der Bewohner. Da waren Freuden, aber öfter Sorgen und Ängste. Der Geruch der Angst war scharf und durchdringend. Oft lauerte Angst unter den anderen Gefühlen, jederzeit bereit, hervorzubrechen und all die schönen Regungen wie Zufriedenheit zu verschlingen. Commissaire Mazan spürte die Angst der Katzen, die in das Gespinst der sanften, seidigen Abendluft eingewoben war.

Und er meinte sogar, den Schatten des Flügelmannes wahrzunehmen. Dunkel, vibrierend. Niemals satt. Bereit, erneut zuzuschlagen.

Mazan horchte auf, als Lieutenant Matéo dem Doktor zu erzählen begann, wie sie über Julies Tod dachte. Er spürte ihre verzweifelte Wut, mit der es sie trieb, den Mörder von Julie zu finden.

*Manons Freundin.*

Er begriff, dass sie nicht aufgeben würde, ehe sie es geschafft hatte. Für diesen unbedingten Willen bewunderte er sie.

»Dieses Haus wirkt, als wäre es eine Art Luxus-SM-Club«, sagte Lieutenant Matéo gerade. »Nur dass dieses Mal nach einem Diner eine tote junge Frau im Garten lag.«

»Vielleicht ist einem der Teilnehmer die Sicherung durchgebrannt«, mutmaßte der Doktor.

»Und dann legen sie die Leiche einfach im Garten ab und spazieren nach Hause?«

»Was sollten sie sonst machen? Sie im Kofferraum ihres Wagens wegschaffen?«

»Apropos Wagen«, sagte Lieutenant Matéo, »ich war heute im Château.«

*Ach, du auch?*

»Weil Julie da gearbeitet hat?«

»Richtig, und wissen Sie was, Doktor …?«

»Ich wünschte, Sie würden mich Jules nennen.«

»Mir gefällt dieser Kasten nicht, Jules.«

*Mir auch nicht.*

»Also, ich habe dort die ersten Tage gewohnt, und ich fand es sehr angenehm. Die Zimmer sind stilvoll und sauber, der Service ist hervorragend und das Essen im L'Ingénue wirklich exzellent.«

Lieutenant Matéo betrachtete Jules auf eine Weise, die Mazan auf einmal sehr neugierig werden ließ. Einerseits schien sie Jules anfauchen zu wollen. Andererseits suchte sie seine Aufmerksamkeit.

Commissaire Mazan kannte dieses Verhalten von Kätzinnen, vor allem wenn sie in ihre Paarungszeit kamen.

»Sie mögen diese Welt, nicht wahr?«, fragte Zadira mit einem gefährlichen Unterton, den der Doktor aber nicht zu bemerken schien.

»Welche Welt meinen Sie?«, fragte Jules unbefangen.

»Weiße Tischtücher, Champagner, Trüffel. ›Oui, Monsieur‹, ›Aber gern, Monsieur‹, ›Ganz, wie Sie wünschen, Monsieur‹. Das ist Ihre Welt, nicht wahr?«

Doktor Jules sah aus wie ein Kater, der gerade ohne Vorwarnung angefaucht worden war.

»Ähm …, ja, schon.«

Sie stand abrupt auf, nahm ihm sein Glas ab und verschwand im Inneren des Hauses. Doktor Jules sah so aus, als wenn er jetzt am liebsten gegangen wäre.

*Lass dich doch nicht täuschen. Kätzinnen sind so, wenn ihre Zeit kommt. Ihr Fauchen ist ein Test.*

Mazan versuchte, Doktor Jules' Blick einzufangen, doch der war in Gedanken versunken. Auch Atos schaute nun sorgenvoll zu seinem Herrchen auf und winselte fragend.

»Voilà, Doktor Jules«, spottete Lieutenant Matéo, als sie mit zwei aufgefüllten Gläsern zurückkam, »Medizin für reiche Söhnchen, die in die Provinz abgeschoben wurden.«

Doktor Jules nahm das Glas nicht, das sie ihm hinhielt.

»Das macht Ihnen wohl Spaß, oder?«, presste er zwischen zusammengebissenen Zähnen hervor.

»Was denn, Doktor?«, fragte Lieutenant Matéo betont harmlos.

»Menschen anzugreifen, die nicht Ihren Jargon draufhaben. Die nicht die harte Realität irgendwelcher abgefuckten Vorstädte kennen. Die guten Wein trinken. Und dabei haben Sie jederzeit die Möglichkeit, auch noch die Rassistenkarte auszuspielen. Aber wissen Sie was? Sie grenzen genauso aus, Madame. Sie sind genauso rassistisch wie jedes verdammte Weißbrot, das auf Schwarze, Schwule oder die Banlieues herunterschaut.«

*Ja, richtig. Du musst sie auch anfauchen. Sie wollen dich respektieren können!*

Lieutenant Matéo starrte den Doktor an. Mazan bemerkte, wie es in ihr arbeitete. Und er nahm wahr, wie sich ihr Geruch veränderte – von wütend in warm.

Schließlich hielt sie dem Mann erneut ein Glas hin.

»Hey, Doktor Jules, du kannst ja richtig aufdrehen«, sagte sie leise. Fast purrend, fand Mazan.

Doktor Jules nahm das von der Kälte des Getränks beschlagene Glas entgegen.

»Duzen wir uns jetzt endlich?«, fragte er.

»Ich dachte schon, du fragst nie. Hi. Ich bin Zadira.«

»Hi. Ich bin Jules, Zadira. Toller Name. Algerisch?«

»Hmmh«, bejahte sie. »Mein französischer Name ist Camille. Aber so darfst du mich erst nennen, nachdem wir zusammen durch richtig tiefe Scheiße gewatet sind.«

Doktor Jules antwortete mit einem Grinsen: »Mir gefällt Zadira ganz gut. Das mit dem In-der-Scheiße-Waten muss also nicht sein.«

Sie lachte leise, kehlig.

Die Gläser klickten aneinander.

»Also, Jules, was hat dich in dieses reizende Provinznest verschlagen?«

Er verzog das Gesicht. »Um genau zu sein: ein Vater, der nicht nur der bedeutendste Hirnchirurg von Paris ist, sondern auch der unfehlbare Professor Dr. Dr. Honoré Parceval. Eine Mutter, deren blaublütige Vorfahren schon ein Schloss an der Loire besaßen, als Vercingetorix Cäsar seine Blechschwerter vor die Füße geworfen hat. Und meine Rolle als genau nach Plan gezeugter Sohn, der dem

Lebensweg des Vaters mit gebührendem Respekt folgen sollte. Selbstverständlich hatte *maman* bereits die passende Partie für mich ausgesucht.«

»Ach ja«, fragte Zadira sichtlich amüsiert. »Nach welchen Kriterien wird eine solche Partie denn ausgewählt?«

»Die Abstammung ist natürlich von entscheidender Bedeutung«, erklärte Jules. »Familie, Erziehung, äußere Erscheinung. Eine diskrete medizinische Untersuchung gehört auch dazu. Der genaue Wert einer Frau wird dann in einem äußerst komplizierten Prozess ermittelt. Anhand von Gartenpartys, Benefizveranstaltungen, Opern und so weiter.«

»Wow«, meinte Zadira beeindruckt. »Und wie hieß die Glückliche?«

»Die Glückliche«, wiederholte Jules etwas gestelzt, »trug den schönen traditionellen Namen Fabienne Sylvie Bernadette. Und ich war mit ihr verlobt. Also quasi verlobt.«

»Jetzt wird es interessant. Was ist dann passiert?«

»Tja«, sagte Jules gedehnt und schaute auf sein Glas hinab, als fände er dort zwischen Eiswürfeln und Gurkenscheibe die Antwort. »Es fing damit an, dass ich nach der Approbation zur Tiermedizin gewechselt habe.«

»Und *papa* war nicht amüsiert?«

»Nein, nicht wirklich. Er tröstete mich aber mit dem Hinweis, dass es sicherlich bald einen Nobelpreis für diese Sparte der Medizin geben würde.«

»Ironie beherrscht er also auch. Dann bist du Tierarzt geworden, weil du gegen deinen Vater revoltieren wolltest?«

Jules wiegte den Kopf. »Mir war natürlich klar, dass ihm das nicht passen würde. Aber das war nicht der Grund: ihn zu ärgern. Es war einfach das, was ich tun wollte. Ich behandle gern Tiere.«

Er strich Atos liebevoll über den Kopf, was der mit einem zufriedenen, behaglichen Grunzen quittierte.

*Schleimer. Wieso müssen Hunde immer nur so übertrieben dankbar sein?*

Zadira schwieg versonnen und lächelte den Doktor warm an, als Jules nicht hinsah.

»Und was sagte Fabienne dazu?«, fragte sie dann.

»Ach, die fand das exotisch. Ich meine, wer hat in diesen Kreisen schon einen Tierarzt?«

Er lachte kurz und schüttelte den Kopf, als ob ihm das alles völlig absurd vorkäme.

»Wissen Sie …« Er stockte und berichtigte sich: »Weißt du, Fabienne besaß einen Hund. Lulu. Ein reinrassiger Bichon Frisé, schneeweißes langes Fell, völlig überzüchtet. Der war immer dabei. Wenn wir ausgingen, wenn wir auf dem Sofa saßen, wenn wir …« Er hielt verlegen inne.

»Bumsten?«, fragte Zadira glucksend.

»Wenn wir bumsten. Ja, genau«, sagte Jules todernst. »Mir hat ein gestriegelter, nervöser Bichon beim Bumsen zugeschaut.«

Zadira prustete los. Sie schüttelte sich ungehemmt vor Lachen, und Jules fiel mit ein. Für Mazan klang es, als ob der Doktor fragte: »Gefalle ich dir?« Und als ob sie sagte: »Ja, sehr.«

Doch stattdessen formten Zadiras Lippen die banalen Worte: »Was hast du dagegen gemacht?«, während sie sich die Lachtränen aus den Augenwinkeln wischte.

»Ich habe mir Atos zugelegt.«

Der bekleckste Vorstehhund richtete sich auf.

»Ja, genau mein Guter«, sagte Jules und streichelte seinem Hund wieder über den Kopf. »Du hast mich gerettet.«

*Tatsächlich?*

»Tatsächlich?«, fragte Zadira und legte dem Hund ihre schlanke Hand zart auf den Rücken. Damit waren ihre dunklen Finger nur wenige Zentimeter von Jules' heller Hand entfernt.

»Fabienne war, diplomatisch ausgedrückt, entsetzt. Und wenig später sagte sie den Satz, mit dem die meisten unglücklichen Ehen beginnen: ›Entweder ich oder er!‹«

»Und wir sehen ganz klar den Erfolg«, feixte Zadira.

Jules prustete. »Oh, Mann, jetzt kann ich darüber lachen, aber damals – ich sag's dir …« Er fuhr sich durch das volle dunkelblonde Haar.

»Fabienne wollte sich trennen, *maman* und *papa* waren düpiert. Fabiennes Eltern stießen Drohungen aus. Gemeinsame Freunde wandten sich ab. Es bildeten sich regelrechte Fraktionen. Dann fand ich bei Facebook die Anzeige einer Madame Roche: Eine kleine Stadt in Südfrankreich suchte einen Tierarzt.« Er zuckte mit den Achseln und sah Zadira dann in die Augen. »Und da bin ich.«

»Und da bist du.«

Ihr Schweigen dehnte sich. Wieder witterte Mazan das leise Pulsieren zwischen ihnen.

»Dann trinken wir jetzt auf Madame Roche«, meinte Zadira schließlich.

»Auf Madame Roche.« Wieder stießen sie an, tranken.

»Und du, Zadira? Was hat dich hierher verschlagen?«

Commissaire Mazan nahm erstaunt wahr, wie aus Lieutenant Zadiras Brust bei dieser Frage ein dunkler Kummer aufstieg und sich wie ein Schleier über ihr Gesicht legte. Sie wandte sich zur Seite.

»Ein andermal, Doktor«, sagte sie leise. »Ein andermal.«

Jules blinzelte verwirrt.

Nach einer Weile begann Zadira unvermittelt: »Der Marquis de Sade. Das Hotel, in dem Julie arbeitete, hat ihm als Theater gedient.« Zadira schaute Jules finster an. »Kennst du de Sades Schriften? Über Klassensystem und Gewalt?«

»Eher nicht«, sagte er.

»Solltest du lesen«, meinte sie. »Der verruchte Marquis hatte ein paar kluge Gedanken zu diesem Thema. Wie auch immer, ich werde dich jetzt etwas fragen, was nur du mir beantworten kannst. Aber reg dich nicht wieder auf, ja?«

»Jetzt machst du mir Angst.«

Zadira lachte. »Keine Sorge, deine Joints in der Badewanne habe ich auch vergessen.«

Zadira und Jules grinsten sich an. Diesmal bestand zwischen ihnen ein Einverständnis, das Mazan nicht verstand.

»Na gut«, beschloss Jules. »Frag!«

Sie atmete tief ein, hielt erst den Atem an. Und sagte dann: »Du kennst diese Typen. *Bon chic bon genre.* Die mit Geld und in dem Bewusstsein aufgewachsen sind, dass ihnen ein Logenplatz in der Gesellschaft sicher ist. Die sich nie Sorgen um ihre Existenz machen mussten. Du kennst diese Leute, weil du zu ihnen gehört hast.«

Jules sah sie sehr ernst und sehr still an.

»Und auch wenn du ausgebrochen bist, so kannst du doch sicher sein, dass sie dich wieder aufnehmen würden. Du gehörst zu ihrer Klasse.« Zadiras Blick fixierte Jules' Gesicht. »Habe ich recht?«

Jules schaute weg, sah in sein Glas, dann nahm er ihren Blick erneut auf und nickte stumm.

»Gut«, sagte Zadira. »Gut. Und jetzt kommt meine Frage: Sind diese Leute, die alles haben, wirklich so arrogant, dass sie ernsthaft meinen, sie kämen damit durch, wenn sie

Frauen quälen, töten und dann einfach wegwerfen? Bilde ich es mir nur ein – oder sind die wirklich so arrogant?«

Jules sagte, ohne zu zögern: »Ja. Das sind sie.«

Zadira atmete noch einmal tief ein und aus.

»*Bon.* Dann werden sie begreifen müssen, dass sie sich diesmal getäuscht haben.«

# 23

Die Morgenröte färbte den Mont Ventoux graublau und setzte ihm eine aprikosenfarbene Spitze auf.

Als Zadira aus ihrer Wohnung trat, wäre sie fast über Madame Blanche gefallen, die dort konzentriert die schon saubere Treppe putzte.

»*Bonjour,* Madame Blanche.«

»Ach, Madame Lieutenant, guten Morgen«, antwortete ihre Vermieterin und versuchte, nicht sehr diskret, um Zadira herum in deren Wohnung zu spähen.

Zadira wurde klar, dass Madame Blanche extra früher aufgestanden sein musste, um im obersten Stockwerk auszukundschaften, ob Doktor Parceval, nachdem er sich bei ihr Unmengen Butter ausgeliehen hatte, seinen »Hausbesuch« bei Zadira bis zum Frühstück ausgedehnt hatte.

»Monsieur Parceval ist wahrscheinlich schon mit dem Hund raus«, sagte Zadira. »Und noch einmal vielen Dank, ihre Butter hat uns sehr geholfen.«

Madame Blanche bekam kleine hektische Verlegenheitsflecken in ihrem adretten Gesicht.

»So ein netter Mann, der Doktor Parceval«, flüsterte sie und wartete ab, ob Zadira dazu auch etwas sagen wollte.

»Und klug auch noch«, flüsterte Zadira zurück. Ihre Vermieterin strahlte beglückt.

Wie hätte Madame Blanche erst gestrahlt, wenn Zadira gesagt hätte: Ja, und er riecht außerdem umwerfend. Wahrscheinlich wäre ihre Vermieterin dann sofort bei Madame Roche vorstellig geworden, um diese zu bitten, einen entsprechenden Eintrag bei Facebook zu posten.

Das brachte Zadira darauf, warum es eventuell niemandem aufgefallen war, was sich in Haus Nummer 9 der Rue de L'Ancien Hôpital abgespielt hatte. Vielleicht gehörten die, die dort ein und aus gingen, ja schon so sehr zum Stadtbild, dass niemand mehr genauer hinschaute? Anders als bei ihr und Jules, den beiden Neuzugängen in der Gemeinde?

Zadira absolvierte ihr Lauftraining heute entlang der Weinberge der Domaine de Fondrèche. Ein Traktor tuckerte zwischen den Rebenreihen entlang. Zadira hob die Hand. Der Winzer winkte zurück.

Marseille hatte sich wie ein Mantel um Zadira gelegt und sie namenlos werden lassen. In Mazan aber wurde sie ständig gegrüßt und beobachtet, da konnte Zadira nicht einmal drei Meter gehen, ohne dass es jemand bemerkte.

Sie machte auf dem Rückweg bei Jean-Luc auf ihren Kaffee und ein Croissant im Stehen halt. Auf dem Tresen lagen wie immer die Tageszeitungen *La Provence* und *Le Dauphiné*. Zadira blätterte sie durch: *La Provence* hatte nur die offizielle Pressemitteilung über den Mord an Julie abgedruckt und berichtete groß über den »Opa« Hollande, über das Wetter und Olympique Marseille. Die Vaucluser Zeitung *Le Dauphiné* machte dagegen gleich mit drei Verbrechen aus der Region auf. »Schwere Ermittlungsfehler bei versuchtem Hammer-Mord: Hatten die Polizistin und der Angeklagte ein Verhältnis?« – »Sechzehn Verhaftungen in Sorgues: Razzia bei Einbrecherbande, zwei Tote.« Und, natürlich: »Mädchenmord in Mazan: Geht die Serie weiter?« Zadira schaute nach den Verfassern der drei reißerischen Artikel. Es war jedes Mal der gleiche Name: Blandine Hoffmann. Sie las konzentriert den Artikel über Mazan und Julie, der durch geschickte Stilistik dafür sorgte, dass es nach mehr klang, als die Pressestelle der Polizei in Carpentras herausgegeben hatte.

»Welches Geheimnis verbirgt die Villa Nummer 9? Vis-à-vis des verfallenen Turmes, der zum Marquis de Sadeschen Lustschloss gehörte, wurde die Leiche der bildschönen Hotelangestellten Julie R. (19) aufgefunden, eingewickelt in eine edle Überdecke ...« Zadira schnalzte unwillig mit der Zunge. Überdecke! Wer hatte denn das verraten?

*Oder ist diese Hoffmann einfach nur ziemlich fit, kann beobachten und aus den Leuten Details herausholen?*

Es folgte ein Absatz über das Leben des Marquis de Sade in Lacoste und Mazan, über seine Familie, die die letzten siebenhundert Jahre Ärzte, Bürgermeister, Generäle, Königstreue und Äbte hervorgebracht und die Geschicke der Grafschaft Venaissin, des heutigen Vaucluse, zu lenken gewusst hatte.

»Das ist vielleicht ein Revolverblatt«, knurrte Jean-Luc, als er Zadira noch einen Kaffee hinschob. »Aber alle lieben es. Und, was macht der Fall?«

»Jean-Luc, nehmen Sie es mir nicht übel, aber ich hasse das Wort Fall«, antwortete Zadira.

Die meisten Zivilisten sagten »der Fall« oder »die Sache«. So als ob sie den Opfern von Verbrechen nicht mal mit Worten zu nah kommen wollten. Die meisten nahmen an, dass auch Polizisten diese Distanz pflegten.

Aber das taten nur Anfänger. Bis sie merkten, dass es keine Distanz gab. Nicht, wenn man die Opfer ernst nahm. Die älteren Mordermittler, und älter war man bei den Bullen schon ab dreißig, sagten immer die Namen der Toten. Immer wieder. So lange, bis sie deren Mörder gefunden hatten. Und wenn sie das nicht schafften, dann wiederholten sie die Namen im Stillen, bis zu ihrem eigenen Tod, so hatte es Nicolas ihr einst erklärt. Manche trugen einen Chor von Namen in sich.

»Julie Roscoff«, flüsterte Zadira nun. »Julie Roscoff.«

Jean-Luc beobachtete sie aufmerksam.

»Sie schaffen das, Lieutenant«, meinte er freundlich. »Sie finden Julies Mörder.«

Dabei hatte sie das Gefühl, dass ihr die Zeit zwischen den Fingern zerrann. Ja, sie war eine gute Drogenfahnderin und straßentauglich, sie kannte die Junkies, die jedem für einen Schuss ein falsches Alibi lieferten, sie hatte Erfahrung mit Schießereien und der korsischen Mafia. Aber hier hatte sie das Gefühl, mit einer zu kleinen Taschenlampe durch einen dunklen Flur zu tappen.

Sie trank rasch den Rest des heißen Kaffees.

Dann holte sie das Telefon aus ihrem Sportgurt an der Hüfte und ließ sich von der Auskunft mit der Redaktion des *Le Dauphiné* verbinden. Doch es war noch zu früh, nicht einmal halb acht, die Redaktion nie vor elf Uhr voll besetzt. Zadira wählte erneut die Auskunft, und diese gab Zadira bereitwillig die Mobilnummer von Blandine Hoffmann, »freie Journalistin«.

Die ging erst nach dem elften Klingeln dran.

»Was?«, raunzte eine heisere Frauenstimme, der man den rüde unterbrochenen Schlaf und reichlichen Zigarettenkonsum anhörte.

»Guten Morgen, Madame Hoffmann. Mein Name ist Lieutenant Matéo, ich ermittle …«

»Wie schön für Sie. Rufen Sie mich nie wieder vor zehn Uhr an«, brüllte sie und legte auf.

Wow, dachte Zadira. Und wählte die Nummer erneut.

»Aubignan, Bédoin, Monteux, Venasque, Mazan«, sagte sie, noch bevor Hoffmann sie ein zweites Mal anschnauzen konnte.

»Ja, und?«

»Ich denke auch, dass es eine Serie ist.«

Und diesmal war es Zadira, die auflegte, bevor Blandine Hoffmann noch etwas sagen oder fragen konnte.

Zadira rechnete nicht damit, dass die Journalistin sofort zurückrufen würde. Wenn sie schlau war, würde sie erst einmal recherchieren, wer diese Matéo eigentlich war. Und danach entscheiden, ob sie einander etwas zu sagen hätten.

Als Zadira nach einer Dusche das letzte frische Shirt aus der Reisetasche fischte, hatte sich Commissaire Mazan so auf dem Fensterbrett postiert, dass er sie genau beobachten konnte. Immer wieder suchten seine Augen ihren Blick.

Und wieder ertappte sich Zadira dabei, wie sie begann, unter diesem klugen Blick ihre Gedanken zu sortieren.

»Julie, schön, aber arm, wird eingeladen, überredet oder gezwungen, an einem Diner mit anschließenden Schmerzlustspielen teilzunehmen. Sie wird zurechtgemacht und dann gequält, aber nicht so, dass sie ernsthaft verletzt wäre. Am Ende aber wird sie in den Garten geschmissen wie ein Essensrest, der vom Teller geschabt wird. Gleichzeitig ist das Haus so übervoll mit Spuren, dass man kaum glauben mag, dass es so nachlässige Mörder gibt. Frage: Was ist also nach dem Spieleabend schiefgegangen? Und wer hat die Möglichkeit gehabt, Julie zu so einem luxuriösen Diner einzuladen?«

Der schwarze Kater legte seinen Kopf schief.

»Doch nur jemand, der Kontakt zu ihr hat«, sagte Zadira und zog sich das Shirt über, glitt in die hellgrüne Cargohose. »Direkten Kontakt. Und der war eigentlich nur im Château möglich, oder siehst du das anders, Commissaire?«

Sein Kopf ruckte herum. Zadira schnallte sich den Gurt mit der Pistole, Handschellen, Taschenlampe und Pfefferspray um, streifte ein Oberhemd darüber.

»Leder ...«, murmelte sie jetzt halblaut, »Olivenöl ... Chanel-Parfüm, Geschenke ...«

Als sie die Tür zuziehen wollte, fiel ihr Blick wieder auf den Kater. Schaute er nicht irgendwie vorwurfsvoll?

»'tschuldige«, sagte sie und machte die Tür wieder auf.

Als Zadira zehn Minuten später die Wache betrat, erlebte sie eine Überraschung: Brell bugsierte gerade rumpelnd einen gewaltigen, uralten Tisch durch die Gegend, fluchte in bestem Rhodano-Dialekt und drehte sich erst auf ihr »Hallo?« hin zu ihr um.

»Ah, *bonjour*, Lieutenant.« Lucien Brell salutierte und grinste verlegen.

Als er ihr noch feierlich einen Stuhl vor den »neuen« Schreibtisch stellte, fragte Zadira:

»Wo haben Sie das, tja, das Schätzchen denn her?«

»Von Francis. Aus Saint-Didier. Das ist bestes Sargholz«, erklärte Brell. »Kennen Sie Saint-Didier? Da hat im April ein Ex-Kommissar seine Mama erdrosselt und sich danach aufgehängt. Er machte Yoga und leitete Kurse für innere Ruhe und so was.« Brell zuckte mit den fleischigen, breiten Schultern. »Keine gute Werbung für Yoga, wenn Sie mich fragen.«

»Francis? *Der* Francis? Wem hat er das Haus verkauft?!«

»Schauen Sie doch mal in Ihre neue obere Schublade, Lieutenant«, forderte Brell sie nicht ohne Stolz auf. »Ich hab's heute Morgen kopiert, nachdem Francis die ganze Nacht darin nach der richtigen Stelle gesucht hat. Und, glauben Sie mir: Das hat gedauert, wir haben drei Rotweinflaschen gebraucht.«

Sie holte eine Kopie von etwas, das wie die Seiten eines Tagebuches aussah, aus der sperrigen Schublade.

»Francis ist siebenundachtzig, er führt Tagebuch, seitdem er mit sechzehn in den Krieg ging. Jeden Tag zwei Seiten, einundsiebzig Jahre lang. Dementsprechend musste er sehr lange suchen, bis er das Datum gefunden hatte, an dem ihn der Herr das erste Mal besuchte. Und ich habe mir währenddessen so einiges vorlesen lassen müssen. Ich sag's Ihnen, der Francis hat so einige junge Witwen getröstet, die hat er alle auf dem Friedhof kennengelernt.«

»Das Haus gehört nur einem Mann?«, unterbrach Zadira.

»Zumindest war der, der die Immobiliengesellschaft vertreten hat, ein Mann. Francis sagte, als er dem Interessenten damals, so vor fünfzehn, sechzehn Jahren gesteckt hätte, dass sein Haus zwar erst um 1825 herum, aber dafür auf einem Grundstück gebaut wäre, auf dem ein Teil des de Sadeschen Schlosses gestanden habe … tja, da hätte der Pariser gar nicht mehr um den Preis verhandelt. Brachte Francis damals zweihunderttausend Francs mehr.« Brell lachte über dessen Pfiffigkeit. »Diese Leute aus der Stadt glauben doch alles, was sie glauben wollen.«

Zadira entzifferte Buchstabe für Buchstabe, erfuhr alles über Francis' Ess- und Verdauungsgewohnheiten und fand ihn dann endlich. Den Namen des Käufers.

Er hieß César Alexandre.

»Brell, Sie sind ein Genie. Schnell, geben Sie mir die Liste der Autobesitzer vom Hotel. Haben Sie die schon …«

»Natürlich.« Brell reichte ihr den Computerausdruck. Er hatte den Namen grellrot umkringelt.

César Alexandre! Besitzer eines silbernen Mercedes Cabrios aus Paris, Gast des Château de Mazan, zufällig in einem seltsamen Büro des Innenministeriums erreichbar – und Mitbesitzer des Hauses Nummer 9.

»Ha!«, rief Zadira. »Jetzt bist du dran!« Sie lief zu Brells Polizeicomputer, tippte im Stehen César Alexandres Namen in die Personen-Datenbank der Gendarmerie ein.

»Lieutenant«, merkte Brell an und schob ihr einen weiteren Ausdruck hin, diesmal von César Alexandres Führerschein. »Sie werden nicht viel über ihn finden. Weder im JUDEX noch im Internet. Der Mann lebt hinter einer Sichtschutzwand.«

Zadira schnappte sich den Ausdruck der Fahrerlaubnis und sah in Alexandres Gesicht. Auf dem Foto war er jünger, energievoller. Doch sie erkannte sein Jeremy-Irons-Gesicht auf Anhieb wieder. Es war der fein gekleidete Machtmensch aus dem Lou Càrri. Dieser Mann war schon mehrere Tage, seit mindestens Samstag in Mazan. Zeit genug, um Julie kennenzulernen, zu verführen und in das Haus Nummer 9 zu locken.

»Und was haben wir?«, fragte Zadira. Adrenalin schoss in ihre Adern.

»Nichts, was wir offiziell verwenden können«, begann Brell.

»Ich habe nach der Nacht bei Francis mal meinen Feng-Shui-Meister Laurent angerufen.«

»Feng-Shui-Meister.«

»Na ja, Männer brauchen Hobbys, und wir können doch nicht alle jagen, kochen oder Frauen malen, oder? Laurent ist im Übrigen auch Polizist.«

Zadira sprang erneut auf und bereitete zwei Espressi zu, während Lucien Brell weiter berichtete. »Laurent wollte

Karriere machen, also ist er Zwo-neun nach Paris zum DCRI, dem französischen Geheimdienst, gegangen und arbeitete dort in einer Abteilung, die Pariser Polizisten auf die Finger schaut.« Hier stoppte Brell und äugte zu ihr hinüber.

»Ja, und?« Zadira wusste, wovon Brell sprach, Gaspard hatte sie ebenfalls an den Geheimdienst vermitteln wollen. Sie aber hatte weder Interesse gehabt, in Paris, noch, als Spionin zu arbeiten.

»Na ja, Laurent sagt, das Interessante an César Alexandre sei nicht, was man über ihn weiß. Sondern das, was man nicht über ihn weiß und auch nicht herausfindet.«

»Zucker, Brell?«

»Sieben Löffelchen, gern. Also: Weder ist bekannt, wo er geboren wurde, noch, wer seine Verwandten sind. Über seine Studienzeit, übrigens an der ENA, ist jedoch bekannt, dass er herausragend war. Der Mann ist ein brillanter Rechtsphilosoph, der, so sagte Laurent wörtlich: ›Kant und Machiavelli wie Osterhasen aussehen ließ‹, Zitat Ende. Wissen Sie, was das heißt?«

»Nageln Sie mich nicht fest, Brell, aber es hat etwas mit der Frage zu tun, ob Recht und Gesetz moralisch bedingt sind und Gerechtigkeit fördern sollen oder doch nur der Politik dienen.«

»Ach ja? Und darüber muss man streiten? Gut: Nach der Zeit auf der Kaderschmiede gibt es immer wieder Löcher, als ob der Mann über einige Jahre hinweg verschwunden gewesen wäre; es deckt sich in etwa mit der Zeit des Irakkrieges. Er ist offenbar nicht verheiratet, und wenn man ein Bewegungsprofil seines Mobiltelefons anfordert, wird man, sagt Laurent, gleich nach Sibirien versetzt.«

»Und was macht er heute?«

»Er arbeitet im Innenministerium, ebenfalls beim DCRI. Laurent hat absolut keine Ahnung, was er da tut. Was ich einigermaßen verdächtig finde, Sie nicht?«

»Sie haben mich jetzt so neugierig gemacht, dass ich Monsieur Alexandre unbedingt kennenlernen will«, sagte Zadira. Sie sah auf die Uhr. Es ging auf neun zu. Perfekt.

»Kommen Sie, Sergeant Brell. Es ist Frühstückszeit im Château de Sade.«

# 24

Commissaire Mazan hatte einen Plan.
Doch um den verwirklichen zu können, brauchte er die anderen Katzen, Rocky, Louise und vor allem Manon. Das würde nicht einfach werden, Katzen waren nicht so leicht zu dirigieren wie Hunde.

Als er sich durch den Spalt der wie üblich offen stehenden Tür von Lieutenant Zadiras Wohnung ins Freie zwängte, dachte er an den letzten Abend zurück.

Die beiden hatten sich nicht gepaart. Vermutlich weil Zadira noch nicht so weit war. Es waren immer die Weibchen, die den Zeitpunkt bestimmten.

Mit hochgereckter Schnauze witterte er, um herauszufinden, ob eine der anderen Katzen in der Nähe war. Aber es waren zu viele, sie stromerten durch die Gassen der Stadt, so dass sich die Geruchsspuren kreuz und quer übereinanderlegten. Erst als er sich entlang der Mauerschatten am Kirchplatz vorantastete, nahm Mazan Louises speziellen Katzenduft wahr. Und den von Manon.

Er überquerte rasch den Kirchplatz und näherte sich der Gasse, in der er vor ein paar Tagen seine erste rüde Begegnung mit Rocky gehabt hatte. Louise hatte mit Manon von einer Mauer aus zugeschaut. Und hinter genau dieser hielten sie sich auch heute auf.

Mazan näherte sich dem nun offenen Gittertor, das zu dem Hof der alten kleinen Kirche führte, und schaute zu der Plakette mit den Inschriften empor, die an den hellen Sandsteinmauern angebracht war. Lesen zu können, hatte er bisher nie vermisst. Doch für Stadtkatzen konnte es nützlich sein.

Der Hof war mit Steinplatten ausgelegt, zwischen denen Gras ungezähmt emporwuchs. Die Eingangstür der alten Kapelle stand offen.

Commissaire Mazan spähte in den Altarraum, der jedoch vollgestellt war mit rätselhaften Gegenständen, denen das hohe Alter riechbar aus allen Poren quoll. Gleich hinter dem Eingang saß eine junge Frau an einem Tisch und las.

Louise hockte draußen auf einer Steinbank neben einem niedrigen, halbrunden Gewölbe. Manon lag im Schatten der Mauer daneben und blickte Mazan aus ihren irisierenden Augen gelassen entgegen.

»Was ist das?«, fragte er Louise.

»Das ist ein Museum«, erklärte Louise. »Sie nennen es Chapelle des Pénitents Blancs. Die Kapelle der Weißen Büßer. Es war mal eine Kirche. Jetzt steht altes Zeugs aus der Stadt und der Gegend darin, das sich Besucher anschauen dürfen.«

»Woher weißt du das alles?«

Die Siam bedachte ihn mit ihrem herablassenden Blick. »Weil das auf dem Schild an der Mauer steht«, sagte sie spitz.

»Du kannst lesen?«

»Du etwa nicht, mon Commissaire?«

Warum nur hatte er das Gefühl, dass Louise sich über seinen Namen lustig machte?

»Und die Frau da drin?«

»Die schließt morgens die Tür auf, setzt sich an den Tisch, liest oder schläft. Es kommen so gut wie nie Besucher. Darum treffen wir uns hier, wenn es etwas zu besprechen gibt. Zum Beispiel, dass ein neuer Kater in die Stadt gekommen ist und was wir mit ihm tun.«

Diese Siam spielte in der Katzengemeinde der Stadt eine wichtige Rolle, das begriff er immer deutlicher.

»Louise, was weißt du über die Katzen, die hier gestorben sind?«, wollte er nun wissen.

Die Schattenweiße wandte sich ab. Es hätte ihn nicht gewundert, wenn sie, ohne ihm zu antworten, davongelaufen wäre. Das war typisch für seine Artgenossen. Unangenehme Fragen ignorierten sie einfach.

Louise aber war anders. Sie hatte als Erste verstanden, dass er etwas gegen den Katzenmörder unternehmen wollte, und ihn unterstützt. Und sie konnte lesen.

»Warum willst du das wissen?«, fragte sie jetzt prüfend.

»Ich bin nicht aus der Wildnis in die Stadt gekommen, um hier ein Leben in Angst zu führen.«

Sie betrachtete ihn sehr genau aus ihren klaren, blauen Augen. Dann wandte sie sich an Manon, die das Gespräch wortlos verfolgte: »Vielleicht hast du doch recht gehabt.«

Die Himmelsläuferin schmatzte nur leise und legte den Kopf zufrieden auf die Pfoten.

»Was? Aber womit denn?«, fragte Mazan überrascht.

»Manon hat behauptet, dass du anders bist. Und dass sich mit deinem Eintreffen in der Stadt die Dinge ändern würden.«

Mazan musterte die Ingwerfarbene und fragte sich einmal mehr, was wohl in ihrem Kopf vorging.

»Aber nach deinem ersten Auftritt war ich davon nicht sehr überzeugt«, fügte die Siam spöttisch an.

Der Kampf hätte auch anders ausgehen können. Aber das war eine Sache zwischen ihm und Rocky. Und *nur* zwischen ihm und Rocky.

»Also, was weißt du über die toten Katzen?«, kam er auf seine Anfangsfrage zurück.

Louise blinzelte. Dann erzählte sie: Die Katzen wären immer vorher in dem Garten des Hauses gewesen, in dem Manons Freundin Julie tot aufgefunden worden war. Zur gleichen Zeit wären dort unheimliche Dinge passiert. Hinter den verriegelten Fenstern hätten die Katzen Schmerz und Qual wahrgenommen. Seither wäre das Haus »das verbotene Haus« und der Garten der »verbotene Garten«.

»Keiner von uns betritt ihn. Aber als Manon sah, dass Julie in das Haus wollte, hat sie versucht, ihre Freundin davon abzuhalten.«

Manons Lider senkten sich über die Augen, um ihre Gefühle zu verbergen.

»Wäre es ihr doch nur gelungen«, fügte Louise leise hinzu.

Lieutenant Zadira hatte von Festen gesprochen, die in dem Haus gefeiert wurden.

*Aber wieso wurden die Katzen getötet?*

»Louise«, sagte Mazan eindringlich. »Wir müssen etwas tun.«

»Ach, und was können wir schon tun?«, fragte Louise. »Wir sind doch nur Katzen.«

»Nur Katzen? Das ist sehr viel!«, warf Mazan ein. »Ihr wisst mehr über die Bewohner als sie selbst. Wir Katzen haben Sinne, die denen der Menschen weit überlegen sind. Wir können hingehen, wo sie nicht hinkommen. Sehen, was sie nicht erkennen.« Mazan hielt einen Moment inne. Was hatte dieser Monsieur Alexandre gesagt? Spion. *Wir können Spione sein.* »Und wenn wir unser Wissen mit jenen Menschen teilen, die auf unserer Seite sind, dann können wir alle Schatten besiegen.«

»Das klingt zwar ganz reizend«, wandte Louise nach einer Weile ein. »Wir haben da nur ein kleines Problem: Wie teilen wir den Menschen unsere Erkenntnisse mit? Sprichst du etwa ihre Sprache?«

Während er noch nach einer Antwort suchte, mischte Manon sich ein: »Wir brauchen es ihnen doch gar nicht zu *sagen.*«

Die ingwerfarbene Kätzin betrachtete Mazan mit einer Intensität, die eine leichte Unruhe in ihm auslöste.

*Kommt sie etwa in ihre Zeit?*

Manon fügte hinzu: »Wir brauchen die Menschen bloß dazu zu bringen, dass sie tun, was wir wollen. Und das ist doch eine Gabe, die wir über viele Generationen hinweg perfektioniert haben.«

»Da hast du allerdings recht«, stimmte Louise zu und wandte sich an Mazan: »Also, was hast du vor, mon Commissaire?«

Das klang nicht mehr ganz so spöttisch.

»Drei Dinge«, erklärte er. »Zuerst müssen wir die Katzen der Stadt vor dem Gift im verbotenen Garten warnen.«

»Gift?«, fragte Louise überrascht.

Er erzählte, dass er im Garten des verbotenen Hauses vergiftetes Futter gefunden hatte.

»Und du hast es gerochen?«, fragte Louise respektvoll.

»Ja«, bestätigte er. »Wenn man den Geruch einmal zu identifizieren gelernt hat, ist es nicht schwierig, ihn wiederzuerkennen. Das sollten alle Katzen lernen. Jede einzelne, vor allem die Jungen.«

»Einverstanden«, stimmte Louise ihm zu. »Und weiter?«

Mazan war sich sicher: Wer immer der Schattenflügel in Wirklichkeit war, er hatte eine Verbindung zum Château.

»Wir müssen das Hotel im Auge behalten. Tag und Nacht. Glaubst du, wir können genügend Katzen dafür gewinnen?«

Die Siam dachte nach. »Wenn Rocky mitmacht, machen auch die anderen mit.«

»Das wird er. Wenn du es ihm sagst«, erwiderte Mazan. »Er hört auf dich.«

Die Kätzin sprang mit einem Satz von ihrer Bank.

»Du sagtest etwas von drei Dingen?«, purrte sie mit einem gewissen Glitzern in den Augen, das ebenso wie Manons Blick seine Unruhe verstärkte.

»Ich weiß inzwischen, dass oft Katzen getötet werden, die mit einer jungen Frau zu tun haben. Anschließend wird diese Frau umgebracht. Alle Katzen von Mazan, die eine junge Frau haben, sollten daher sehr wachsam und sehr vorsichtig sein.«

Louise schritt dicht an ihn heran, streifte mit ihrer Flanke an seiner Seite entlang. »Na gut, mon Commissaire«, purrte sie. »Wir werden mit Rocky und den anderen reden.«

»Danke, Louise. Ich erwarte euch im Garten des verbotenen Hauses. Dann lehre ich euch den Giftgeruch.«

»Und wenn das alles vorbei ist«, meinte Louise bedeutungsvoll mit einem letzten Seitenblick, »haben wir beide vielleicht noch etwas zu erledigen.«

Mazan sah der Siam verdutzt nach, als diese geschmeidig zur Pforte schritt. Da erhob sich auch Manon von ihrem Lager im warmen Schatten. Bevor die Kätzin ebenso in der Gasse verschwand, wandte sie sich noch einmal um.

»Ich kenne übrigens nur eine einzige Katze, die bei einer jungen Frau lebt«, sagte sie.

»Und wer ist das?«, fragte er alarmiert.

»Du, Commissaire Mazan.«

Das Absperrband, das quer über das nun verschlossene Gartentor geklebt war, hatte für ihn keine Bedeutung. Er kroch unter der Holzkante hindurch, sorgsam darauf bedacht, sich nicht wieder an diesem fiesen Splitter zu verletzen. Der Garten des verbotenen Hauses wirkte müde, leblos. Der eklig-graue Geruch war noch nicht verflogen. Er vermischte sich mit den Chemikalien der Männer in den weißen Anzügen.

Zuerst überprüfte Mazan seinen Schlafplatz unter dem Magnolienbaum. Er fand die kleinen, dunklen Fleischkugeln auf Anhieb. Die Männer hatten sie übersehen.

Gut so.

Danach machte er einen Rundgang durch den Garten, immer an den Mauern mit dem bröckelnden Putz entlang. Die Mitte des Gartens, dort wo die Tote im weißen Lavendel gelegen hatte, mied er. Als er sich an der efeuüberwucherten Hauswand zur Tür vortastete, sträubte sich ihm das Fell.

*So viel Feindseligkeit. So viel Hass.*

Und dann entdeckte er etwas, das er nicht erwartet hatte. Weiter hinten, unten an der Wand und kaum zu entdecken im dichten Efeu, war ein winziger Durchlass. Ein Kellerfenster, blind vor Schmutz und voller Spinnweben. Und es stand offen.

Commissaire Mazan schnupperte sich heran. Sollte er das bei seinem ersten Besuch übersehen haben? Unwahrscheinlich. Er nahm an, dass die Männer in den weißen Knisteroveralls, die Haus und Garten durchsucht hatten, es geöffnet und später dann vergessen hatten, es wieder zu schließen. Wie Menschen eben so waren.

Das war seine Chance, in das Haus zu gelangen, mehr herauszufinden …

Er zögerte. Sollte er nicht besser hier im Garten auf die Katzen warten?

Aber wie er seine Artgenossen kannte, würde es noch dauern, bis sie kämen. Hier ein Spielchen, dann ein Schläfchen, dort ein Fresschen.

Voller Neugier spähte er in den dunklen Keller.

Kisten, Holzlatten, eine alte Wanne, Eimer. Der Geruch von vergossenem Wein und Fäulnis. Mäuse?

Jaaah! Mäuse!

Aber: Würde er auch wieder herauskommen, wenn er erst mal drin war?

Der nächste Absatz befand sich knapp zwei Körperlängen unter dem Kellerfenster. Kein Problem, er konnte dreimal so hoch springen, wie er lang war. Noch einmal nahm er Witterung auf. Nahm keine akute Gefahr wahr. Und war mit einem Satz unten.

Er brauchte ein Weilchen, um den Weg zur Treppe zu finden. An deren oberen Ende stand die Tür offen, und er lugte in einen Flur. Dort war die Haustür. Zur anderen Seite, gleich neben der Kellertür, lag die Küche, wie Mazan an dem Kühlschrank erkannte.

Eine Fülle von Sinneseindrücken überflutete ihn.

EssenChemieMenschenUrinSchweißParfümFrau ... *Frau!*

Ja! Die Frau mit den hellen Haaren aus dem Château. Ihre Geruchsspur war die erste, die er identifizieren konnte. Kein Wunder, er hatte lange genug auf ihrem Schoß gesessen. Wie hatten die Männer sie genannt?

*Victorine. Vic.*

Während er sich konzentriert durch den Flur vortastete, konnte er nach und nach auch andere Gerüche wahrnehmen und zuordnen. Ja, das waren die Männer vom Vortag, die mit den Overalls, der mit dem Schnauzbart, der wie der

Chef des Rudels mit den weißen Anzügen gewirkt hatte. Andere blieben diffus. Doch da: Zadira?

Während wie aus einem Nebel schattengleiche Gesichter auftauchten und wieder verschwanden, ertastete Mazan mit den Nüstern und Schnurrhaaren feinste Luftbewegungen, die sich um die Einrichtungsgegenstände herum bildeten. Auf diese Weise prägte er sich die Beschaffenheit der Räumlichkeiten ein, um sich jederzeit, auch im Dunkeln, darin bewegen zu können.

Eine Treppe, die vom Flur nach oben führte. Eine Kommode stand darunter. Über diese wäre er mit zwei Sätzen schon halb oben. Zunächst aber folgte er weiter dem Flur, linste um den Türrahmen herum. Ein großer Raum. Tisch, Stühle, die noch nach jenen rochen, die auf ihnen gesessen hatten. Ein Kamin, Sessel und eine geschlossene Tür, die er als diejenige erkannte, die in den Garten führte.

Dann traf es ihn wie ein Tritt.

*Schattenflügel!*

Sofort war ihm klar, dass deren Spur die ganze Zeit da gewesen war. Tief verborgen unter all den anderen, deutlicheren Gerüchen erkannte Mazan die Präsenz der todbringenden Macht. Sie ließ sich keiner der anderen Menschenspuren zuordnen. Oder doch? Es gab nur einen Weg, das herauszufinden.

Ein riskanter Weg, den er zuletzt eingeschlagen hatte, als er draußen vor den Toren der Stadt saß, um zu erkunden, was ihn in der Stadt erwartete.

Er lauschte. Doch, das Haus war leer, die Türen verschlossen.

Der sicherste Platz schien ihm seitlich der Kommode zu sein, wo er genügend Deckung hatte. Dann, dicht an den Boden gekauert, öffnete Commissaire Mazan sein Maul und begann zu flehmen. Diesmal wollte er sich nicht an einen anderen Ort katapultieren. Diesmal wollte er die sich kreuzenden, überlagernden und die fast aufgelösten Spuren zu ihrem Ursprung zurückverfolgen. Er wollte dorthin gehen, wo sie alle zusammen entstanden waren.

In die Vergangenheit.

Das hatte er noch nie gemacht.

Mit jedem hechelnden Atemzug strömten mehr Informationen in Mazans Wahrnehmung. Die Bilder von dem, was in diesem Salon geschehen war, wurden präziser, verdichteten sich.

Bis er den Punkt erreichte, da sein Geist zum Sprung bereit war. Er konzentrierte sich auf die Spur der Frau aus dem Château, auf Vic. Es war, als strömte ihr Duft durch ihn hindurch. Diesem Duft musste er folgen.

Er *sprang!*

Aber diesmal war es nicht wie ein Sprung durch eine Tür, sondern wie der ungebremste Sturz in eine wirbelnde Tiefe. Ohne Halt, von beängstigender Geschwindigkeit.

Verzweifelt mühte er sich, ein klares Bild in diesem Wirbel zu erfassen. Vernahm Worte, Lachen, Musik, einen Dschungel von Gefühlen: Hoffnung, Freude, Angst, Lust – Qual.

Schließlich erkannte er Julies warmes Leuchten, weil sich alles nur um sie drehte. Ihre junge Lebendigkeit war das Zentrum. Mitten im Raum, und ihr Körper wurde berührt von unzähligen anderen Spuren. Und dann …

Mazans Geist war wie gelähmt, als sich aus unzähligen Schatten ein Wesen formte. Es wuchs aus dem Boden, den Mauern, dem Kamin, es bäumte sich auf, es breitete seine gewaltigen Schwingen aus. Es war so riesig, dass der Raum es kaum noch fassen konnte und das Mädchen vor ihm zerbrechlich und unendlich hilflos wirkte. Julies Leuchten wurde zu einem fliehenden kleinen Punkt, wie ein winziges, davontaumelndes Insekt.

Alles in Mazan schrie nach Flucht. Dennoch war er wie gebannt von der grausigen Macht dieses tödlichen Wesens. Es hatte nichts Menschliches, dennoch musste diese Kraft einem Menschen gehören.

»Wer bist du?«, rief er mit einer Stimme, die außer ihm niemand hören konnte. Das zumindest glaubte er. Doch mit einem Mal flutete Mazan tödlicher Hass entgegen.

*Es hat mich entdeckt!*

In wilder Panik versuchte er, sich aus dem tiefen Strudel zu befreien, um zurück in die Gegenwart zu kommen. Schon spürte er den kühlen, gekachelten Boden unter den Pfoten und das harte Pochen seines Herzens in der Brust, als er realisierte, welche Gefahr seinen immer noch wehrlosen Körper bedrohte.

*Ich bin nicht allein!*

Es war etwas im Haus!

Seine Reflexe ließen ihn ohne Zögern reagieren. Die Muskeln angespannt, bereit, sich bis aufs Blut zu verteidigen, hörte er, witterte er, ließ seine Sinne die Umgebung abtasten. Und entdeckte …

»Rocky?!«

Der große Kater saß am Abgang zur Kellertreppe und starrte ihn großäugig an.

»Was war das denn?«, fragte er fassungslos.

Commissaire Mazan atmete immer noch heftig.

»Es ist …«, begann er. Wie sollte er Rocky nur erklären, was er da tat? Er wusste ja nicht einmal, warum er das konnte.

»Ich nenne es *Springen*«, sagte er schließlich.

»Ach ja«, meinte der große Kater trocken. »Für mich sah es aus wie nicht richtig kacken können.«

# 25

Die Wut schärfte ihre Sinne. Als Zadira mit dem schnaufenden Sergeant Brell die Anhöhe zum Hotel emporstieg, schien das stolze Herrenhaus arrogant auf sie hinabzuschauen. Für andere mochte das Château de Mazan eines der schönsten Vier-Sterne-Häuser der Provence sein, mit seinem Flair eines berüchtigten Adelshauses, seiner erlesen verschwenderischen Ausstattung, seiner Aura aus Stil, Macht und Geld. Doch Zadira empfand es anders. »Du musst draußen bleiben«, höhnte das Haus von seiner Anhöhe herab. »Du mit deinen Turnschuhen und mit deinen dunkelhäutigen Vorfahren kommst hier nicht rein.«

Für Zadira war es der Satellit einer Welt, der sie misstraute. Zutiefst misstraute, wie einem Sumpf.

»Wann wollte Commissaire Minottes Brigade hier sein?«, fragte Brell hinter ihr außer Atem.

»Zu spät«, antwortete Zadira ungeduldig.

Der Dienststellenleiter aus Carpentras hatte sie beschworen, besonnen und ganz nach Vorschrift vorzugehen. »Gerade bei Angehörigen des Innenministeriums! Sie dürfen denen keinen Anlass geben, sich über uns zu beschweren.«

Sicher, da hatte Minotte absolut recht. Oft genug wurde der französischen Polizei vorgeworfen, ihren Amtspflichten mit Selbstherrlichkeit und Willkür nachzugehen, geil darauf, mit der Angst der Unterlegenen zu spielen.

Aber Zadira Matéo hatte Lust, sich dennoch so zu benehmen, dass diese Herrschaften sich unbedingt beschweren wollten. Sie wollte César Alexandre an die Wand nageln, wollte, dass ihm das Château de Mazan als jener Ort verleidet wurde, an dem er vor den Augen von seinesgleichen von einer Frau mit fremdartigen Gesichtszügen gedemütigt worden war. Sie wollte es der feinen Gesellschaft besorgen. In dieser Stimmung nahm Zadira zügig die Treppe zum Foyer. Pauls Blick flackerte, als er erst sie, dann Sergeant Brell in seiner Uniform wahrnahm. Sie sah sein Begreifen, dass es dieses Mal nicht nur um ein paar Nachfragen ging. Und wieder hatte Zadira das Gefühl, dass Paul hinter seiner betont undurchdringlichen Miene mehr verbarg. Ich darf ihn nicht aus den Augen verlieren, dachte sie, ihn und seinen Schuhtick und sein schlechtes Gewissen ... Doch dann bemerkte sie, wie sein aufgescheuchter Blick zur Terrasse floh, und Zadira glitt in das, was sie die »Zone« nannte. Es war ein Zustand, in dem sich die Konzentration verdichtete, das Adrenalin durch ihre Adern schoss, kurz vor Befragungen oder Festnahmen. Vor Augenblicken, in denen es galt, sich gegen Gewalt, gegen Sarkasmus, gegen Lügen zu wappnen. Ein Zustand, in dem sie alles um sich herum mit größter Intensität wahrnahm. Den Duft der Lilienbuketts im lichtdurchfluteten Foyer, von dunkel geröstetem Kaffee mit süßer, warmer Milch. Den Geruch von Trüffelomelette, von warmen Croissants, reifen Galia-Melonen. Von frisch aufgetragenem Parfüm, sonnenwarmem Holz, Blumen im Morgentau. Von Angst und von Unruhe.

Brell fragte Paul nach Monsieur Alexandre, und wieder veränderte sich Pauls Blick. Hin- und hergerissen zwischen seiner Aufgabe als guter Concierge, der seine wohlgeborenen Gäste vor der Störung durch die Polizei zu schützen hatte – und dem gleichzeitigen Wunsch, der polizeilichen Obrigkeit gefällig zu sein.

Er bestätigte, dass »Monsieur Alexandre und die anderen Herrschaften« gerade zu Tisch seien.

»Die anderen Herrschaften?«, fragte Brell barsch. »Wer sind denn die anderen Herrschaften?« Worauf Paul, ein letztes Mal mit sich ringend, noch ein zögerliches »Ich weiß nicht, ob …« äußerte. Doch da wurde er schon von Brell unterbrochen.

»Aber ich weiß es, Monsieur. Nennen Sie mir einfach die Namen.«

Der Concierge fixierte das Telefon, als würde er darauf hoffen, dass sein Klingeln ihn erlöste.

Dann flüsterte er die Namen, hastig und errötend.

César Alexandre.

Alexis Lagadère.

Philippe Amaury.

Victorine Hersant.

*Vier Namen. Fünf Gedecke.*

*Ich habe immer nur Männer in Betracht gezogen … Vorsicht, Matéo, die Welt ist verrückter, als du denkst.*

Danach griff Paul zum Telefon, er wollte sich offenbar Beistand holen, denn er rief den Geschäftsführer an. Ugo würde nicht begeistert sein über die Eindringlinge in Uniform.

Zadira ging an Brell vorbei, schloss aus seinem Gesichtsausdruck, dass er unglücklich darüber war, dass sie nicht auf die Brigade warteten.

Lass die Situation nicht eskalieren, mahnte sie sich noch selbst, setz sie nur unter Druck.

Als sie zusammen mit Brell die Rundstufen zur großen Terrasse hinabging, sahen sämtliche Gäste auf und folgten neugierig ihren Schritten.

Zadira hatte den schlanken Haifisch mit seinen schwarzen Augen sofort entdeckt. Wie bei ihrer ersten Begegnung mit Alexandre im Lou Càrri spürte sie auch dieses Mal ein winziges, inneres Beben.

»Lieutenant!«, hörte sie hinter sich noch Ugos sorgenvolle Stimme, sein eiliges Näherkommen.

Ein Blick zum Gendarm, Brell – und er fing Ugo ab. Es war nur eine kleine, aber effektive Bewegung, antrainiert in Abertausenden Stunden Polizeidienst. Zadira nahm Ugos zorniges Gesicht wahr, als ob Brells Geste etwas in ihm empörte, ja sogar eine Handbewegung, als ob er sich gerade noch bremsen konnte, Brell tätlich anzugreifen.

*Ach, zeigst du endlich einmal eine Regung? Und dann gleich dieser Jähzorn, dieser Angriffsreflex?*

Zadira schritt zielsicher zu dem Tisch, der am Ende der Terrasse vor dem künstlichen Brunnen und dem Efeu stand. Sie trat fest auf, nahm ihre Polizistinnenhaltung ein: nicht aufzuhalten, emotionslos, null Toleranz.

*Sei die Macht. Nicht nur das Recht.*

*Alexandre, Lagadère, Amaury, Hersant.*

Oh, wie gern hätte Zadira ihren Tisch umgeworfen!

Der Haifisch sah gelassen zu ihr auf, erstaunlich gelassen, fand sie, er heuchelte nicht einmal Überraschung.

»Monsieur César Alexandre.«

»Guten Morgen«, sagte er lässig.

»Sie sind der Besitzer des Hauses Nummer 9 in der Rue de L'Ancien Hôpital.«

Er lächelte. »In der Tat«, antwortete er mit einer befehlsgewohnten Stimme. »Worum geht es?«

Am Rande registrierte Zadira, dass er sie nicht einmal nach ihrem Namen fragte.

»Darum, dass eine ermordete junge Frau in Ihrem Garten liegt, die Sie sehr gut kennen, und dass Sie es trotzdem nicht für nötig befinden, dies der Polizei zu melden.«

Das war hoch gepokert, klang so, als ob sie alles wüsste.

*Macht. Nicht nur Recht. Recht bedeutet solchen Leuten gar nichts.*

Ihr Puls jagte, und sie liebte es. Sie liebte die indignierten Gesichter, liebte die peinliche Stille und die neugierigen Blicke der anderen Gäste.

»Lächerlichkeit hat viele Gesichter«, ließ sich da einer der anderen Männer vernehmen, der kleinere, dickere mit den kräftigen Augenbrauen und fleischigen Wangen. »Und Sie sind wer?«, fragte der Hagere mit dem kantigen Gesicht nach.

Die Frau schwieg. Auch das merkte Zadira. Schweigen war immer eindeutig. Wer schwieg, musste nicht lügen.

Zadira zog ihren Ausweis hervor, hielt ihn für alle vier sichtbar über den Tisch. »Lieutenant Matéo, leitende Ermittlerin im Mordfall Julie Roscoff. Ich gehe davon aus, dass Sie Monsieur Lagadère, Monsieur Amaury und Madame Hersant die Mitbesitzer des genannten Hauses sind und mit Madame Roscoff dort vorgestern Abend gespeist haben.«

Noch ein Schuss ins Blaue.

Jetzt schwiegen sie alle.

*Wer von Euch Widerlingen hat Julie gefesselt? Wer hat sie gepeitscht? Und welche Rolle spielte Hersant?*

Sie winkte Brell.

»Ich deute Ihr Schweigen als ein Ja. Sergeant Brell nimmt nun Ihre weiteren Personalien auf und selbstverständlich auch gern Ihre Eindrücke von besagtem Abend.«

»Meine Güte, seien Sie doch nicht so übereifrig«, ließ sich der Dicke vernehmen.

Die blonde Frau nippte an ihrem Kaffee.

Der Hagere mit dem finsteren Steingesicht schmiss seine Serviette auf den Tisch. »Was redet die überhaupt mit uns? Haben wir denn mit ihr geredet?«

César Alexandre lehnte sich zurück, als störe ihn nicht im Geringsten, was geschah.

Inzwischen war Ugo aufgetaucht, stellte Zadira leise murmelnd die Bar und sein Büro zur Verfügung, beschwor sie mit Blicken, um Himmels willen nachzugeben und die peinliche Szene zu beenden.

Sie tat ihm den Gefallen nur ungern, wusste aber, dass für den Moment nicht mehr Spaß drin war, nicht vor Zeugen.

Sie hatte den Mächtigen auf den Spieltisch der Macht gepinkelt, und von irgendwoher würde dafür irgendwann die Quittung kommen.

»Ich sehe keine Anlass, nicht erst meinen Kaffee zu Ende zu trinken!«, teilte Lagadère dem Sergeant mit.

»Ich bitte dich«, sagte Victorine daraufhin.

»Hör bloß auf, mich zu bitten«, zischte der zurück.

All das hörte Zadira, aber sie beobachtete dabei Alexandre, der sich mit der gestärkten Serviette seinen schon sauberen Mund abtupfte, sie sorgfältig zusammenlegte und dann aufstand.

Der Sergeant machte Zadira ein Zeichen, dass sie auf ihn warten und nicht allein mit Alexandre sprechen sollte. Doch sie übersah es, war hungrig, gierig.

Vielleicht war das der Fehler.

Ugos Büro war klein, besaß aber ein Fenster zum Garten. Der Hotelmanager stand noch einen Augenblick unschlüssig an der Tür, wusste offenbar nicht, bei wem er sich beschweren und bei wem entschuldigen sollte.

»Die Angelegenheit wird sich zur Zufriedenheit aller aufklären, mein Lieber«, beschwichtigte ihn Alexandre.

»Wohl kaum«, korrigierte Zadira.

Sie ließ César Alexandre mit einer knappen Geste den Vortritt. Er durchquerte ruhig den kleinen Raum und stellte sich entspannt mit dem Blick ins Zimmer ans Fenster. Jetzt blendete Zadira die Sonne, wenn sie César Alexandre ansah.

*Geschickter Hund.*

Sie sah André Ugos Wangenmuskeln arbeiten, als er die Tür hinter ihr schloss. Es war ihm sichtlich unangenehm, dass einer seiner wohlhabenden Gäste belästigt wurde – vor den Augen der anderen Gäste. Andererseits hatte er mit seiner Erlaubnis, die Wagen auf dem Hotelparkplatz zu überprüfen, den *missing link* zu Alexandre möglich gemacht. Er hatte offenbar nicht erwartet, dass sein Tipp zu diesen vier Herrschaften führen würde.

Zadira lehnte sich gegen die geschlossene Tür und kreuzte wie César die Arme vor der Brust. Sie hörte, wie sich Ugos Schritte entfernten.

Ein paar Sekunden lang schauten sie sich nur an.

Er brach das Schweigen als Erster.

»Was kann ich für Sie tun, Madame Lieutenant?«

»Wieso haben Sie sich nicht bei der Polizei gemeldet?«

»Ich hatte es vor.«

»Wann? Nach dem Golfspielen? Oder nach dem Aperitif?«

Kein Muskel zuckte in seinem Gesicht. Es war genauso ausdruckslos, wie Zadira es schon hundertfach, nein, tausendfach gesehen hatte. Bei Verbrechern, Mitwissern, sogar bei Zeugen, die nichts mit dem zu tun haben wollten, was sie gesehen hatten; bloß keine Schwierigkeiten. Auch

Unschuldige zeigten dieses Gesicht. Aber unschuldig war dieser Mann schon lange nicht mehr.

»Wo waren Sie vorgestern Nacht zwischen zwölf und drei Uhr, Monsieur Alexandre?«

»In meinem Bett, Suite 205.«

»Und das kann wer bestätigen?«

»Ich befürchte, niemand.«

Er lächelte, als ob er beginnen würde, sich zu amüsieren.

»Und wo waren Sie zuvor?«

Er zog eine Augenbraue hoch.

»Davor, Madame Lieutenant, davor genoss ich ein fulminantes Diner.«

»Wo?«

»Das wissen Sie doch schon, oder nicht?«

»Bitte beantworten Sie meine Frage, Monsieur Alexandre.«

»In der Rue l'Ancien Hôpital, Nummer 9.«

»Wer hat an diesem Diner teilgenommen?«

»Meine Freunde, die sich gerade mit Ihrem Mitarbeiter auseinandersetzen. Freiwillig, so wie ich, ohne Anwalt. Dieses Entgegenkommen ist es zumindest wert, dass Sie uns Respekt entgegenbringen.«

»Ach, wissen Sie, wenn ich respektlos wäre, würden Sie das schon merken. Aber gäbe es denn einen Grund, weshalb Sie schon jetzt einen Anwalt an Ihrer Seite haben wollten?«

»Sagen Sie es mir. Ich wüsste tatsächlich gern, wessen ich hier beschuldigt werde.«

»Das ist nachvollziehbar, Monsieur, doch dass ich Sie zunächst rein informell befrage, resultiert in erster Linie aus Ihrer Gleichgültigkeit gegenüber Julie Roscoff und in zweiter ...«

»Sie sind unglaublich hinreißend, Madame Lieutenant, in Ihrem brennenden Wunsch, mich peinlich zu berühren«, unterbrach er sie lässig.

*Verdammt!*

»Nun gut, Lieutenant Matéo. Als wir fünf auseinandergingen, erfreute sich Mademoiselle Roscoff noch ausgezeichneter Gesundheit.«

Er stieß sich vom Fensterbrett ab. Zadira musste blinzeln.

»Sie war vermutlich irritiert, wenn nicht sogar in einem emotionalen Ausnahmezustand, nach dem, was sie erlebt hatte. Ich schätze, die Zimmer des Hauses als auch die Spuren an Julies Körper haben Ihnen einiges darüber erzählt.«

So, wie er sie anschaute, spürte sie seinen Spott fast körperlich.

»Sie meinen Ihre perversen SM-Spielchen.«

»Ach! Das macht Ihnen Sorgen? Die Lust?«

Er lachte. Ja, er warf den Kopf in den Nacken und lachte.

Er lachte sie aus!

Zadira merkte, dass er ihr entglitt. Wie sollte sie dieses geschniegelte, glatte, von sich selbst eingenommene Monstrum nur festnageln!

»Warum war sie bei Ihnen zum Diner? Was soll dieser Nagelstuhl in Ihrem Haus? Haben Sie Julie Roscoff getötet, Sie, zusammen mit Ihren drei Freunden, ein kollektiv begangener Mord?«

Er machte drei Schritte auf sie zu, sie wich reflexartig zur Tür zurück, er kam ihr nach. Stand dann so dicht vor ihr, dass sie sein Parfüm riechen konnte.

Er war größer als sie, so dass sie zu ihm aufsehen musste.

»Wieso fragen Sie eigentlich nicht, wie Julie getötet wurde, Monsieur Alexandre? Interessiert es Sie nicht, weil Sie es schon wissen?«

»Nein. Weil es irrelevant ist, Lieutenant«, flüsterte er und lächelte wieder.

In diesem Moment wurde sie nach einem knappen, kurzen Klopfen von der nach innen aufgehenden Tür nach vorn gedrückt, genau gegen César Alexandres Brust. Zadira spürte seine Hände auf ihren Hüften, bevor sie sich in einer fließenden Bewegung zur Seite und aus seinem Griff drehte und wütend auf denjenigen starrte, der es wagte, sie zu stören.

Es war Commissaire Stéphane Minotte.

Sein Blick glitt zwischen Monsieur Alexandre und ihr hin und her. Dann sagte er förmlich:»Ich habe hier einen vorläufigen Haftbefehl, Frau Kollegin.«

Danke!, jubelte sie innerlich. Sie hätte zwar nie erwartet, dass Minotte jemals ihre Kavallerie sein würde, aber …

Zadira sah zu César Alexandre. Seine Augen schwarz wie nasses Holz ruhten auf Minotte. Aber in einer Weise, dass sich Zadira einen Moment fragte, ob sich die beiden Männer kannten?

Dann erst drang zu ihr durch, was Minotte noch hinzufügte.

»Für Dédé Horloge, den Koch-Azubi. Er ist dringend tatverdächtig, Julie Roscoff erdrosselt zu haben.«

César Alexandre nickte mit einer minimalen Kinnbewegung, eine Bewegung zwischen Verbindlichkeit und Spott.

*Der Koch? Aber wieso auf einmal der Koch?!*

Zadiras Blick heftete sich auf Monsieur Alexandre. Etwas an seiner Heiterkeit verriet ihr deutlich, dass diese Wendung für ihn weniger überraschend kam als für sie.

»Bitte halten Sie sich zu unserer Verfügung, Monsieur Alexandre«, sagte sie daher nun steif und hörte selbst, wie fragil ihre Stimme klang.

»Gehen wir. Entschuldigen Sie bitte die Umstände, Monsieur Alexandre.«

»Kein Problem, Commissaire. Lieutenant Matéo hat nur ihre Pflicht getan.« Er sagte das todernst.

*Sie haben mich beide gefickt.*

Als sie Ugos Büro verließ, um Minotte in die Küche zu folgen, nahm sie aus den Augenwinkeln noch einmal Alexandres Gesicht wahr. Es war, als lache der Mann schon wieder.

Frédéric stand fassungslos am Hintereingang des Châteaus und zog hektisch an einer Zigarette. »Ich glaub das nicht«, wiederholte der Küchenchef immer wieder laut. »Das glaub ich einfach nicht! Wie kann das sein, dass der Junge jetzt der Täter sein soll?«, rief er Zadira wütend zu, als sei sie an dem Haftbefehl schuld und nicht Stéphane Minotte. Sie ahnte, dass halb Mazan ihr Dédés Festnahme ankreiden würde. Ihr, nicht Minotte, der den blassen Jungen nun abführte.

»Ich hab ihr doch nie etwas getan«, flüsterte Horloge Zadira zu, als sie zu dritt die Küche verließen.

Sie glaubte auch nicht eine Sekunde, dass Dédé den Mord begangen hatte. Aber das konnte sie nicht sagen. Nicht vor der Brigade, die sich jetzt aufmerksamkeitsheischend vor dem Hoteleingang postiert hatte. Elf Beamte und vier Wagen für einen Koch-Azubi, das ist doch lächerlich, dachte Zadira. Es kam ihr vor wie eine Inszenierung.

Wie benommen lauschte sie Minottes Ausführungen, die an drei Journalisten mit Fotoapparat gerichtet waren – wo hatte er denn die nur so schnell hergezaubert? –, nachdem er Dédé in aufreizender Langsamkeit auf den Rücksitz des Transporters bugsiert hatte.

Zusammen mit Staatsanwältin Lafrage und der Untersuchungsrichterin Magalie Bayral hatte Minotte also Dédés vorläufige Festnahme beschlossen.

»Aber wieso?«, fragte Zadira ihren Vorgesetzten, nachdem die Journalisten wieder abgezogen waren.

»Nun, die Kollegen haben in Dédés Kammer, die er auf dem Lucky-Horse-Reiterhof bewohnt, heute früh bei einer Ad-hoc-Durchsuchung einen zerrissenen Slip gefunden, der vermutlich Julie gehört. Mit frischen Spermaspuren. Vermutlich von Dédé.«

»Das sind reichlich viele Vermutungen, Commissaire Minotte. Aufgrund welcher Verdachtsmomente wurde die Durchsuchung überhaupt genehmigt?«

»Vermutungen? Doch wohl weit weniger als in Ihrer Mordtheorie. Außerdem haben Sie Monsieur Alexandre vor allen Gästen düpiert. Sie haben mit Ihren Alleingängen nie Erfolg, ist Ihnen das schon mal aufgefallen, Matéo? Seien Sie wenigstens so gut, und halten Sie von dem peinlichen Auftritt so wenig wie möglich schriftlich fest.«

Sie konnte es nicht fassen. Polizeiliche Vorgänge totzuschweigen, das war Bac-Masche, vor allem wenn diese aufgrund unnötiger Polizeigewalt schiefgegangen waren.

Minotte fuhr fort, er habe der Untersuchungsrichterin Bayral ausreichend nachvollziehbar erklärt, dass Dédé Julie den Slip wohl nach dem Mord abgenommen haben musste.

Zadira warf der jungen Richterin einen Blick zu. Die errötete. Zadira begriff.

Sie schlafen miteinander, dachte sie. Von wegen: ausreichend nachvollziehbar.

»Aber vielleicht hat er ihn auch, wenn überhaupt, schon viel früher geklaut und damit onaniert«, wandte sie ein.

»Wenn überhaupt? Was erlauben Sie sich! Ach, hören Sie doch auf, Matéo, immerzu die Fakten zu verdrehen«, winkte Minotte ärgerlich ab. »Der Oberkellner Gustave hat außerdem zu Protokoll gegeben, dass der Junge Julie öfter mit irren Plüschaugen nachgeschlichen ist und am Mordabend vor der Badezimmertür des Personals gebrüllt hat: ›Du gehörst mir, niemand darf dich haben.‹«

»Der Oberkellner hat sich ebenfalls für Julie interessiert und ist von ihr mehrfach abgewiesen worden. Der kann Ihnen viel erzählen.«

»Und Julies Kratzspuren in Horloges Gesicht? Welche Erklärung haben Sie denn dafür, Lieutenant?«

Sie schwieg. Jetzt würden die Brigadiers Teekannentülle und Salaminacken Dédé Horloge durch den Fleischwolf drehen, um ihm ein Geständnis abzuringen.

»Und die Kette, mit der Julie erdrosselt wurde?«

Hatte sie denn so falschgelegen? Sich so sehr von ihrer Wut auf die feine Gesellschaft leiten lassen?

»Die Kette? Die hat der kleine Scheißer sicher gut versteckt, um sie später noch verhökern zu können, wenn sie tatsächlich so wertvoll ist, wie Sie und Dr. Hervé behaupten. Es ist nur eine Frage der Zeit, bis wir die finden.«

Zadira hatte das Gefühl, nicht mehr atmen zu können. Angewidert wandte sie sich zum Gehen.

Es zog sie zurück in die Küche, in der sie mit einem Mal ganz dicht vor Frédéric, dem Chefkoch stand. Seine Augen hatten nichts Freundliches mehr. Und die Hand, mit der er eines der schlanken, blanken Küchenmesser hielt, war verkrampft. In seinen Augen lag Hass.

# 26

Warum hatte er nur die Kette mitgenommen? Mattia wusste es nicht. Es machte ihn ganz verrückt, dass er es nicht wusste.

*War es wegen der Spuren?*

Nein, er hatte aufgepasst und Handschuhe getragen.

*Hat der Engel es befohlen?*

Auch das wusste er nicht mehr. Was sollte er jetzt mit der Kette machen! Er konnte sie ja schlecht in den Müll werfen. Vergraben? Nein. Wenn ihn jemand dabei beobachtete! Oder sollte er sie in einen Fluss werfen? In den Auzon? Oder besser noch die Nesque-Schlucht? Eine kleine Fahrt mit dem Auto. Ein Stopp, wie ihn viele Touristen machten. Ein kurzer Blick nach links und rechts, und schon wäre sie weg. Ja, so könnte es gehen.

Nur störte ihn nach wie vor, dass er nicht wusste, warum er sie mitgenommen hatte. Was, wenn sie wichtig war?

Der Engel könnte es ihm sagen. Aber das tat er nicht.

*Warum antwortest du mir nicht?*

Mattia fühlte sich alleingelassen. Ja, mehr noch, er fühlte sich verraten. Er hatte alles getan, was der Engel verlangte. Immer. Aber dieses Mal hatte sein dunkler Begleiter ihn etwas tun lassen, was sie in große Schwierigkeiten bringen konnte. Es war ein Fehler. Mattia war sich sicher, dass es ein Fehler war. Denn es konnte den Jäger auf ihre Spur locken.

*Den Jäger?*
Es war kein Jäger! Es war eine Jägerin. Na und? Antworte-
te ihm der Engel deshalb nicht? Wegen dieser Frau?
*Sie ist doch nur eine Araberhure! Was willst du, dass ich
tue?*
Es war wie eine Bitte um Vergebung. Doch der Engel
schwieg. Nur sein giftiger Groll wehte Mattia an.
*Ich muss ihr etwas vormachen, verstehst du das denn nicht?*
Er konnte die aufkeimende Verzweiflung kaum noch un-
terdrücken. Dabei wusste er doch, dass der Engel sein
ständiges Taktieren nach außen hin zutiefst verachtete.
Mattia beneidete den Engel um seine Eindeutigkeit, seine
Klarheit, seine Kraft.
*Wie gern wäre ich wie du.*
Mattia zerbrach beinah an der Verachtung und dem Zorn
seines Engels. Ohne dass irgendeiner der Menschen um
ihn herum etwas davon mitbekam, kniete er innerlich vor
seinem furchtbaren Gebieter nieder und flehte ihn an:
*Was soll ich tun?*
Und jetzt antwortete der Engel.
Jetzt endlich – durch die Augen des Engels – erkannte
Mattia zur Gänze, was in jenem einzigen, großen Moment
geschehen war. Das Mädchen. Ihr Entsetzen. Ihr stummer
Schrei. Und dann, wie der letzte Funke in ihren Augen er-
losch. Die erhabene Schönheit des Aktes rührte ihn bis in
die tiefsten Fasern seines Seins.
Im nächsten Moment sah Mattia wieder die Frau vor sich,
die Araberhure, unrein und verdorben wie alle ihrer Art.
Er spürte, wie sie seine Spur schnüffelnd aufnahm, im
Haus und …
*Das Haus? Du willst, dass ich in dem Haus …?*
Und jetzt begriff er, was der Engel ihm sagen wollte.

Sie war der Makel, den es auszumerzen galt. Sie und …

Die Teufelskatze!

Wild durchloderte ihn der Zorn des Engels, als Mattia entdeckte, dass ihm nicht nur die Hure, sondern auch das tückische, lautlos schleichende Getier auf der Fährte war. Dass es ihn erspürte mit seiner Hinterlist und seiner Falschheit. Ein Jäger. Eine Jägerin.

Zwei Teufel.

Nun verstand er, was der Engel von ihm wollte.

Es wäre perfekt. Es würde alles abschließen, es wäre die letzte, finale Szene seiner schon Jahre andauernden Inszenierung. Danach wäre er frei.

»Töte sie!«, hörte Mattia noch einmal die machtvolle Stimme des Engels.

Oder war es seine Stimme?

*Töte sie beide!*

# 27

Als Minotte eine zweite improvisierte Pressekonferenz abhielt, flüchtete Zadira. Sie wollte irgendwohin, wo sie allein war. Keine Madame Blanche, kein Jean-Luc, kein Frédéric. Und auf keinen Fall einer der »vier aus Haus Nummer neun«, wie sie Alexandre, Amaury, Hersant und Lagadère insgeheim nannte.

Sie gab Brell die Anweisung, die vier Hausbesitzer am folgenden Mittag zu einer informatorischen Befragung in die Wache zu bestellen. Auf diese Weise umging es Zadira, sie offiziell als Tatverdächtige oder als Zeugen bezeichnen zu müssen – machte ihnen damit aber auch das Aussageverweigerungsrecht unmöglich.

Vielleicht können wir ihnen so wenigstens noch eine schlaflose Nacht bereiten, dachte Zadira grimmig. Wenn die vier erst einmal wieder nach Paris entschwunden waren, hatte sie verloren. Wenn es stimmte, was sie herausgefunden hatte, dann gehörten sie zu jener Kaste Männer, die sich die geltenden Gesetze zu ihren Gunsten zurechtbiegen konnten.

Sie musste jetzt dringend nachdenken.

Wohin konnte sie sich nur zurückziehen?

Zu sich nach Hause? Trostlos.

In die Bar? Zu früh.

Vor dem Rathaus war Markt. Die Neuigkeit von Dédé Horloges vorläufiger Festnahme würde sich rasch verbreiten. Dort sollte sie heute besser keine Melonen essen.

Zadira zog ihr Mobiltelefon hervor. Es war zu früh, aber ...
vielleicht hätte sie ja trotzdem Glück und die Forensikerin
hatte etwas über mögliche Drogen herausgefunden.

Hatte sie nicht.

»Ich bin noch nicht fertig, Lieutenant«, sagte Dr. Hervé.
»Das immunologische Screening steht noch aus.«

»Na gut. Hatten Sie eigentlich den Slip von Julie unter dem
Mikroskop?«

»Nein. Das war einer der Jungs aus dem Institut, ein neuer,
ehrgeiziger Kriminalbiologe aus Apt.«

»Und?«

»Was wollen Sie hören?«

Sie wusste es nicht. Am liebsten, dass der junge Kollege
dafür bekannt war, sich zu täuschen.

»Er hat mir stolz in der Kantine erzählt, dass Ihr Kollege
Minotte ihm bei den Untersuchungen praktisch auf dem
Schoß gesessen hätte. Ich habe darauf verzichtet, ihm einen
Vortrag über die Gefahr der gefolgerten Annahme zu hal-
ten und ihm zu sagen, dass ein Spermium im Schlüpfer
eines Mordopfers noch lange keinen Sexualmord macht.«

»Vielleicht sollten Sie diese Art von Vorträgen öfter halten.«

»Vielleicht. Aber käme die Polizei dann noch auf ihre
Quote? Sie wissen doch, jedes Jahr müssen Sie noch mehr
Verbrechen aufklären als im vorangegangenen, sonst lohnt
sich der Etat für uns teure Rechtsmediziner nicht mehr.«

Sie schwiegen.

»Manchmal gehen tatsächlich Unschuldige in den Knast«,
sagte Zadira nach einer Weile schließlich matt. »Nur wegen
der Zahlen.«

»Ich weiß. Ich melde mich, Lieutenant.«

Zadiras Nacken, ihre Schultern verspannten sich mehr und
mehr. Sie musste raus.

Sie lief im Schatten der Hauswände zu der romanischen Kirche, die Mazan überragte. Immer wieder passierte Zadira Überreste einer Stadtmauer, die sich an die Häuser zu lehnen schien, und hölzerne Tore, die wie Zeitreise-Portale wirkten. Auf dem Mäuerchen der Kapelle der Büßer sah sie eine weiße Siamkatze mit dunklem Gesicht, die ihr träge blinzelnd nachsah. Ein dicker, grauer Kater wälzte sich auf einem von der Sonne beschienenen Fleck.

Als sie die hohe, schwere Tür der Pfarrkirche aufschob, bemerkte sie, wie die beiden Tiere gemächlich über den Platz spazierten und sich im Schatten der Platane niederließen.

Dann tauchte Zadira in die dunkle Frische des Gebetsraums ein. Die Stille war dick wie eisgekühlte Watte. Die Kühle trocknete den Schweiß in ihrem Nacken. Es fiel nur wenig Tageslicht durch das große Rosettenfenster ins Innere der Kirche.

Sie ließ sich dankbar auf eine Holzbank gleiten und legte Unterarme und Stirn auf die Rückenlehne der Bank vor sich.

Ihre Wut milderte sich, je länger sie im Zwielicht verharrte. Die Zeit vergeht in Kirchen gelassener, dachte Zadira und schloss die Augen.

*Dekonstruktion. Rekonstruktion. Fangen wir noch mal ganz von vorn an.*

Als Erstes: Sobald jemand tot ist, hinterlässt er im Leben derjenigen, denen er etwas bedeutet hat, einen leeren Platz. Da ist ein Loch. Wohin jetzt mit all der Liebe? All der Wut? All der Hoffnung? Wer wird den frei gewordenen Platz einnehmen, als Lückenfüller in diese Leere springen? Wir sind vielleicht alle Platzhalter für einen Toten. Ich für meine Mutter. Gaspard für meinen Vater. Und Julie?

Ja, was machte der Mörder ohne Julie? War ihre Aufgabe jetzt erfüllt? Oder würde er einen Ersatz für das suchen, was sie für ihn verkörpert hatte?

Zadiras Gedanken kreisten immer langsamer, kamen zur Ruhe.

*Ich habe mich in meiner Wut verlaufen.*

Als sie freier atmen konnte, ging sie die Begegnung mit César Alexandre durch, bis zu Minottes Auftritt und seiner rettenden Intervention. Ja, genauso kam es ihr in der Rückschau vor: Junker Minotte reitet dem Comte Alexandre zu Hilfe und liefert ihm den Kopf des Kochs.

*Die beiden kennen sich, ich bin mir sicher. Und verstecken es. Woher? Geheimdienst? Dieselbe Untersuchungsrichterin verführt? Aber wie auch immer: Kann ich Minotte etwas beweisen? Nein.*

Und das mit Dédé: Ein Slip, Spermaspuren, Kratzer im Gesicht, das war doch alles wie bestellt. Im Schach wäre Dédé das Bauernopfer. Um jemand anders zu schützen. Die Dame, den König?

»Verdammt, verdammt, verdammt.«

Zadira wandte sich um, ob der *curé* sie zufällig in seiner Kirche hatte fluchen hören. Aber sie war nach wie vor allein.

Bis auf die blondierte Reporterin von vorhin, die gerade auf hohen, lauten Pfennigabsätzen durch die schwere Tür trat und sich seufzend und umständlich auf eine Bank hinter Zadira setzte. Dabei rutschte ihr kurzer Jeansrock noch etwas höher.

Zadira ahnte, wer sie war.

»Puh, heiß draußen, was?«, fragte die Frau mit rauchiger Stimme. Sie fächelte sich Luft zu. Ihre rote Bluse war zerknittert, und der dritte Knopf von oben hing an einem dünnen Fädchen. Wenn er sich löste, würden ihre Brüste mit einem Tusch hervorplatzen. Zadira schätzte die Blondierte auf Mitte vierzig.

»Was wollen Sie?«, fragte Zadira.

»Muss man denn immer etwas wollen?«

»Will jemand wie Sie nicht immer etwas?«

»Sind Sie nicht die Ermittlerin aus Marseille?«

»Sind Sie nicht eine der sieben Plagen?«

»Waren das nicht zehn?«

Die beiden Frauen musterten einander. Die Mundwinkel der Blondierten zuckten leicht, als ob sie sich nicht entscheiden könnte, ob sie lachen oder lieber eine zickige Bemerkung machen sollte.

Und auch Zadira spürte so etwas wie Belustigung. Diese Frau wich zumindest nicht zurück, wenn es einmal lauter wurde.

»Also, so kommen wir nicht weiter«, konstatierte die Frau in der roten Bluse charmant. »Frage, Gegenfrage, irgendwie blöd. Fangen wir also noch mal von vorn an. Hallo, ich bin Blandine Hoffmann, freie Polizeireporterin bei *Le Dauphiné*. Wir haben telefoniert, gestern gegen neun Uhr, also mitten in der Nacht.« Sie streckte Zadira eine schmale Hand mit Fingernägeln entgegen, von denen schillernd blauer Nagellack abblätterte.

»Zadira Matéo.«

»Beten Sie hier, Matéo?«

»Sollte ich, Hoffmann?«

»Aber ja. Ich bete, ich bete für einen Mann, und …«

»Für einen Mann? Können Sie das nicht leiser?«

Stille. In den blauen Augen der Reporterin funkelte es. Dann kniete sich Blandine Hoffmann umständlich hin, verschränkte ihre Finger und begann mit gesenktem Blick zu beten: »Liebe Heilige Philomène von Mazan, ich bete für den jungen Dédé Horloge, dass er einen ausgezeichneten Anwalt hat. Ich bete dafür, dass dieser Anwalt intelligent genug ist, um zu durchschauen, dass sein junger, dummer, verliebter Mandant eines Mordes bezichtigt wird, den er nicht begangen hat, um von den wahren Tätern abzulenken. Und ich bete dafür, dass die gutaussehende Polizistin aus Marseille demnächst zufällig in die Bar neben der Apotheke mit dem hübschen, aber leider verheirateten Apotheker geht, um sich dort anzuhören, was eine Reporterin meiner demütigen Schwitzigkeit ihr über einen Herrn namens César Alexandre zu erzählen hat. Amen, deine Blandine.«

Sie wartete einen Moment, dann linste sie zu Zadira.

»Nicht schlecht«, sagte diese. »Warum glauben Sie an eine Serie, Blandine Hoffmann?«

»Ich könnte es Ihnen ja mal erzählen, Zadira Matéo. Bei Gelegenheit.«

»Und warum tun Sie es nicht gleich?«

»Ach, Sie wissen doch, ein Mädchen wie ich muss immer mindestens noch eine Karte mehr auf der Hand haben, um nicht gleich ganz blankziehen zu müssen.«

»Und Sie hätten gern einen Joker?«

»Um genau zu sein, hätte ich gern zwei Buben, eine Dame und einen König.«

»Und dafür bieten Sie was? Blankziehen müssen Sie vor mir nicht, dafür bin ich nicht der Typ.«

»Für was sind Sie dann der Typ?«

»Ach, wissen Sie, Interviews nur nach Feierabend, und die sind streng privat.«

Blandine seufzte. »Sie sind kein Mann, das ist insofern schade, als ich Ihnen nicht mal meine beiden Girls hier unter die Nase halten kann.«

Zadira spürte das Lachen anrollen. »Zeigen Sie mir, was Sie auf der Hand haben, und ich sag Ihnen, ob ich damit spielen kann.«

»Schön. Rauchen wir dazu eine?«, fragte Blandine.

»Sie rauchen, ich guck zu.«

»Mein Beileid. Können wir dabei wenigstens Alkohol trinken?«

Es war noch nicht einmal zwölf Uhr mittags.

»Sie schon.«

Als sie fünfzehn Minuten später mit ihren Pastis-Gläsern in der Hand auf der Terrasse vor dem Lou Càrri nach einem Platz suchten, sahen sie Jules und Atos auf der anderen Straßenseite vorbeigehen – der riesenhafte, treudoofe Vorstehhund hatte noch immer schwache blaue Flecken, trotz Butterbürstung.

»Hm, niedlich. Ein Naturblonder. Ob der wohl noch frei ist?«, fragte Blandine.

Überrascht spürte Zadira einen Stich von Eifersucht. Dann setzten sich die Frauen an einen Tisch unter der Kastanie, und Zadira genoss den frischen Rauch von Blandines Gauloises.

»Gut. Ich zeige Ihnen jetzt meine Karte«, begann Blandine leise. »1995, da war ich Mitte zwanzig und naturblond, auch wenn das manch einer nicht glauben will. Ich hatte nach dem Studium in Aix und einer Rundreise durch Indien meinen ersten Job als Reporterin. Sie wissen schon, all die wahnsinnig großen, wichtigen Stories: über das Tomatenfestival, den örtlichen Handballverein oder über die Windtemperatur im Verlauf der historischen Ereignisse. In dieser Zeit traf ich César Alexandre, Victorine Hersant, Alexis Lagadère und Philippe Amaury das erste Mal.«

Blandine bedachte Zadira mit einem ungewohnt ernsten Blick aus ihren himmelblauen Augen, bevor sie fortfuhr:

»Das war kurz nachdem sich ein siebzehnjähriges Mädchen in Lacoste von der Schlossmauer des Châteaus des Marquis de Sade gestürzt hatte. So sollte es zumindest aussehen. Aber ich glaubte nicht an Selbstmord.«
Sie inhalierte, stieß den Rauch durch die Nase wieder aus.
»Und?«, lockte Blandine dann. »Wollen Sie mehr sehen?«
Zadira nickte.
Die blondierte Journalistin lächelte schmal.
»Sie hieß Élaine de Noat und träumte von einem süßen Leben am Meer. Die Perspektive, das Hotel ihrer Eltern zu erben, einen biederen Burschen aus der Gegend zu heiraten und bis zum Zahnausfall in Lacoste zu bleiben – all das schnürte Élaines Seele ein.«
Blandine schaute so abwesend, als ob sie völlig in die Vergangenheit abgetaucht wäre.
»Sie kannten sie also gut?«
»Wenn man als Dorfpomeranzen um eine Handvoll guter Männer, guter Jobs und guter Wohnlagen ringt, dann kennt man sich gut, oh, ja. Die Region des Luberon mag auf Feriengäste wie das Paradies wirken. Aber zwischen September und Juni sind die Bergdörfer Kriegsschauplätze. Es wird um alles gekämpft. Um Wasser. Um das Darlehen bei der Credit Agricole. Ob man als Letzter in einem Haufen mittelalterlicher Steine ohne gescheite Heizung wohnt. Allein in Lacoste ist die Einwohnerzahl in zehn Jahren von über eintausend auf vierhundertfünfzehn geschrumpft.«
Blandine goss ihren Pastis mit nur wenig Wasser auf.
»Außerdem war Élaine mit mir in einem der Künstlerkurse. Aktzeichnen. Bei Guillaume Rimaud. Da wollten wir Frauen zwischen fünfzehn und fünfundfünfzig alle hin. Weil der Lehrer unglaublich gut aussah und als demokrati-

scher Verführer galt, der über Altersgrenzen hinwegsah. Egal ob nach oben oder unten.«

Sie warf ihren Kopf lachend in den Nacken.

»Guillaume Rimaud ... bei den Malkursen haben wir Frauen über all das gesprochen, was wir sonst für uns behalten. Über unsere Träume, unsere Liebhaber, unsere Pläne.«

Für einen Moment verlor sich Blandine in ihren Gefühlen von damals, die die Zeit unversehrt überdauert hatten.

»Bevor Pierre Cardin sich die Hälfte der Häuser und die Schlossruine in Lacoste unter den Nagel gerissen und in ein Walt Disney für Schnösel verwandelt hat, war das Dorf unberührt und seine billigen Räume ein Geheimtipp für Maler, Bildhauer oder Kunsttischler. Das waren zwar keine guten Partien – aber sie brachten die große Welt nach Lacoste.«

Blandine winkte Jean-Luc für eine weitere Bestellung. »Genauso wie César Alexandre und seine drei Freunde.«

Sie erzählte, wie sich eines Sommertags Anfang der Neunziger vier gut gekleidete, höfliche und wohlhabende junge Menschen in Lacoste umgesehen hatten. Lange waren sie auf der Spitze des Hangdorfes in der verfallenen Burg herumgeklettert, die der Marquis de Sade einst bewohnt hatte. Lacoste war ein Lehen seiner Familie, die an mehreren Orten in der Grafschaft ihre Besitztümer hatte. Anschließend mieteten die vier ein Haus, außerhalb des Dorfes. Im darauffolgenden Jahr kauften sie sogar eine nicht einsehbare Villa mit Pool, Blick auf das Calavon-Tal und wunderschönen hohen alten Eichen.

Sie kamen in drei Sommern, ließen sich zum Einkaufen und Diner im Dorf blicken, waren höflich, blieben aber für sich. Jeden Sommer brachten sie einen anderen weiblichen Gast mit. Jedes Mal eine sehr hübsche und sehr junge Frau. Blandine nippte an ihrem Pastis und fuhr dann fort:

»Wir dachten, es sei jeweils die neue Freundin von einem der drei Männer. Die waren nun mal aus jenen Kreisen, in denen man sich ständig neue junge, schöne Frauen zulegt.« Alles »Enarchen«, die an der École Nationale d'Administration gelernt hatten. Die »Enarchie« war im Volksmund jene Kaderschmiede einer reichen Machtelite, die die Geschicke Frankreichs seit Charles de Gaulle lenkte.

»1995 holten sie sich das erste Mädchen aus dem Dorf: Élaine. Siebzehn, verlobt und hungrig auf das Leben. Eine perfekte Kandidatin.«

»Kandidatin für was?«

»Für große Erwartungen? Élaine war nach dem ersten Wochenende in der Villa verändert. Als leuchtete sie von innen heraus, so sehr, dass Rimaud sich in sie verknallte und alle anderen Frauen links liegen ließ. Er hat Élaine damals dauernd gezeichnet. Für uns war er verdorben. Natürlich dachten wir alle, sie hätte einen Geliebten oder zwei unter den drei Männern gefunden. Leidenschaft ist das beste Make-up. Man sieht nie besser aus, als wenn man voll befriedigt ist.«

Zadira entglitt ein Seufzen. Für einen Lidschlag dachte sie an den Sänger, neulich. Ob seine Nummer wohl noch am Badspiegel stand? Sie sollte sie wegwischen.

»Und wie waren die vier mit Ende zwanzig?«, fragte sie. Ihre innere Anspannung wuchs. Hier war er, der Hinweis zu einer Leerstelle, in der zwanzig Jahre später möglicherweise Julie einen Platz eingenommen hatte. Gezwungenermaßen. Oder weil dieser Platz ständig neu mit jungen Frauen besetzt wurde?

»Ob Sie es glauben oder nicht – Philippe Amaury hat wie ein Sonnyboy ausgesehen, und Alexis hatte etwas Melancholisches, Gefährliches an sich, was junge Mädchen sehr anziehend finden. César war der Sehnsuchtsmann von Lacoste, Bonnieux und Goult zusammen. Wie er ging, und erst seine Blicke … es war schwierig, ihn nicht attraktiv zu finden. Und Victorine Hersant war die Inkarnation einer smarten Pariserin. Dünn, schick, selbstbewusst, als ob ihr kein Mann in diesem Leben irgendetwas vormachen könnte.«

Auf einmal wurden Blandines Gesichtszüge hart.

»Élaine hat nur ein, zwei Mal Andeutungen gemacht, was in der Villa passierte. Sie sprach davon, dass es weh tat, aus der Raupe zum Schmetterling zu werden. Sie sagte, dass sie erweckt wurde. Und dass sie eine ›gute Erziehung‹ bekäme, die es ihr ermöglichen würde, sich all ihre Wünsche zu erfüllen.«

Blandine kippte den Rest Pastis auf ex.

»Doch eines Morgens, nachdem sie in der Villa übernachtet hatte, soll sie in einem schwarzen, teuren, seidenen Nachthemd durch das Dorf gegangen sein. Sie kletterte barfuß auf den verfallenen Turm der Burg und sprang. Sie trug keinen Slip.« Blandine schnaubte. »Und das soll der Selbstmord gewesen sein.«

»An den Sie nie geglaubt haben.«

»Nein. Welche Frau geht schon ohne Slip zum Umbringen? Aber mal davon abgesehen: Ich glaubte, dass diese vier sie umgebracht haben. Aber niemand hat sie sich damals sonderlich vorgenommen. Es gab dafür keinen Grund, hieß es offiziell. Weil es hier in der Gegend viele Selbstmorde von depressiven Jugendlichen gäbe. Das stimmte zwar, aber trotzdem wusste niemand, was wirklich geschehen war. Und Élaine hatte Mut, wissen Sie, die sprang nicht einfach vom Turm, weil ihr jemand das Herz gebrochen oder ihren Körper missbraucht hatte. Die duschte und machte weiter.«

Die dritte Zigarette. Etwas berührt diese Blandine noch mehr als Élaines Tod, dachte Zadira. Ob die Reporterin noch darauf zu sprechen käme? Auf das, was sie wirklich antrieb?

»Es gab keinen Abschiedsbrief, keine Beichte, keine Freundin, die mehr wusste – nichts. Ich habe diesen vier elitären Sprösslingen damals dermaßen hinterhergeschnüffelt, dass César Alexandre eines Tages seine Beziehungen spielen ließ. Gefallen, Bestechung, Bedrohung.«

Zadira lachte hart auf. Ja, das waren die übliche Wege von Geheimdienstlern, »Beziehungen« aufzubauen und zu nutzen.

»Wenig später hatte ich keinen Job mehr bei *Le Provençal* und einen schlechten Ruf, der mich als Ehefrau für anständige Männer untragbar machte. Immerhin waren das die besten Voraussetzungen, um als Jauchetaucherin bei *Le Dauphiné* anzufangen und mir die Liebhaber zu nehmen, wie sie kamen.«

Blandine streckte sich und rückte mit einer abwesenden Geste ihre Brüste zurecht.

»Heute sind diese vier ein angesehener Strafrichter, ein Notar im Élysée-Palast, der dem jetzigen Präsidenten ein Sicherheitskonzept für die Pariser Banlieues ausgearbeitet hat, eine Bürgermeistergattin und Anteilseignerin eines Modehauses sowie ein hoher Beamter im Innenministerium, der vermutlich eine geheimdienstliche Abteilung leitet, die sich vor allem um die Geheimnisse der Mächtigen kümmert.«

»Glauben Sie, dass die vier auch etwas mit den Morden an den anderen Frauen zu tun haben? Sie gehen doch von ein und demselben Täter aus, oder nicht?«, fragte Zadira.

Blandine atmete tief ein.

»Ich bin mir nicht mehr ganz sicher«, sagte sie dann, »wie das alles zusammenpasst. Wissen Sie, ich bin jetzt seit bald fünfundzwanzig Jahren Polizeireporterin im Vaucluse. Ich kenne mehr Fälle als die meisten Bullen, weil die zwar Dutzende Akten gleichzeitig bearbeiten, aber eben nur die ihres jeweiligen Reviers. Und als das mit den Frauen losging, da hatte ich nach dem dritten Mord so ein seltsames Gefühl.«

»Was Bullen per se verdächtig finden.«

Blandine lachte bitter auf. »Genau. Gefühle? Also, bitte!«

»Was für eines?«

Blandine ließ sich Zeit. Dann meinte sie: »Die Fälle wiesen keinerlei Übereinstimmungen auf.«

Bis auf die Katzen, die zuvor oder gleichzeitig in den Dörfern getötet wurden, dachte Zadira. Und dass es nie irgendwelche Spuren gab.

Aber sie wartete ab, zu welchen Ergebnissen die Reporterin gekommen war, um sie besser einschätzen zu können.

»Die Tötungsart war immer anders. Erschlagen, ertränkt, erstickt, erwürgt. Zwischen den Frauen bestanden keine Verbindungen; kein Sportverein, kein Liebhaber, keine gemeinsame Schule, keine gemeinsamen Bekannten. Ich fand auf den ersten Blick auch keine Verbindungen zu den vier Prachtexemplaren, obgleich mir so war, als hätte ich den Richter öfter in der Provence gesehen und auch in den Klatschseiten von *La Provence* über ihn gelesen, wenn er sich in Avignon aufhielt. Aber: Es gab weder wiederkehrende Symbole noch ein Muster, das mit jedem Mord deutlicher hervorgetreten wäre. Und genau das hat mich misstrauisch gemacht. Dieses Nichtvorhandensein von Spuren. Als ob ein Serienmörder penibel darauf achtete, eben nicht als Serienmörder enttarnt zu werden. Was ihm aber dennoch zum Verhängnis wird, weil genau die Abwesenheit aller Spuren die einzige Gemeinsamkeit ist, die alle Morde aufweisen. Können Sie mir folgen?«

»Ein Geräusch, als versuchte einer, kein Geräusch zu machen«, zitierte Zadira einen ihrer Lieblingsautoren.

»Sie lesen John Irving?«, fragte Blandine neugierig.

Zadira nickte. Sie suchte in dem Gehörten nach dem, was sie am meisten irritierte. Es war nicht Blandines Serientheorie – der konnte sie folgen, sehr gut sogar. Nein, das, was sie elektrisierte, hatte sich in dem Bericht kurz davor befunden, und sie wusste jetzt auch, was es gewesen war.

»Was genau meinte Élaine mit der ›guten Erziehung‹, die sie bekäme?«, fragte Zadira die Journalistin.

Und da zückte Blandine ihren Trumpf.

»Das müssen Sie Natalie Chabrand fragen. Sie war das Mädchen, das die vier sich holten, nachdem Élaine sich angeblich umgebracht hatte und bevor sie von Lacoste nach Mazan wegzogen. Vielleicht redet Natalie mit Ihnen. Mir hat sie damals nicht mal die Tür aufgemacht.«

Blandine zog einen Zettel mit einer Telefonnummer hervor.

»Und jetzt verrate ich Ihnen noch, was ich mir für all diese Informationen wünsche, Lieutenant Matéo.«

# 28

Manon lief nicht nur über die Dächer, sie tanzte! Commissaire Mazan war zwar ein guter Kletterer, aber er hatte seine Künste auf Bäumen erlernt. Holz und Rinde gaben scharfen Krallen fast immer Halt. Etwas anderes war es mit Steinen und Ziegeln. Als er nun Manon folgte, bewegte er sich anfangs sehr vorsichtig, um den Untergrund zu prüfen. Manon hingegen flog geradezu über Schrägen und unebene Kanten hinweg.

Schließlich blieb sie stehen und wandte sich um. Ihr Blick schien ihn auszulachen. »Was ist, Commissaire, schaffst du es noch?«

Tatsächlich spürte er seinen Hinterlauf, der, auf den sich Rocky hatte fallen lassen. Aber das würde er der Kätzin gegenüber niemals zugeben. »Weiter«, sagte er nur.

Commissaire Mazan konzentrierte sich darauf, Manons Bewegungen auf dem komplizierten Weg nachzuspüren. Sie kannte jeden Stein in dieser Stadt. Wenn er genau ihren Schritten folgte, müsste er sicheren Halt finden. Das bedeutete allerdings, dass er sich voll und ganz auf diese unberechenbare Kätzin verlassen musste. Doch das war wohl genau das, was sie wollte. Und so folgte er ihr.

»Schon besser«, sagte sie schnurrig, als sie auf einer Dachterrasse kurz innehielt. Dann tanzten sie zu zweit über die Dächer der Stadt. Er vergaß alle Zweifel, alle Bedenken. Vertraute ihren waghalsigen Sätzen vollkommen. Und begann, es zu genießen. So sehr, dass er regelrecht enttäuscht war, als sie sich auf einer Gaube niederließ und sagte: »Wir sind da.«

Sie nahmen sich einen Moment Zeit, einfach nur nebeneinanderzusitzen und über das Land zu schauen. Es war so weit und groß, so voller Duft und Versprechen. Mazan vernahm den Ruf dieser Weite.

*Später vielleicht.*

Dann wandte er sich der Kätzin an seiner Seite zu.

»Danke«, sagte er. Und damit meinte er nicht nur, dass sie ihn geführt hatte. Sondern auch das gemeinsame Erleben und das Gefühl, dass sie ihm eine Gefährtin war.

Er hatte noch nie eine Gefährtin gehabt.

»Gern geschehen, mon Commissaire«, antwortete sie mit heller Stimme, in der er Verletzlichkeit spürte. Und Verwunderung, weil auch sie in dieser Welt über den Dächern bisher ohne Gefährten gewesen war. Dann kletterte sie seitlich der Gaube das Dach hinab und sprang, ohne zu zögern, durch das offene Fenster.

Die Wohnung war leer. »Adèle ist tagsüber unten bei ihrer Tochter und deren Familie«, flüsterte Manon. Mazan nahm den Geruch einer alten Menschenfrau wahr, einen Duft von Lavendel und genussvoll verzehrten Früchten, von harter Arbeit, der Freude am Leben und der Süße der Erinnerungen. In diesen Geruch war untrennbar die Anwesenheit einer Katze verwoben.

Sie fanden sie im Nebenzimmer, auf der Fensterbank, mit einem weichen Kissen unter dem Bauch. Mazan erkannte, dass sie fast blind war und ihn hauptsächlich mit ihren Schnurrhaaren und Nüstern wahrnahm.

»Da bist du ja wieder, Manon«, begrüßte die alte Kätzin sie. »Und du hast mir auch den schwarzen Wanderer mitgebracht.«

»Sein Name ist Commissaire Mazan, Morgaine«, purrte Manon, als sie sich an die Freundin schmiegte.

Mazan setzte sich in respektvoller Entfernung auf die Fensterbank und ließ sich von Morgaine erwittern.

»Commissaire Mazan«, wunderte sich Morgaine. »Weißt du denn, was dein Name bedeutet?«

»Nein«, antwortete er. Musste ein Name denn etwas bedeuten?

»Das heißt, dass du ein Polizist bist. Jemand, der die Bösen jagt und die Guten beschützt.«

Das gefiel ihm.

»Wir sind gekommen, weil wir deinen Rat brauchen«, sagte er. Er erzählte Morgaine von dem Mord an Julie, dem bösen Haus und was er dort gesehen hatte. Ihm entging nicht, dass Manon ein Zittern durchlief, als er von den dunklen Schwingen der unheimlichen Macht sprach. Er verstand ihre Furcht.

»Es ist dennoch ein Mensch, davon bin ich überzeugt. Er hat Manon angegriffen und in die Regentonne geworfen«, fuhr er fort, »aber sie konnte ihn nicht erkennen.«

Das jedenfalls hatte Manon ihm erzählt, als er sie gefragt hatte. Insgeheim aber glaubte er, dass die Kätzin sich nicht an den Mann erinnern wollte.

»Stimmt das, meine Kleine?«, fragte Morgaine Manon, die sich furchtsam an ihre Freundin drängte.

»Ja«, antwortete die Ingwerfarbene mit bebender Stimme.

»Ganz ruhig«, sagte Morgaine. »Er wird dir nichts mehr tun.« Dann wandte sie sich an Mazan. »Nicht wahr, Commissaire?«

Er hätte es ihr gern versprochen. Aber das konnte er nicht.

»Wer ist dieser Mann, Morgaine?«, fragte er stattdessen.

Die alte Katze ließ ihren getrübten Blick über die Dächer, Gärten und Gassen wandern. »Ich kann ihn fühlen«, sagte sie leise, »so wie ich den Vollmond spüre. Und ebenso wie der Mond nimmt auch seine Kraft zu und wieder ab. Du hast von den dunklen Schwingen gesprochen, die sehe ich auch, wenn er stark ist. Doch wenn seine Kraft nachlässt, ist er wie ein ganz normaler Mensch. Vielleicht würdest selbst du ihn dann nicht erkennen.« Sie wandte ihm ihren Kopf zu. »Obwohl du doch so tief blicken kannst.«

Das würde erklären, warum er den Flügelmann in keinem der Männer aus dem Château wiedererkannt hatte. Er verbarg sich in der Seele wie in einer Höhle.

»So einen Menschen habe ich noch nie zuvor getroffen«, sagte er nachdenklich.

»Menschen sind viel komplizierter als Katzen«, sinnierte Morgaine. »Viele von ihnen tragen das Böse von Geburt an in sich. Doch meistens sind ihre anderen Kräfte stärker. Bei einigen gelingt das nicht immer. Sie tun böse Dinge, bereuen sie später aber wieder. Nur bei ganz wenigen durchdringt das Böse ihr ganzes Wesen. Eine solche Bosheit glaubt immer von sich, im Recht zu sein. Vielleicht ist er deswegen auch in diese Stadt gekommen.«

»Wie meinst du das? Warum in diese?«, fragte Mazan erstaunt.

»Wegen des Châteaus«, flüsterte Morgaine, während Manon sich eng an ihre Freundin kauerte.

»Sag uns, was du darüber weißt«, bat Mazan die alte Kätzin.

Morgaine erzählte, wie sie als Jungkatze ins Château gekommen war, vor über zwölf Sommern. »Es war ein stiller Ort mit vielen alten Menschen, die dort auf den Tod warteten. Doch eines Tages brachten sie die Alten fort, und danach wurde alles anders. Sie haben die Mauern aufgerissen und dabei, glaube ich, etwas zum Leben erweckt, was dort lange geruht hat.«

»Aber was?«, fragte Mazan.

»Den Geist eines mächtigen und grausamen Mannes. Die Menschen nannten ihn *den Marquis,* und seine Kraft lebt noch heute in diesem Haus. Wir Katzen können es spüren.«

»Dann wurden dort Menschen gequält und getötet?«, hakte er nach und dachte an Manons tote Freundin. Doch Morgaine schüttelte den Kopf.

»Ganz so war es nicht. Zwar quälte der Marquis auch Menschen, vor allem Frauen. Doch darin bestand nicht seine wahre Macht. Er belog die Frauen und versprach ihnen Freiheit. Deswegen folgten sie ihm und taten alles, was er wollte.«

»Woher weißt du das alles?«

»Die alten Menschen, die dort einst wohnten, haben sich die Bücher des Marquis gegenseitig vorgelesen. Es hat sie verändert. Der Inhalt der Bücher lockte das Niederträchtige in ihnen hervor. So, wie auch das Haus in manchen Seelen das Böse erst hervorlockt. Nachdem die Alten fort waren, kamen immer wieder andere Menschen, die diesen Marquis bewundern. Einer von ihnen muss der sein, den du suchst. Du musst ihn finden und aufhalten, Commissaire.«

Nach dieser langen Rede ließ Morgaine erschöpft den Kopf auf die Pfoten sinken.

Mazan begegnete Manons Blick. Die Kätzin sah ihn voller Vertrauen an.

»Eines verstehe ich noch nicht«, wandte er sich ein letztes Mal an Morgaine. »Warum tötet er Katzen? Warum legt er im Garten des verbotenen Hauses Gift aus?«

»Das weiß ich nicht, Commissaire Mazan«, antwortete Morgaine mit müder Stimme. »Aber vielleicht gibt es ja zwei Mörder. Einen, der Frauen tötet. Und einen, der die Katzen tötet.«

»Glaubst du, sie hat recht?«, fragte Manon, als sie wieder auf dem Dach waren. Morgaine war einfach eingeschlafen. »Ich weiß nicht«, gab Mazan zurück. »Aber das, was ich im verbotenen Haus gespürt habe, hat nicht nur Julie getötet.« Er überlegte, dann sprach er weiter: »Es war das gleiche Flügelwesen, das auch dich töten wollte.«

Halbwegs erwartete er, dass sie nun, da er sie direkt auf ihr furchtbares Erlebnis angesprochen hatte, erschreckt davonstieben würde. Doch sie blieb bei ihm.

»Das alles ist zu groß für uns«, sagte sie nach einer Weile. »Wir sind nur Katzen. Die Menschen können uns mit einem Fußtritt besiegen. Was können wir gegen so ein Ungeheuer ausrichten?«

Im Grunde hatte sie recht. Vielleicht wäre es wirklich das Klügste, sich vor dem unbekannten Flügelmann zu verbergen und darauf zu warten, dass die Polizisten ihn zur Strecke brachten. Doch leider hatte die Sache einen Haken.

»Wir wissen jetzt, dass der Flügelmann sich sogar vor uns verbergen kann«, erklärte er Manon. »Er versteckt sich einfach so tief in einer Seele, dass er unfühlbar ist. Umso mehr kann er das gegenüber den Menschen. Du weißt doch, wie schwach ihre Sinne sind. Lieutenant Zadira hat mir erzählt, dass er auch schon andere Frauen getötet hat. Und andere Katzen. Wenn wir nichts unternehmen, wird er es wieder tun. Und es wird wieder eine Julie geben.« Er bedachte Manon mit einem sanften Blick. »Und vielleicht wird die nächste Manon weniger Glück haben.«

War es das Sonnenlicht, das diese Reflexe in ihre Augen zauberte, oder kam das Glitzern, das er jetzt wahrnahm, aus einer anderen Quelle?

»Wir haben vielleicht die Möglichkeit, das zu verhindern. Und darum sollten wir es auch tun«, fügte er hinzu.

»Also gut«, meinte sie. »Was sollen wir tun?«

»Sag Louise Bescheid und Rocky. Ihr müsst alle Katzen zusammenrufen.«

Er dachte daran, was Morgaine ihnen erzählt hatte: dass die Kraft des Flügelmannes anwachsen und wieder schwächer werden konnte. Sie mussten bereit sein, bevor der Unbekannte das nächste Mal seine Schwingen ausbreitete.

»Wir treffen uns heute Abend beim Museum.«

»Und was willst du währenddessen tun?«

»Ich will zum Château.«

Manon zeigte ihm den Weg. »Pass auf dich auf«, sagte sie noch, bevor sie sich in die andere Richtung aufmachte. Er sah ihr nach, wie sie leichtfüßig auf dem Dachfirst entlanglief. Bevor sie zum Sprung aufs Nachbardach ansetzte, wandte sie sich noch einmal um.

»Hey, Commissaire Mazan!«, rief sie.

»Ja?«

»Danke, dass du mich aus der Tonne gerettet hast.«

Ehe er antworten konnte, war sie schon verschwunden.

Wesentlich langsamer, weil vorsichtiger ohne Manons Führung, suchte er nun seinen Weg. Dennoch freute er sich, das Reich über den Dächern entdeckt zu haben. Irgendwann würde er sich hier oben bestimmt genauso tänzerisch bewegen können wie die schöne, ingwerfarbene Kätzin. Und trotz der Bedrohung, die auf der Stadt lastete, hatte er das Gefühl, zum richtigen Zeitpunkt am richtigen Ort zu sein. Er hatte nicht nur einen Menschen gefunden, dem er vertrauen konnte. Sondern auch eine Gefährtin. Mal ganz abgesehen von dieser ganzen Katzengemeinde. Außerdem sah es so aus, als ob er noch einen großen, sabbernden Hund zum Freund bekäme. Das war nicht schlecht für einen Kater, der noch vor wenigen Tagen ein einsamer Wanderer gewesen war.

Während er über eine Dachterrasse und dann über eine schmale Schräge auf eine Gartenummauerung sprang, war er so zuversichtlich wie seit langem nicht mehr. Und genau deswegen ließ seine Wachsamkeit für diesen einen, fatalen Moment nach.

Als die harte Hand in dem dicken Lederhandschuh ihn im Genick packte, begriff er schlagartig, wie die flinke Manon dem Mann mit den dunklen Flügeln hatte in die Falle gehen können.

*Weil er noch gefährlicher ist, als ich glaubte!*

Er kämpfte mit aller Kraft. Wand sich, suchte ein Ziel für seine Krallen.

*Nein. Nein! NEIN!*

»Teufelskatze«, zischte die Stimme. Dann legte sich ein feuchtes Tuch über sein Gesicht. Der Gestank raubte Commissaire Mazan den Atem, und es wurde schwarz vor seinen Augen.

# 29

Zadira Matéo fädelte sich auf die A7 gen Süden ein, überholte auf der rechten Spur eine Kolonne Wagen. Ihr Handy hatte sie zwischen Schulter und Ohr geklemmt und hörte zu, was ihr Natalie Chabrand zu sagen hatte. Oder vielmehr: was nicht.

»Ich kenne diese Leute nicht, von denen Sie da reden, Lieutenant. Tut mir leid, aber ich kann Ihnen nicht helfen.«

Eine kontrollierte, kultivierte Stimme. Wahrscheinlich wusste Natalie Chabrand, dass es bei schwierigen Telefonaten immer besser war, zu stehen als zu sitzen, und dass man lächeln musste, um ehrlich und verbindlich zu klingen.

»Madame Chabrand, ich weiß, dass es für Sie unangenehm ist, wenn Ihre Verbindungen zu diesen Herrschaften offensichtlich werden. Abes es gibt dafür Zeugen.«

»Lieutenant, ich bin mir sicher, Sie verwechseln mich.«

»Es sind Mädchen wegen dieser Leute gestorben, Madame.«

»Es tut mir ausgesprochen leid, aber ich kann wirklich nichts für Sie tun«, versicherte Madame Chabrand noch einmal und legte auf. Als Zadira auf die Taste für Wahlwiederholung tippte, war der Anschluss besetzt, fünf Minuten später gar nicht mehr erreichbar.

Weil sie schon mit einer Ablehnung gerechnet hatte, war sie bereits Richtung Aix-en-Provence unterwegs.

Jetzt wählte sie eine Nummer in Marseille. Djamal, ihr lieber, guter, ferner maghrebinischer Freund, würde ihr Natalie Chabrands Daten liefern. Zadira hörte ihn wenig später auf seine Tastatur einhacken. Dann gab er ihr flüsternd Chabrands Steuernummer und Geschäftsadresse durch.

»Eine Wohnadresse kann ich nicht finden, ich werde es über die Datenbanken von Aix' Strom- und Wasserversorgern probieren.«

»Schau auch nach Querverbindungen«, bat Zadira. Sie diktierte ihm die vier Namen Amaury, Alexandre, Hersant und Lagadère.

»Lagadère? Etwa der bekannte Strafrichter aus Paris?«

»Ja. Wieso?«

»Ach. Da war mal was, ist lang her. Ein Kollege von mir, war damals noch in der Ausbildung. Sie nehmen in Nantes so ein Bordell hoch, mit lauter rumänischen Mädchen, alle *sans-papiers* ohne Aufenthaltsgenehmigung. Und mittendrin der Richter. Alle Polizisten wurden versetzt, der Chef der Brigade suspendiert, hat sich später von den Calanques ins Meer gestürzt. So was vergisst man nicht.«

»Und die Akten über die Razzia sind verschwunden.«

»Wurden nie angelegt! Egal. *Ça roule?* Was läuft, Schwesterherz?«

Djamal wechselte in einen fröhlichen Singsang, was bedeutete, dass sich ihm unerwünschte Zuhörer näherten.

»Gib mir die Adressen, sobald du sie hast. Und … danke.«

»Schon gut«, sagte der Kriminaltechniker wieder im verschwörerischen Flüsterton. Sie hörte ihn erneut auf der Tastatur klickern.

»*Putain!*«, entschlüpfte es ihm. »Deine kleine Freundin Natalie hat eine wirklich nette große Freundin.«

»Wieso?«

»Madame Chabrand bewohnt, mietfrei, Victorine Hersants Eigentumswohnung. Sieben Zimmer. Das Telefon bezahlt sie selbst. Soll ich dir ihre Mails vorlesen?«

»Schick mir lieber ein Foto von ihr.«

»Klar. Ich muss los.«

»Ich auch.«

»Ich komm dich mal am Arsch der Welt besuchen, und wir saufen uns durch deine zweieinhalb Bars.«

Sie legten gleichzeitig auf.

Chabrand leitete eine Modeboutique in der Rue d'Italie, in Aix' teuerstem Viertel, dem Quartier Mazarin. Und wohnte in Hersants Wohnung. Und wie diese Verbindung also existierte, die sie so vehement abstritt!

Zadira parkte im Parkverbot, klemmte ihr Blaulicht hinter die Windschutzscheibe und betrat Chabrands Boutique »Elle«.

Die Türklingel funktionierte nicht. Im Inneren der Edelboutique roch es nach teurem Leder, Holz und raffiniertem Parfüm. Musik schallte aus verborgenen Boxen.

»Kann ich Ihnen helfen?«, fragte die sehr schicke, sehr dünne Verkäuferin hinter dem langen, polierten Tresen.

»Was würden Sie mir denn empfehlen?«, fragte Zadira.

»Wenn ich ehrlich sein soll, einen Gang zu Zara oder H&M«, gab die Blonde mit einem boshaften Lächeln zurück.

Zadira zückte ihren Ausweis.

»Natalie Chabrand?«

»Die Chefin ist nicht da.«

»Und wo ist sie?«

»Ich weiß es nicht. Leider.«

»Natürlich. *Leider* haben wir in Madames Wohnung einen Einbrecher erschossen.«

»Oh!«, machte die Blonde und verriet ihr daraufhin Chabrands Aufenthalt.

Zadira betrat den Tee-Salon Jardin Mazarin in der Rue du 4. Septembre zwei Minuten später. Sie hatte sich Natalies Gesicht auf dem Foto, das ihr Djamal geschickt hatte, gut eingeprägt – aufgenommen auf einer Pressekonferenz über Aix' Kunstfestival, wo Chabrand als Beraterin auftrat.

Sie war siebenunddreißig, hatte ihr Haar in einem prächtigen, glanzvollen Mahagonirot gefärbt. Zadira vermutete, dass Chabrands Frisur mehr gekostet hatte, als sie an Miete zahlte.

In dem modernen Bistro saßen gut gekleidete Männer und Frauen auf weißen Lederbänken bei ihrem überteuerten Frühstück. Zadira spürte die Blicke unter sorgfältig getuschten Wimpern, als sie das Mazarin durchquerte.

Natalie Chabrand saß mit elegant übereinandergeschlagenen Beinen im überdachten Garten an einem Metalltisch und rauchte mit fahrigen Handbewegungen eine dünne Mentholzigarette.

Sie trug ein helles Kostüm, Schlangenleder-Pumps mit zwölf Zentimeterabsätzen und eine auffällige Y-Kette mit rosa Saphiren, die Zadira aber erst bemerkte, als sie sich ohne ein Wort auf den Stuhl gegenüber von Natalie Chabrand warf, ihre Baseballkappe abnahm und auf den Tisch warf.

»Gut. Wo waren wir stehen geblieben?«, fragte Zadira so laut, dass Chabrand erschreckt aufsah und sich sogleich umschaute.

311

»Was soll das? Wer sind Sie?«

»Die Frau, die Sie angelogen haben. Sie kennen Victorine Hersant sehr gut. Sie wohnen bei ihr.«

Bei diesen Worten zeigte Zadira kurz ihren Ausweis.

»Was ... aber sie ist nur meine Vermieterin. Ich kenne sie nicht persönlich!«, behauptete Chabrand rasch.

Sie nahm hektisch das edle Dupont-Feuerzeug vom Tisch, räumte die Zigarettenschachtel und das ausgeschaltete Handy in ihre Prada.

Natalie Chabrand winkte dem Kellner.

»Pierre, ich zahle!«

»Pierre, und einen Espresso bitte!«, rief Zadira laut hinterher.

Zadira legte Chabrand ihr Smartphone hin. »Schauen Sie mal. Das ist Julie Roscoff. Sie besitzt rotes Haar wie Sie. Julie Roscoff wurde sexuell missbraucht und danach getötet. Vermutlich von Ihren lieben Freunden.«

»Was soll das? Laufen Sie hier herum und verleumden Leute?«

»Schauen Sie sich das Bild an.«

»Ich wüsste nicht, warum ich das tun sollte.«

Jetzt wirkte Chabrand nicht mehr peinlich berührt, sondern geradezu hasserfüllt.

»Ihre lieben Freunde haben auch ein junges Mädchen in Lacoste auf dem Gewissen. Élaine. Sie kannten Élaine doch? Sie war erst siebzehn. Zwei Jahre jünger als Julie.«

»Ich weiß nicht, was das mit mir zu tun haben soll«, fauchte Natalie, stand auf, warf einen Zwanzigeuroschein auf den Tisch und ging.

Zadira folgte ihr. Als ihnen Pierre, der Kellner, entgegenkam, legte Zadira ihm vier Euro aufs Tablett, nahm den Espresso und trank ihn aus.

»Danke, und entschuldigen Sie den Aufruhr«, sagte sie, als sie die leere Tasse auf einem Tisch im Gastraum abstellte.

Dann folgte sie Natalie, die auf ihren Pumps wütend und mit kleinen Schritten den Bürgersteig hinabstöckelte. Es war nicht schwer für Zadira, zu ihr aufzuschließen.

»Werden Sie von diesen Menschen bedroht, Madame Chabrand?«

Natalie schwieg eisern und stakste weiter.

»Sie müssen sie nicht schützen. Es sind Tatverdächtige in einem Mord an einem jungen, naiven, sehr lieben Mädchen. Sie versuchen, sich rauszulavieren. Sie können helfen, der Wahrheit auf die Spur zu kommen.«

»Gehen Sie doch einfach weg!«

»Madame, ich bitte Sie, es werden noch mehr Mädchen folgen, sie werden missbraucht, sie werden zerstört, ihr Körper, ihre Seelen! Sie sind verpflichtet ...«

»Nein!«

Chabrand blieb stehen und funkelte Zadira wütend an.

»Das bin ich nicht. Ich bin nicht verpflichtet, zu gar nichts!«

Zadiras Handy vibrierte. Vielleicht Djamal, der ihr neue Erkenntnisse liefern konnte?

Sie nahm ab, ohne auf das Display zu sehen.

»Ja?«, fragte sie. »Was hast du für mich?«

»Verdammt, was machst du nur da oben!«

Gaspard!

Sie war so perplex, dass sie nicht gleich antworten konnte. Chabrand ging weiter, sah sich nur einmal nach Zadira um und beschleunigte ihre Schritte. Zadira sah sie auf einen Altbau zustreben und einen fünfstelligen Code an der Tür eingeben.

Zadira ging schneller, das Handy ans Ohr gepresst.

Gaspard.

»Zadira, ich hab hier eine amtliche Beschwerde auf dem Tisch. Von einem Büro im Innenministerium, von dem ich vorher nie gehört habe und hoffentlich auch nie wieder etwas hören werde. Sie beschweren sich über dich, Zadira, und fordern deine Akte an. Und deine Akte ... liest sich auf einmal irgendwie anders als früher. In welche Scheiße hast du dich da reingeritten?«

»Ich kann es dir nicht sagen, Javier.«

»Wieso nicht?«

Zadira rannte jetzt. Natalie hatte bereits die schwere Eingangstür aufgedrückt und war im Inneren des prächtigen Hauses verschwunden.

»Jetzt nicht!«

Zadira war klar, dass sich Natalie vor einer Stunde, als sie nicht mehr per Handy erreichbar gewesen war, bei ihren einflussreichen Freunden beschwert haben musste. Und César Alexandre hatte reagiert. Verdammt schnell.

Das machte sie so unglaublich wütend, dass sie hervorstieß:

»Dieser verfickte Scheißkerl Alexandre!«

Sie erreichte die Tür gerade noch rechtzeitig, stellte ihren Fuß in den Spalt und quetschte sich dabei schmerzhaft die Zehen. Sie hörte Javiers wütende Stimme. Hielt das Handy ein letztes Mal an Ohr und Mund und versuchte, den Schmerz zu ignorieren, keuchte trotzdem gepresst.

»Gib mir zwei Stunden. Wenn du mich nicht einfach nur gefickt hast, Javier, tu das für mich, und ich werde nie wieder etwas von dir verlangen.«

»Aber wer sagt denn, dass ich das ...«

Sie beendete die Verbindung. Dann drückte sie die schwere Tür auf, hastete humpelnd durch einen Torbogen und auf das Haus im Hinterhof zu, in dem Natalie Chabrand wohnte. Mit ihrem Dietrichset öffnete Zadira innerhalb von zehn Sekunden die Eingangstür, hörte eine Etage über sich das Klackern von Natalies Absätzen und eilte die Treppen hinauf, immer zwei Stufen auf einmal nehmend. Sie sah gerade noch, welche Tür Chabrand hinter sich zuzog.

Mein Gott! Die Panik, mit der diese Frau reagierte, war einfach nicht normal. Aber wer wusste schon, was die vier Natalie Chabrand eingeflüstert hatten, um sich ihrer Loyalität zu versichern? Mit was sie ihr gedroht hatten, sollte sie es wagen, sie zu kompromittieren?

Es gab nur einen Weg, diese unglaublich eingeschüchterte Frau aus dem Gefängnis ihrer Angst zu befreien.

*Nur Angst tötet Angst.*

Zadira wummerte mit der Faust an die Tür. Und klingelte. Dann rief sie sehr laut: »Madame Chabrand! Sie werden wegen Beihilfe zum Mord, wegen Vertuschung und Komplizenschaft angezeigt, das schwör ich Ihnen! Und es werden sich Wege finden lassen, um der Presse die Nachricht zukommen zu lassen, dass die ehrenwerte Kunstkennerin Chabrand auf den Knien rumgerutscht ist und sich mit einer Reitgerte hat züchtigen lassen! Madame Chabrand mag das! Wer hat Sie alles gehabt, Madame? Wem verdanken Sie Ihre Boutique und diese Wohnung? Wollen Sie Ihr jetziges Leben behalten oder lieber gegen eine hübsche Zelle tauschen? Und das alles nur, um diese Leute zu schützen, die sich schon die nächste Frau nehmen, um mit ihr geile Sado-Parties zu veranstalten? Weil Sie mittlerweile zu alt dafür sind, Madame?«

»Mein Gott«, schrie Chabrand heiser, als sie die Wohnungstür aufriss, »seien Sie doch endlich still!«

Ihr Blick flog zu den geschlossenen beiden anderen Wohnungstüren auf der Etage. Tränen liefen ihr über die Wangen.

»Lassen Sie mich rein«, verlangte Zadira hart.

»Muss ich ... muss ich denn wirklich ...«

»Ins Gefängnis? Natürlich. Schließlich haben Sie indirekt den Tod eines halben Dutzends Frauen zu verantworten.« Chabrand schlug die Hände vor ihr fein geschnittenes Gesicht.

*Bin ich zu weit gegangen?*

Natürlich. Viel zu weit. Aber es ging nicht anders, sie musste die Kette der Angst, in der diese Frau gefangen war, mit Drohungen und Gewalt zerschlagen. Es war die einzige Sprache, die Natalie Chabrand noch verstand.

Zadira trat ein und schloss leise die Tür hinter sich.

Die Wände waren mit teuren Gemälden geschmückt, das Parkett kostbar, die Wohnung ein leeres Theater ohne Seele.

*Hier, in diesem goldenen Käfig, haben sie dich also gehalten?*

Sie stand nun direkt vor der Frau, die mit tiefen Schluchzern weinte. Dazwischen flüsterte sie immer wieder: »Bitte nicht. Bitte nicht.«

Zadira öffnete langsam die Arme. Sagte leise: »Natürlich nicht.« Natalie ließ sich in sie hineinfallen. Machte sich klein. Zadira hielt sie fest.

Irgendwann hörte das Schluchzen auf.

»Kaffee?«, fragte Zadira leise, ganz sanft.

»Schnaps«, flüsterte Chabrand dankbar.

»Ziehen Sie Ihre Schuhe aus, Madame«, schlug Zadira vor. Die Frau brauchte festen Boden unter den Füßen.

Natalie folgte Zadira auf nackten, wohlmanikürten Füßen in die große Küche. Als Zadira den Designer-Kühlschrank öffnete, sah sie die identische Batterie an Weinen, die sie auch im Haus Nummer 9 gefunden hatte. Und natürlich *Veuve Clicquot*, 1985er.

Zadira goss Chabrands Espresso mit teurem Cognac *Forgeron* auf. Natalie suchte aus ihrer Handtasche die Mentholzigaretten hervor, zündete sich mit nervösen Fingern eine an und setzte sich an die Ecke des Edelplastiktisches.

»So«, sagte sie mit ihrer kultivierten, jetzt rauh-bebenden Stimme, als Zadira sich ihr gegenüber niederließ. »Sie wollen mit mir also über die Erben des Marquis reden.«

Zadira rauchte. Das erste Mal seit Wochen.

Ausgerechnet Mentholzigaretten.

Aber nicht wegen Javier. Nicht wegen Minotte. Sondern weil sie es kaum aushielt, als Natalie ihr nach und nach die Tür zu ihrem Gefängnis und ihren Seelenqualen öffnete.

»Die Erben des Marquis de Sade. So nennen sie sich seit Beginn ihrer Freundschaft. Philippe, Alexis, Victorine und ... César.« Bei der Nennung des letzten Namens war das Frösteln in Natalies Stimme nicht zu überhören. Sie zupfte an der schweren, engen und vermutlich sehr teuren Y-Kette mit den Saphiren. Ihr Blick irrte ziellos umher. »Nicht im Genuss besteht das Glück, sondern im Zerbrechen der Schranken, die man gegen das Verlangen errichtet hat.« Sie schüttelte resigniert den schönen Kopf und goss Cognac in die bereits leere Kaffeetasse. »Das ist ihr Wahlspruch. Natürlich von de Sade. Es kommt ihnen immer darauf an, das zu tun, was wider die Regeln der Mehrheit ist. Glaube, Liebe, Hoffnung, all das finden sie albern und begrenzend für ihren ach so freien Geist.«

Natalie kramte eine Pillenschachtel aus ihrer Prada hervor und schluckte eine Tablette mit dem Cognac.

Zadira las die Aufschrift.

»Das sind Zolofts«, sagte sie erschüttert.

»Gegen Depressionen«, erläuterte Natalie ohne Verlegenheit.

»Nehmen Sie etwa jeden Tag eine?«, erkundigte sich Zadira besorgt.

»Sie haben ja keine Ahnung«, antwortete Natalie, ohne zu lächeln. »Eine reicht nicht.« Sie atmete tief ein. »Was genau haben die Erben getan? Sagen Sie es mir. Dann werde ich Ihnen alles erzählen. Zumindest das meiste. Oder das, was ich sagen kann, ohne danach aus dem Fenster zu springen.« Ihr Blick ging zu dem großen Sprossenfenster.

»Sie hat mir nicht ohne Grund diese Wohnung gegeben und keine im sechsten Stock. Hier breche ich mir nur Beine und Arme, aber leider nicht das Genick.«

Während Natalie unablässig rauchte und unablässig trank, erzählte Zadira ihr von Julie, dem Haus und den Zimmern. Da kamen Chabrand erneut Tränen. Sie fuhr mit beiden Zeigefingern unter ihren Augen entlang.

»Wer hat sie denn hier am häufigsten besucht, Madame?«, fragte Zadira jetzt.

»Philippe.« Nur ein Hauchen. »Er … er ist der Fesselungskünstler, wissen Sie.« Ihr Blick schweifte zum Salon hinüber. Es gab dort zahlreiche Möglichkeiten, eine Frau gefesselt in der Ecke liegen zu lassen und derweil teuren Veuve zu trinken, die Füße bequem abgelegt auf ihrem verschnürten Leib.

»Alexis schlägt am liebsten zu, mit Worten und Händen. Seine größte Freude ist es, wenn meine Wimperntusche unter Tränen zerläuft. Philippe bevorzugt außerdem noch den sekundären Lustgewinn: Er liebt es, mich an Männer auszuleihen und dann Regie zu führen. Wie beim Puppen-

318

theater. Er selbst bekommt keine Erektionen mehr.« Natalie hielt inne. »Er war erst letzte Woche hier. Er hat mir ... er hat mir vorgeschlagen, mich operieren zu lassen. Er fand, ich sehe nicht mehr schön aus.« Sie zog ihren Rock hoch. »Sehen Sie. Bindegewebsschwäche.«
Zadira sah nicht nur die. Sondern Striemen. Narben.
Sie zog sich eine weitere Zigarette aus der Schachtel. Natalie ließ den Rock wieder fallen.
»Victorine besitzt einen hölzernen Kunstpenis, geschnitzt aus einem Christuskreuz. Nur für die Mädchen. Sie selbst hält nicht viel von genitalem Sex. Außer mit César, aber das ist eine andere Geschichte ... Ich glaube, der Jesusdildo ist ihre Rache an ihrer Mutter.«
»Und Monsieur Alexandre?«
»Monsieur César Alexandre ... nun ja.« Natalie holte tief Luft.
»César ist ein Meister darin, andere Menschen zu brechen und wieder neu zusammenzusetzen. Er liebt es, mich immer wieder bis kurz vor den Orgasmus zu bringen, mit seinen Händen. Dabei trägt er immer Lederhandschuhe, er berührt mich niemals mit nackter Haut, das ist ihm zu intim. Kurz bevor er mich endlich kommen lässt, muss ich allem abschwören, was menschlich ist. Erst dann erlöst er mich.«
Lederhandschuhe!, dachte Zadira.
Jetzt brach Natalies Stimme.
»Ich musste unter seinen Händen der Liebe abschwören. Ich habe Gott gelästert. Ich habe beteuert, dass ich mein Leben lang nur ficken, aber niemals zeugen will, ganz wie de Sade es von Frauen verlangte. Ich habe meine Eltern Schweine genannt.« Sie schlug die Hände vor ihr feines Gesicht.

Zadira war vom Martyrium der schönen Frau zutiefst erschüttert. Seit Jahren Spielsklavin, Dienerin, verstrickt in Schuld und Scham.

Sanft fragte sie:

»Glauben Sie, dass die Erben für ihre Lust töten könnten?«

Natalie dachte lange nach. »Der Tod würde ein Mädchen ihrer Macht, ihrer Kontrolle entziehen. Das liegt nicht in ihrem Interesse, sondern käme einer Niederlage gleich. Aber sie spielen sehr oft mit dem Tod. Die Grenze ist fein. Darin besteht gerade der Reiz. Sie würgen. Sie nehmen Luft und Licht und Freude. Man stirbt in kleinen Dosen, Madame Lieutenant, und merkt viel zu spät, dass man eigentlich lebendig begraben ist.«

Natalie schlang die Arme um ihren Oberkörper. Wiegte sich vor und zurück. »Sie hassen es, die Kontrolle zu verlieren. Das ist ihre einzige Schwäche.«

»Wer bedroht Sie, konkret? Kann ich Ihnen helfen?«

»Mir? Helfen? Ach.«

Chabrand drehte sich weg.

»Kennen Sie das Märchen vom Zauberer von Oz? Nein? Das Land Oz ist eine Illusion, und jedem erscheint es als das, was er am meisten begehrt. Ich habe wie die meisten Mädchen vom Land ersehnt, was ich nicht besaß: Reichtum, Eleganz, Verehrer und eine Zukunft außerhalb meines Dorfes. Die Erben kannten den Weg nach Oz, und sie wollten ihn mir zeigen. César war der Zauberer von Oz.«

Natalie setzte sich auf den Rand des Designertisches. »Als Gegenleistung forderten sie bedingungslosen Gehorsam und die Abtretung aller Rechte an meinem Körper, meinem Geist und meiner Seele. Und das schriftlich.«

»Schriftlich?«

»Per Vertrag, ja. Darin sind nicht nur Details geregelt wie Besuchsrecht oder Vergütung. Er ist außerdem das Sicherheitsnetz für die Erben. Wer würde mir je glauben, dass ich gelitten habe? Ich hatte doch das Geschäft besiegelt!«

»Ein teures Geschäft. Und Sie waren erst achtzehn.«

»Der Weg nach Oz führte zunächst über die Lust, Madame Matéo, deswegen merkte ich es nicht.« Natalie zeigte ein kleines, wissendes Lächeln. »César Alexandre ist leider ein begnadeter Verführer, und ich habe unendlich viel Lust und noch mehr Scham gefühlt, Lust und Scham, und irgendwann war Scham meine Lust. Wahrscheinlich bin ich für immer verdorben für die Liebe und für jede andere Art von Sex. Normalen Sex, wenn Sie so wollen.«

»Erzählen Sie mir bitte über die Spiele.«

»Ich weiß nicht, ob man das erklären kann, Lieutenant. Nicht der ›kleine Tod‹, also der Orgasmus, war das Ziel, sondern tausend psychische Tode. Verstehen Sie? Zieh dich aus und bediene uns nackt, du Nichts! Der Tod der Hilflosigkeit, wenn ich auf Alexis' Stuhl der Wahrheit Platz nehmen musste und jede Umdrehung mir noch mehr Qual und Appetit machte, mich zu all den Begierden zu bekennen, die mir in der Seele brannten. Der Tod des Schmerzes, wenn sie mich als ihr Tablett benutzten und von mir aßen, mir mit ihren Messern und Gabelspitzen die Haut ritzten. Die Erben kennen tausendundein Spiel, um die Seele zu brechen.«

Sie zeigte auf ihre Kette mit den pinkfarbenen Saphiren, die um ihren Hals lag.

»Jedes Mädchen erhält zum Auftakt ihrer Erziehung ein Schmuckstück. Ich muss es immer tragen. Ich bin den Erben seit bald zwanzig Jahren zu Diensten. Ich habe beste Kontakte in ganz Frankreich, weil Philippe mich meist nur an die sehr Reichen, sehr Mächtigen ausgeliehen hat. Victorine brachte mir bei, mich zu benehmen, damit mir nie mehr jemand anmerkt, dass ich bis zu meinem achtzehnten Geburtstag barfuß durch Ziegendreck gelaufen bin. Ich habe alles, was ich mir je gewünscht habe.«

»Nur glücklich sind Sie nicht.«

»Ach, das merkt man?« Natalie lachte erst bitter, dann immer heftiger auf, steigerte sich in einen hysterischen Lachanfall hinein. Bis sie weinte.

»César, Alexis, Vic oder Philippe können jederzeit von mir verlangen: Bediene mich. Lutsch meine Füße. Schlag dich selbst. Ich habe die Klingel an der Ladentür abgebaut. Ihr Ton macht mir Angst. Sie kommen immer ohne Ankündigung, klingeln dann viermal. Wissen Sie, wie es ist, sich ständig vor einer Türklingel zu fürchten, Madame?«

»Sie sagten, dass Philippe Sie nicht mehr schön findet. Hat man hat Sie denn austauschen wollen, gegen Julie?«

Natalie zuckte mit den Achseln. »Natürlich. Es gibt sicher noch mehr Frauen in der Provence, die den Erben zu Diensten sind. Ein ständiges Nachrücken. Jeanette hat Larissa abgelöst, und, wer weiß, Julie mich.«

»Hat Sie das gekränkt, als Sie davon erfuhren?«

*Vielleicht so sehr, dass du Julie hast umbringen lassen?*

Natalie schaute aus dem Fenster. »Nein. Ich habe immer gehofft, dass ich ihnen irgendwann zu alt und langweilig bin.«

Natalie Chabrand zeigte ein melancholisches Lächeln.

»Und Sie waren die Nachfolgerin von Élaine.«

»Von wem?« Natalie sah ehrlich überrascht aus. Hatten die Erben denn niemals über Élaine gesprochen?

»Bitte, Madame Lieutenant«, bat Natalie jetzt leise. »Bitte sagen Sie mir, dass Sie César Alexandre gewachsen sind. Ich befürchte, ich werde sonst nicht mehr lange leben.«

# 30

Zadira bekam auf dem Weg von Aix nach Goult, wo der Maler Rimaud inzwischen wohnte, drei Wutanfälle. Das Gespräch mit Natalie, die Hitze, die Campingwagen – alles riss an ihr.

Das helle Licht stach ihr in die Augen.

Aber auch der Mistral bewirkte, dass die Menschen wütender wurden oder ängstlicher. Der Wind, der verrückt macht, so nannten ihn die Provenzalen.

Zadira war, als stiege sie Stufe für Stufe immer weiter in die Vergangenheit hinab. Dort war der Anfang von Julies Schicksal. Es begann mit den Erben des Marquis. *Kein Mord wird jemals vollständig aufgeklärt. Das Warum, das werden wir nie wirklich verstehen. Auch wenn wir herausfinden, wer wen getötet hat, so werden wie es doch niemals nachfühlen können, niemals richtig begreifen. Was treibt zum Beispiel diese Erben nur an, ihr Leben so zu verbringen?*

Als sie in Goult vor dem mit Touristen überfüllten Café de la Poste parkte und dann die schmalen Gassen emporschritt, fühlte sie sich Meter für Meter in eine Welt der Stille versetzt. Ockerfarbene und gekalkte Häuser, eine Mixtur aus strengem Mittelalter und abgelebtem Barock.

Goult war viel zu schön, um wahr zu sein.

»Wir hoffen jede Saison, dass die Touristenkarawane uns weiterhin übersieht«, sagte Guillaume Rimaud zehn Minuten später.

Der Maler brachte Limonade und einen Krug Wasser auf die Natursteinterrasse. Er ging barfuß, trug Leinenhosen und ein helles Hemd. Seine Haare waren lang, graubraun und locker nach hinten gekämmt. Rimaud hatte eine Art, sich zu bewegen und Zadira anzuschauen, dass sie sofort verstehen konnte, warum die Frauen von Lacoste den Maler begehrt hatten.

In seinem Garten lebten Kunstwerke. Eine nackte Frau aus Holz, die aus einem vom Blitz gespaltenen Baum herauswuchs. Metallstühle mit Flügeln. Steine mit Augen. Dazwischen pirschte eine schwarze, dicke Katze mit weißer Schwanzspitze und weißem Altkaterbart umher.

Auf einer Kiste auf der Natursteinterrasse stand eine Schachtel mit Blechschildchen. »Warnung: Katze in Therapie«. Und: »Vorsicht, bissige Katze«. Sogar: »Fass meinen Menschen nicht an!«

»Willst du ein Schildchen haben?«

Er duzte sie ganz ungezwungen.

»Warum nicht.« Zadira hatte zwar nicht vor, ein solches Schild an ihrer Haustür in Mazan anzubringen, aber sie stellte es sich nett vor, es Commissaire Mazan zu zeigen. Sie entschied sich für: »Fass meinen Menschen nicht an!«

Der Maler setzte sich auf ein Brett, das über zwei geschichteten Steinhaufen lag und als Bank diente.

»Du hast gesagt, du willst mit mir über Élaine de Noat sprechen. Ich habe mir gedacht: Wenn diese Polizistin eine schöne Seele hat, dann erinnere ich mich für sie. Wenn nicht, schweige ich für immer.«

Er schaute sie an, als ob er auf etwas wartete. Zadira gab ein zustimmendes Geräusch von sich.

»*Bon*, Zadira. Weißt du, die ersten Jahre nach ihrem Tod ist Élaine oft zu mir gekommen. Des Nachts, in meinen Träumen. Träumst du auch?«

Sie nickte.

»Was träumst du?«

Sie beherrschte sich, um ihn nicht anzuschreien. Ihre Ungeduld verdreifachte sich bei Mistral, das war schon immer so gewesen. Andere hatten ihre Tage, Zadira den Mistral.

»Ich träume, dass ich ertrinke«, sagte sie dann aber doch ehrlich. »Oder dass ich im Sumpf oder Treibsand versinke.«

Rimaud hob seine Hand und berührte Zadira an der Wange.

»Tut mir leid. Das sind keine Träume. Das ist dein Leben.«

Sie griff nach dem Glas und trank es bis zur Neige aus.

Rimaud trank nur einen Schluck. »Ich träumte von Élaine, und sie fragte mich immerzu: ›Guillaume, du würdest mir doch sagen, wenn ich sterben muss, oder? Du würdest mir doch verraten, wenn ich schon tot bin?‹ Es war eine schlimme Zeit. Sie tat mir so leid, sie war zu jung, um zu sterben.«

Guillaume Rimaud zog Blättchen und ein Alupapierpäckchen hervor und begann, sich einen Joint zu drehen. Er hob den Stick zwischendrin fragend hoch.

»Ist das ein Problem für dich, ertrinkende Polizistin?«

Zadira schüttelte den Kopf. Er hielt zwar gerade ein Jahr potenziellen Knast in den Händen. Aber sollte er doch haschen, wenn er dadurch besser schlief und weniger Alpträume hatte.

Der Maler zündete den Stick an. Es roch, als hätte er ein paar Pinselhaare oder Katzenminze mit eingerollt.

»Élaine war erst siebzehn. Eine schlafende Schönheit. Noch nicht entzündet, wenn du verstehst, was ich meine?«

Guillaume sah in den Himmel und ließ den Rauch aus seinem Mund wallen. Der Mistral riss den Qualm von seinen Lippen.

»Sie hatte noch nicht herausgefunden, wie schön echte Lust macht und was sie mit dieser Ausstrahlung, diesem unglaublichen Licht, alles anfangen kann, verstehst du?«

»Was passierte, als Élaine auf die vier Pariser traf?«

Rimaud rauchte, dachte nach und meinte schließlich:

»Da wurde Élaine entzündet. Aber mit keinem guten Licht. Weißt du, ich hab sie gemalt. Ihr Verlobter war ein paar Monate nach ihrem Tod bei mir und hat alle Bilder aufgekauft. Also, alle, die ich ihm freiwillig gegeben hab. Ein paar habe ich noch.«

»Wie hieß denn Élaines Verlobter?«

»Hat mich nicht interessiert. Ich mein, er und ich, dasselbe Mädchen, da will man einander am besten schnell wieder vergessen. Wir haben uns einmal umarmt, und ich hab geweint, glaube ich, er nicht, er war wie versteinert und voller Hass. Er war besessen, würde ich heute sagen. Aber der Name, keine Ahnung, war einer aus der Gegend, sein Vater irgendein Kunsttischler oder Restaurator, ja, der wohnt da noch, in Lacoste.«

»Tatsächlich?!«

»Oder, nee, warte, der ist ja auch schon tot. Die Zeit vergeht schneller, wenn man älter wird.«

*Und wenn man kiloweise Dope raucht.*

»Aber auf den Rechnungen der Bilder, steht da nicht der Name von Élaines Verlobtem?«

»Rechnungen? Versteh mich nicht falsch, schöne Polizistin, aber ein wahrer Künstler schreibt keine Rechnungen.«

»Oh. Klar.«

Da sagte Rimaud auf einmal:

»Ich werde euch jetzt einander vorstellen. Zwei schöne Frauen. Die eine tot, die andere am Ertrinken.«

Er drückte den Joint in einem Blumentopf aus und ging Zadira dann in einen Anbau aus Sandstein voraus.

»Hier wohnt meine Vergangenheit«, meinte Guillaume noch düster, bevor er die Tür aufstieß.

Zadira trat ein und sah sich Dutzenden von Leinwänden gegenüber. Weibliche Ganzkörperportraits, Frauengesichter, Frauenakte, Frauen überall. An allen Wänden und auf den Tischen standen, hingen oder lagen Bilder.

Und in der Mitte wie eine Königin: Julie.

Sie hatte zehn Minuten gebraucht von Goult bis nach Lacoste, dem Ort, der von der alten Burg der de Sades überragt wurde.

Wieder und wieder ging Zadira die Handyfotos durch, während die Kaffeemaschine im Café de France in dem Bergdorf duftenden Espresso in die Tasse drückte. Draußen lag die Frühabendluft immer noch drückend heiß über dem Land. Die Touristen drängten sich in den Schatten der Markise und lutschten Eiswürfel. Zadira hingegen zog es vor, in der kühl klimatisierten Bar am Tresen zu bleiben.

Sie vergrößerte die Bilder. Julie Roscoff und Élaine de Noat hätten Schwestern sein können. Beide zierlich, mit der Figur einer Sanduhr, einem wunderschönen Busen, Porzellanteint, braunen Augen und rotem Haar.

Zadira rief sich Guillaumes Worte wieder in Erinnerung.

»Élaine hatte Angst vor dem durchgeplanten Leben, das vor ihr lag. Davor, dass sie verkümmern würde.«

Guillaume hatte sich einen neuen Joint gedreht. »Dann kamen diese Sexpsychos. Diese Pariser Ärsche verführten sie, und anfangs gefiel ihr das auch, das habe ich an ihrem Gesicht gesehen. Doch später muss etwas passiert sein.«

Auf die Frage, ob er an Élaine de Noats Selbstmord glaube, schaute Rimaud sie erschrocken an. »Aber natürlich! Warum hätte jemand Élaine, diese Göttin, denn umbringen sollen?«

»Aus Eifersucht?«, schlug Zadira vor.

»Du meinst, eine von den Frauen hat sie …?«

»Oder ihr Verlobter?«

»Nein, jemanden wie Élaine bringt ein Mann nicht um«, hatte Rimaud beharrt.

»Hätten Monsieur oder Madame de Noat wohl Zeit für ein Gespräch?«, fragte Zadira nun die junge Frau hinter dem Tresen des Café de France.

»Worum geht's denn?«

»Um ihre Tochter Élaine.«

Die Kellnerin wich zurück.

»Das ist nicht so gut«, sagte sie.

Zadira ignorierte den Einwand.

»Wo finde ich sie?«, fragte sie und holte ihren Ausweis hervor. Als das Mädchen die Insignien der Police Nationale sah, wirkte es noch unglücklicher.

»Das ist keine gute Idee, wirklich nicht. Madame de Noat redet nicht mit Polizisten. Mein Vater hat mir erzählt, die Polizisten hätten Madame de Noat damals gesagt, die Familie sei schuld am Selbstmord ihrer Tochter, weil die Familie immer schuld sei. Sie haben Monsieur sogar gefragt, ob, also, ob er Élaine – Sie wissen schon. Und ob sie sich deshalb umgebracht hätte.«

Sie musste nicht weiterreden. Zadira erinnerte sich, dass die Polizei vor zwanzig Jahren streng angewiesen worden war, in solchen Fällen nach Missbrauch innerhalb der Familien zu suchen.

*Aber es kann auch sein, dass man sie instruiert hat, den Vater in Verlegenheit zu bringen.*

»Ich bitte Sie von Herzen«, insistierte Zadira. »Élaines Mutter kann mir dabei helfen, einem anderen toten Mädchen Gerechtigkeit widerfahren zu lassen. Die junge Frau hieß Julie, sie war genauso jung wie Sie.«

Die Pupillen der jungen Frau hatten sich geweitet. »Gehen Sie zur Burg von de Sade«, wisperte sie schnell. »Madame ist jeden Tag da. Seit zwanzig Jahren.«

Und so stieg Zadira die steilen, engen Gassen von Lacoste empor, deren Kopfsteinpflaster glatt wie Eis war. De Sades Burg ragte weiß wie ein von der Sonne ausgebleichter Knochen über dem Ort empor. Das Dach fehlte, die Mauern des obersten Stockwerks waren halb eingestürzt. Die Fenster leere Augenhöhlen. De Sades Knochenburg verschlang den Himmel und fraß das Blau.

Eine arrogante, haarsprayfrisierte Blondine bewachte den Zugang zum renovierten Burgfried und verteidigte ihn gegen zehn Euro Eintritt. Zadira fragte nach Madame de Noat, mit einem Wedeln wurde ihr die ungefähre Richtung angezeigt.

Vor einer modernen Skulptur des Marquis de Sade – sein Kopf in einem eisernen Käfig, die Arme verschränkt – hielt Zadira inne.

»Die Wahrheit verletzt tiefer als jede Beleidigung.«

Es war ein Zitat de Sades aus einer seiner rechtsphilosophischen Betrachtungen. Sie fragte sich, welche Wahrheit sie am Ende finden würde.

Zadira suchte sich einen Weg entlang der weißen Burg und kämpfte dabei gegen die Böen des Mistrals an, die dunkle, grasige Gerüche aus den Bergen vor sich hertrieben.

Am Fuße der Ruine saß eine gebeugte Frau ganz in Schwarz und schaute mit gefalteten Händen bewegungslos ins Tal. Zadira näherte sich ihr. Als ihr Schatten auf die Hände der Frau fiel, sah diese nicht einmal auf.

Zadira schwieg. Sie wusste, dass jene, die der Tod zurückließ in der einsamen Realität, sich gegen Worte immunisierten. Deshalb hielt sie Madame de Noat, anstatt sie anzusprechen, nur das Handy vor die Augen und wechselte, indem sie mit dem Daumen über das Display strich, ständig zwischen den Fotos von Élaine und Julie hin und her. Hin. Und her.

Eine Minute. Zwei Minuten.

Ihr Arm schmerzte schon, aber sie senkte ihn nicht.

Ihr Daumen verkrampfte sich, aber sie hörte nicht auf.

Als schließlich Tränen in den Augen von Élaines Mutter standen, sagte Zadira sanft und sehr deutlich:

»Sie sind nicht schuld, Madame.«

Die Frau schaute zu ihr auf.

»Mein Mädchen«, flüsterte Madame de Noat. »Mein kleines Mädchen.«

Sie nahm Zadira das Handy aus der Hand, ungeschickt, als ob sie solch ein neuartiges Gerät noch nicht oft angefasst hätte, und streichelte dann über Élaines gemaltes Gesicht. Lange, und ihre Tränen tropften dabei auf das Display. Zadira musste all ihre Kraft aufbringen, um die Frau nicht zu umarmen.

»Hier hat sie gelegen«, begann Madame de Noat heiser, als ihre Tränen versiegten. »So oft zerschmettert, dass der Bestatter ihre Knochen fünfzehn Mal zusammennageln musste.«

Ihr Schmerz hallte in Zadira wider. Sie schluckte, weil sie de Noats Kummer so intensiv spürte, dass sie ebenfalls fast zu weinen begonnen hätte.

*Es ist kein Beruf, der glücklich macht.*

Sie wirkt wie eine Frau, dachte Zadira, die aufgehört hat, zu leben. Sie atmet nur noch Schmerz. Als könnten ihr weder Liebe noch der Duft des Frühlings oder das Knistern des Feuers im Kamin jemals wieder etwas bedeuten.

Zadira hatte es weder geplant noch jemals tun wollen, aber sie tat es. In der sengenden Sonne und während über ihnen immer wieder jäh aufschreiende Bussarde kreisten, erzählte sie Élaines Mutter von ihrem Vater. Und dass sie, Zadira, lange gedacht hatte, dass sie schuld an seinem Tod war, weil er sich, als die Bac-Schießerei begann, über sie gebeugt hatte. Weil er in den Rücken getroffen wurde, genau in der Höhe, in der sich vor seiner Brust Zadiras Kopf befand.

»Aber so ist es doch richtig«, sagte Madame de Noat nach einer Weile und griff mit ihrer trockenen, faltigen Hand nach Zadiras. »Die Eltern gehen vor den Kindern. Ich wäre gern vor meinem Mädchen gegangen.«

Zadira und sie hielten einander weiter an den Händen. Auch dann noch, als Zadira sagte:

»Irgendwann begriff ich, dass nicht ich schuld war, sondern derjenige, der die Waffe abgefeuert hatte. Einer von denen, die Ausländer hassen. Er war schuld. Nicht ich. Nicht mein Vater.«

Madame de Noat nickte nach einer Weile.

»Aber wer ist das andere Mädchen, das meiner Élaine so ähnlich sieht?«, fragte sie.

Zadira erzählte Élaines Mutter leise von Julie Roscoff und auch von Natalie Chabrand. Sie erzählte ihr von den Bildern in Rimauds Anbau und von der Liebe, die er wohl für Élaine gefühlt hatte. Sie erzählte vom Haus Nummer 9 in Mazan und von den vieren, die sich »Die Erben des Marquis« nannten. Die hier, am Fuße des Schlosses des Marquis de Sade, Frauen verführt hatten. Und es noch immer taten. Im Namen ihres Meisters, Vorbildes und Idols. Genauso skrupellos. Genauso verworfen. Sie lockten die jungen Frauen mit dem Versprechen, ihnen ihre Träume zu erfüllen, erfüllten sich aber nur ihre eigenen.

»Ich habe César Alexandre damals das schwarze Nachthemd gebracht«, sagte Gabrielle de Noat. »Sicher hatte er es Élaine geschenkt, wir konnten uns so etwas nicht leisten. Er sollte sehen, dass ihr Blut daran war. Ihr Blut, Knochensplitter und anderes ... Aber er hat nicht einmal einen Blick darauf geworfen. Er sagte, damit hätte er nichts zu tun. Dabei hatte er alles damit zu tun, nicht wahr?«

Élaines Mutter sah Zadira zum ersten Mal direkt in die Augen.

»Ja, das hat er«, erwiderte Zadira ernst. »Er und seine Freunde, Madame de Noat.«

»Die Erben des Marquis ...«, wiederholte de Noat verständnislos.

»Sie sagten vorhin, Élaine hätte einen Verlobten gehabt?«

»Ja, der arme Kerl. Er ist nach der Beerdigung verschwunden. Vielleicht ist er längst verheiratet oder Priester geworden. Ich weiß es nicht, er hat sich nie wieder bei uns gemeldet.«

*Aber er hat Élaines Bilder gekauft.*

»Wie ist sein Name?«, fragte Zadira.

»Mattia«, sagte Madame de Noat. »Mattia Bertani.«

*Mattia.*

»Sein Vater war ein italienischer Einwanderer. Er hat Kirchen renoviert. Deswegen hat er Mattia auch nach einem Freskenmaler benannt.« Madame de Noat lächelte. »Er war ein sehr guter junger Mann. Er hatte Pläne. Er und Élaine kannten sich von klein auf. Er hat immer auf sie aufgepasst.«

»Hat er sie sehr geliebt?«

Die alte Frau runzelte ob dieser Frage die Stirn. Dann verlor sich ihr Blick wieder in der Vergangenheit. »Ja, Mattia hat Élaine sehr geliebt«, sagte sie weich. »Schon als sie noch Kinder waren. Da hat er immer gesagt, dass er sie heiraten würde, wenn sie erwachsen wären, dass sie ewig zusammenbleiben würden, immer. Nie ließ er sie allein, und auch wenn sie garstig mit ihm war, schreckte ihn das nicht ab. Sie war sein Ein und Alles.« Madame de Noat schluckte und presste sich die Faust vor den Mund. Als sie sich wieder gefangen hatte, fuhr sie fort: »Als wir sie zu Grabe trugen, da war er wie ... wie aufgelöst, ja. Als ob er nicht mehr vorhanden wäre, als ob nur noch seine äußere Hülle existierte, aber er selbst, seine Seele, verschwunden war.«

Zadira hatte sich schon von Madame de Noat verabschiedet, als ihr noch etwas einfiel: »Ach, Madame, sagen Sie, hatte Élaine eine Katze?«

Die alte Frau sah auf. »Ja, hatte sie. Sie hat Lysanne über alles geliebt und war entsetzt über ihren Tod.«

»Wie ist Lysanne denn gestorben?«

Madame de Noat schüttelte leicht den Kopf.

»Irgendein gemeiner Mensch hat sie ertränkt.«


Als Zadira wenig später in ihren Lancia stieg, bemerkte sie, dass Dr. Hervé versucht hatte, sie zu erreichen.

»Sitzen Sie?«, fragte die Forensikerin, als Zadira zurückrief.

»Jetzt ja.«

»Ich hab was gefunden.«

Zadira schloss die Augen. Hielt die Luft an. Jetzt. Jetzt!

»Es war nicht einfach. Aber ich habe nach allem gesucht, was man schlucken kann. Und dann fand ich es. Kantharidin!«, triumphierte die Rechtsmedizinerin.

»Das sagt mir was ... ach ja. Spanische Fliege, ist das nicht ein Potenzmittel?«

»Ein umstrittenes. Was im Internet unter diesem Namen verkauft wird, ist jedenfalls lächerlich. Chili-Ersatz und Ascorbinsäure. Nein, wir haben was Richtiges. Sehr reines Kantharidin, und das fällt in die Kategorie unverkäufliche und verbotene Arznei- und Betäubungsmittel. Bringt fünf bis zehn Jahre Haft, wenn Sie es konsumieren oder weitergeben.«

»Was kann es noch?«

»Es ist ein toxisches Nervengift, das Blase, Harnleiter, Vagina und Penis durchblutet und die Nieren angreift.«

»Ist es tödlich?«

»Das kommt auf die Dosis an, aber der Grat zwischen der eben noch verträglichen, der gesundheitsschädlichen und der tödlichen Dosis ist sehr, sehr schmal. Sie haben da alles von der Mundverätzung über Bluterbrechen und Nierenversagen bis zum Tod. Im alten Griechenland wurde den zum Tode Verurteilten Kantharidin gereicht, wussten Sie das?«

»Es war mir just entfallen.«

Hervé ließ ein kehliges Glucksen hören. »Jedenfalls: Man muss mit dem Tod umgehen können, um ihn zu genießen, würde mein Toxikologie-Professor sagen. Wenn er noch leben würde. Aber bei Julie Roscoff konnte offenbar jemand mit dem Tod umgehen. Die verabreichte Dosis war nicht tödlich, aber erhöhte vermutlich den Blutdurchfluss in Becken und Blase, sprich: Es könnte indirekt erregend oder enthemmend gewirkt haben.«

»Und wie kam es in Julies Blut?«

»Ich habe mir den Befund des Mageninhalts angeschaut. Da waren neben vielen anderen Rückständen auch die von einem roten Bonbon mit weißen Streifen. Wie die gefüllten Berlingots, die in Carpentras verkauft werden. Ihre Julie hat das Bonbon kurz vor oder während des Diners zu sich genommen. Jedenfalls war darin das Gift, ich konnte etwas davon aus dem Zuckerstoff extrahieren. Und es ist kein Problem, so ein Bonbon nachträglich zu präparieren.«

»Sagen Sie«, fragte Zadira nach einer Denkpause, »können Sie mir noch den Slip beschreiben, der in Dédé Horloges Wohnung gefunden wurde und den er Julie, nachdem er sie ermordet hat, angeblich abgenommen haben soll?«

Sie hörte, wie Hervé mehrmals mit ihrer Maus klickte.

»Schwarzes Baumwoll-Acetat-Viskose-Gemisch, schwarze Spitze an den Beinausschnitten, Elasthan-Bündchen. So was bekommen Sie im Dreierpack bei H&M.«

»Die Dinger kenn ich, halten gerade mal eine Saison.«

»Ja, meine Tochter trägt die auch.«

Zadira schloss die Augen. Der Slip. Julie. Das frisierte Haar, die teuren Schuhe, die im Salon liegende rote Robe.

»Finden Sie es nicht seltsam, dass eine Frau zu einem opulenten Diner, für das sie mit teuren Schuhen, teurer Robe, teurem Make-up zurechtgemacht ist, nur einen einfachen H&M-Slip trägt, Doktor?«

»Was seltsam ist und was nicht«, antwortete Hervé langsam, als ob sie begriff, welche Dimension Zadiras Frage aufwarf, »befinde nicht ich. Ich liefere nur Fakten. Aber wenn Sie mich fragen: Ich baue meine Garderobe von der Unterwäsche her auf. Und meine Tochter auch, wenn sie etwas vorhat.«

»Und zu Julies Schrank hatte jeder leicht Zugang. Immer.«

»Warum sagen Sie das mir, Lieutenant, und nicht dem Anwalt von Horloge oder Ihrem leitenden Ermittler Minotte?«

Zadira räusperte sich. Sie musste es einfach wagen.

»Könnten Sie den Bericht über das Kantharidin noch bis morgen Vormittag zurückhalten? So bis zwölf Uhr?«

Dann würden die »Erben des Marquis« nämlich schon auf ihrer Wache sitzen.

»Sie wollen nicht, dass Minotte es vorher liest.«

»Ja.«

Stille.

»Ich denke darüber nach, Lieutenant.«

# 31

Sein erster Gedanke war: Leben! Doch noch ehe er richtig zu Bewusstsein kam, rebellierte sein Körper. Dunkelheit! Sein Kopf stieß gegen Holz. Schmerz! Mit den Krallen versuchte er, sich zu befreien. Kratzte, fauchte, wand sich. Kälte! Bretter um ihn herum, oben, unten. Eine Kiste? Gefängnis!

»Ja, ja, ja, die kleine Teufelskatze will raus.«

Commissaire Mazan erstarrte. Doch mit der leise murmelnden Stimme, die zu ihm drang, kam auch die Erinnerung zurück.

Der Flügelmann hatte ihn erwischt.

Wie überlegen er sich doch gefühlt hatte. Ihn, den halb verwilderten Kater mit Fähigkeiten, welche die der anderen Katzen noch übertrafen, würde kein Mensch je überraschen können. Das hatte er geglaubt.

*Du hättest es wissen müssen, du Narr. Schließlich hat er auch die flinke Himmelstänzerin, die immer misstrauische Manon, zu fassen bekommen. Jetzt weißt du, wie sich das anfühlt.*

»Kommst nicht raus, nein, nein, nein. Hast böse Augen, kleines, tückisches Teufelsding. Aber jetzt sehen sie nichts mehr, und schon bald werden sie nie mehr etwas sehen.«

Diese Enge! Dieses Eingesperrtsein. Unerträglich! Panik stieg in ihm auf. Erneut begann Mazan zu kratzen.

»Lass mich raus! Lass mich raus! Lass mich raus!«

»Ja, schrei nur! Komm, winde dich«, zischte die Stimme jetzt ganz nah. Gleichzeitig mit dem Hass, der in ihr mitschwang, nahm Mazan das Anwachsen der Schwingen wahr. Und den Wahnsinn, der in diesem Menschen wohnte. *Halt! Denk nach. Denk nach!* Er würde die Bretter, die ihn umgaben, weder mit seinen Krallen noch mit seinen Schreien zerstören können. *Nachdenken! Ruhig bleiben!* Jetzt fielen ihm die haarfeinen Ritzen zwischen den Brettern auf. Mattes Licht fiel hindurch. Sie waren nicht im Freien, das Licht wäre dort anders. Es waren auch keine anderen Menschen zu hören. *Aber wieso ist es so kalt?* Seine Gedanken flossen träger als sonst, wie Sirup. Der Schmerz in seinem Rachen und die Betäubung seiner Sinne: Er kannte das. Und es rührte die Erinnerung an ein anderes Gefängnis auf. In dem Menschen in weißen Kitteln arbeiteten und mit ihren Klingen die wehrlosen Körper betäubter Tiere aufschnitten. Er erinnerte sich an die Wand aus Käfigen, in denen Hunde, Ratten und Kaninchen saßen. Und Katzen. In einem dieser Käfige hatte er gesessen. Aber er hatte fliehen können. Mazan öffnete die Augen. Würde ihm auch diesmal die Flucht gelingen? Damals hatte er sich vorbereiten können. Er kannte die Räumlichkeiten, wusste, wo Fenster und Ausgänge lagen. Dennoch war es knapp gewesen. Diesmal wusste er gar nichts. Aber er konnte kaum darauf hoffen, dass ihn jemand retten würde, so wie er zuletzt ... *Manon!* Der Gedanke an die Himmelsläuferin flößte ihm Mut ein. Er begann zu wittern. Sie befanden sich in einem Raum, der ungewöhnlich kühl war. Jetzt nahm er auch den Geruch von Lebensmitteln wahr, Gemüse, Fleisch und Fisch.

»Ich weiß, ich weiß«, vernahm er jetzt wieder die Stimme des Mannes, der ihn hierhergebracht hatte.

Mit wem sprach er? Waren sie etwa zu zweit?

»Er soll ein Geschenk für sie sein ... ja, wie bei den anderen ... ah, das gefällt dir.«

Bei der zweiten Person schien es sich um jemanden zu handeln, dem der Mann gehorchte. Mazan dachte an Morgaines Worte, dass es vielleicht zwei Mörder gab. Aber warum antwortete der andere nicht?

»Ich werde ihr erst seine Augen schenken, seine bösen, tückischen Augen. Oder vielleicht erst eines, jahaaaa.«

Das hörte sich gar nicht gut an.

»Ich weiß nicht, ich darf keinen Fehler mehr machen ... muss nachdenken.«

Mazan machte sich bereit, öffnete das Maul und begann zu flehmen. Er versuchte es mit all seiner Kraft.

Aber es tat sich ... nichts!

Das lag an der Tinktur, mit der der Flügelmann ihn betäubt hatte. Sie überdeckte wie ein Schleier all seine Rezeptoren.

*Konzentrier dich. Versuch's noch mal.*

»Ja, ich kann ihn nicht ewig hierlassen ... muss etwas unternehmen ... aber die Araberhure, sie ...«

Bei diesen Worten zuckte ein wütender Impuls durch den Raum, den Mazan bis in seine Kiste hinein spürte. Glühend und scharf. Es war dieser Impuls, der den Schleier zerriss.

Mazan sprang. Fiel. Wirbelte.

Und was er dann entdeckte, war sehr merkwürdig.

Der Mann, der ihn hierhergebracht hatte, war allein.

Und doch nicht allein.

Es war kein schwacher Mann, der händeringend in dem kleinen Raum, in dem sie sich befanden, hin und her lief. Doch gegen den Schatten, der ihn begleitete, der über ihm emporwuchs und mit seinen Flügeln den Raum ausfüllte, wirkte er zerbrechlich.

»Ja, ich muss ihr die Augen geben, damit sie versteht … aber was mache ich mit seinem Kadaver? Ich kann ihn doch nicht hierlassen.«

Der Mann blieb stehen.

»Du meinst …?«

Der Schatten regte sich, als ob er etwas spürte.

»Was? Ja … das ist es, aber …«

Der Kopf des Mannes fuhr herum, er fixierte die Kiste.

»Aber sie ist doch nicht draußen! Das Dreckstück ist immer noch in der Kiste.«

Mazan erfasste panisch den Raum. Der war klein, rundum Regale, vollgepackt mit aufeinandergestapelten Kisten. Ein Tisch. Keine Fenster, nur eine Tür mit einem schweren Riegel, verschlossen. Das war nicht gut. Gar nicht gut.

Der Mann zog dicke Lederhandschuhe hervor, die so lang waren, dass sie auch seine Unterarme schützten.

»Dann muss es jetzt geschehen«, murmelte er grimmig, während er die Handschuhe überstreifte und auf die Kiste zutrat. Kurz bevor Mazan sich wieder in seinen Körper zurückzog, spürte er, wie sich die hasserfüllte Aufmerksamkeit des geflügelten Schattens auf ihn richtete.

Dann war er wieder in seiner Kiste. Seine Pfoten zuckten.

»Komm, kleines Teufelsviech, es ist so weit«, drang die Stimme durch die Bretter. »Was ist denn, du schreist ja gar nicht mehr?«

Die Kiste wurde angehoben, geschüttelt. Mazan ließ sich auf die Seite fallen und widerstand jedem Reflex, sich gegen die Bewegungen zu stemmen.

»Was ist los?«, knurrte die Stimme. »Du bist mir doch nicht etwa verreckt?«

*Ja, genau das bin ich.*

Wie damals, als die Weißgekleideten den Käfig geöffnet hatten, weil sie glaubten, er wäre tot.

Mazan hörte, wie ein metallener Verschluss geöffnet wurde, und entspannte alle Muskeln. Jetzt kam es darauf an, dass er sich nicht einmal mit dem kleinsten Zucken verriet. Damals hatte es funktioniert.

Der Deckel klappte auf. Erst einen Spalt, als ob der Mann erwartete, dass das gefangene Tier ihm ins Gesicht spränge. Mazan rührte sich nicht. Mit geschlossenen Augen konzentrierte er sich darauf, dass weder seine Schnurrhaare noch seine Ohren zuckten. Das hatte er lange geübt damals. Er beherrschte es immer noch.

Langsam hob sich der Deckel.

»Das darf doch nicht wahr sein«, murmelte der Mann. »Hat das blöde Viech etwa einen Herzinfarkt bekommen?«

»Nein, es lebt«, zischte eine andere Stimme. Mazan erschrak so sehr, dass er beinah die Augen aufgerissen hätte. Gerade noch wusste er sich zu beherrschen. Es war der gleiche Mann, nur mit einer anderen Stimme. Der Stimme seines Schattens.

»Ach, verdammt«, sagte die normale Stimme. Dann packte ihn die Hand in dem Lederhandschuh am Genick und hob ihn aus der Kiste.

*Nicht bewegen. Nicht zucken.*

Schlaff hing er in der Hand des Mannes, der ihn hin und her schüttelte.

»Siehst du?« Der Mann lachte auf.

»Sie täuscht dich«, zischte die andere Stimme. »Sie täuschen immer. Alle tun es!«

Mazan atmete nicht. Er konzentrierte sich auf den einen Moment. Denn es würde keinen zweiten geben. Eine einzige Unachtsamkeit des Flügelmannes musste ihm genügen.

»Die Zeit der Täuschung ist vorbei«, knurrte der Mann.

Er warf Mazan auf den Tisch, ohne seinen Griff zu lockern.

»Wo ist denn …?«

Mazan öffnete die Lider einen winzigen Spalt. Der Mann hatte sich halb abgewandt.

»Ah, da«, sagte er und streckte die andere Hand nach dem Messer aus, das auf einem Regalbrett lag. Eine scharfe Klinge, lang und spitz zulaufend.

Während sich der Mann zum Regal hinunterbeugte, lockerte sich der Griff in Mazans Nacken etwas.

Jetzt!

Mazan pumpte alle Kraft in seine Muskeln. Seine Krallen hackten in den Tisch, als er sich aus dem Griff befreite. Fast wäre es nicht gelungen, denn die Reflexe des Mannes waren schnell. Doch dann entglitt er dem dicken Lederhandschuh und war im nächsten Moment mit einem Satz auf dem obersten Regal.

»Was …?«, rief der Mann zornig, aber noch zorniger reagierte der Schatten. Heiße Wut glühte Mazan entgegen, während er versuchte, sich zwischen Kisten und Töpfen in Sicherheit zu bringen. Eine Sicherheit, die es nicht gab. In einem verschlossenen Raum wie diesem war es nur eine Frage der Zeit, bis der Mann ihn erneut zu fassen bekäme.

»Teufelsbrut«, zischte der Mann und stellte eine Trittleiter an das Regal.

Fieberhaft suchte Mazan nach einem Ausweg. Er könnte die Töpfe oder Schalen vom Regal stoßen. Vielleicht würde der Lärm irgendjemanden herbeilocken. Auf dem Regal neben der Tür entdeckte er einen Krug, der würde bestimmt großen Lärm verursachen, wenn er auf dem Boden aufschlug. Andererseits hatte sich der Flügelmann bislang keinerlei Mühe gegeben, leise zu sein. Offenbar war niemand hier, der sie hören könnte. Oder die Tür war so dick, dass kein Laut nach draußen drang. Dennoch, er musste es versuchen.

Er bewegte sich ein Stück zurück, um von einer günstigeren Position aus auf das andere Regal zu kommen. Der Mann, der die Leiter schon halb hinaufgestiegen war, knurrte verärgert, stieg wieder hinab und trug sie zornig an den Platz, von wo aus er Mazan erreichen konnte. Der sammelte seine Kraft für den Sprung – die einzige Chance, die ihm noch blieb. Als mit einem Mal …

… die Tür aufging.

Es sind zwei Mörder, erklang Morgaines Stimme in seinem Kopf. Dann erkannte er den Mann, der in der Tür stand.

Er kannte ihn, er hatte seine Stimme gehört, seine Hände fast gefühlt, er war vor ihm geflohen, er hatte ihn belauscht. »Aber Monsieur, was ist denn …«, setzte der Mann an, doch Mazan war schneller.

Mit einem Satz war er unten und rannte zwischen den Beinen des Mannes an der Tür hindurch nach draußen.

*Der Giftmann.*

Ein langer Gang, zur Linken noch eine verschlossene Tür. Er lief in vollem Tempo in die andere Richtung.

»Aber das war doch eine Katze!«, rief der Giftmann hinter ihm empört. »Was macht denn die hier drin?«

Mazan beachtete ihn nicht. Sie würden ihn jetzt beide verfolgen. Er musste einen Ausgang finden.

*Raus, nur raus!*
Er erkannte es erst jetzt am Geruch. Er war im Château! Die Türen, an denen er vorbeiraste, führten zu den Gartenzimmern. Er raste um eine Ecke und witterte die Treppe nach oben. Hinter sich vernahm er eilige, wütende Schritte, als er in großen Sätzen die Stufen hochsprang. Vor der obersten Stufe hielt er inne. Links eine Halle, groß, glitzernde Leuchter und Tische mit weißen Decken, Stimmengewirr. Dort musste er lang und versuchen, eine offene Tür oder ein offenes Fenster zu finden. Er rannte los. Schon spürte er den Luftzug und entdeckte die Tür, die auf die Terrasse führte. Gerade kam eine Gruppe lachender Menschen von dort herein. Er musste da durch.
Dieses Geräusch? Dieses seltsame ... Jaulen? Er kannte es. Was war das?
*Oh, nein! Auch das noch!*
Atos jaulte erneut und sprintete auf Commissaire Mazan zu.
»Atos! Hierher!«, rief Doktor Jules, der an einem der Tische saß. Die Leine rollte sich ab, zog sich stramm – und löste sich dann von Jules' Stuhllehne. Der Hund galoppierte auf seinen Katzenfreund zu und ließ sich von Jules' Befehl nicht aufhalten. In vollem Lauf durchquerte er japsend und freudig winselnd den Speisesaal, wobei er einem der Kellner in die Quere kam. Mazan hastete in Richtung Terrassentür. Er hörte lautes Scheppern und erschreckte Rufe. Und Atos Krallen auf dem glatten Steinfußboden, als der Hund ihm nachrannte.
Vermutlich hätten die Menschen wegen Mazan den Ausgang nicht frei gemacht, aber als sie den großen, immer noch leicht blau gesprenkelten Hund auf sich zurasen sahen, sprangen sie erschrocken zur Seite.

Mit einem synchronen Satz hechteten Mazan und Atos ins Freie. Kurz darauf endete allerdings ihr gemeinsamer Ausflug. Der Spalt im Zaun, durch den Mazan mühelos schlüpfte, war für Atos viel zu schmal. Mit einem enttäuschten Japsen und Jauchzen blieb der Hund zurück.

Mazan hielt kurz an und schaute zurück.

»Bis später, mein Freund!«, rief er.

»Jau!«, bellte Atos.

Dann rannte Mazan weiter. Die Gasse hoch. Milde Abendluft füllte seine Lungen, mit jedem Atemzug verschwand der giftige Geruch der betäubenden Tinktur mehr aus seinen Nüstern. Mazan rannte immer schneller, so schnell er konnte.

Denn er lebte.

Er war frei.

Und er kannte jetzt das Gesicht des Mörders.

# 32

Freitagfrüh. Der Mistral brauste immer noch, verteilte paritätisch Staub, Plastiktüten und schlechte Träume. Zadira checkte ihr Handy, während sie mit einem Gefühl der Vorfreude die Gasse zum Marktplatz hinuntereilte. Darunter mischte sich Unruhe; Commissaire Mazan war vergangene Nacht und auch an diesem Morgen nicht nach Hause gekommen.

*Nach Hause? Ich fange an zu spinnen.*

Katzen führten nun mal ihr eigenes Leben, und vermutlich hatte er nur getan, um was sie ihn gebeten hatte: Wenn du wieder gehen kannst, dann geh.

Dabei hätte sie ihm gern von ihrem Plan erzählt. Sie wollte fischen gehen. Und ihr Köder war die Spanische Fliege.

Zadira rief Djamal an.

»Und?«, fragte sie. »Hast du was über Mattia Bertani?«

»Nichts. Keine Adresse, keine Kreditkarten, kein Führungszeugnis. Er wurde zu einer Zeit geboren, als es im Luberon noch kein digitales Meldesystem gab. Du findest vielleicht Unterlagen, wenn du in die Kirchen gehst.«

»Fremdenlegion, Söldner? Die legen sich da neue Namen zu.«

»Kann sein. Vielleicht ist er aber auch zurück nach Italien gegangen oder hat den Namen seiner Frau angenommen.«

Dann raunte Djamal: »Gaspard ist gestern fast im Dreieck gesprungen. Fast wie früher, als ihr noch …«

»Sag's nicht.«

»Er hat den ganzen Tag telefoniert, und das mit diesem Pisst-mich-nicht-an-Gesicht, das er immer draufhat, wenn der Präfekt oder der Bürgermeister etwas von ihm wollen, was ihm gegen den Strich geht.«

»Ich muss weiter«, behauptete Zadira beklommen. Gaspard hat ihr tatsächlich geholfen? Hat er?

»Klar. Ich auch.«

Es war kurz vor zwölf Uhr und noch kein Anruf von Minotte. Dr. Hervé hatte also den Bericht zurückgehalten. Oder war Minotte schon damit beschäftigt, Schadensbegrenzung zu betreiben? Nun, sie würde gleich merken, ob Monsieur Alexandre ihr schon wieder einen Schritt voraus war oder ob sie ihn dieses Mal überraschen konnte.

Sie überquerte die Straße Richtung Rathaus. Dabei entdeckte sie Jules Parceval, der zusammen mit Jeffrey Spencer über den Markt schlenderte.

Warum hatte Jules nicht mehr ihre Nähe gesucht? Hatte sie ihn etwa doch mit ihren Fragen über sein gesellschaftliches Milieu beleidigt? Wie auch immer, seine Nichtbeachtung verletzte Zadira ein wenig.

*Tant pis.* Scheiß drauf.

Als sie das Rathaus betrat, umfasste sie fest den kleinen Stoffbeutel in ihrer linken Hosentasche. Sie spürte die Umrisse des Kreuzes und das Gris-gris ihres Vaters.

César Alexandre stand vor Brells Schreibtisch. Victorine saß auf Zadiras Stuhl, die beiden anderen Herren hatten sich vor der Pinnwand mit den Polizeimeldungen postiert und kommentierten die dortigen Aushänge.

»Guten Morgen!«, rief Zadira Matéo betont fröhlich. »Sergeant Brell«, wandte sie sich dann an den dicken Polizisten,

»besorgen Sie uns beim Bürgermeister noch ein paar bequemere Stühle für die Herrschaften?«

Während der dicke Lucien aus dem Büro stiefelte, betrachtete Zadira César Alexandre freundlich. Sie konnte regelrecht sehen, wie es hinter seiner Stirn arbeitete und er sich wohl fragte, warum sie auf einmal so nett zu ihm war. Sie krönte seine Überlegungen mit einem: »Darf ich Ihnen einen Kaffee anbieten, bevor wir mit der informatorischen Befragung beginnen?«

Wenig später kam Brell mit zwei gepolsterten Metallstühlen hereingeschnauft, die Zadira als jene aus dem Standesamt wiedererkannte. Er stellte sie vor Zadiras Sargholz-Schreibtisch.

»Madame«, sagte sie höflich zu Victorine und wies auf einen der Stühle. Mit einem Seufzer erhob sich Madame Hersant.

»Sie glauben nicht, wie erschüttert wir sind und wie viele Vorwürfe wir uns machen«, begann sie, während sie und Philippe sich setzten. »Sie können versichert sein, dass wir Ihnen über alles Auskunft geben werden, was der Wahrheitsfindung dient.«

»Das trifft sich gut«, sagte Zadira munter.

Sie nickte Brell zu, öffnete Julies Akte, vermerkte die Befragung als solche und sah die Erben dann strahlend an.

»Gut. Fangen wir doch einfach mit dem Diner an.«

Sie tat so, als studiere sie ihre Aufzeichnungen, und fragte dann im Ton einer Brötchenverkäuferin:

»Haben Sie Julie Roscoff das Kantharidin verabreicht, bevor oder nachdem Sie sie auf dem Stuhl der Wahrheit haben Platz nehmen lassen?«

In der darauffolgenden Stille hätte ein Hüsteln wie ein Donnern geklungen.

»Sie wissen schon«, fuhr sie verbindlich fort, »das Kantharidin in dem roten Bonbon, weiß gestreift, auch *pilles galantes* genannt. Das Viagra des achtzehnten Jahrhunderts, mit dem schon ihr lieber Freund Donatien herumgespielt hat.«
Zadira merkte an der leicht körperlichen Unruhe der vier, dass sie den ersten Treffer gelandet hatte.
»Madame Hersant, möchten Sie vielleicht etwas sagen, das der Wahrheitsfindung dient?«, fragte sie ruhig. Zadira wandte sich der schönen blonden Frau zu, die die Ermittlerin kühl, aber nicht unfreundlich musterte.
»Das geschah mit Julies Einverständnis.«
»Wie schade, dass Julie das nicht mehr bestätigen kann«, erwiderte Zadira.
»Verzeihen Sie, Lieutenant«, mischte sich nun Philippe Amaury mit einem väterlich-beschwichtigenden Ton ein, »aber wir hatten den Eindruck, dass der Mörder von Julie bereits gefasst sei und wir nicht als Verdächtige hierher geladen wurden.«
»Ob Monsieur Horloge der Mörder ist, steht noch keineswegs fest, Monsieur Amaury. Die Faktenlage lässt durchaus noch andere Schlussfolgerungen zu.« Sie lehnte sich in ihrem Stuhl zurück. »Sind Sie sicher, dass Sie keinen Kaffee möchten?«
Die vier wechselten Blicke.
»Und jetzt möchten Sie uns wegen Drogenbesitzes dingfest machen?«, fragte Richter Lagadère lauernd.
Sie betrachtete ihn. Schaute ihn von oben bis unten an und sagte dann liebreizend: »Nantes ist immer eine Reise wert.«
»Wie bitte?«, fuhr er auf.
César Alexandres Lippen waren wie zwei Striche, seine Augen dunkel wie Kohle, während er das kurze Wortduell verfolgte.

»Kommen Sie bitte zum Punkt, Madame. Wir haben unsere Hilfsbereitschaft demonstriert und …«

»Ich möchte«, unterbrach sie ihn laut und betont langsam, »ich möchte, dass Sie alle sich über den Sinn dieses informativen Austausches hier im Klaren sind. Es geht nicht um Ihre Hilfsbereitschaft, die setze ich voraus. Es geht darum, dass Sie vier an dem Abend, bevor Julie starb, nicht nur eine Art … Fest mit ihr gefeiert haben. Sie haben ihr illegale Drogen verabreicht, was für sich ein Straftatbestand ist, der selbst Sie problemlos ins Gefängnis bringen kann.«

Alexis Lagadère war nur hochrot, Victorine Hersant verspannt. Amaury schaute, als ob er den Sinn ihrer Worte nicht ganz verstanden hätte. Und Alexandre?

Es schien ihm tatsächlich Spaß zu machen, sie zu beobachten. Zadira fuhr fort.

»Ob mit oder gegen Julies Willen, ist nicht festzustellen. Das beweist natürlich noch lange nicht Ihre direkte Tatbeteiligung. Aber es braucht auch mehr als einen Slip unter der Matratze eines Jungkochs, um Sie von jeglichem Verdacht freizusprechen.«

Zadira ließ ihre Worte wirken und ergänzte dann sehr höflich:

»Mir ist bewusst, dass Sie alle wichtige Persönlichkeiten sind, die ihren guten Ruf selbstverständlich geschützt sehen wollen. Darum wäre es sicher das Beste«, nun schaute sie César Alexandre direkt an, »wenn wir alle strittigen Fragen klären könnten, bevor die Presse sich ihr eigenes Bild von den Vorkommnissen zurechtlegt.«

Jetzt zeigte Zadira ein Raubtierlächeln.

»Vor allem wenn es sich um ein so furchtbar schrilles Blatt wie *Le Dauphiné* handelt. Sie kennen doch die Journalisten. Die nehmen immer so unglaublich wenig Rücksicht.«

Unter Césars linkem Augenlid zuckte ein Muskel. Vielleicht erinnerte er sich ja gerade an den Namen der Journalistin, die mittlerweile für *Le Dauphiné* arbeitete und noch eine Rechnung mit ihm offen hatte?

»*Chère* Madame Lieutenant«, wandte sich nun Victorine Hersant an sie, »das alles ist wirklich sehr ... unschön. Aber unsere Abende sind sehr privater, um nicht zu sagen, intimer Natur. In den Augen unbedarfter Menschen kann das zu etwas sehr Hässlichem werden, was wiederum dem Andenken der armen Julie nicht gerecht werden würde.«

Zadira schaute Hersant an.

»Unschön? Sie haben Julie eine gefährliche, illegale Droge verabreicht und sie dann für Sexspiele missbraucht. Sie behaupten, dass Julie mit allem einverstanden war? Beweisen Sie es.«

Victorine Hersant warf César Alexandre einen fragenden Blick zu. Der nickte und sagte dann: »Sie wollen Beweise? Wir können beweisen, dass Julie mit allem einverstanden war.«

Zadira schwieg gespannt.

*Komm schon. Komm schon!*

»Wir haben einen Vertrag mit ihr abgeschlossen, in dem sie sich bereit erklärt, eine bestimmte Rolle in unserer Gemeinschaft zu spielen. Freiwillig und ohne Zwang.«

»Ach ja?« Zadira täuschte Unglauben vor. »Einen Vertrag? Den würde ich gern einmal sehen.«

»Den trage ich natürlich nicht mit mir herum. Er befindet sich im Hotel, im Schranksafe.«

»Dann sollten wir uns diesen Vertrag einmal anschauen.«

»Bitte.«

Zadira erhob sich. Auch die vier Herrschaften schienen froh zu sein, dass die Befragung zu Ende war.

»Ach, und diese leidige Drogenangelegenheit«, hielt Zadira sie auf, als ob ihr das erst jetzt eingefallen wäre, »wenn alles zutrifft, was Sie sagen, dann haben Sie doch sicher nichts dagegen, wenn wir Ihre Zimmer durchsuchen. Nur um sicherzustellen, dass es keine weiteren Überraschungen mehr gibt. Sie wissen schon: Drogenbesitz, Drogenweitergabe plus de Sade und ein totes Mädchen im Garten, da kann selbst die Polizei die Presse nicht mehr daran hindern, die Sache weiterzuverfolgen. Zwar würde es noch ein paar Tage länger dauern, die Angelegenheit zu klären, und für Sie mit Bewährungsstrafen ausgehen. Aber einmal unter uns gesprochen: Es wirkt schon seltsam, dass Sie zwar erklären, helfen zu wollen, sich aber nicht wirklich kooperativ zeigen. Da frage ich mich schon ein bisschen, ob Sie nicht doch etwas zu verbergen haben.«

Sie lächelte verbindlich.

Alexis Lagadère schnaubte unwillig. »Sie wollen uns erpressen, Ihnen Zugang zu unseren Hotelzimmern zu gewähren!«

»Erpressen? Aber nein! Meinen Sie, ich sollte doch lieber den Untersuchungsrichter informieren und diesmal eine offizielle Akte anlegen?«

Es war das Wörtchen »diesmal«, das Lagadère einen Augenblick sprachlos machte. Und das reichte, damit Victorine eine Entscheidung für sie alle fällte.

»*Mon cher*«, ließ sich Hersant vernehmen, »ich bin sicher, dass Madame Lieutenant nur ihre Pflicht tut und uns hier eine sehr faire Chance aufzeigt.« Dann wandte sie sich an Zadira. »Selbstverständlich sind wir einverstanden.«

»Brell, haben Sie das gehört?«

Der Sergeant nickte. Er zückte vier vorbereitete Formulare.

»Wenn Sie hier just unterschreiben würden, dass Sie vor mir als gerichtsfähigem Zeugen einer Durchsuchung auch ohne richterlichen Beschluss zustimmen?«

Zadira hatte bereits ihr Handy in der Hand. Sie wählte die Nummer, gleich nachdem Alexis Lagadère als Letzter unterschrieben hatte.

»Beaufort«, sagte sie lächelnd, als der Kriminaltechniker sich mit einem knappen »Oui« gemeldet hatte, »Sie können jetzt mit der Sichtung der Suiten anfangen. Wir haben die offizielle Erlaubnis aller vier Herrschaften. Und geben Sie bitte auch Staatsanwältin Lafrage Bescheid, dass wir auf dem Weg ins Château sind.«

Zu ihrer größten Zufriedenheit zeichnete sich in César Alexandres Gesicht wütende Ungläubigkeit darüber ab, dass es Zadira tatsächlich gelungen war, sie alle hereinzulegen.

Wie hatte Natalie es ausgedrückt? »Sie hassen es, die Kontrolle zu verlieren. Das ist ihre einzige Schwäche.«


Richter Alexis Lagadère telefonierte. Philippe Amaury tippte auf seinem iPhone herum. César Alexandre schlug seine schwarzen Golfhandschuhe immer wieder in die geöffnete Hand. Victorine stand mit glühenden Augen neben einer Kriminaltechnikerin, die sich gerade ihre Garderobe vornahm. Beauforts Team wurde von erfahrenen Polizisten begleitet, die als Zeugen bürgten, dass keiner der Durchsuchungsbeamten etwas zerstörte, an sich nahm oder gar hinlegte.

Staatsanwältin Lafrage stand draußen auf der Terrasse und las mit gerunzelter Stirn den mehrseitigen Vertrag durch, den die Erben mit Julie geschlossen hatten. André Ugo hatte Zadira bei ihrer Ankunft mit versteinerter Miene erwartet. Für das Hotel war die Polizeiaktion nicht gerade sehr werbewirksam.

Mit einem Mal fielen Zadira die beiden Katzen auf, die im Gebüsch saßen und das Geschehen aufmerksam beobachteten. Merkwürdig, dachte sie, das sind doch die Siam und ihr dicker Freund, die ich gestern bei der Kirche gesehen habe?

Grüßt mir Commissaire Mazan, wenn ihr ihn seht, hätte sie beinah gesagt. Da trat Beaufort zu ihr.

»Wo ist eigentlich Commissaire Minotte?«, fragte er Zadira.

»Minotte? Ach, ich habe völlig vergessen, ihm Bescheid zu geben«, log Zadira unschuldig. »Mein Fehler.«

Sie fing Major Beauforts skeptischen Blick auf.

»Also, meine Frau sagt, wer etwas vergisst, will es sich nur nicht merken«, sagte er mit einem wissenden Lächeln unter dem zuckenden Schnauzbart.

Major Beauforts Frau weiß wahrscheinlich zu so ziemlich allem etwas, dachte Zadira.

»Also, jetzt reicht's aber! Meine Waschutensilien gehen Sie überhaupt nichts an! Frau Staatsanwältin, ich werde mich beim Präfekten über Sie beschweren!«

Victorine Hersants Vorwürfe schienen Sophia Lafrage nicht im mindesten zu interessieren. Sie antwortete nur nebenbei:

»Ach ja?«

Dann schaute sie nachdenklich von dem Vertrag auf und murmelte, nur für Zadira und Beaufort hörbar: »Ich habe mich schon als Studentin gefragt, wie ein Geschäft mit der Hoffnung wohl aussehen mag. Jetzt weiß ich es.«

Sie reichte Zadira den Vertrag, den Beaufort mit einer Klarsichthülle geschützt hatte.

»Da drin lassen sich zwar jede Menge verfassungswidrige Zweideutigkeiten und Verstöße gegen die Menschenrechte finden, aber formaljuristisch ist das ein gültiger, einvernehmlich geschlossener Vertrag zwischen mehreren Privatpersonen. Folglich gilt das Recht auf Privatheit und Intimsphäre, wonach es niemanden etwas angeht, welchen Neigungen man frönt. Da können wir wenig rausholen. Wo keine Klägerin, da kein Richter.«

Das ist jetzt keine so gute Nachricht, dachte Zadira missmutig. Sie hatte gehofft, dass mit ihrer abgepressten Durchsuchung etwas herumkam, was die Erben eindeutiger belastete.

Lafrage ließ ihren kühlen Blick über die Erben schweifen.

»Und ich schätze, die Schriftproben von Julies Anstellungsvertrag im Château und diesem Papier hier werden zeigen, dass ihre Unterschrift echt ist.« Lafrage seufzte. »Der Verkauf der Seele ist besonders süß. Ein so junges Mädchen kann die Folgen nicht abschätzen.«

Auf einmal rief ein Kriminaltechniker an der Terrassentür zur Nachbarsuite:

»Lieutenant Matéo, Major Beaufort! Bitte kommen Sie!«

Der Beamte winkte Zadira und Beaufort mit ernstem Gesicht zu sich herüber. Die Staatsanwältin folgte ihnen.

César Alexandre hatte aufgehört, mit seinen Golfhandschuhen in seine Hand zu schlagen. Auch Alexis Lagadère und Philippe Amaury waren erstarrt. Victorine schloss die Augen.

Zadiras Instinkt erwachte, und sie spürte den tiefen Schreck, der César Alexandre erfasste, als sie seine Suite betrat.

Das ist jetzt aber mal eine gute Nachricht, dachte sie.

Und dann sah sie, was der Kriminaltechniker gefunden hatte.

Sie konnte es nicht fassen. Anscheinend hatte sie Alexandres Cleverness doch überschätzt.

»Sie war in der Kulturtasche.«

Der Kriminaltechniker ließ die Rubinkette in eine Klarsichttüte gleiten und legte sie aufs Bett. Sie besaß einen großen, ovalen Anhänger und mehrere kleinere in Tropfenform.

»Lassen Sie mich raten«, sagte Zadira zu Alexandre, »diese Kette wurde Julie nach Unterzeichnung des Vertrages als Unterpfand Ihres Geschäftes geschenkt, als kleine Anzahlung? Oder vielmehr: als überaus exklusives Sklavenhalsband?«

Alexandre schwieg.

Zadira holte ihr Smartphone hervor, auf dem sie auch zwei Nahaufnahmen von Julies Hals gespeichert hatte.

Sie gab das Gerät mit den Fotos an Beaufort weiter.

»Die Druckmuster könnten durchaus von dieser Kette stammen«, bestätigte der Major. »Sie sieht mir nach der Tatwaffe aus, mit der Julie Roscoff erdrosselt wurde.«

Die Staatsanwältin nickte Zadira knapp zu, die sich augenblicklich an César Alexandre wandte.

»Monsieur Alexandre, Sie sind vorläufig festgenommen.«

Grenzenlose Verwunderung lag in seinem Blick, Verständnislosigkeit und noch etwas anderes, das Zadira nicht sofort deuten konnte. Sie tastete seinen Körper nach Waffen ab, während sie ihn über seine Rechte und Pflichten als Beschuldigter belehrte, und schloss mit: »Sie sind dringend tatverdächtig, den Mord an Julie Roscoff begangen zu haben.« Zadira hakte die Handschellen von ihrem Koppel los. »Drehen Sie sich bitte um?«

»Nein. Nein! Das ist … das ist nicht wahr, das geht nicht, das ist …« Victorine Hersant wurde von Beaufort aufgehalten, als sie sich auf Zadira Matéo stürzen wollte.

»Mistkerl«, zischte Alexis Lagadère, als Zadira Monsieur Alexandres Handschellen hinter dem Rücken schloss, ihm dabei en passant die Golfhandschuhe wegnahm und sie mit spitzen Fingern Beaufort reichte.

Lederhandschuhe. Und Olivenöl. *Ach, Julie.*

»Aber uns verdächtigen?« Alexis' Gesicht war dunkelrot.

»Du hast ihm Julies Kette doch untergeschoben, du kleiner, erbärmlicher Wicht!«, tobte Victorine und gab Alexis eine so saftige Ohrfeige, dass einem der Kriminaltechniker ein »Wow« herausrutschte.

»Vic. Lass!«, befahl César leise.

Aber sie wütete weiter. »Du und Philippe, ihr habt es doch schon lange nicht mehr ertragen können, dass ihr mit Viagra nachhelfen musstet, um überhaupt ...«

»Vic!«, sagte César jetzt schärfer.

»Ich muss mich an dieser Stelle ausdrücklich distanzieren«, ließ Amaury nun laut vernehmlich hören, »ich hatte keine Kenntnis von dem, was César Alexandre nach unserem Diner getan hat, und ich habe die Drogenbonbons ohne mein Wissen konsumiert.«

Victorine hielt inne. Zwischen ihr und César flogen Blicke hin und her. Dann sah sich Hersant zu Amaury um. »Philippe, du bist ein feiges Schwein.«

Sie ließ sich müde in einen der Terrassenstühle fallen, schloss die Augen und stützte den Kopf in ihre Hand.

»Gehen wir«, forderte Zadira und schob César Alexandre vor sich her durch den Garten und Richtung Parkplatztor, um ihn in einen der vor der Pforte wartenden Wagen zu bugsieren.

Währenddessen nahmen die anderen Kripobeamten Alexis, Philippe und auch Victorine wegen Beihilfe und Komplizenschaft beim Mord an Julie Roscoff sowie wegen Drogenkonsums und dessen Weitergabe fest.

*Das war viel mehr, als ich erhofft habe.*

Als sich das Tor öffnete und Zadira César zum Auto führte, hörte sie das wiederholte Klickklickklick einer Kamera.

»Dankeschön«, sagte Blandine Hoffmann mit einem zutiefst befriedigten, breiten Grinsen und senkte ihre Minox.

# 33

Die Erben des Marquis waren es nicht gewohnt, auf jener Seite des Tisches Platz zu nehmen, an der sonst Verbrecher, Betrüger und Handlanger saßen.

Richter Lagadère hatte auf der Fahrt nach Carpentras ununterbrochen vor sich hin geschimpft, danach nur noch seine Personalien angegeben, und weigerte sich nun, mit dem bestellten Pflichtverteidiger aus Orange zu kooperieren. Zadira setzte einen Kommissaranwärter aus Monieux auf Lagadère an, der ein genaues Bewegungsprofil des Richters erstellen sollte, um zu klären, ob sich dieser zur Zeit der Frauenmorde in Aubignan, Bédoin, Monteux und Venasque aufgehalten hatte.

»Ach ja«, sagte sie schließlich noch zu dem Kollegen, »und fragen Sie ihn auch, ob er etwas gegen Katzen hat.«

Der Kommissaranwärter sah sie erstaunt an, doch Zadira meinte nur: »Achten Sie einfach nur auf seine Reaktion.«

Der Notar Amaury hatte sich von einem konzilianten Immobilien- und Erbschaftsverwalter des Élysée-Palastes in einen völlig verunsicherten Mann verwandelt, der mit der Situation – Beihilfe zum Mord oder zum Totschlag, mindestens aber der Mitwisserschaft sowie Behinderung der Ermittlungen nebst Drogenkonsum – schlichtweg überfordert war. Fast hatte Zadira Mitleid mit ihm. Bis ihr wieder einfiel, was Natalie Chabrand ihr über Amaury erzählt hatte.

Der Notar erklärte sich bereit zu kooperieren.

»Julie kam gegen neunzehn Uhr. Victorine half ihr, sich umzuziehen. Wir nahmen alle ein Bonbon«, berichtete er und fügte mit einem etwas verloren wirkenden Lächeln hinzu: »Ich dachte, sie wären mit Wasabi gefüllt. Sie verstehen? Zum Champagner.«

Zadira reagierte nicht.

Die Unterzeichnung des Vertrags sei etwa gegen zwanzig Uhr dreißig erfolgt. Die Verleihung der Kette unmittelbar danach. Ja, vermutlich das Rubincollier, das heute bei César gefunden worden war. Gegen dreiundzwanzig Uhr wären sie gegangen. Er hätte noch mit dem Richter Schach gespielt und dazu einen Godet getrunken.

»Was geschah bis dahin in den Zimmern?«, fragte Zadira.

Amaury blickte auf seine Hände und berichtete von dem Olivenöl, von Césars Verführungskünsten mit den Handschuhen hinter dem Paravent und von den späteren Tänzen zur Musik aus der Oper »Madame Butterfly«. Ja, zur Arie *Un bel dì vedremo.*

»Es ist so überaus passend, finden Sie nicht?«

»Und danach?«

»Wir haben Mademoiselle Roscoff erlaubt, in der Villa zu übernachten. Sie war ein wenig aufgeregt.«

»Was heißt das: ein wenig aufgeregt?«

»Nun ja, Madame Lieutenant ...«

»Lieutenant reicht völlig.«

Amaury schluckte. Zadira kannte diese Reaktion. Wenn all die großen Worte, mit denen man seine Schweinereien bisher vor sich selbst gerechtfertigt hatte, nichts mehr wert waren.

»Julie hat zum ersten Mal erlebt, dass es eine Welt jenseits der ihren gibt und wie unfrei sie bisher ...«

»Konkret. Hat Julie geweint?«

»Geweint? Nun, möglicherweise, aber Frauen, ich meine, junge Frauen ... also ...«

»Also ja?«

Amaury zog ein gebügeltes Taschentuch hervor und tupfte sich die Oberlippe ab.

»Nun, ich glaube, sie hat ein wenig geweint.«

Dann erzählte Amaury, dass Madame Hersant bei Julie geblieben wäre, als er mit seinen beiden Freunden das Haus verlassen hatte.

»Um sich um sie zu kümmern.« Dann fügte er mit einem schmierigen Lächeln hinzu: »Das behauptete sie jedenfalls.«

Will er mir jetzt Victorine als Verdächtige unterschieben?, fragte sich Zadira und machte sich eine Notiz. Zumindest sollte sie die Möglichkeit, dass Julie von der Frau getötet wurde, nicht außer Acht lassen.

Dann bohrte sie weiter. Amaury beantwortete jede Frage. Wer Julie geschlagen hatte – Monsieur Lagadère. Womit? Mit einer Gerte, einem Stück Seil, den Händen. Und wer hatte sie gefesselt?

»Das, Lieutenant, ist eine besondere Kunst, die ...«

»Wer?«

Aber sie wusste ja schon, dass Amaury der Spezialist für diese Spielart war. Der Notar redete und redete. Er war so weich wie ein englischer Pudding. Man konnte von jeder Seite mit dem Finger reinstechen und traf nie auf Widerstand.

Obwohl er immer wieder von der Ästhetik des Schmerzes sprach oder der hohen Kunst der inneren Befreiung, entfaltete sich vor Zadiras Augen das öde Bild eines gelangweilten und überfütterten Bourgeois, der keine Erektion mehr bekam.

Zadira versuchte es auf andere Weise.

»Was geschah 1995 mit Élaine?«

»Mit wem?« Amaury leckte sich über die Unterlippe.

»Élaine de Noat. In Lacoste. Sie hat sich von der Burgruine zu Tode gestürzt, nach einem Essen mit Ihnen.«

An dieser Stelle wurde der Pudding ein wenig fester.

»Élaine. Sicher. Ich hatte ihren Namen vergessen.«

Zadira zog ungläubig die Augenbrauen hoch.

»Es ist so lange her«, versuchte Amaury sich herauszureden. »Außerdem wurden wir damals weder belangt noch konnten wir etwas für die labile Psyche dieses armen Mädchens. Was hat das denn mit diesem Fall zu tun?«

Zadira erhob sich, ohne zu antworten. Dann, kurz bevor sie den Notar verließ, fragte sie noch: »Ach, Monsieur Amaury, haben Sie eigentlich etwas gegen Katzen?«

Sie beobachtete seine Reaktion genau. Er schien ehrlich erstaunt.

»Nein, aber ich mag sie auch nicht besonders. Sie haaren mir zu viel.«

Victorine Hersant gab ohne Umschweife zu, Julie Kosmetika übereignet zu haben.

»Warum auch nicht? Das beweist doch nur meine guten Absichten.« Und ja, sie hatte Julie auch das Halsband umgelegt. Doch was nach ihrer aller Weggang im Haus geschehen war, hatte nichts mit ihnen zu tun.

»Ich verlange, dass Sie untersuchen, wer César Alexandre die Kette als Beweis für seine vermeintliche Schuld untergeschoben hat«, verlangte sie gebieterisch. »Wahrscheinlich dieser Koch. César kann es gar nicht gewesen sein, er war die ganze Nacht bei mir.«

Ach, schau an, dachte Zadira. Bei der von Minotte unterbrochenen Befragung in Ugos Büro hatte Alexandre das anders dargestellt.

»Und was haben Sie und César gemacht? Auch Schach gespielt?«

»Schach? Aber wieso das denn?«

»Sex ist doch gar nicht Ihr Ding, außer mit Jesus am Kreuz.«

Doch Victorine war von einem anderen Kaliber als Amaury. Sie versuchte gar nicht erst, ihre sogenannten Erziehungsmethoden zu rechtfertigen. Erst als Zadira auf Élaine zu sprechen kam, wirkte sie ehrlich betroffen.

»Das arme Mädchen«, flüsterte sie.

»Haben Sie denn damals nicht an Ihrem Tun gezweifelt?«, versuchte Zadira, ihre Selbstgewissheit zu erschüttern.

Victorine sah sie erstaunt an.

»Nein, natürlich nicht.«

Wie eigenartig, dachte Zadira, dass ausgerechnet so oft Frauen dabei helfen, andere Frauen in den Abgrund zu ziehen.

»Mögen Sie Katzen?«, fragte sie Madame Hersant, obwohl sie nicht wirklich glauben konnte, dass Victorine der Mörder war.

»Oh ja, sehr«, antwortete die blonde Frau. »Sie sind wie wir Frauen, nicht wahr?«

Zadira klappte ihre Akte zu, als Hersant hinzufügte: »Aber natürlich ist es ärgerlich, wenn sie unkontrolliert schmutzen. Eine Zeitlang trieben sich im Garten des Hauses viele Katzen herum. Das roch ganz scheußlich. Aber darum wurde sich gottlob gekümmert.«

Zadira hielt inne.

Darum wurde sich gekümmert! Natürlich.

So wie sich darum gekümmert wurde, dass immer genug Champagner und teurer Wein im Kühlschrank war. Dass die Speisen vorbereitet waren. Dass aufgeräumt, sauber gemacht und abgewaschen wurde! Zadira spürte, wie ihr das Blut in die Wangen schoss. Dass sie daran nicht gedacht hatte!

Das war der Nachteil, wenn man aus der unteren Gesellschaftsschicht kam. Man kam gar nicht darauf, dass es bei den Reichen immer dienstbare Geister geben musste. Victorine Hersant würde niemals selbst putzen oder Unkraut jäten.

Sie bemerkte gerade noch Victorines zufriedenen Blick.

*Das hast du absichtlich gemacht, nicht wahr?*

Natürlich, Victorine ging es jetzt darum, den Kopf ihres geliebten César aus der Schlinge zu ziehen.

»Wer hat sich denn gekümmert, Madame?«, fragte Zadira.

»Ach, das wissen Sie noch nicht?«, fragte Victorine schadenfroh. »Wie schade, denn ihn sollten Sie dringend fragen, was er zum Zeitpunkt von Julies Ableben gemacht hat.«

»Ihn?«

»Aber ja. Paul, den Concierge des Château de Mazan.«

Während Zadira César über die Kamera beobachtete, wusste sie, dass ihr jetzt der schwierigste Teil der Vernehmung bevorstand. Ihr war klar, dass die Kette allein als Beweismittel nicht ausreichte, um César Alexandre zu überführen. Selbst wenn sich seine Fingerabdrücke darauf finden ließen. Schließlich hatte keiner der vier abgestritten, dass sie Julie die Kette geschenkt hatten. Im Zusammenhang mit der Orgie und den Drogen reichte es lediglich für den dringenden Tatverdacht. Sie erwartete kein Geständnis von ihm, aber vielleicht konnte sie ihn so weit aus der Deckung locken, dass er mehr verriet, als er wollte.

Zadira begriff jetzt, was die anderen Erben zu ihren Spielen antrieb. Für Victorine war es die Bestätigung ihrer eigenen, unglücklichen Biographie. Für Philippe Amaury ging es um die Verlängerung seines längst nicht mehr funktionierenden Penis. Alexis Lagadère brauchte die Gewalt wie die Luft zum Atmen. Aber César?

»Wer bist du, und was willst du?«, flüsterte Zadira.

Er saß ruhig am Tisch, die Hände ineinander gefaltet. Ernst und nachdenklich schaute er in das versteckte Auge der Kamera. Er wusste, dass sie ihn beobachtete.

Zadira sah auf die Uhr. Wo blieb eigentlich Minotte? Er musste mittlerweile längst erfahren haben, dass sie schon wieder Ärger machte.

Zadira band sich ihren Pferdeschwanz neu, rückte ihre Kappe zurecht und öffnete die Tür zum Befragungsraum.

Césars Gesicht zeigte Neugier, als sie sich ihm gegenüber am Tisch niederließ und Julies Akte vor sich ablegte.

»Monsieur César Alexandre …«, begann sie.

»Sie wissen, dass Sie das Ihre Zukunft kosten wird«, unterbrach er sie. »Irgendwann, in einer, spätestens in zwei Stunden wird jemand durch diese Tür kommen und Ihnen mitteilen, dass Sie mich gehen lassen müssen. Und während ich nach Paris fahre, in mein Haus, in mein Büro und zu meinen Freunden, werden Sie auf Ihre kleine schäbige Wache zurückkehren. Dieser Moment, in dem wir beide jetzt hier sitzen, Sie als Polizistin und ich als Verdächtiger, wird der Höhepunkt Ihres Lebens sein. Und darum werde ich Ihnen einen Gefallen tun. Ich werde Ihnen alles sagen, was Sie wissen wollen. Nur den Mord an Julie werde ich nicht gestehen, denn den habe ich nicht begangen. Über die Aufzeichnungen dieses Gespräches brauchen wir uns beide übrigens keine Gedanken zu machen. Die werden anschließend gelöscht werden.«

Er lehnte sich zurück. Verschränkte die Arme.

»Monsieur Alexandre«, wiederholte Zadira ungerührt, »ich stelle fest, dass Sie auf einen Anwalt verzichten.«

Sie öffnete die Akte.

»Wo waren Sie nach dem abendlichen Fest in der Villa?«

»In meiner Suite.«

»Victorine Hersant hat ausgesagt, dass Sie bei ihr waren.«

»Sie liebt mich. Ich weiß nicht, warum, aber sie tut es. Hören Sie nicht auf sie. Victorine ist etwa eine Viertelstunde nach mir ins Hotel gekommen, wir haben etwas getrunken. Aber dann war ich allein in meiner Suite, alles andere wäre gelogen. Das habe ich nicht nötig.«

»Damit belasten Sie nicht nur sich, sondern auch Ihre Geliebte.«

»Victorine? Machen Sie sich nicht lächerlich. Sie ist eine Frau.«

*Aber sie war eine Viertelstunde lang allein mit Julie. Das reicht auch einer Frau, um jemanden zu töten.*

Sie fragte sich, ob César ihr wohl von Paul erzählen würde. Und warum Amaury oder Lagadère es nicht getan hatten. Weil sie sich vor dem fürchteten, was Paul über sie zu erzählen hatte? Zadira schob die Bilder der toten Julie zu César hinüber.

»Ich möchte, dass Sie sich diese Fotos anschauen.«

Mit einem Anflug von Ärger ging César die Bilder eines nach dem anderen durch. Ihm war nicht anzumerken, ob ihn der Anblick des toten Mädchens berührte. Das war aber auch nicht Zadiras Absicht gewesen. Die Hoffnung, diesen Mann zu rühren, hatte sie nicht.

»Und?«, fragte er, als er fertig war.

»Julie war eines von vielen Mädchen, die Sie und Ihre Freunde in der Gewalt hatten. Ich weiß, was Sie getan haben. Und Sie können sicher sein, dass …«

Um seine Lippen spielte ein Lächeln, als er unterbrach: »Sie dürfen nicht glauben, dass ich Sie nicht kenne, Lieutenant Matéo. Geboren in den Marseiller Banlieues, Ihre Mutter eine Krankenschwester, die sich zu Tode gearbeitet hat. Ihr Vater ein *pied-noir*, der eine Polizeikugel abbekam. Und sein kleines Mädchen? Die kleine, halb arabische Zadira Camille hatte die Wahl, entweder auf den Strich oder zur Polizei zu gehen. Sie haben den schwierigeren Weg gewählt. Meine Hochachtung. Doch die Banlieues werden Sie trotzdem nie aus Ihrem Blut herausbekommen.«

Eigenartigerweise ließen seine verletzenden Worte Zadira kalt. Sie hatte sich schon Schlimmeres anhören müssen. Immerhin wusste sie jetzt, dass César seine Fühler ausgestreckt hatte. Ganz sicher wusste er auch, warum sie nach Mazan versetzt worden war. Es war an der Zeit, mit dem Geplänkel aufzuhören.

»Schön. Sie wollten mir alle Fragen beantworten. Was empfinden Sie, wenn Sie eine junge, unschuldige Frau ruinieren?«

»Ha!« Er lachte verächtlich auf. »Was für eine lächerliche Frage. Dabei hatte ich schon geglaubt, Sie hätten das Format zu begreifen, was wir tun. Warum verteidigen Sie eine bürgerliche Welt, die für Ihresgleichen nur Verachtung übrig hat?«

»War das die Antwort auf meine Frage?«

»Nein.« Er schob Zadira mit einer verächtlichen Bewegung die Fotos über den Tisch.

»Wissen Sie, was mit der Kleinen hier passiert wäre ohne uns? Sie hätte einen Klempner geheiratet, der ihr ein, zwei, drei Blagen in den Bauch geschoben hätte. Sie wäre verblüht, bevor sie fünfundzwanzig geworden wäre. Sie hätte weder die Welt gesehen noch Lust gekannt, weder ihre Sehnsüchte ausgelebt noch die Kraft ihrer Weiblichkeit entdeckt. Wir haben ihr die Möglichkeit geboten, frei zu sein! Frei, verstehen Sie?«

Etwas in ihr verstand. Und etwas anderes begann zu erkennen, welche Rolle Julie, Élaine und Natalie in Alexandres Leben spielten. Sie waren dazu da, dass César sich wie ein Erlöser fühlen konnte. Ja, ein Retter, der ihre Ketten löste, sie aus einem biederen, kleinen Leben befreite.

»Frei von was?«

Er betrachtete sie mit einem harten Blick. »Sie wissen es doch«, zischte er. »Sie fühlen es in den Stunden der Einsamkeit, wenn die Monotonie Ihrer belanglosen Existenz Sie zu überwältigen droht. Dann ahnen Sie, dass all diese Regeln, diese ...«, er machte eine verächtliche Geste, »diese Begriffe wie Unschuld, Tugend oder Gesetz nur dazu da sind, die Größe unseres Willens kleinzuhalten. Doch all das wird Makulatur, wenn Sie einmal die Erfahrung gemacht haben, alles, wirklich alles tun zu können, was Sie wollen. Wir haben den jungen Frauen diese Chance geschenkt. Wir haben ihnen die Möglichkeit gegeben, frei zu sein und zu herrschen, anstatt sich beherrschen zu lassen.«

»Tja, mag ja sein«, sagte Zadira nach einer Weile, in der die Stille zu vibrieren schien. Nur das Surren des im Tisch eingelassenen Aufnahmegerätes war zu hören. »Nur schade, dass Julie nicht frei, sondern tot ist.«

César sah zur Wand.

»Wie kam es dazu, dass Sie sie umbrachten? War das geplant oder ein Unfall?«

Sie taxierten einander über den Tisch hinweg.

»Sie wissen genau, dass ich es nicht war«, sagte er.

»Ach«, machte Zadira. »Etwa Paul?«

Alexandre lachte auf. »Paul? Sie scherzen. Im Übrigen saß der hinter der Rezeption, als wir ins Hotel kamen.«

Er fixierte sie. »Wer immer mir die Kette in den Beutel getan hat, hat auch zwei Bonbons mitgenommen, zwei präparierte Berlingots. Das ist es, wonach Sie Ausschau halten sollten, nach einem, der es noch mal tun wird. Der Leben nehmen will. Ich bin ein Lebensgeber, Lieutenant Matéo.«

»Das dürfte Élaine de Noat anders gesehen haben.«

Für einen Moment wirkte sein Gesicht alt, alt und müde.

»Élaine. Die schöne Kriegerin. Sie war mein größtes Scheitern.«

»Ach ja?«

César stieß ein bitteres Lachen aus. »Ja. Das wird Ihnen gefallen. Es hat etwas mit Liebe zu tun. Mit der Liebe, die Élaine für ihren Verlobten empfand. Als ihr klarwurde, dass sie nicht mehr zu ihm zurück konnte, nicht nach dem, was sie mit uns getan hatte – da stürzte sie sich von de Sades Burg. Aus Scham, aus Liebe, aus Reue, wer weiß? Ich gebe zu«, fuhr er leiser fort, »dass ich nicht damit gerechnet habe, dass jemand die Liebe der Freiheit vorziehen könnte.«

»Vielleicht ist sie ja gar nicht gesprungen?«

César bedachte sie abrupt mit einem veränderten Blick.

»Ein interessanter Gedanke«, sagte er dann leise.

*Was für ein aalglatter Hund du doch bist.*

Zadira überlegte, wann sie ihm die Katzenfrage stellen sollte, entschied dann aber, ihn vorher noch ein wenig zu provozieren.

»Sie gefallen sich in der Rolle des missverstandenen Wohltäters. Aber wissen Sie was? Für mich sind Sie vor allem eins, Monsieur …« Sie holte Luft.

»Frei«, sagte eine Stimme von der Tür her. »Monsieur Alexandre, Sie dürfen gehen.«

Stéphane Minotte trat in den Raum, legte vor Zadira zwei zusammengeheftete Blatt Papier auf den Tisch und begleitete César Alexandre zur Tür.

Der drehte sich aber noch einmal zu ihr um.

»Was wollten Sie anmerken, Madame? Das interessiert mich jetzt schon, was Sie von mir halten.«

Und Zadira hätte es ihm gern an den Kopf geworfen. Doch sie beherrschte sich.

»Das sage ich Ihnen beim nächsten Mal«, antwortete sie kalt.

Sein Mundwinkel zuckte.

Dann schloss er die Tür sanft hinter sich.

Minotte wartete mit verschränkten Armen darauf, dass Zadira las, was die PTS soeben bestätigt hatte.

Julies DNS-Spuren waren an einer unbekannten Männerleiche gefunden worden, die zwei Gendarmen aus Sarrians in einem Straßengraben entdeckt hatten. Hautpartikel unter seinen Fingernägeln sowie ihre Haare an seiner Kleidung. Es war davon auszugehen, dass der Mann osteuropäischer Herkunft in das Haus Nummer 9 eingebrochen war und Julie erdrosselt und beraubt hatte.

»Ach so?«, konstatierte Zadira sarkastisch. »Und wieso ist die Kette, also die Mordwaffe, dann in Alexandres Kulturbeutel gefunden worden? Hat der Einbrecher sie da rein zufällig versteckt?«

»Wir haben Julies DNS an diesem Mann gefunden. Das entlastet César Alexandre jedenfalls als unmittelbar Tatverdächtigen. Im Übrigen haben wir bisher auch keine Fingerabdrücke von ihm auf der Kette gefunden.«

»Oh, bitte. Der Mann trägt doch ständig Golfhandschuhe.«

»Ich war noch nicht fertig, Lieutenant. Dieser Einbrecher aus Sarrians wurde ermordet. Irgendjemandem schien es gewaltig viel Spaß zu machen, diesem Mann die Kette abzunehmen und sie Monsieur Alexandre unterzuschieben.«

»Das glauben Sie doch nicht wirklich, oder?«

»Was ich glaube, Madame? Ich glaube, dass Sie sich verrannt haben. Carpentras übernimmt ab hier.«

»Das kann doch alles nicht wahr sein.«

»Sie sind raus, Matéo«, sagte Minotte knapp und verließ wortlos das Vernehmungszimmer.

Zadira schob die Akte Julie Roscoff wütend von sich.

»*Putain!*«

Sie hatte verloren.

# 34

Über Carpentras wölbte sich ein klarer, dunkelblauer Abendhimmel. Durch die Straßen fegte der Mistral. Der böse, große Wind. Ein riesiger Fön, der Korkeichen niederbog, Streits entfachte und dunkelste Depressionen nährte.

Plastiktüten wirbelten über den Asphalt, die Zweige der Platanen führten bei jedem Windstoß einen verzweifelt wirkenden Tanz auf, als seien sie Ertrinkende, die um Hilfe winkten. Die Fahnenleinen vor dem Best-Western-Hotel schnatterten heftig gegen das Metallgestänge.

Zadira in ihrem alten Lancia hielt es kaum noch aus. Alles in ihr drängte danach, das Gaspedal durchzutreten und mit aufbrüllendem Motor diese ganzen bornierten Feierabendtrödler von der Straße zu rammen.

Wieder musste sie an einer Ampel halten. Es war die letzte, bevor sie auf die Ausfallstraße nach Mazan kam. Sie wühlte in den CDs, die auf dem Beifahrersitz lagen. Billy Idol. Sie stieß die silberne Scheibe in den Schlitz und drehte die Lautstärke hoch. »Rebel Yell« setzte in dem Moment ein, da die Ampel auf Grün sprang. Und als sie das Ortsschild hinter sich ließ, konnte sie endlich Gas geben. Ihr verzweifeltes »Ahhh« wurde vom Röhren des 200-PS-Motors und der Stimme des Rockers übertönt.

War sie je zuvor schon so gedemütigt worden?

Ja. Immer wieder. Seit sie laufen gelernt hatte.

»Verdammt!«, schrie sie und schlug mit der Hand auf das Lenkrad. Und dann wieder: »Verdammt! Verdammt! Verdammt!«

Erst der Schmerz in ihrem Handballen ließ sie damit aufhören.

Während Zadira mit viel zu hohem Tempo und waghalsigen Überholmanövern Richtung Mazan raste, zuckten ihr abwechselnd Rache- und Selbstmordgedanken durch den Kopf. Als sie schließlich am Place de la Grande Fontaine in Mazan ihren Wagen abstellte, wusste sie nicht mehr, wie sie den Weg geschafft hatte, ohne sich den Hals zu brechen. Die plötzliche Stille dröhnte in ihrem Kopf. Sie musste nachdenken. Unbedingt.

Bilder und Worte wirbelten in ihrem Kopf herum: die Kette, Césars grenzenloses Erstaunen, Victorine und Paul, der auffällig kooperative Philippe – und immer wieder Minotte: »Sie sind raus, Matéo.«

*Du Schwein.*

Irgendjemand rief ihr einen Gruß zu, als sie durch die Porte de Mormoiron in die Altstadt lief. Sie winkte nur wortlos, ohne anzuhalten.

Die Tür zu ihrer Wohnung stand wie immer halb offen. Zadira trat ein, schaute sich um. Nichts. Kein Commissaire Mazan. Die Katzendecke war leer. Das zerriss ihr vollends das Herz.

Sie füllte sich einen Kaffeebecher mit Leitungswasser, setzte sich an den Küchentisch, nahm ihre Baseballkappe ab und öffnete den Zopf. Dann starrte sie aus dem Fenster.

Die Spannung des Tages presste ihr die Brust zusammen, verengte ihr den Hals, schmerzte in den Ohren und im Kiefer.

Sie griff in ihre Hosentasche nach dem Gris-gris und dachte an ihren Vater. An Marseille. Und an Julie.

Und dann kamen sie.

Die Tränen.

Zadira legte die Stirn auf ihren Unterarm und weinte. Es waren rauhe Schluchzer, die sie mit der Hand erstickte.

Und sich schämte.

Dafür, dass sie ihr Versprechen Julie gegenüber nicht hatte halten können. Dafür, dass sie gegen die Arroganz der Macht verloren hatte. Und dafür, dass das ganz allein ihr Fehler war.

Mit einem Mal spürte sie eine leichte Bewegung des Tisches.

Sie rührte sich nicht. Atmete ganz leise. Dann nahm sie eine Berührung an ihrem Kopf wahr. Weich und fest zugleich. Begleitet von einem warmen, tiefen Schnurren.

Sie hob langsam den Kopf und blinzelte durch ihre Tränen. Commissaire Mazan saß direkt vor ihr auf dem Tisch und stupste mit der Stirn gegen ihre. Ganz sanft. Seine Augen waren weit und tief zugleich und luden sie in seine Katzenseele ein.

»Hey, Commissaire Mazan«, flüsterte sie. »Ich dachte schon, du hättest mich verlassen.«

Er schnupperte sich an ihr Gesicht heran und dann …

… leckte er ihr doch tatsächlich mit seiner kratzigen Zunge die Tränen von der Wange.

Zadira war so überwältigt von diesem zärtlichen Liebesbeweis, dass sie beinah erneut zu schluchzen angefangen hätte. Doch da vernahm sie rasche, tapsende Schritte auf der Außentreppe.

Die Wohnungstür wurde aufgestoßen, und schon schaute Atos hechelnd in die Küche. Mazan unterbrach seine Pflegekur an Zadiras Wange, allerdings ohne sich vom Platz zu rühren. Dafür kam der Hund herangetapst, legte seinen

Kopf in Zadiras Schoß und sah mit treuen Hundeaugen zu ihr auf.

»Na, das ist jetzt aber eine geballte Ladung Trost«, sagte sie leise.

Im nächsten Moment klopfte es an der Tür.

»Jemand zu Hause?«

Jules Parceval!

Zadira wischte sich hastig über das Gesicht.

»Schwer zu sagen«, antwortete sie.

»Na, das ist ja eine Antwort«, brummte Jules. Dann stand er in der Küchentür, mit zwei vollen Einkaufstaschen. Er trug ein helles Leinenhemd über einer leger sitzenden Hose.

»Hey, Doktor, du hast ja diesmal richtige Hosen an«, versuchte Zadira zu überspielen, dass sie geweint hatte. Nie hatte sie einem Mann gegenüber gezeigt, dass sie so berührbar war.

Jules machte nicht den geringsten Versuch, sie zu trösten oder irgendetwas Albernes zu sagen. Er schaute sich in der Küche um, dann fiel sein Blick auf den Herd.

»Wurde hier schon mal gekocht?«, fragte er.

»Nicht, seit ich hier wohne.«

»Na dann«, meinte er, stellte die Taschen auf den Tisch und begann auszupacken.

»Salat, Steaks und Nudeln«, sagte er. »Ist das okay?«

»Perfekt«, erwiderte sie erfreut und verlegen zugleich und musste den Kloß hinunterschlucken, der ihr im Hals saß. Wann hatte ein Mann zuletzt für sie gekocht? Hatte überhaupt schon einmal ein Mann für sie gekocht?

Als Mazan auf ihren Schoß hinabkletterte, machte Atos ihm ohne weitere Umstände Platz und bettete seinen Kopf mit einem zufriedenen Schnaufen auf ihren linken Fuß um.

Na, ihr versteht euch ja prächtig!, dachte Zadira und setzte sich vorsichtig zurecht, bis sie alle drei eine einigermaßen bequeme Position gefunden hatten.

»Es hat sich schon herumgesprochen«, erzählte Jules, während er seine Einkäufe auspackte und ihr einen kurzen Bericht lieferte. Dédé wäre vorerst wieder im Château, und im Lou Càrri gäbe es kein anderes Gesprächsthema mehr als die »reichen Pariser Säcke«, die »unsere Lieutenant« – bei dieser Formulierung stahl sich ein kleines Grinsen in Zadiras Gesicht – beinah bei den Eiern gehabt hätte.

Sie schaute Jules zu, streichelte dabei Mazan, der leise an ihrem Bauch schnurrte.

Jules öffnete den Rotwein, goss ihn in zwei einfache Gläser und reichte ihr eines.

»Wie wär's«, fragte er, »heute wird nicht mehr über den Fall gesprochen?«

Zadira nahm das Glas und sagte: »Einverstanden.«

Während Jules mit ruhigen, geschickten Bewegungen den Salat zubereitete und Nudelwasser aufsetzte, unterhielt er sie mit kleinen Geschichten, die er bei der Arbeit erlebt hatte. Zadira hörte zu, streichelte Mazan, der schnurrte, betrachtete Atos, der hin und wieder schmatzte, und nach und nach schwand ihre Verzweiflung. Ohne dass sie groß darüber nachdachte, begriff sie mit jeder Zelle ihrer Existenz, dass dies das wahre Leben war. So einfach. Und so reich.

Sie sollte ihr Misstrauen gegen die ganze Welt wenigstens für einen Moment vergessen und sich stattdessen ganz dem Gefühl hingeben, ein Zuhause zu haben. Morgen würde sie die Realität wieder einholen. Doch dieser Abend sollte ihr gehören. Ihr und ihren seltsamen Freunden.

Da hoben mit einem Mal Mazan und Atos synchron den Kopf und lauschten.

»... diese Dogge tatsächlich einen Tannenzapfen ver-
schluckt und ...«, erzählte Jules mit dem Rücken zu ihr.
Mazan sprang von ihrem Schoß, und auch Atos erhob sich.
Beide Tiere eilten Richtung Tür. Dann aber blieb Mazan
stehen, sah Atos an und gab einen kurzen Maunzer von
sich. Der Hund schaute ihn mit schräggelegtem Kopf an,
wedelte mit dem Schwanz und ließ sich dann auf sein Hinterteil nieder. So blieb er auch, als Mazan sich wieder in
Bewegung setzte.

»Hab ich das gerade richtig gesehen?«, fragte Zadira. »Der
Kater hat ›Platz‹ gemaunzt, und Atos hat gehorcht?«

»Schon wieder?«, antwortete Jules nur mäßig erstaunt.
»Das macht der doch, seit sie sich kennen.«

»Wirklich, Doktor?«, gab Zadira lächelnd zurück und
schaute dem Kater hinterher, der durch die Tür nach draußen lief.

»Du wirst mich doch nicht wieder allein lassen?«, rief sie
ihm nach.

*Ganz bestimmt nicht, Lieutenant. Nicht jetzt, nicht heute*
*Nacht. Nicht bevor die Bestie gefasst ist.*


Commissaire Mazan entdeckte Rocky am Fuß der Treppe.
Mit schnellen Schritten eilte er hinunter. Louise und Manon hielten sich hinter der Hausecke verborgen.

»Ist dieser Köter etwa da oben?«, fragte Rocky.

»Ja, aber keine Sorge, er kommt nicht raus.«

Rocky schien nicht überzeugt. Louise hingegen kam näher.
Ebenso wie Manon, auf deren Vertrauen er mittlerweile
setzen konnte.

»Wie sieht es aus?«, fragte Mazan.

»Im Château ist alles ruhig«, berichtete Rocky.

»Wer passt dort auf?«

»Oscar hinten im Garten. Den Vordereingang bewachen Richelieu und Danton, die kennst du noch nicht. Sie sind nicht die Intelligentesten, wenn du mich fragst, aber ich löse sie später ab.«

»Wir übernehmen heute Nacht den Garten«, sagte Louise.

Mazan bedachte Manon mit einem besorgten Blick. Er wusste, wie sehr sie sich vor dem Flügelmann fürchtete.

»Ihr dürft ihm auf keinen Fall zu nahe kommen«, warnte er sie.

»Keine Sorge, mon Commissaire«, sagte Manon leise. »Er wird uns nicht kriegen.«

Sie hatte Hoffnung geschöpft. Ebenso wie Louise, Rocky und alle anderen. Die unsichtbare, tödliche Bedrohung, die die Stadt seit langem im Griff hielt, hatte nicht nur ein Gesicht bekommen. Einer der ihren, ein Kater, ein Tier, den die Menschen mit einem Fußtritt besiegen konnten, hatte nicht nur einer anderen Katze das Leben gerettet, sondern war auch selbst dem Flügelmann und dem sicheren Tod entkommen.

Mazan hatte nach seiner Flucht aus dem Château der Katzenversammlung im Hof des Museums alles über den Angriff und sein Entkommen erzählt. Erst heute aber war er imstande zu begreifen, was das für sie bedeutete: Er war ihr Held.

Helden sterben früh, hatte er einmal einen Menschen sagen hören.

»Was wirst du tun?«, fragte Louise.

»Ich muss hierbleiben«, gab er zurück. »Lieutenant Matéo ist in Gefahr. Ich bin sicher, dass der Flügelmann sie holen will.«

Mazan erinnerte sich, wie der Mann mit den zwei Stimmen gesagt hatte: »Er soll ein Geschenk für sie sein ... ja, wie bei den anderen.« Wie bei den anderen Frauen. Die getötet worden waren.

»Was willst du denn tun, wenn er kommt?«, fragte Rocky.
»Ihn anfauchen?«

Das war in der Tat ihr größtes Problem: Wie konnten sie die Polizistin warnen?

»Der Doktor wohnt auch hier. Er wird mich vielleicht nicht hören, wenn ich rufe, aber der Hund, Atos, hört es. Und der kann den Doktor wecken.«

»Ein Hund«, meinte Rocky verächtlich.

»Ja, ein Hund. Er sabbert, er stinkt, und er ist nicht besonders schlau. Aber er ist nicht böse. Und er ist groß. Ich glaube, dass dieser dumme, liebe Kerl noch eine Rolle in unserem Kampf spielen wird.«

»Hey, ich werde gleich eifersüchtig«, spottete Manon.

Mazan bedachte sie mit einem verwunderten Blick. Was sie sagte, hörte sich anders an als das, was ihr Körper sang. Er bemerkte das Glitzern in ihren Augen, ihre Bewegungen, ihren steten Wechsel zwischen Fauchen und Purren und wusste, dass Manon in ihre Zeit kam.

Mit geschärftem Blick betrachtete er daraufhin Louise und stellte fest, dass auch bei ihr die Phase der Fruchtbarkeit eingesetzt hatte. Und Rocky?

Der saß nur grimmig da und dachte über Hunde nach.

*Er merkt es nicht mehr.*

Erst jetzt ging Mazan auf, dass er möglicherweise der einzige Kater in der Stadt war, der auf die Signale der Kätzinnen reagieren konnte. Und dass die das genau wussten.

*Himmel, auch das noch!*

»Hört zu«, sagte er. »Wir dürfen jetzt keinen Fehler machen.«

»Keine Sorge, mon Commissaire«, beruhigte ihn Louise.

»Wir werden alle bereit sein.«

»Klar, Mann«, bestätigte Rocky.

Mazan sah ihnen nach, als sie über den Kirchplatz zurück auf die andere Seite der Stadt liefen, um das Château zu bewachen. Sie waren schon eine seltsame Armee. Niemand kümmerte sich um sie, niemand fürchtete sie. Aber kein Mensch würde von nun an in der Stadt noch einen Schritt machen können, ohne dass eine Katze es mitbekam. Darauf setzte Mazan.

Er stieg wieder die Stufen hoch, um seinen Posten bei Lieutenant Zadira zu beziehen. Schon vor der offenen Tür zu Zadiras Wohnung vernahm er die Stimmen.

»Für einen reichen Schnösel bist du gar nicht mal so ungeschickt«, schnurrte sie.

»Und für einen Bullen bist du ganz schön nett.«

Zadira lachte weich.

Mazan atmete einmal tief durch. Auch das noch.

Kam Lieutenant Zadira etwa ebenfalls in ihre Zeit?

# 35

Ein kalter Sonntag. Zadira half Brell, die Straßen mit Verkehrshütchen zu sperren und Hinweisschilder zur Umfahrung der Straße, die zum Friedhof führte, aufzustellen. Am Lou Càrri sammelten sich schon die ersten Trauergäste. Zadira trug schwarze Jeans, ein schwarzes Shirt und ein schwarzes Sakko.

Als sie die letzten Hütchen aufteilten, schnaufte Brell: »Ich hätte das nicht gedacht. Diese Leute und dann der nette Paul, der das Gift gegen die Katzen auslegt. Er hat für Alexandre gearbeitet und es uns nicht gesagt. Warum nur?«

»Als ich ihn mir gestern vornahm, behauptete er, er hätte Angst gehabt. Dass seine reizenden Arbeitgeber ihn als Schuldigen hinstellen würden, wenn er sie verriet.«

»Glauben Sie ihm das?«

»Mit Glauben habe ich es nicht so. Aber wissen Sie was? Ich traue Paul zwar zu, dass er Katzen umbringt, aber nicht Frauen. Und schon gar nicht Julie.«

»Sieht man denn einem Mörder an, dass er ein Mörder ist?«

Zadira seufzte. Brell hatte natürlich recht.

Ganz unvermutet musste sie an Jules denken. Beinah hatten sie sich geküsst vorgestern. Beinah ...

*Nur keine Experimente.*

Sie stellte ein neues Hütchen auf die Straße.

»Und?«, fragte Brell. »Was halten Sie von der Sache mit dem Einbrecher, der Julie angeblich getötet haben soll?«

»Nichts. Das kommt mir so vor, als ob zwei Gegner Schach spielten. Der eine will die Erben des Marquis in Sicherheit bringen, der andere tut alles, um sie zu belasten. Einen Schlüpfer hinlegen, um die Erben zu entlasten oder …« Sie hielt inne. *Die Kette …*

»Ja? Reden Sie weiter, Lieutenant«, forderte Brell sie auf.

Sie hielt immer noch ein Hütchen in den Händen, als sie fortfuhr.

»César Alexandre war ehrlich erstaunt, als wir die Kette bei ihm fanden. Ich meine, er lässt dieses wichtige Beweisstück doch nicht in seinem Kulturbeutel verschwinden und willigt dann in eine Zimmerdurchsuchung ein.«

»Also hat sie ihm jemand untergeschoben«, schlussfolgerte Brell.

»Jaja, schon. Nur was wäre gewesen, wenn die Durchsuchung nicht stattgefunden hätte? Wir wussten doch bis zum letzten Moment selbst nicht, ob wir die Einwilligung der vier dafür bekommen.«

»Das heißt?«

»Das heißt, dass die Kette nicht dort abgelegt wurde, um Alexandre zu belasten.«

»Sondern?«

»Was wäre passiert, wenn wir die Kette nicht gefunden hätten?«, stellte Zadira die Gegenfrage.

»Dann hätte Alexandre sie gefunden.«

»Und er hätte begriffen, dass ihm jemand damit eine Botschaft schickt«, flüsterte Zadira. »Eine Botschaft, die besagt: Ich bin derjenige, der Julie ermordet hat.«

Brell musterte sie aufmerksam.

»Aber warum gibt er dann die Mordwaffe aus der Hand, die auch ihn belasten kann?«

Gute Frage, dachte sie und stellte ein Hütchen auf.

»Weil es ihm vielleicht gar nicht darum geht«, mutmaßte sie dann. »Er fühlt sich sicher. Er hinterlässt nie Spuren. Und er will ein Zeichen setzen, für Alexandre: Ich bin mächtig. Ich habe die Kontrolle. Ich habe keine Angst vor deinem Einfluss.«

»Doch wer hat mehr Macht als er? Jemand aus der Regierung?«

»Nicht unbedingt«, sagte Zadira langsam. »Jemand, der sich für unbesiegbar hält. Und der mit den Erben eine Rechnung offen hat, so dringend, dass er dieses Risiko eingeht.«

»Und wie will er die begleichen?«

»Genau das ist die wichtige Frage, Brell«, antwortete Zadira. In ihrem Kopf fügten sich die Ereignisse zusammen. Jetzt endlich sah sie das Konstrukt. Aubignan, Bédoin, Monteux, Venasque, Mazan. Und …

Ihr wurde heiß, sehr heiß.

Brell nahm das letzte Hütchen vom Wagen und schaute sie erwartungsvoll an.

… *Lacoste!*

Besaß Élaine eigentlich eine Katze? Das hatte sie Madame de Noat gefragt.

Ja. Und sie wurde ertränkt.

Und jetzt fiel alles an seinen Platz. All die Leerstellen, die die Toten hinterließen, wurden ausgefüllt. Die ermordeten Mädchen, bis hin zu Julie Roscoff, waren für ihren Mörder alle der Ersatz für Élaine de Noat gewesen.

»Ich weiß nicht, wer er ist. Aber ich kenne seinen Namen.«

Brell, der das Hütchen gerade plazieren wollte, erstarrte mitten in der Bewegung.

»Er heißt Mattia«, stieß sie hervor. »Und er hat eine sehr große Rechnung mit den Erben offen.«

Immer wieder hob der Mistral einen dünnen, schmalen Teppich aus feinstem Sand vom Boden, trug ihn ein paar Meter mit sich fort und legte ihn seufzend wieder ab. Er schob ihn an der nordöstlichen Seite des Friedhofs entlang, an steinernen Sarkophagen und Familiengruften vorbei. Dann hatte er es geschafft und schubste den Sandteppich den Friedhofsaufgang hinab, direkt in den Trauerzug hinein.

Neben Zadira ging Jules. Jeffrey in einer Army-Air-Corps-Uniform half Blandine Hoffmann, die auf schwarzen Pumps balancierte, fürsorglich über das alte Katzenkopfpflaster. Madame Roche ging hinter Zadira, mit Madame Blanche und André Ugo. Odile Matignon, die Bäckerin, Brunet, der Chorleiter, Eduard, der Klempner, Oberkellner Gustave, Chefkoch Frédéric, die Vietnamesen vom Imbiss, Jean-Luc. Fast ganz Mazan begleitete Julie Roscoff auf ihrem letzten Weg.

Dédé trug mit fünf anderen Männern Julies Sarg. Seine Gesichtszüge hatten ihren knabenhaften Ausdruck verloren.

Wieder einer, dachte Zadira bei Dédés erstarrtem Antlitz, den der Tod verändert. Der jeder rothaarigen Frau auf der Straße nachschauen wird. Der sich schuldig fühlen wird, wenn er das erste Mal wieder lacht.

Als der alte Priester an Julies Grab seine Rede hielt, rollte Zadira eine Träne unter der Sonnenbrille hervor. Das war nicht nur der Wind, dachte sie.

Da kamen zwei weitere Trauergäste die lange südöstliche Rampe des Friedhofs empor. Gäste, mit denen niemand gerechnet hatte.

Ein Raunen und Zischen ging durch die Trauergemeinde. Victorine Hersant und César Alexandre blieben im Schatten einer Zypresse stehen, tauschten sich kurz aus. Dann kam die Frau allein zum Grab. In der Hand hielt sie einen kleinen, aber teuer aussehenden, traditionellen Kranz aus Christusdorn, Rosmarin und lachsfarbenen Rosen. Langsam und die offenkundige Feindseligkeit aushaltend, legte Victorine Hersant den Kranz an Julies Grab nieder. Zadira fiel auf, dass Victorine weder Schleier noch Sonnenbrille trug, nicht mal einen Hut. Sie wirkte geradezu unanständig entblößt, wie sie allen ihr tränennasses Gesicht zeigte. Auf eine etwas widerwillige Weise empfand Zadira Respekt für Victorines Mut.

Hersants Leben war – vorerst – zerstört. Blandines Artikelserie, die seit gestern jede französische Zeitung dominierte, würden sie und Frankreichs »lüsterne Enarchie« sogar im Ausland zum Klatschthema Nummer eins machen. Es war immer besonders lustvoll, wenn Mitglieder der Oberschicht bei Fehltritten erwischt wurden.

Victorine stand nach der Rede des Priesters zehn Sekunden vor Julies Grab. Bedauerte sie? Betete sie? Oder zählte sie nur von zehn an rückwärts?

Dann hob Victorine mit einem Mal den Blick und sah Zadira direkt in die Augen. Ihr Nicken war kaum merklich, dann wandte sie sich ab und ging auf ihren halbhohen schwarzen Schuhen zur alten Kapelle des Friedhofs.

Während die Trauernden begannen, Rosen ins Grab zu werfen, löste Zadira sich aus der Menge, um Victorine zu folgen. Sie fand sie in der Kapelle Notre-Dame de Pareloup. Still stand die elegante Frau vor der einfachen Jesusfigur aus weißem Stein. In der Ferne läutete die Totenglocke.

Victorines Stimme klang dunkel in dem leeren Raum: »Ich bete nicht für mich, sondern für Julie. Wir haben sie nicht getötet, Lieutenant. Das versichere ich Ihnen.«

»Warum sind Sie hier?«, fragte Zadira.

»Aus zwei Gründen«, sagte Hersant. »Wir haben morgen einen Termin beim Immobilienmakler, um das Haus zu verkaufen.«

»Dann übernachten Sie wohl wieder im Château?«

Victorine lachte gespielt auf. »Um den Journalisten vor die Kameras zu laufen? Ganz sicher nicht. Wir haben eine Wohnung in der Nähe gemietet. Sie verzeihen, wenn ich Ihnen nicht sage, wo.« Sie warf Zadira einen kühlen Blick zu.

»Was werden Sie nun tun?«, fragte Zadira.

Hersant richtete ihren Blick wieder auf die Jesusfigur. »Jede Zerstörung ist auch der Beginn von etwas Neuem. Sowohl César als auch ich haben viel verloren. Mein Mann und ich, wir lassen uns scheiden.« Sie stockte, dann fuhr sie fort: »Vielleicht haben César und ich dadurch endlich Zeit für unser Leben.«

Zadira ließ den letzten Satz nachklingen und verstand, dass César und Victorine eine merkwürdige, grausame Liebe verband.

Die Totenglocke war verklungen. Die Trauergemeinde löste sich auf, das Knirschen der Schritte auf dem Kiesweg war bis in die Kapelle zu vernehmen. Dann leise Stimmen, Wagentüren, die zufielen.

»Sie sagten, dass Sie aus zwei Gründen hier sind. Was ist der andere?«

Victorine wandte sich ihr zu. »Ich will mit Ihnen reden.«

»Ich hatte bisher den Eindruck, dass Sie genau das vermeiden wollten.«

Hersant runzelte verärgert die Stirn, als ob ihr Zadiras Sarkasmus an diesem Ort unpassend erschien.

»Ich weiß, dass Sie es nicht verstehen werden, aber ich habe Julie gemocht. Wirklich gemocht. Und ich will, dass Sie ihren Mörder finden.«

386

*Und damit den Mann, der euch verfolgt. Wie praktisch.*
»Ihr Aufwand wäre auch ...«, Victorine Hersant biss sich auf die Unterlippe, dann fuhr sie fort: »... verhandelbar.«
»Verhandelbar?«
Als Victorine nickte, verstand Zadira: Gib uns den Mörder, dann geben wir dir deine Polizistenkarriere in Marseille zurück. So lief das wohl in der feinen Gesellschaft. Für jeden Gefallen einen Gegengefallen, bis man unauflösbar verstrickt war in gegenseitiger Abhängigkeit.
»Madame Hersant«, fasste Zadira nach, »sagt Ihnen der Name Mattia Bertani etwas?«
»Mattia Bertani«, fragte Victorine irritiert, »nein, wer ist das?«
»Élaines Verlobter.«
Victorine wich zurück, dann stützte sie sich auf dem weißen, groben Steinaltar ab. »Élaine war unsere Sünde«, flüsterte sie dann fast tonlos.
»Tja, und sie sah Julie auffällig ähnlich, finden Sie nicht? Und nun ist Julie auch tot. Zwei junge Mädchen, die starben, weil Sie sie – wie sagte Monsieur Alexandre? – zur Freiheit führen wollten.«
Victorine schlug sich die Hände vors Gesicht. Draußen flogen kreischend Raben auf. Dann richtete sie sich auf, war wieder ganz die Grande Dame.
»Finden Sie ihn!«, forderte sie aufgebracht.
»Oh, das werde ich«, sagte Zadira gelassen. »Aber nicht wegen Ihnen oder weil Sie mit mir verhandeln wollen. Solche Verhandlungen kenne ich. Die *macs* in Marseille und die Drogenbosse sind mir mit den gleichen Vorschlägen gekommen. Geld, Karriere, Macht. Nein danke.« Zadira trat ganz dicht an Victorine heran. »Ich werde ihn finden, weil ich es Julie versprochen habe«, sagte sie.

Victorines Gesicht war wieder zu der Maske geworden, mit der sie den Friedhof betreten hatte.

»Ich verstehe«, sagte sie kühl. »Sie brauchen also sonst nichts von uns?«

»Nicht ganz«, antwortete Zadira und streckte die Hand aus. »Ich brauche den Schlüssel zu Haus Nummer 9. Offiziell bin ich nicht mehr mit dem Fall befasst. Aber ich muss noch einmal ins Haus.«

*Wenn du dich verlaufen hast, gehe zurück an den Tatort.*

Victorine holte ein Schlüsselbund aus ihrer schwarzen Chanel-Tasche.

»Ich habe Sie verabscheut, Lieutenant«, sagte sie. »Weil Sie uns bloßgestellt und unsere Freundschaft zerbrochen haben.«

Sie sah zum Eingang der Kapelle. Die Trauergäste waren mit Sicherheit längst verschwunden. Nur César Alexandre würde noch immer unter der Pappel stehen. »Aber jetzt«, fuhr sie leise fort, »sind wir freier als je zuvor.«

Mit diesen Worten gab Victorine Hersant Zadira den Schlüssel.

# 36

Damit, dass fast sämtliche Einwohner die Innenstadt verlassen würden, hatte Commissaire Mazan natürlich nicht rechnen können.

Wohl hatte er mitbekommen, dass Zadira und Jules zu der Beerdigung von Julie wollten, aber als er von seinen Spähern immer hektischer Meldung erhielt, fast ganz Mazan mache sich in schwarzer Kleidung zum Friedhof auf, begriff er, dass ihr Beobachtungssystem aus den Fugen geriet. Es war schon ein Wunder gewesen, dass er, Rocky und Louise diese chaotische Katzengemeinde dazu gebracht hatten, ein paar Menschen gezielt zu überwachen. Jetzt aber, da die Zielobjekte dieser Überwachung jenseits der viel befahrenen, für die meisten Katzen schier unüberwindlichen Hauptstraße verschwunden waren, fiel seinen Artgenossen schlagartig ein, was es sonst noch zu tun gab: fressen, schlafen, spielen, herumstromern.

Frustriert machte sich Mazan zur Kapelle der Büßer auf. Wenn sich etwas Neues ergäbe, würde er es dort erfahren. Doch dort war auch niemand. Das Museum selbst geschlossen.

Missmutig ließ Mazan sich mitten im Hof auf die Seite fallen und fegte unruhig mit dem Schwanz über die blank getretenen Steinplatten. Doch mit einem Mal spitzte er die Ohren.

Was war das für ein Laut?

Ein klagender Ruf, voller Süße und Sehnsucht.

Er richtete sich auf, lauschte. Da, wieder. Ein kleines Zittern durchlief ihn. Tief in seinen Eingeweiden spürte er ein Ziehen, das aus seiner Unruhe einen Aufruhr machte.

Als erneut der Ruf erklang, erkannte er nicht nur, wer ihn ausstieß, sondern auch, was er bedeutete.

*Manon!*

Ihre Zeit war gekommen.

Irgendwo in einem Garten oder auf einem Rasen saß sie und rief ihn. Und eine Kraft in ihm wollte ihr mit aller Macht antworten. Er machte ein paar Schritte, blieb stehen. Er sollte hierbleiben, denn falls etwas passierte, musste er rasch reagieren.

*Was soll denn schon passieren?*

Lieutenant Zadira, was, wenn ihr Gefahr drohte?

*An einem Sonntag, inmitten all der Menschen. Sei nicht albern.*

Aber wenn ...

*Hörst du sie denn nicht rufen? Du bist der einzige Kater in der Stadt, der diesen Ruf noch versteht. Geh! Geh zu ihr!*

Zögernd näherte er sich der Pforte. Später, wenn es dunkel war, würde er wieder aufpassen. Jetzt aber ...

... musste er ...

... der Ruf ...

... so schön ...

... so schön ...


Der Mistral hatte endlich nachgelassen. Die Frühabendluft war mild, wie frisch gewaschen. Zadira zog sich Handschuhe an und schloss Haus Nummer 9 mit Victorines Schlüssel auf.

Sie wollte es noch einmal mit unvoreingenommenem Blick durchsuchen. Sie musste dringend etwas finden, was ihre

Mattia-Theorie stützte, um den Fall wieder aufrollen zu dürfen.

Zadira blieb im Flur stehen und sah sich um. Die rote Stofftapete mit eingestickten Jagdszenen, ganz ähnlich dem Paravent im Château de Mazan. Kerzenhalter an der Wand, Pfauenfedern in Vasen, dezent-frivole Zeichnungen.

Bislang war sie zu sehr davon ausgegangen, dass diejenigen, die das Diner veranstaltet hatten, auch Julies Mörder sein mussten. Sicher war ihr dadurch etwas entgangen, ein Hinweis, der ihr helfen könnte, Mattia auf die Spur zu kommen.

Mit diesem Gedanken betrat sie den Salon. Hier war Julie gezwungen worden, nackt zu bedienen. Hier war der Vertrag gelesen worden. Sie erinnerte sich an den Passus: Die Stipendiatin ist befugt, zu jedem Zeitpunkt so viele Liebhaber gleich welchen Geschlechts zu haben, wie sie will. Sie ist jedoch verpflichtet, den Vertragspartnern Priorität einzuräumen (Besuche, auch unangemeldet, Bankette, Reisen u. Ä.).

Zadira zog einen Stuhl vom Tisch zurück und setzte sich.

»Oh, nein, Ihre Beine dürfen Sie aber nicht schließen, Mademoiselle Roscoff«, murmelte Zadira.

Nach kurzer Zeit hatte Julie sicher gemerkt, dass ihre Blöße in den Augen der anderen etwas Natürliches war.

So fängt es an.

*Bewunderung. Eleganz. Versuchung.*

Um dann Schritt für Schritt, Lächeln für Lächeln, näher an den Abgrund gelotst zu werden.

Zadira war derart in Gedanken versunken, dass sie zusammenzuckte, als ihr Handy vibrierte. Es war Dr. Hervé, die Forensikerin.

»Lieutenant, ich habe die DNS-Analysen der Tatwaffe.«

Zadira klemmte sich das Gerät zwischen Schulter und Ohr und begann, die CD-Sammlung durchzusehen. Puccini, Offenbach, Händel.

»Es ist Sonntag, und der Fall gehört mir nicht mehr.«

»Ja, und? Andere Leute waschen sonntags gern ihr Auto, ich arbeite gern. Außerdem habe ich etwas für Sie, mit dem Sie sich den Fall vielleicht zurückholen können.«

Zadira lächelte.

»Zuerst einmal: Das Collier ist gereinigt worden. Mit Spülmittel, Spiritus und Lavendelöl. Wir haben aber trotzdem Spuren gefunden, in den Rillen der Einfassungen, in den Rissen des Metalls und in den Ösen der Kette. Aber jetzt kommt's: Keine der Spuren passte zum Referenzmaterial. Weder zu den vier Herrschaften noch zu Dédé Horloge. Und auch nicht zu der unbekannten männlichen Straßengraben-Leiche.«

In Zadira begann es zu brodeln.

»Stattdessen haben wir eine weitere DNS-Spur extrahiert. Wir fanden Lederreste gemischt mit Hautfett und Schweiß, und daraus konnten wir was machen. Lieutenant, wir haben eine Person Nummer sieben, einen weiteren Tatverdächtigen.«

*Treffer!*

Mattia?

Doch wer war Mattia? Etwa doch Paul? Sie hatte ausgerechnet von ihm weder Fingerabdrücke noch DNS anfordern können, bevor Minotte ihr den Fall entzogen hatte. Und er war nicht daran interessiert, gegen einen anderen Täter als den toten Einbrecher zu ermitteln. Sie nahm sich vor, gleich morgen, am Montag, mit Staatsanwältin Lafrage zu sprechen. Und Minotte, dieser falsche Hund, konnte sie mal. Kreuzweise.

Dr. Mathilde Hervé fuhr fort. »Ich habe die Nummer sieben durch die Datenbanken gejagt. Nichts.«

»Er hat sich viel Mühe gegeben, seine Spuren zu tilgen.«

»Ein vorsichtiger Mensch, in der Tat. Die Spuren auf der Kette waren genau dort, wo sie jemand anfassen musste, um die Kette in eine Drosselschlinge zu verwandeln. Da ist allerdings noch etwas, das sogar mich ziemlich ratlos macht.«

Die Forensikerin hatte sich noch mal die Fingernägel des mutmaßlichen Einbrechers vorgenommen.

»An denen war zuerst der junge Kollege aus Apt dran, weil ich keine Zeit hatte und Minotte den Fall unbedingt abschließen wollte. Und jetzt passen Sie auf: Julies Epidermis-Schüppchen waren mit dem Abrieb eines Peeling-Handschuhs vermischt.«

Natürlich, Julies Peeling-Handschuh war ins Spurenasservat gewandert. Und von dort …

»Haben Sie eine Erklärung dafür, Lieutenant?«

»Keine, die Ihnen gefallen wird, Doktor.«

»Hm, das dachte ich mir fast. Ich weiß auch nicht, ob ich sie hören will. Viel Glück.«

Sie legten auf.

Als Zadira die CD von Puccini in den Player schob, dachte sie an den aalglatten Minotte. Wenn die Spuren wirklich gefälscht waren, kam er als Erster dafür in Frage. Es lag eine gewisse Ironie darin, dass Monsieur Commissaire gegen Gesetze verstieß, um Leute wie Alexandre und seine Freunde zu schützen, die das Verbrechen, um das es ging, gar nicht begangen hatten.

Sie startete die Arie *Un bel dì vedremo*.

Das letzte Lied, das Julie in ihrem kurzen Leben gehört hatte.

Während die zarten Klänge durch die Räume schwebten, ging Zadira in die Küche. Pauls Reich, wie sie inzwischen wusste, hier hatte er gewirkt.

Der riesengroße, zweitürige Bosch-Kühlschrank surrte kraftvoll. Sie öffnete die Tür. Viel war nicht mehr drin, nur Champagnerflaschen. Sie schloss die Tür wieder.

Zadira sog überrascht die Luft ein, als sie ihn direkt vor sich sah. Er hatte sich hinter der Tür herangeschlichen, unhörbar für sie, weil die Musik lief.

»Nein!«, stieß sie heiser hervor.

Ihre Hand zuckte zum Gürtel, wo die Waffe ...

Da stieß er ihr einen Elektroschocker auf Herzhöhe gegen die Brust. Es war, als hätte Zadira in Waden, Armen, Lunge und Kopf einen verheerenden Krampf. Der Fliesenboden kam näher und klappte über ihr zusammen.

Die Welt wurde schwarz.

Mattia war glücklich.

Er fühlte sich eins mit seinem dunklen Engel und dessen glühender Kraft. Nun ließ der Engel ihn auch teilhaben an den Akten ihrer gemeinsamen Schöpfung. Alle seine Sinne waren geschärft. Auf der Beerdigung dieser nichtsnutzigen kleinen Nutte hatte er die Scham und die Schuld schon buchstäblich aus den Gesichtern herauslesen können. Natürlich war ihm auch der Blickwechsel zwischen der blonden Hexe und der Araberhure nicht entgangen. Ihn hingegen hatte niemand bemerkt, als er den beiden Frauen gefolgt war und ihr Gespräch belauschte. Nur die Raben waren aufgeflogen.

»Töte sie, wenn sie in das Haus geht«, hatte der Engel gesagt.

Wie einfach alles war, wenn er und der Engel ihre Kraft vereinten. Wie kristallklar er alles durchdenken konnte.

Mattia griff ihre Pistole, hob die Araberhure vom Boden auf und warf sie sich wie einen Sack nasser Wäsche über die Schulter. Dann nahm er die Champagnerflasche aus dem Kühlschrank und stieg die Treppe zum ersten Stock empor. Wo die Spielzimmer der Herrschaften waren.

Mattia lachte leise.

In Zadiras Ohren rauschte es. Die Geräusche waren so gedämpft, als ob sie mit dem Kopf unter Wasser lag. Sie konnte nur mühsam durch die Nase atmen. Panik stieg in ihr auf. Ihr eigenes Schnaufen brachte sie zur Besinnung: Sie erstickte nicht. Der Stoff, der trocken und faserig ihren Mund ausfüllte, fühlte sich an wie Wolle. Ein Knebel.

Dann kam der Schmerz.

Der harte Druck auf der Brust. Ihre Gedanken rasten. Ein Schlag? Eine Faust? Da fiel es ihr wieder ein.

Der Elektroschocker. Er war hier. Mattia!

Zadira riss die Augen auf.

Da waren Stühle, Zimmerwände, Dämmerlicht. Sie wollte aufstehen, fühlte aber weder ihre Beine noch ihre Arme.

Übelkeit stieg in ihr hoch, sie schmeckte den säuerlichen Mageninhalt in ihrer Speiseröhre. Sie schluckte und schluckte, stöhnte. Der Knebel schnitt in ihre Mundwinkel.

Jetzt spürte sie die harten Spitzen, die sich in ihren Po, in ihren Rücken und von unten in ihre Schenkel bohrten.

Zadira wimmerte vor Qual. Es war unmöglich, dem dutzendfachen Druck zu entkommen.

Und dann begriff sie.

Sie saß in dem Zimmer. Auf dem Stuhl der Wahrheit. Dem Folterstuhl. Ihre Handgelenke waren mit Schließeisen und der Kopf mit einem Ledergurt fixiert. Der Kopfschmerz pumpte hinter ihrer Stirn.

*Er hat mich getäuscht. Die ganze Zeit.*
Er stand mit dem Rücken halb zu ihr gedreht und hantierte in einem aufgeklappten, dunkelbraunen Lederkoffer herum. Zadira registrierte die feinen, schwarzen Lederhandschuhe, die er trug, und die Utensilien in den unterschiedlich großen Fächern. Und ihre Dienstpistole. Dann wandte er sich um und bedachte sie mit einem Blick, der nichts Menschliches mehr hatte.
Mattia Bertani.
Nun zog er einige kurze Abschnitte Klebeband aus Plexiglasschachteln hervor und kam zu ihr. Ohne eine Regung zu zeigen, klebte er sie auf die Schließen der Handfessel und strich sie mehrfach sorgfältig aus. Danach ging er um den Stuhl herum, um auch das Drehrad auf dieselbe Weise mit einem weiteren Streifen zu präparieren. Er drehte es danach weiter. Die stählernen Finger bohrten sich noch tiefer in ihre Haut und in ihr Fleisch.
Sie stöhnte gequält auf, als greller, scharfer Schmerz durch ihren Körper schnitt. Sofort zwang sie sich dazu, ihre Muskeln zu lockern und den Schmerz durch sich hindurchfließen zu lassen.
Was machte er da? Nahm er Fingerabdrücke? Aber wozu?
Mattia beobachtete ihre Reaktion mit wachem, interessiertem Blick. Zadira gab sich alle Mühe, ihm ihre Angst nicht zu zeigen.
Doch er bemerkte sie trotzdem.
Seine Lippen verzogen sich zu einem kleinen, grausamen Lächeln.
»Kannst nicht mehr weg«, sagte er mit einer so fremden, gemeinen Stimme, die sie nicht an ihm kannte. Er beugte sich zu ihr hinab, so dass sein Gesicht dicht vor ihrem war. Er hob die Hand und strich mit dem behandschuhten Dau-

men erst über ihre vom Knebel malträtierten Lippen. Dann ganz leicht über ihre Augenlider.

»Hast so böse, giftige Augen«, flüsterte er. Seine Gesichtszüge verhärteten sich. »Hurenaugen«, zischte er.

Die Gewaltbereitschaft, die von ihm ausging, war überwältigend. Zadira schnaufte heftig durch ihren Knebel hindurch, weil die schiere Angst sie packte.

Mattia richtete sich abrupt auf. Kalt jetzt wieder und ohne Regung. Er nahm die Klebestreifen ab und ging zurück zum Koffer.

*Nein. Er nimmt keine Fingerabdrücke! Er trägt sie auf.*

Auftragen, glattstreichen, festdrücken, abziehen – zurück bleibt ein hübsches Muster wie ein Einmal-Klebe-Tattoo. Nur war dies die Profivariante.

Nun präparierte er zwei Champagnergläser und hielt ein Glas gegen das Licht. Jetzt konnte Zadira auch erkennen, was er dort aufgetragen hatte: einen Lippenstiftabdruck.

Er legte Spuren. Für Beaufort und seine Kriminaltechniker. Er präparierte einen Tatort! Mit Fingerabdrücken, mit Haarspuren, mit Lippenstift, mit Spuren, die er seit Jahren von den vier Erben gesammelt hatte. Von Tellern, Gläsern, Haarbürsten.

Ihr war klar, was das bedeutete. Ihren Tod. Er wollte ihn César und Victorine in die Schuhe schieben. Und sie damit endgültig zerstören.

Er kontrollierte seine Uhr, schüttete etwas aus einem Klarsichtbeutel auf seine behandschuhte Hand. Erneut kam er zu ihr und beugte sich zu ihr hinab.

»Du wirst ruhig sein, kleine Araberhure«, befahl er leise. Er brauchte keine Drohung auszusprechen. Dann nahm er ihr den Knebel ab.

Sie sog tief die Luft ein.

Er hielt ihr ein rot-weiß gestreiftes Bonbon an den Mund.

»Schlucken«, forderte er.

Eines der zwei roten Berlingots, die aus Césars Kulturtasche verschwunden waren!

Als sie nicht sofort den Mund öffnete, verfinsterte sich sein Blick. Da wusste sie, dass sie keine Wahl hatte.

Er steckte es ihr in den Mund, sie legte es unter die Zunge.

»Zerkau es«, befahl er.

Knirschend zermalmte sie das Bonbon mit den Zähnen und schmeckte saure Bitterkeit, als das Gift freigesetzt wurde.

»Ich weiß, was Sie hier tun«, begann Zadira flüsternd. »Sie legen falsche Spuren und …«

»Schluck es runter!«, unterbrach er sie. Dann schob er ihr das zweite Bonbon in den Mund, das sie wie das erste zerkaute und hinunterschluckte. Dabei versuchte sie, sich daran zu erinnern, was Hervé ihr über die Wirkung einer zu großen Dosis Kantharidin gesagt hatte. Es war jedenfalls nichts Gutes gewesen.

»Und die Fingerabdrücke, die Sie im Hotel gesammelt haben. Das machen Sie schon lange, nicht wahr? Sie verfolgen die Erben seit Jahren.«

Der Mann, der einst Mattia Bertani hieß, runzelte die Stirn.

»Es redet so viel«, sagte er wie zu sich selbst, aber in einem anderen Tonfall als zuvor. »Es soll schweigen.«

Er nahm ein drittes Glas aus dem Koffer und goss Champagner ein.

Zwei Gläser, Lippenstift und Fingerabdrücke. Er hatte das für Victorine und César geplant. Es sollte so aussehen, als ob die beiden wieder ein Fest gefeiert hätten. Nur diesmal mit ihr, Zadira. Und dazu passte keine volle Flasche Veuve Clicquot.

Und es musste heute Nacht sein. Bevor César Alexandre und Victorine Hersant erneut aus der Gegend verschwanden und damit nicht mehr für die Tat in Frage kamen.

Zadira dachte verzweifelt nach, was sie tun könnte.

*Ich will noch nicht sterben.*

»Sie haben bei Julie zwei Fehler gemacht«, stieß sie hervor.

*Mach ihn neugierig. Bring ihn dazu nachzufragen. Lass ihn reden.*

Er nippte am Champagner, runzelte wieder die Stirn.

»Ich weiß«, sagte er. »Deswegen mache ich es bei dir ja anders. Diesmal mache ich es richtig.«

»Ach ja? Wollen Sie mich etwa mit dem Gift umbringen?«, fragte sie. Ihre Stimme bebte, weil sie in ihrem Magen bereits das grelle, ätzend heiße, beängstigende Brennen des Giftes spürte.

»Sicher nicht«, antwortete Mattia Bertani gelassen. »Daran wirst du nicht krepieren.«

Er trank den Champagner aus, legte das leere Glas zurück in den Koffer, lächelte dünn und stand auf. »Daran nicht.«

# 37

M azan!«
Wie gut sie das Spiel beherrschte. Wie sie locken konnte. Jetzt lief sie wieder fort. Er tat, als rührte es ihn nicht.

»Commissaire Mazan!«

Natürlich blieb sie wieder stehen, schaute sich zu ihm um. *Jetzt nur nicht zeigen, dass es dir gefällt.*

Er duckte sich, fixierte dieses wundervolle Wesen, in dem es warm orangefarben glühte, in dem Leben, Lust und Freiheit pulsierten, das ihn so wahnsinnig lockte und …

Er sprang los.

Und wurde von einem massigen Körper über den Haufen gerannt.

Er überschlug sich, kam auf die Beine, ging fauchend in Verteidigungsstellung.

Bis er wie durch einen leuchtenden Schleier Rocky erkannte, der ihn verdutzt anstarrte.

»Jetzt mach hier mal nicht den großen, bösen Kater«, meinte sein Kumpel.

Mazan schaute zu Manon hinüber, die den Abbruch ihres kleinen Spiels genauso zu bedauern schien wie er. Sie ließ sich auf die Seite fallen und bedachte ihn mit einem rolligen Blick.

Später, sagten ihre Augen. Später.

Jetzt bemerkte er auch Oscar und Louise, die ihn beide neugierig mit schräggelegtem Kopf beobachteten.

»Okay«, sagte er, immer noch ungehalten. »Was ist los?«

»Was los ist? Mann, die Kacke ist am Dampfen. Louise und Oscar haben den Flügelmann ins verbotene Haus gehen sehen.«

»Ins verbotene Haus?«, fragte Mazan. »Was will er denn da?«

»Tja«, meinte Rocky sarkastisch. »Das solltest du vielleicht deine Lieutenant Zadira fragen.«

»Zadira?«, fragte Mazan alarmiert. »Was ist mit ihr?«

»Du wirst es nicht glauben, aber die ist auch ins verbotene Haus gegangen. Nachdem der Flügelmann schon drin war. Kapierst du das?«

Mazans Gedanken rasten durcheinander. Verdammt. Er hatte nicht aufgepasst. Er musste in das Haus. Und dann? Commissaire Mazan durchdachte Möglichkeiten, verwarf sie wieder. Überlegte neu. Dann stand sein Plan. Er war riskant, aber ein Plan.

»Weiß jemand, wo Atos ist?«, fragte er knapp.

»Der Köter? Nö.« Rocky schaute Louise und Oscar an. Es war Manon, die antwortete:

»Oben am Kirchplatz. Vor dem Hôtel du Siècle. Sein Mensch unterhält sich mit anderen Menschen, und Atos liegt im Schatten und schläft.«

»Gut, ihr müsst ihn sofort zum verbotenen Haus holen.«

»Ach? Und wie sollen wir das machen? Ihn an der Leine dorthin führen?«, monierte Oscar.

»Ihr wisst, wie das geht. Ihr habt es schon einmal gemacht. Da habt ihr ihn in eine Garage gelockt. Jetzt bringt ihn zum Haus.«

»Du meinst …«, fragte Rocky zweifelnd.

»Genau. Lasst euch von ihm jagen.«

Es dauerte einen Moment, bis das in ihre Köpfe einsickerte. Danach wandten sich Rocky, Louise und Mazan gleichzeitig Oscar zu.

Der starrte sie nacheinander an. Schließlich begriff er, welche Rolle er bei der Jagd spielen sollte.

»O Scheiße«, sagte er.

*Ich hätte auf Kräuterzigaretten umsteigen sollen.*
*Élaine und Julie haben die gleiche Sorte Männer angezogen.*
*Ich wollte Jules wenigstens einmal küssen.*
Ob es die Wirkung des Gifts war oder die Angst, Zadiras Gedanken begannen zu taumeln, sich übereinanderzuschichten und sich ohne Sinn und Logik zu verkanten.

Mattia holte ein Seil aus seinem Koffer hervor, ein rotes, dünnes, weich aussehendes Seil.

*Will er mich fesseln? Aber ich bin doch schon gefesselt.*

»Das ist eines von Amaurys Seilen«, sagte er. »Ist das nicht komisch?«

»Warum Julie? Sie hat Ihnen doch nichts getan«, versuchte sie, Zeit zu gewinnen.

Mit zwei großen Schritten war er bei ihr und gab ihr eine heftige Ohrfeige.

»Du weißt gar nichts«, knurrte Mattia.

Wieder ein Schlag, heftiger als der erste. Ihre Wangen brannten wie Feuer, und in ihrem Kopf explodierte der Schmerz. Zadira biss sich auf die Unterlippe. Er stand vor ihr, das Seil hing in seiner linken Hand.

»Julie war ein Nichts«, zischte er. »Sie ist diesen … Kreaturen verfallen. Sie taugte nichts.«

Ihre Zunge fühlte sich geschwollen an. Schweiß lief ihr den Rücken hinunter, unter ihren Brüsten sammelte sich klebrige Feuchtigkeit. Der Druck der Metallstifte wurde mit jedem Atemzug qualvoller.

»Aber sie war doch jung. Sie konnte nicht wissen, dass ihre Verführer Betrüger waren.«

Ihre Zunge wurde immer größer in ihrem Mund, ihr Körper schmerzte, ihre Gedanken versanken in Watte. Völlig absurd, dass ausgerechnet sie, die Drogenfahnderin aus Marseille, jetzt an einer Überdosis einer antiquierten Lustdroge draufging. Sie versuchte, langsam und deutlich zu artikulieren: »Es sind diese reichen Bonzen. Sie nehmen uns nicht einmal wahr. Wir sind nur die, die ihren Dreck wegräumen. Oder ihr Essen bringen. Oder ihnen ihre Scheißunterwäsche bügeln.«

Die Sätze quollen einfach weiter aus ihrem Mund.

»Ich habe sie kennengelernt, seit ich auf der Welt bin. Oh ja, ich ...« Was wollte sie sagen? Ah ja. »Ja ... ich habe gegen die Machos im Viertel gekämpft und gegen die Bacs. Ich habe die Verachtung in den Gesichtern der weißen Kellner gesehen, oder die Blicke der Lehrer in der Schule. Das schmierige Grinsen der Busfahrer, wenn sie mir im Rückspiegel hinterherschauten. Aber wissen Sie was?«

Er stand immer noch mit dem Seil in der Hand da und beobachtete sie. Seine Augen zu Schlitzen verengt.

»Ich habe angefangen, die zu spüren, die hinter all dem stehen. Wir sehen sie nicht. Wir hören sie nicht. Aber sie sind da. Und sie tun alles dafür, dass es so bleibt, wie es ist. Dass wir uns gegenseitig an die Kehle gehen. Während sie in ihren Schlössern und Villen sitzen und sich auf ihren fünf Meter breiten ...« Wie war das Wort noch mal? *Merde*, diese Droge machte sie mürbe. »... Flachbildschirmen mit einem Glas Champagner in der Hand die Unruhen in den Banlieues anschauen. Für uns sind sie immer unsichtbar. Aber diesmal, dieses eine Mal können wir sie kriegen.«

Sie leckte sich über die Lippen. Hatte sie ihn?

»Wir haben sie an die Wand genagelt. Schluss mit den Erben des Marquis!«

Sie atmete heftig.

»Helfen Sie mir, und wir machen sie fertig.«

Mattia betrachtete sie reglos. Schließlich nickte er langsam.

»Nettes Plädoyer«, sagte er. Dann trat er zu ihr, ganz nah, und sagte leise in ihr Ohr: »Aber wir gehören nicht zum selben Team, Araberhure.«

Dann schlang er ihr das Seil um den Hals.

Nachdem er unter dem Gartentor hindurchgekrochen war, hielt Commissaire Mazan inne und witterte zum Haus. War sie noch dort? War sie noch am Leben? Oder …

Die Alternative ließ ihn erzittern. Er könnte es nicht ertragen. Nicht nur, weil er sich hatte ablenken lassen und es deshalb seine Schuld wäre. Sondern vor allem, weil es ihm das Herz zerreißen würde.

Aber sie ist doch nur ein Mensch!, rief eine Stimme in ihm.

*Ja, aber was für einer.*

Er konnte weder sie noch den Flügelmann wahrnehmen. Sollte er springen? Keine Zeit.

Sein Instinkt schrie einfach nur: Lauf! Rette sie! Und wenn es dein Leben kostet.

Er jagte durch den Garten, fand das offene Kellerfenster und sprang, ohne zu zögern, hinunter. Lautlos huschte er die hölzernen Kellerstufen empor. Ein schwarzer Schatten.

Jules hastete mit großen Sprüngen die Stufen des schmalen Durchganges zwischen zwei Häusern hinter der Rue Bernus hinab.

»Atos, bleib!«, rief er, aber der Hund hörte nicht. Himmelherrgott, warum musste ausgerechnet dieser dicke Kater, der aussah wie ein Kissen auf vier Beinen, über den Platz spazieren?

Jules bog um eine Ecke und sah nicht nur Atos, der dem Kater hinterherrannte, sondern auch den Engländer Jeffrey, der verblüfft den beiden Tieren nachschaute.

»War das nicht gerade mein Kater?«, fragte er verwundert.

»Und das war mein Hund!«, rief Jules im Vorbeilaufen.

»Ich komm mal mit«, erwiderte der Engländer und sprintete an Jules' Seite. »Oscar ist sonst nicht so.«

»Wie? So?«

»Na, so aktiv.«

Jules stellte fest, dass Jeffrey trotz der Hitze den Sprint durchhielt, ohne außer Atem zu kommen.

»Das letzte Mal, als er abgehauen ist, kam mein Hund hinterher mit blauen Lackflecken zurück«, berichtete Jules keuchend.

Sie bogen in die Rue de l'Ancien Hôpital ein. Gerade sahen sie noch, wie der dicke Oscar sich unter dem Gartentor von Haus Nummer 9 durchquetschte, was Atos mit einem aufgeregten Japsen kommentierte und seine Nase winselnd an den Spalt drückte.

»Das ist doch …«, setzte Jules an.

»… das Haus, in dem Julie ermordet wurde«, vervollständigte Jeffrey seinen Satz.


»Mattia Bertani«, presste Zadira mühsam hervor, während sich das Seil immer straffer um ihren Hals zog. »Sie sind Mattia! Ihr Vater war Kirchenstuckateur … in Lacoste. Ihre Spuren … auf der Rubinkette … andere werden kommen … es wird immer jemanden geben … der Sie jagt.«

Er lachte leise. Er hockte neben ihr und befestigte gerade ein Ende des Seils, das er um ihren Hals gezogen hatte, an ihrem linken Knöchel. Sie spürte, wie sich der Zug an ihrem Kehlkopf verstärkte.

»Du hast keine Ahnung«, knurrte er und zog ihr Bein nach hinten. »Heb hoch, wenn du atmen willst!«, befahl er. Sie tat es. Dann wechselte er zur anderen Seite des Stuhles. Zadira hatte begriffen, dass er sie nicht gehen lassen würde.

»Sie haben sie getötet. Sie haben Élaine getötet«, keuchte sie.

Mattia hob langsam den Kopf und sah zu ihr auf.

»Ach ja?«, flüsterte er. »Glaubst du das, kleines Dreckstück.« Er winkelte nun ihr rechtes Bein nach hinten ab und wickelte auch das zweite Ende des Seiles um den Knöchel. Dann zog er es stramm. Zadiras Füße hingen jetzt beide in der Luft, nur gehalten von der Kraft ihrer Beinmuskeln und dem Seil, das um ihren Hals führte. Wenn ihre Muskelspannung nachließ, würde sie sich unweigerlich selbst erwürgen. Schon jetzt begannen ihre Oberschenkel zu zittern vor Anstrengung.

Er trat wieder vor sie, sein Gesicht ganz dicht vor ihrem. Kein Funke Mitleid in seinen grausamen Augen.

»Es war früh am Morgen«, zischte er. »Ihr Hurenkörper noch warm von der geilen Lust, die sie sich bei ihren feinen Freunden geholt hatte.«

In Zadiras Kopf begann es zu rauschen, während sie um jeden Atemzug kämpfte. Und darum, dass ihre Beinmuskeln standhielten.

Mattias Gesicht verzog sich zu einer Fratze, als er Élaines Worte auf groteske Weise imitierte: »Mattia, ich liebe doch nur dich!«

Blanker Hass loderte in ihm auf und schien ihn größer zu machen. Er richtete sich auf. Kalt und hart klang seine Stimme.

»Ich sah ihr in die Augen, als ich sie von der verfluchten Burg stieß. Willst du wissen, was die kleine Hure als Letztes sagte, Araberfotze?«

Zadiras Kehle brannte, als sie die Antwort hervorstieß: »Warum, Mattia?«

Kurz stand grenzenloses Erstaunen in seinen Augen, dann verzerrte sich sein Gesicht wieder. Jetzt war es der pure Wahn, der in ihm tobte.

*O Gott, nein!*

Ein dumpfes Krachen. Sein Kopf fuhr herum. Zadira nahm es gerade noch durch das ansteigende Rauschen in ihrem Kopf wahr. Ebenso wie die merkwürdigen leisen Schreie.

»Was …?«, stieß er ärgerlich hervor, war mit einem Schritt bei dem Koffer und griff nach Zadiras Pistole. An der Tür wandte er sich noch einmal um.

»Verreck jetzt endlich.«

Vor ihren Augen stiegen schwarze Schlieren auf.

Jeffreys Fußtritt hatte das Gartentor gegen die Mauer knallen lassen.

»Sie haben gerade eine Polizeiabsperrung durchbrochen«, sagte Jules.

»Ups«, erwiderte der Engländer nur.

Atos winselte und wollte in den Hof, doch Jules hielt ihn am Halsband. Jeffrey trat in den Garten und rief: »Das müssen Sie sich anschauen!«

Immer noch den zerrenden Atos haltend, kam Jules in den Hof und entdeckte die vielen Katzen, die aufgeregt maunzend vor der Tür des Hauses hin und her liefen. Ein großer, roter Kater kratzte sogar daran herum. Es sah so aus, als wären die Tiere in heller Panik.

»Ich glaube, wir müssen noch eine Polizeiabsperrung ignorieren«, sagte Jeffrey.

Commissaire Mazan kauerte im Flur und lauschte ins Haus. Zwei Menschen. Lieutenant Matéo und der Mann mit den Schattenflügeln! Mazan fühlte seine Wut, seine Gewalt – und ihren Schmerz.

Dann vernahm er die doppelte Stimme des Mannes, kalt und grausam, düster und zornig. Zadira war dem Tod so nah. Aber noch lebte sie.

*Noch.*

Draußen schrien die Katzen, Rocky, Louise, Oscar. Hoffentlich schafften sie es, Atos und den Doktor herzulocken. Mit einem Mal hörte er im Garten etwas krachen. Im nächsten Moment näherten sich schwere Schritte im Flur der ersten Etage. Der Flügelmann.

*Nein, nein!*

Mazan sah zu dem Treppengeländer, unter dem die Kommode stand.

Und hatte eine Idee.

Er huschte ein Stück weiter. Machte sich sprungbereit. Er war nur ein Schatten im unbeleuchteten Flur.

Schon kamen die zornigen Schritte die Treppe herunter. Mazan spannte alle Muskeln an. Und zwang sich zu warten. Er musste exakt den richtigen Moment abpassen.

Der Flügelmann war jetzt auf halber Höhe der Treppe. Er hielt etwas Schwarzes in der Hand, etwas wie …

*Jetzt!*

Mit einem Satz sprang Mazan auf die Kommode, mit dem nächsten ansatzlos durch die Geländerstäbe auf die Treppe und gegen das Standbein des Mannes, dessen anderer Fuß sich gerade in der Luft befand. Mit aller Kraft hackte er seine Krallen in sein Fleisch. Der Mann zuckte zusammen, schrie auf. Mazan spürte, wie der schwere Körper aus dem Gleichgewicht geriet, und brachte sich blitzschnell auf den

Stufen nach oben in Sicherheit. Von dort aus verfolgte er den Fall des Mannes.

Wie er mit den Armen ruderte und versuchte, das Geländer zu fassen. Doch er hatte noch das schwarze Ding in der Hand, das er erst jetzt losließ. Es polterte die Treppe hinunter. Der Mann stürzte ungebremst. Als er auf den Stufen aufschlug, brach seine Schulter. Er fiel weiter, schrie lauter. Dann blieb der Mann wimmernd mit verrenkten Gliedern am Fuß der Treppe liegen.

Da donnerte etwas gegen die Tür zum Garten. Holz splitterte. Glas klirrte. Ein erneuter Schlag, und die Tür flog auf.

»Zadira!«, rief Jules. Mazan hörte Atos' heiseres Bellen.

*Sie sind da!*

Er hetzte die Stufen hoch, rannte durch den Flur zu dem Zimmer, in dem er Zadira roch.

Dann entdeckte er sie.

Sie saß auf einem Stuhl, die Arme daran festgebunden. Ihre Beine waren nach hinten abgeknickt und zitterten wie verrückt. Ihr Mund stand offen, der Atem zischte durch ihre Kehle, ihr Gesicht war dunkelrot. Mit weit aufgerissenen Augen starrte sie ihm entgegen. Dann sah er das Seil, das sich schon viel zu tief in ihren Hals eingegraben hatte.

*Nein!*

Er sprang auf ihren Schoß, stemmte sich mit den Vorderpfoten gegen ihre Brust, so dass ihr Gesicht direkt vor seinem war. Er sah ihr Entsetzen, ihre Angst, ihr Sterben. Da brach seine Verzweiflung hervor.

Und er schrie und schrie und schrie immer weiter, immer lauter.

Jules konnte Atos kaum noch halten, so wild gebärdete sich der Hund. Jeffrey eilte voraus in den Flur, von wo das schmerzerfüllte Heulen eines Mannes ertönte. Immer noch den Hund haltend, folgte Jules ihm.

Jeffrey stand am Fuß der Treppe, sein rechter Fuß fixierte die Pistole am Boden und damit auch die Hand des verletzten Mannes, die den Pistolengriff umklammerte.

»*Bonjour,* Monsieur Ugo«, sagte Jeffrey kühl. »Brauchen Sie vielleicht Hilfe?«

Dann löste er Ugos verkrampfte Finger von der Waffe und hob sie auf.

Jules erkannte mit einem Blick die gebrochene Schulter und wollte dem Verletzten in einem ersten Impuls zu Hilfe eilen. Aber dann hörte er die verzweifelten Katzenschreie aus dem Obergeschoss.

Jeffrey nahm ihm Atos ab, der Ugo drohend anknurrte.

Noch während Jules die Treppe emporeilte, ahnte er es. Die sauren Finger der Angst griffen nach seinen Eingeweiden. Ihm war schlecht und heiß zugleich.

Zadira, dachte er nur. Zadira!

Als er in das Zimmer gestürzt kam und ihren zuckenden Körper auf dem Folterstuhl sah, hochrot der Kopf, weit aufgerissen Augen und Mund, schlug Jules' Angst in Entsetzen um.

Der Kater sprang von ihrem Schoß, als er zu ihr eilte. Er erfasste nicht sofort die perfide Art der Fesselung, aber dann packte er die beiden Seilhälften, die von ihrem Hals zu den Beinen verliefen und zog sie nach oben, so dass der Zug auf ihren Hals nachließ und Zadira wieder Luft bekam. Pfeifend sog sie den Atem ein. Das Zittern ihrer Beine, die nun von Jules gehalten wurden, ließ augenblicklich nach.

»O Gott, dieses Schwein«, flüsterte er verzweifelt. Er musste die Knoten an ihren Knöcheln lösen, um sie zu befreien. Dafür musste er aber das Seil loslassen, was ihr augenblicklich wieder die Luft abschnüren würde. »Jeffrey!«, rief er. »Schnell, kommen Sie.«

Nur wenige Sekunden später kam der Engländer ins Zimmer gestürzt.

»Holy shit!«, entfuhr es ihm, als er die Situation erfasste. Sofort kniete er neben dem Stuhl nieder. Als er den ersten Knoten am Knöchel gelöst hatte, lockerte sich das Seil. Jules zog es vorsichtig von ihrem Hals, doch noch immer pfiff ihr Atem. Ihre gequetschte Luftröhre war verkrampft. In ihren aufgerissenen Augen stand ein verzweifeltes Flehen. Jules überlegte nicht lange. Er holte tief Luft und blies mit aller Kraft in ihren Mund. Schon glaubte er, dass er nicht gegen den Widerstand ihrer zusammengezogenen Luftröhre ankäme. Doch dann löste sich der Krampf, und mit einem gequälten Stöhnen riss sie den Mund auf und sog pfeifend die Luft ein.

Vor Schmerz liefen Zadira die Tränen über die Wangen, während sie immer kräftiger zu atmen begann und die dunkle Röte langsam aus ihrem Gesicht wich.

Jules löste den Ledergurt, mit dem ihr Kopf fixiert war, Jeffrey die Verschlussstifte der Handfesseln. Als Jules das andere Seilende von ihrem Knöchel entfernt hatte, betrachtete er Zadira voller Mitgefühl. Und Wut. Und ... Dankbarkeit.

»Ihr Fall, Doktor«, sagte Jeffrey zu Jules. »Ich werde mich um das sadistische Stück Scheiße da unten kümmern.«

Jules nickte und fasste Zadira bei den Schultern, weil sie kraftlos nach vorn sackte.

Sie hob den Kopf und krächzte etwas.

Er sagte leise: »Was ist denn?«

Sie krächzte wieder, aber er verstand sie einfach nicht.

Da sah sie ihn mit ihren großen, grünen, unglaublichen Augen an, fasste ihn an seinem Haarschopf und zog ihn zu sich heran, bis sich ihre Lippen in einem hungrigen Kuss trafen.

# 38

Mazan lag blinzelnd im Schatten des Baumes auf dem Kirchplatz. Er reckte sich. Dann schaute er zu Manon hinüber, die ein paar Schritte weiter hockte und die Augen für ein kleines Nickerchen geschlossen hatte. Sie hatten ihr Spiel dann doch noch zu Ende gebracht. Aber auch wenn er es sehr genossen hatte, war er froh, dass es vorbei war. Denn die Zeit der Paarung war außerordentlich anstrengend und raubte ihm seine Fähigkeit, klar zu denken. Die aber brauchte er jetzt ganz besonders.

Mazan hatte es schon geahnt, als Zadira am Morgen ihre Sachen in die große Tasche packte und die Bücher zurück in die Kiste. Dann füllte sie seinen Napf mit Thunfischpastete von Madame Roche.

»Hör zu, Commissaire Mazan«, erklärte sie, »sie haben mir einen Job angeboten in Marseille.« Sie lächelte ein wenig verloren. »Das habe ich mir die ganze Zeit gewünscht, weißt du?«

Sie strich ihm leicht über den Rücken. Er liebte es, wenn sie ihn so sanft berührte. Aber er erkannte auch ihre Zerrissenheit. Wie sollte er ihr nur helfen?

»Der Job ist gut. Ich würde eine Abteilung des Jugendschutzes leiten.« Sie seufzte und sagte sehr leise:

»Ich bin nicht der Typ für so eine kleine Stadt. Und auch nicht der Typ, der eine Katze haben sollte. Ich bin zu schwierig für so etwas.«

Er spürte, wie sie mit sich rang. Dass da noch etwas war, das sie sagen wollte. Doch sie erhob sich, warf sich die Tasche über die Schulter, nahm die Kiste auf und wandte sich ab. An der Tür blieb sie noch mal stehen, bedachte ihn mit einem zärtlichen Blick und flüsterte: »Danke.«

Dann war sie verschwunden.

Er hatte sein Futter nicht angerührt.

Die Leere in ihm ließ sich damit nicht füllen.

Seitdem dachte er darüber nach, was er tun sollte. War es vielleicht auch für ihn an der Zeit zu gehen?

Was ihn hier gehalten hatte, war das Versprechen, das er Manon gegeben hatte – und das hatte er erfüllt: Julies Mörder war gefunden, der Katzenmörder ebenfalls. Was also blieb ihm noch zu tun?

Vor allem jetzt, da Lieutenant Zadira die Stadt verließ?

Manon hatte die Augen geöffnet und beobachtete ihn. Sie spürte offenbar, was in ihm vorging, und wartete ab.

Er wusste, dass ihn draußen vor der Stadt wieder Hunger erwarten würde. Die Blutsauger säßen bald wieder in seinem Fell, und er müsste ständig aufpassen, dass ihn nicht ein Bauer mit seiner Schaufel erschlug. Es gab eigentlich nichts, was für ein einsames Leben in der Wildnis sprach.

*Eigentlich.*

Außer dem Gefühl, frei zu sein.

Commissaire Mazan schaute in die Sternenaugen von Manon.

*Dich würde ich vermissen.*

Was sollte er tun? Bleiben? Oder gehen?

Die Unruhe trieb ihn hoch. Als er vom Kirchplatz die schattige Gasse hinabging, kam ihm Rocky entgegen. Genau an dieser Stelle hatten sie gekämpft.

»Hey Commissaire«, rief Rocky nun freundlich, »was geht?«

»Alles ruhig.«

»Ja, verdammt. Ist schwer, nach all der Action noch etwas zu finden, was Spaß macht.«

»Wird schon wieder.«

»Na, wenn du es sagst.«

Als er kurze Zeit später am Haus von Jeffrey vorbeikam und in den Garten spähte, entdeckte er Oscar, der sich auf einem Sessel lümmelte.

»Hachchen, da ist ja unser Killer. Wohin des Weges, Commissaire?«

»Die Runde drehen«, sagte Mazan.

Als Nächstes begegnete er Louise. Die Siam saß aufrecht, schlank und streng vor der Hecke, hinter der die verängstigte Manon sich einst versteckt hatte. Er sah, wie ihre Nüstern den Geruch der Paarung an ihm wahrnahmen.

»Ich weiß nicht, was ich tun soll«, gestand er ihr auf einmal.

»Das geht allen Helden so«, erwiderte sie nach einer Weile ruhig.

*Helden?*

Als ihn kurz darauf ein fauchendes, angsteinflößendes Ungeheuer mit einem schrecklichen *Dingeling* und dem Ruf »Ich bin ein großer, böser Kater« ansprang, blieb er einfach nur stehen.

»Bist du schon wieder ausgebüxt?«, fragte er gutmütig, als Tin-Tin sich in seinem Hals verbiss.

»Freibein ift niff fu Haufe.«

Nach und nach begegneten ihm auch alle anderen Katzen der Stadt. Und alle hatten ein paar Worte für ihn. Luden ihn ein, ihr Futter mit ihm zu teilen, oder fauchten ihn wenigstens an.

Als er sich dem hohen Tor näherte, auf dessen anderer Seite die Freiheit wartete, war er immer noch unentschieden.

415

Herrje, er mochte diesen verrückten, liebenswerten, nervigen, warmherzigen und einzigartigen Haufen herrlicher Katzen.

Aber reichte das, um zu bleiben?

Als er durch das Tor schaute, fiel ihm die Gestalt auf, die mit raschen Schritten über die Straße geeilt kam. Und mit einem Mal wusste er die Antwort.

Commissaire Mazan hatte doch noch eine Aufgabe zu erfüllen.

»Danke« war das Einzige gewesen, das Zadira noch herausgebracht hatte. Dann war sie aus dem Haus geeilt. Mehr noch: Sie war regelrecht weggelaufen.

*Mein Commissaire Mazan.*

Während sie mit der Tasche über der Schulter und dem Bücherkarton in den Armen ein letztes Mal die Straße zu ihrem Auto hinabging, dachte sie an den Moment, in dem sie beinah auf dem Folterstuhl der Wahrheit gestorben war. Ihre Erinnerung daran war verschwommen. Doch sie sah ganz deutlich Mazans kleines Katzengesicht vor dem ihren und hörte immerzu die Schreie, mit denen er Jules herbeigerufen hatte.

Niemand hatte ihr erklären können, warum André Ugo alias Mattia Bertani auf der Treppe gestürzt war. Zadira allerdings hatte da so eine Ahnung. Sie erinnerte sich schlagartig, dass immer Katzen in der Nähe waren, wenn etwas Wichtiges passierte. Am Tatort. Im Hotelgarten. Und schließlich: als Ugo sie beinahe getötet hatte.

»Das, was wir nicht glauben wollen, ist oft das, was wir am meisten ersehnen«, hatte ihr Vater einst erklärt.

Liebe. Eine bessere Welt in dieser Welt. Wunder.

Oder eben eine Rettung durch eine geliebte Katze.

»Vielleicht warst du mein einziges Wunder«, sagte sie leise, als sie ihre Sachen in den Lancia lud. Zadira wünschte, sie hätte es Mazan vorhin gesagt, als er sie mit seinen schönen, klugen Augen angeschaut hatte.

Sie verschloss das Auto wieder und schaute sich noch einmal um. War er ihr vielleicht gefolgt?

Nein.

Jules und Jeffrey hatten sie im Krankenhaus besucht und ihr erzählt, wie sie den Weg ins Haus gefunden hatten.

»Oscar hat Atos dahin gelockt«, versicherte ihr Jeffrey.

»Und wir sind hinter Atos her«, ergänzte Jules.

»Im Garten waren schon die anderen Katzen und machten Radau.«

»Sie hauten ab, als wir eintrafen. Ich schätze wegen Atos.«

»Oder weil sie ihre Aufgabe erfüllt hatten«, mutmaßte Jeffrey.

»Na ja«, sagte Jules dann, »und im Haus, da hat Mazan mich zu dir gerufen.«

»Natürlich. Und alle Katzen zusammen haben auch das Internet erfunden?«, hatte Zadira gefragt.

Jules! Sie hatte ihn geküsst, aber das war aus Todesangst geschehen. Und aus der unendlichen Erleichterung heraus, dass sie doch nicht hatte sterben müssen.

Das Dumme war nur: Sie erinnerte sich nicht daran, ob es ihr gefallen hatte.

Noch einmal warf sie einen Blick Richtung Altstadt.

Kein Commissaire Mazan.

Dann eben nicht, dachte Zadira. Ist eh besser so.

Zadira Matéo winkte Blandine zu, die auf der gegenüberliegenden Seite im Café auf sie wartete, um Abschied zu nehmen.

»Gemordet aus Liebe« prangte auf der Titelseite des *Le Dauphiné*. Die Zeitung lag wie immer auf dem Tresen. Blandine hatte einen langen, intensiv recherchierten Artikel über den Ex-Söldner und Hotelier André Ugo alias Mattia Bertani verfasst, der achtzehn Jahre lang seine Rachepläne gegen César Alexandre und Victorine Hersant verfolgte, um seine erste und einzige Liebe zu rächen, die er selbst aus Eifersucht getötet hatte. Nur dass er auf dem Weg dorthin zum schizophrenen Frauenmörder geworden war, dem am Ende sogar beinah die mutige Polizistin aus Mazan zum Opfer gefallen wäre.

Darunter waren Fotos von ihr und Ugo. Unter ihrem stand: »Lieutenant Matéo fasste den Serienkiller«, unter seinem: »Er täuschte alle mit der Maske der Höflichkeit«.

Zadira hob ihr Glas und sah den Gästen ihres improvisierten Ausstandes ins Gesicht, als sie alle ihre Gläser mit Pastis, Bier, Rosé oder Limonade hoben.

Nur über Jules' Lächeln ging sie hinweg.

Es ging nicht. Es ging einfach nicht!

»Nach nur fünf Wochen wollen Sie uns also schon wieder verlassen«, schimpfte Madame Roche. »Und für was?«

Für mich, hätte sie sagen können. Und für den Posten einer Capitaine in einer neu gebildeten Polizeiabteilung, zuständig für die Jugendfürsorge in den Banlieues von Marseille.

Ob Gaspard davon wusste? Hatte er Zadira bei dieser Beförderung etwa unterstützt?

Verdammter Gaspard. Verdammte Liebe.

»Marseille ist eben meine Heimat«, antwortete Zadira auf Madame Roches Frage, aber es hörte sich lahm an.

Ja, sie sehnte sich nach dem Meer, dem Geruch der Straße, dem Lärm, dem Licht, nach den Bars und Restaurants und …

»Heimat ist dort, wo das Herz wohnt«, merkte die Roche altklug an und warf erst Zadira, dann dem neuen Tierarzt einen prüfenden Blick zu.

»Mein Lieber«, wandte sie sich an ihn. »Wie kommen Sie denn hier so zurecht? Dürfen wir hoffen, dass wenigstens Sie uns erhalten bleiben?«

Jules machte eine ratlose Geste.

»Ich weiß es nicht«, gestand er. »Jemand sagte mir mal, dass ich jederzeit zurück kann in meine alte Welt. Aber wissen Sie was?«, sagte er und bedachte Zadira mit einem kleinen Seitenblick. »Ich glaube, das ist eine Illusion. Es gibt kein Zurück. Und schon gar keine Welt, die auf einen wartet, ohne sich verändert zu haben.«

Zadira spürte Blandines Arm um ihre Taille. Dann flüsterte ihr die Reporterin zu: »Marseille kennst du. Bleib hier, werd Arztfrau, setz Kinder in die Welt und lös interessante Fälle, über die ich dann schreiben kann.«

»Da war endlich mal was los hier, und dann gehen Sie schon wieder«, schnaufte sich Sergeant Brell an ihre Seite.

»Stimmt. Das ist ein Skandal«, merkte Jean-Luc an, der dem Sergeant ein Bier brachte.

»Dabei hätten wir jemanden wie Sie so gut in der Frauen-Handballmannschaft gebrauchen können«, seufzte Madame Blanche.

»Denken wir an Julie«, sagte Zadira.

Sie tranken still auf das tote schöne Mädchen, das nur Mittel zum Zweck gewesen war und das in der vermeintlich schönsten Nacht seines Lebens alles verloren hatte.

Die Polizistin sah sich um.

Diese Menschen, die vor etwas mehr als einem Monat noch Fremde für sie gewesen waren. Fremde, die ihr ungewolltes Exil bevölkerten. Dieses Kaff! Unglaublich ruhig in der Nacht. Keine fünf Restaurants, zwei Bars und einen Pizzaservice. Jeder kannte jeden. Nicht einmal unbemerkt joggen konnte sie am Morgen, und jeder wusste genau, was sie bei Jean-Luc zum Frühstück aß.

Auf einmal brannten Tränen in ihren Augen. Sie entschuldigte sich und ging auf die Toilette.

Lange wusch Zadira sich das Gesicht. Was war denn nur los mit ihr? Marseille! Ein neuer Job, der wie geschaffen für sie war, der alles bot, was ihr wichtig war.

Ihr Handy summte.

»Das ist mein vorerst letzter Anruf in diesem Fall«, hörte sie Dr. Hervé sagen. »Alle Analysen bestätigen André Ugo als Täter. Sein Geständnis tut das Übrige. Der Prozess beginnt im Herbst. Werden Sie zur Aussage da sein?«

Nein, wollte Zadira sagen. Ich schließe das ganze Kapitel Versetzung, Norden, Vaucluse, Mazan ab. Alles, was damit zu tun hat. Alles. Und jeden.

»Ich weiß es noch nicht.«

»Der Mann wäre damit durchgekommen, wenn er es nicht so sehr damit übertrieben hätte, Alexandre zu belasten«, meinte Mathilde Hervé. »Seine Spurenparade war geradezu einzigartig und hätte mit ein bisschen Mühe sogar noch den Papst drangekriegt.«

»Sagen Sie, Doktor, aber diese inszenierten Spuren, die zu Dédé und zu diesem bedauernswerten Einbrecher geführt haben. Bin ich die Einzige, die glaubt, dass ein gewisser Commissaire daran beteiligt war?«

»Ich werde es nie beweisen können, aber Ihr gewisser Commissaire war häufig hier. Und unsere Asservatenkammer wäre nicht die erste, aus der belastende Materialien verschwinden. Es gab schon einige solcher Fälle. Aber, wie gesagt, ich kann es nicht beweisen.«

Commissaire Minotte würde also davonkommen. Sicher nicht zum ersten Mal, dachte Zadira. Was er wohl angestellt hatte, dass Alexandre ihn so hatte benutzen und erpressen können? Minotte hat seine eigene Hölle, dachte sie.

Sie verabschiedeten sich. Als Zadira wieder aus dem WC trat, wünschte sie sich, unsichtbar zu sein und sich einfach an Madame Roche und Madame Blanche, an Jeffrey und Blandine, an Jean-Luc und Sergeant Brell vorbeimogeln zu können.

Sie hinterließ Jean-Luc einen großen Schein auf dem Tresen.

»Salut«, sagte sie zu Blandine, umarmte sie und auch Madame Roche. Sie gab Madame Blanche und Jeffrey die Hand, Brell salutierte.

Und Jules?

»Mach's gut«, sagte sie leise im Vorbeigehen zu ihm.

Sie verließ das Café, ging zügig über die Straße zu ihrem Wagen.

»Hey!«, hörte sie es hinter sich rufen. »Hey, glaubst du, das geht so einfach?«

Er kam ihr nach. Sie blieb nicht stehen, drehte sich nicht um.

»Hey!«

Erst an ihrem Wagen, im Schatten einer großen Platane, holte Jules Zadira ein.

»Du haust also einfach ab.«

»Jetzt sag nicht: nach allem, was wir zusammen durchgemacht haben.«

»Haben wir nicht?«

»Was willst du? Ich bin nicht dafür geboren, wie eine … eine normale Frau zu leben! Landhausmöbel putzen, Babys windeln, Katzen füttern, das bin ich einfach nicht.«

»Meine Güte! Hat das irgendjemand von dir verlangt? Wie wäre es erst mal mit einem gemeinsamen Kaffee, bevor wir zu den Landhausmöbeln kommen?«

»Was weiß denn ich? Was willst du, Jules?«

»Zadira, ich hab keinen Plan. Ich hatte noch nie einen Plan für mein Leben. Ich weiß nur, dass ich dich ...«

Er brach ab, als Zadira mit einem fassungslosen Blick an ihm vorbeischaute.

»Das halt ich jetzt nicht aus«, sagte sie leise.

Jules drehte sich um und sah den schwarzen Kater unter der Porte de Mormoiron. Hinter ihm zeichnete die Mittagssonne eine gleißende Spur auf die Gasse. Commissaire Mazan sah aus wie der Wächter der Stadt.

»Das halt ich jetzt nicht aus«, sagte Lieutenant Matéo. Doch Mazan wusste im gleichen Moment, dass das gelogen war.

Sie und Doktor Jules standen sich gegenüber, wie Manon und er es getan hatten, fauchend und mit ausgefahrenen Krallen. Und da wusste er, dass sie sich paaren wollten. Dass sie aber Angst davor hatten, bei diesem Spiel ihren klaren Verstand zu verlieren. Das konnte er verstehen. Aber das gehörte nun einmal dazu.

Zadira wandte sich ab und schloss ihr Auto auf. Der Mann kam zu dem Kater in den Schatten des Tores.

»Hallo, Mazan, kleiner Freund. Vielleicht können wir uns gegenseitig ein bisschen trösten.«

Lieutenant Matéo erweckte das Auto zum Leben. Wütend brüllte es auf. Zusammen mit dem Tierarzt schaute Commissaire Mazan zu, wie Lieutenant Matéo mit beiden Händen das Lenkrad umklammerte. Dann schlug sie mit der Hand drauf. Schaltete den Motor aus.

Die Tür des Autos öffnete sich wieder.

Zadira stieg aus.

»Okay, ihr beiden«, begann sie, »ich treffe jetzt wahrscheinlich die dümmste Entscheidung meines Lebens.«

Sie schaute sich um mit einem Blick, als würde sie die Stadt Mazan zum ersten Mal sehen. Die alten, schiefen Mauern, das Lou Càrri mit all den liebenswerten Menschen, der Hügel mit dem Friedhof, auf dem nun ein frisches Grab auf Blumen wartete. Und dahinter der kühle, hohe Mont Ventoux. Hatte sie sich tatsächlich in dieses blöde Kaff verliebt?

*Merde.*

»*Bon*«, sagte sie. »Gehen wir erst mal einen Kaffee trinken, Doktor.«

# Danksagung

Die Arbeit an diesem Roman war selbst schon ein kleiner Krimi, inklusive angedrohtem Mord und Totschlag in der ehelichen Schreibstube. Das hätten wir nicht überlebt, wenn unsere außerordentliche, coole, niemals schlafende und legendär genaue Lektorin Andrea Müller nicht alle Elemente und Fäden dieses Prozesses mit ihrer ruhigen Hand dirigiert hätte.

Ausdrücklich bedanken wollen wir uns aber auch bei denjenigen, die am Ende alle Verzögerungen unserer manchmal über-komplexen Arbeitsweise mit einem enormen Aufwand aushalten mussten.
Zum einen die wunderbaren Michaela Zelfel und Günther Renner, die sämtliche Tipp- und Sinnfehler entschärft haben. Alle, die noch übrig sind, gehen auf unsere Kappe.
Und zweitens: Liebe Michaela Lichtblau, »Fie find eine fanz folle Herftellerin.« Und Sie haben mindestens zwei gut. Zum Beispiel zwei Gin Tonics, die wir mit Ihnen in der Pony-Bar am Allendeplatz, Hamburg, nehmen würden. Dank dieser »Neutralitätszone«, die wir für Plotgespräche und Figuren-Feintuning nutzten, kamen wir auch mal raus.

Ein Dank auch an »Gigi«, unseren Britisch-Kurzhaar-Feriengastkater, der uns zu Oscar inspirierte. Ein besonders inniges Merci geht zuletzt an das Hotel »Château de Mazan« in Mazan. Wir haben dort wunderbare Nächte und Tage verbracht, bestes Essen genossen und ganz und gar keinen mörderischen Eindruck der ehemaligen de-Sade-Residenz mit nach Hause genommen. Im Gegenteil: Hier wird der Traum von der Provence erst wahr.

Verzeihen Sie, dass wir Ihnen ein paar Leichen untergeschoben haben. Herzlichst: Ihre Bagnols.

# Glossar

*absolument*   absolut, ganz und gar

*Argot*   ehemaliger Kryptolekt (Geheimsprache) der Bettler, Diebe und Banden. Heute Soziolekt (Gruppensprache). Es gibt z. B. die Argots der Prostituierten, des Militärs, der Pariser Einwohner, der Normandie (Jorgalie genannt), der Schüler (auch: Verlan, s. u.), der Banlieues der Großstädte *(Argot comun),* der Drogendealer, Polizisten, Musiker … Argot wird häufig zum Ausdruck des Widerstands gegen ein Klassensystem verwendet.

*Arrête!*   Halt an!, Stopp!

*babtou*   (weißer) Europäer, Bleichgesicht (Argot)

*Bac, Brigades Anti-Criminalité*   Einheit zur Verbrechensbekämpfung, oft »Rambotruppen« genannt, setzen sich häufig aus nationalistisch gesinnten, rechtsradikalen Mitgliedern zusammen

*bel étage*   das »schöne Geschoss«, die am besten ausgestattete Wohnung eines (Gründerzeit)-Stadthauses oder Palais

*bisou*   (Wangen-)Küsschen

*Calanques*   Klippen bei Cassis

*campagnard*   Bauerntrottel, Landei (ugs.)

*casse-toi*   Verpiss dich (ugs.)

*chérie*   Teuerste, Liebste

*chnek*   Schnecke, gemeint ist: Vulva (Argot)

*Commico*   Kommissariat (Argot)

*Commissaire Divisionnaire*   Leitender Kripobeamter
*copain*   Kumpel, Freund
*copains* (Plural)   Kameraden, Kumpel (ugs.)
*Crim, Brigade Criminelle*   Kripobeamter, Kripo (ugs.)
*ENA, École Nationale d'Administration*   die französische
»Führungsakademie«
*flic*   »Bulle«, Polizist (ugs.)
*kéo*   okay (o-ké) (Verlan, Jugendsprache)
*ligotage*   Umschnürung, gentle bondage / Fesselung
*mac*   Zuhälter, Lude, von: »Bigmac« (Argot)
*maîtresse*   Geliebte, Vertraute
*maquis*   Macchia (ital. und kors.), mediterraner Buschwald; auch: Organisation des Widerstandes (ugs.)
*matou*   Kater (Argot)
*merde*   Mist, Scheiße, verdammt (ugs.)
*Mission de Lutte Anti-Drogue, MILAD*   Anti-Drogenpolizei, Rauschgiftfahndung. Auch »narc« genannt (von:
narcotic)
*mon Dieu, ma petite*   Mein Gott, meine Kleine; du liebe
Güte!
*paysan*   Bauer, Bauernlümmel
*pitss*   Pizza (Argot)
*PTS, Police Technique et Scientifique*   Kriminaltechniker
(z. B. Spurensicherung oder -auswertung, Tatortanalyse,
Profilanalyse)
*putain*   Nutte; großgeschrieben mit Ausrufezeichen:
Mist, verflucht!, Unglaublich! Ist ja irre!
*Ratatouille*   typisch provenzalisches Gemüsegericht
*Salut*   Ciao, Tschüs, Hi (ugs.)
*sans-papiers*   ohne Papiere bzw. Aufenthaltsgenehmigung; Asylanten, oft: verschleppte Frauen, aber auch
Roma, Sinti oder Menouche

*sombre*  Dunkler, Schwarzer

*tant pis*  Was soll's (ugs.: »Scheiß drauf«)

*tête-à-tête*  Kopf an Kopf, heimliches Treffen

*Touche pas à mon pote!*  Fass meinen Kumpel nicht an!

*trou de balle*  Einschussloch, Anus (Argot)

*Verlan*  eine in der Jugendsprache oftmals verwendete Methode, bei der die Wörter rückwärts oder die Silben in veränderter Reihenfolge ausgesprochen werden, z. B. *Jonbour* statt *Bonjour*.

*zut alors*  Mist! (ugs.)

# Der Aufbau der französischen Polizei und ihre Analyse-Systeme

**Gendarmerie** Die Gendarmerie übernimmt polizeiliche Aufgaben im ländlichen Raum, die **Police Nationale** ist für die Städte zuständig. Die Gendarmerie unterstand als Militärpolizei bis 2009 nur dem Verteidigungsministerium, seither aber dem Innenministerium, wie auch die Police Nationale. Die ersten Gendarmen bekämpften Aufstände in den französischen Kolonien.

**Bac (Brigades Anti-Criminalité)** Diese 1971 erschaffenen Brigaden wurden seit Mitte der 1990er Jahre als Spezialeinheiten in den sogenannten Problem-Banlieues eingesetzt. Häufig ist bei den Bac rechtsextremes Gedankengut verbreitet. Insignien der »Bacquisten« sind Trikoloren mit der Aufschrift »Patriot« in gotischer Schrift, die Jahreszahl von Karl Martells Sieg über die Mauren (Code der Islamophoben).
Nicht alle Bac sind nationalistische Rassisten, doch sind die Brigaden bei den Kollegen in Uniform wenig angesehen. Die Bacquisten patrouillieren – oft nachts – stundenlang durch Quartiere. Personenkontrollen werden systematisch provokativ, willkürlich, drangsalierend und meist gesetzeswidrig durchgeführt: z. B. durch aggressive, diskriminierende Fragestellungen und Vorwürfe, x-beliebige Personen werden ohne Anlass an die Wand gestellt und durchsucht, Papiere und Tascheninhalt ohne Anlass kontrolliert.

Der Inlandsgeheimdienst **DCRI** (Direction Centrale du Renseignement Intérieur) ist 2008 aus der Direction de la Surveillance du Territoire und der Direction Centrale des Renseignements Généraux gebildet worden. Ihre Datenbanken heißen CRISTINA und EDVIGE (oder »noname«; siehe S. 431) und sind rechtlich fraglich. Sie stehen nicht unter der Aufsicht der CNIL, des Datenschutzbeauftragten.

# Einige französische Polizeikarteien und Datenbanken

**ANACRIM** (Analyse criminelle) ist vermutlich die Data-Mining-Datenbank der französischen Gendarmerie und dient zur Profilanalyse.
**CRISTINA** (Centralisation du renseignement intérieur pour la sécurité du territoire et des intérêts nationaux) ist die Datenbank gegen Spionage und Terrorismus, die »Anti-Terror-Datenbank« Frankreichs.
**Data-Mining,** die Datenbank-Analyse durch künstliche Intelligenz, wird u. a. eingesetzt für: Scoring (Einschätzung der Kreditwürdigkeit), operative Fallanalysen, Überwachung von Beschäftigten (z. B. bei Kassiererprofilen), Verbrechensvorhersage (Predictive Policing durch Kriminalitätswahrscheinlichkeit für bestimmte Gebiete, Bevölkerungsgruppen oder durch Dateiinhalte im Web) und Anti-Terror-Programme.
**EDVIGE 3.**0 (Exploitation documentaire et valorisation de l'information générale) ist eine umstrittene Datenbank »potenzieller Gewalttäter« und verzeichnet Name, Adresse (postalisch und E-Mail) sowie Kontaktpersonen von Personen, die verdächtig sind, die öffentliche Sicherheit zu gefährden. U. a. werden auch Personen ab 13 Jahren erfasst, die sich um ein politisches, gewerkschaftliches oder religiöses Mandat bewerben. Zugang haben Polizeibeamte, die dem SDIG unterstellt oder »individuell ausgewählt und besonders ermächtigt«

431

sind, sowie Angehörige des Geheimdienstes. Bis 2008 hat EDVIGE auch die Religionszugehörigkeit und Sexualausrichtung verzeichnet.

**FNAEG** Die Gen-Datenbank (Fichier national automatisé des empreintes génétiques) der *Police Judiciaire,* der Kriminalpolizei. Das 2003 unter Nicolas Sarkozy verabschiedete Gesetz für Innere Sicherheit ermöglichte die Ausdehnung der DNA-Datenspeicherung auf so gut wie alle Verbrechen und Straftaten gegen Personen oder Sachen (Diebstahl, Erpressung, Sachbeschädigung, Missbrauch von Rauschmitteln) und umfasst bisher ca. 1,5 Millionen Einträge. Auch von Freigesprochenen werden DNA-Daten 25 Jahre lang gespeichert.

**FIJAIS** (Fichier judiciaire automatisé des auteurs d'infractions sexuelles): die Sexualstraftäterdatei.

**JUDEX** (Système judiciaire de documentation et d'exploitation) ist eine Datenbank der *Gendarmerie.* JUDEX ist seit 2006 offiziell bekannt, vorher gab es weder Auskunfts- noch Löschrecht. Dafür bekam die Direktion der Gendarmerie 2006 den französischen »Big Brother Award«.

**STIC** (Section technique d'investigation criminelle) ist eine Datenbank der *Police Nationale;* sie verzeichnet neben Verurteilten und Verdächtigen auch Zeugen, Opfer und Freigesprochene. Zugriff haben sowohl Beamte der Police Nationale als auch der Gendarmerie. STIC enthält Daten von 4,5 Millionen Menschen und angeblich zu 25 Prozent fehlerhafte Datensätze, da z. B. Opfer falsch eingetragen und als Täter gespeichert wurden.